Joachim Kaiser

Was mir wichtig ist

Joachim Kaiser

Was mir wichtig ist

Deutsche Verlags-Anstalt
Stuttgart

Die Deutsche Bibliothek – CIP-Einheitsaufnahme

Kaiser, Joachim:
Was mir wichtig ist / Joachim Kaiser. –
Stuttgart: Deutsche Verlags-Anstalt, 1996
ISBN 3-421-05056-2

Lektorat: Dieter Luippold
Satz: Uhl + Massopust GmbH, Aalen
Druck und Bindearbeit:
Druckerei Friedrich Pustet, Regensburg
Printed in Germany
ISBN 3-421-05056-2

Inhalt

Laudationes und Rehabilitierungsversuche

Kulturkritisches und Allgemeines

Vorwort

Muß man »die Kunst« vom Sockel holen?

I.

Es ist nicht schwer, heutzutage einen Literaturkritiker oder Musikschriftsteller stolz zu machen auf seine vermittelnden Fähigkeiten. Da genügt es schon, diesem von seiner Bedeutung durchdrungenen Herrn oder jener sensibel formulierenden Dame bewundernd mitzuteilen, in ihren erläuternden Vorträgen, kenntnisreichen Analysen, gründlichen Essays schafften sie es überzeugend, die Kunst vom Sockel zu holen. Einen Goethe zum Anfassen zu bieten. Lästige Ferne in lustige Nähe zu verwandeln ...

Gelten meiner Arbeit solche Komplimente, dann spüre ich die freundliche Absicht – und zucke doch zusammen. Ist es denn überhaupt nötig, ist es klug und angemessen, großer traditioneller Kunst die Aura des Besonderen wegzunehmen? Steckt nicht auch Zerstörungslust in diesem Applanieren? Was sich, zweifellos, aufgeklärt darauf berufen kann, daß die Säkularisation vor kunstreligiösen Dogmen oder Schwärmereien nicht haltzumachen brauchte und wirklich auch nicht haltmachte – das läuft meist schlicht auf pseudodemokratische Gleichmacherei hinaus. Höchstes Glück der Erdenkinder ist dann die Distanzlosigkeit.

Man verhält sich aber nicht etwa heuchlerisch-elitär, sondern nur human-respektvoll, wenn man bekennt, bedeutenden Kunstwerken könne durchaus der Sockel des Besonderen zukommen. Sie verdienen Liebe, Respekt und Arbeit. Ein Zeitalter, das zu bequem, zu verspielt, zu frivol oder auch nur zu gleichgültig bliebe gegenüber solchen ästhetischen Ansprüchen und Differenzierungen, es wäre barbarisch und infantil zugleich.

Natürlich kenne ich, wie jeder Sterbliche, der sich professionell und lebenslänglich mit Literatur, Theater, Musik, dem Bereich des Feuilletons sowie mit dem Schönen und Guten beschäftigt, bis zum Überdruß den... Überdruß. Also den Widerwillen gegen die Ansprüche und Rituale der Künste, der feinsinnigen Kunst-Vergottung und des eitlen Kunst-Geredes. Man müßte ja klinisch tot sein, wollte man nicht immer wieder aufmucken, aufbegehren gegen die sogenannten ewigen Werte oder brandaktuellen Modernitäten. »Kennen Sie etwas Langweiligeres als die Ilias?« soll Gide Paul Valéry gefragt haben. Worauf dieser prompt zurückgab: »Ja, das Rolandslied.« Wer ächzte nicht, wenn zur Passionszeit allabendlich der edel geschmerzte Exhibitionismus des Oratorien-Sängers im Frack droht. Oder wenn die Scherze von Shakespeares Narren auf deutsch alles andere als komisch sind. Wenn Elfriede Jelinek Werk für Werk zum Ausdruck bringt, was schon Thomas Bernhard unermüdet wiederholte (nämlich, daß es sich in Österreich nicht leben läßt). Oder wenn noch eine »Faust«-Darbietung zu überbieten versucht, daß bereits Peymanns Stuttgarter Gretchen splitternackt war.

Für jedwedes »Unbehagen in der Kultur« gibt es Unmutsgründe, so viele man will. Aber was beweisen Überdruß, Häme, Schutz-Zynismus? Vielleicht doch nur, daß es uns armen Erdenbürgern an Kraft, Konzentrationsfähigkeit und ausdauernder Entschlossenheit fehlt, dem Riesenanspruch großer Werke unablässig gewachsen zu sein.

II.

1929 stellte Kurt Tucholsky in einem Berliner Theaterbericht fest: »Dazu kommt, daß der Berliner – und insbesondere der berliner Jude – Pathos nur noch verträgt, wenn es ihm... durch einen hinterher fallenden Witz belohnt wird. Ja, Pathos dient auf vielen Bühnen überhaupt nur dazu, eine trockne Schlußbemerkung einzuleiten, wobei wiederum ein niedriger Begriff von Schadenfreude die Hauptrolle spielt.« In Tucholskys Beobachtung steckt eine Erklärung des gängigen Bedürfnisses, hohe Kultur vom Sockel zu holen. Nämlich: Verulken macht Spaß – aber respektvolles Hinaufschauen strengt an. Nun wäre es unsinnig und verbiestert kulturkritisch, hier tadelnd zu unterstellen, Deutschlands Literatur-Theater- und Musikfreunde wollten Kunstwerke nicht mehr ernst nehmen, sondern sich immer bloß amüsieren. So ist es nicht. Im Gegenteil: »Entertainment« war für uns lange Zeit ein Fremdwort. Im Namen der Kunst zu leiden sind wir Deutschen wahrscheinlich nach wie vor eher bereit als das Pariser, Londoner oder New Yorker Publikum. Ja manchmal, etwa wenn ein neuer Roman von Günter Grass oder Martin Walser die öffentliche Debatte erhitzt, oder auch, wenn während eines Konzertes, einer Theateraufführung plötzlich eine atmende, gebannte, gemeinsame Stille entsteht, dann läßt sich durchaus und dankbar spüren, wieviel die »Kunst« hierzulande auch im zu Ende gehenden 20. Jahrhundert noch vermag. Denn jene »Stille«, zu der ein Publikum von der Gewalt eines dramatischen oder musikalischen Augenblicks konditioniert, »verzaubert« wird, stellt eine der seltenen reinen und positiven Formen gemeinsamer, gemeinsamkeitsbildender (Kunst)Erfahrung dar, die es überhaupt noch gibt in unserer Gegenwart, wo die Massenmedien ihre Kunden vor Millionen einzelner Bildschirme isolieren. Darum ist es so wichtig, den Unterschied zwischen der Abwesenheit von Geräuschen im sterilen schalltoten Raum des Rundfunkstudios einerseits und die Anwesenheit atmender Stille als Produkt seelischer Engagiertheit andererseits sich bewußt zu machen. Dann kann man nämlich ermessen, was sich manchmal im Theater oder im Konzert vollzieht, und wirklich nirgendwo sonst.

Dergleichen kommt aber nicht zustande ohne Anstrengung. Ohne eine gewisse Überwindung. Wer sich einem Werk annähern möchte, das aus gutem Grund auf besagtem Kunstsockel thront, der muß sich – seien wir ehrlich – vorher einen »Ruck« geben. Muß bereit sein zur stillen Konzentration. Müßte sich über die Sache auch ein wenig informiert haben.

Dies alles ist keineswegs unmöglich. Aber einen »Anspruch« stellt es schon dar. Kein Mensch eilt vergnügt lachend in die »Orestie«, die »Missa solemnis«, den »Tristan«. Große russische Romane kosten Werk für Werk viele Wochen hingebungsvoller Lektüre. Es wird da *verdammt viel* verlangt an Anteilnahme, Lebenszeit, emotionaler, auch intellektueller Aufnahmefähigkeit. Aber man bekommt, gegebenenfalls, *unendlich viel* zurück...

Bei Licht besehen existiert kein vergnüglicher, schlendernd zu beschreitender Weg, etwa der Beethovenschen »Hammerklaviersonate« habhaft zu werden. Sie verlangt Zeit, ruhige Konzentration, Geduld und Offenheit. Weil das alles aber nicht so recht paßt zu gewissen populären Freizeitvorstellungen, neigen die Vermittler dazu, naive Interessenten abwiegelnd hinters Licht zu führen. Aufklärer, die für ihre Kulturprodukte hochgemut Reklame machen, unterschlagen alle Mühe und Arbeit, die geleistet, alle Durststrecken, die in Kauf genommen werden müssen, wenn jemand dem Schönen und Erhabenen so gewachsen sein möchte, daß diese Ansprüche sich in Genuß, in Beglückungen und prägende Erfahrungen verwandeln können.

III.

Aber – hat nicht der Ernst auch seine Lust? Gilt wirklich nur das Amüsante? Man kann gewiß vom »Tasso« bis zum »Tannhäuser«, von Händels Seria-Opern bis zu Verdis »Aida« alles anstrengende Pathos dieser Werke wie Konterbande verbergen und die mäßige Mühsal, die sie dann gleichwohl bereiten, mit klugen, überraschenden, witzigen Einfällen ausgleichen, belohnen. Nur: Lohnen die Werke dann überhaupt noch? (Alter Witz neureicher Opernbesucher: »Wie hat Ihnen der ›Parsifal‹ gefallen?« – »Gott, man lacht.«)

Die Kabarettisierung großer Kunst läßt dem entzückten Publikum die geistigen Kauwerkzeuge verkümmern. Nun verlaufen derartige Entwicklungen jedoch glücklicherweise keineswegs unbedingt ein-sinnig und irreversibel. Plötzlich lesen die Leute wieder, obwohl Lektüre laut Umfrageergebnissen immer mehr aus der Mode kam. (Denn mit Moden scheint auch die Provokation zumindest potentiell verbunden, sich demnächst antimodisch zu verhalten!) Trotzdem irre ich mich wohl nicht, wenn ich hier doch zwei Verlust-Vermutungen wage. Es ist heute kaum mehr möglich, in antiken Tragödien noch die großen Chorlieder vielgestaltig und ausführlich darzubieten. Geschieht es, wirkt es seminarhaft, fast abstrus, bildungsbesoffen. (Peter Stein gelang mit seiner »Orestie«-Inszenierung eine geniale Ausnahme von dieser Regel.) Doch vor drei, vier Jahrzehnten war es, auch ohne Regisseursgenie, üblich und möglich, die Chöre der Tragiker mitaufzuführen. Mittlerweile geht das vielleicht wirklich nicht mehr. Es werden ja auch keine lateinischen Reden mehr gehalten ...

Schlimmer scheint mir ein anderer drohender Verlust: Auf unseren Bühnen kommt der fünfhebige Jambus, die »klassische« Verssprache Goethes, Schillers, Kleists, Shakespeares immer weniger zu Wort. Kunstsprache, applaniert zum realistischen Konversations-Theater-Dialog. Sollte diese Tendenz, die sich Gott sei Dank noch keineswegs völlig durchgesetzt hat, weiterwirken, unumkehrbar sein, dann fehlte dem deutschen Schauspiel-Theater die Dimension der Sprachkunst. Dann wäre es wahrlich vom »Sockel« herabgeholt – und zwar auf die Tiefebene schlicht informierender Inhaltsmitteilung.

So sind wir nun wieder beim vermaledeiten »Sockel«. Versuchen wir, die Unwilligen zu verstehen. Sockel haben oft mit Gips zu tun, der sich den Anschein gibt, er wäre Marmor. Aufreizend wirkt dann die gemogelte Würde. Sie lädt zum Kaputtmachen förmlich ein, so wie ja auch aufgesetztes Pathos zum Grinsen provoziert und dazu, dem feierlichen Schwindel ins Gesicht zu lachen. Denn weil jener besagte »Ruck«, den man sich geben muß, wenn Gewichtiges Respekt verlangt, natürlich eine gewisse »Überwindung« nötig macht, entdecken wir nur zu erleichtert alle unechten, aufgesetzten, heuchlerisch »feinen« Attitüden, die uns aus der Respekt-Pflicht entlassen. Routinierte Staatstheater-Feierlichkeit steht dabei etwa so nahe an der Heuchelei, wie wahrhaft große Kunst an der Heiligkeit. Analysierender Witz kann Heuchelei durchschauen, erledigen, dem Gelächter preisgeben, gelogene Würde »zersetzen«. Bei Werken obersten Ranges vermag noch so scharfsinnige Analyse alles das keineswegs. Die scheinen der »Zersetzung« entrückt. Selbst zu Amüsierobjekten zweckentfremdet, bleiben sie durchaus intakt; freilich um jede ihnen gemäße Wirkungschance gebracht: Erschütterung, Katharsis, »atmende Stille«.

Wer möchte leugnen, daß es einen hübschen Protest-Reiz hat, Mozart auf den »Amadeus« von Milos Forman herunterzubringen. Oder immerfort zu triumphieren, »der Kaiser ist nackt« (ein vielzitiertes Märchen, das mich verständlicherweise ärgert). Demgegenüber sei wenigstens kurz daran erinnert, daß auch die Bewunderung ein nicht nur mühseliger, sondern seliger Affekt sein kann: »Doch was in Augenblicken der Entzükkung / Die Kniee beugt, ist auch ein süß Gefühl.«

IV.

Vielleicht wundern sich die Leser der in diesem Band gesammelten Essays, Reden und Kritiken über das Pathos, mit dem hier Anspruch wie Wahrheit großer Kunst verteidigt werden. Mag sein, daß ich es deshalb so dringlich tue, weil meine Texte in einem – wie ich hoffe – leicht lesbaren Parlando-Tonfall gehalten sind. Das könnte den (Trug)Schluß nahelegen, es sei mir mit dem, »was mir wichtig ist«, nur lässig, läßlich ernst.

»Ich wollte mich doch lieber aufhängen als ewig negieren, ewig in der Opposition sein, ewig schußfertig auf die Mängel meiner Mitlebenden, Nächstlebenden lauern«, schrieb Goethe am 18. Juni 1826 an den Kanzler von Müller. Im Lauf der Jahre wurde diese Briefstelle zu einem meiner Lieblingszitate. Zeit und Lebensalter haben mir zunehmend deutlich gemacht, daß es sinnvoller ist, Lesern zu helfen, Ratsuchenden nach bestem Wissen und Fühlen darüber Auskunft zu geben, welche Werke ein Leben warum zu bereichern vermögen, als mit Verrissen aufzutrumpfen. Stolz und schlau zu verwerfen. Ist das so wichtig? Muß nach Jahr und Tag immer noch einmal abgedruckt werden, inwiefern ein Buch mißlang und darum ungelesen bleiben sollte? Einst, in meinem »Kleinen Theatertagebuch« standen mannigfache mißlungene Aufführungen oder Stücke zur Diskussion. Die Texte, um die es hier geht, beschäftigen sich grundsätzlich nicht mit gänzlich Mißlungenem oder Unnötigem, sondern sie bemühen sich, Auskunft darüber zu geben, warum Thomas Manns Tagebücher sogar mit den Königsdramen Shakespeares verglichen werden können, worin die Kunst der Sarah Kirsch besteht, wie Hamsun erzählt, was die Bedeutung von Fontanes Riesen-Roman »Vor dem Sturm« ausmacht und in welcher Weise ich in Festreden oder Gratulationen meine Bewunderung für Heinz Rühmann und Eugen Roth, für Cocteau, Furtwängler und Börne formulierte.

Die letzte, vierte Abteilung von Texten bietet einige, zum Teil skeptische, Bilanzen. Wirkt das alles womöglich »affirmativ« oder »harmonisierend«? Damit dieser Eindruck sich gar nicht erst festsetze, beginnt das Buch mit boshaften Miniaturen, bei denen nicht nur edle Wißbegier, sondern auch ein eventuell vorhandener Blutdurst vorsorglich gestillt wird.

München, im Juni 1996 Joachim Kaiser

Boshafte Miniaturen

Von deutschem Humor

Jeder wahrheitsliebende deutsche Mensch, auf Existenz oder Qualität des deutschen Humors angesprochen, senkt verlegen den Kopf. »Von deutscher Seele« könnte er wunderschön singen und sagen, über »deutsche Tüchtigkeit« tapfer kritisch argumentieren – aber mit unserem Humor steht es allem Anschein nach trostlos. Entschieden hoffnungsloser noch als mit unserer ja auch nicht gerade weltweit berühmten Küche. Wir Deutschen haben eben – das sagen freilich meist Deutsche, die sich selbst als Ausnahme betrachten – *keine Begabung* fürs Heitere.

Dieses trübe Fazit gehört zu den wenigen völkerpsychologischen Grundansichten, über die man sich allerorten widerspruchslos einig zu sein scheint. Belege müssen da nicht mühsam gesammelt werden. In den vom eigentlich gar nicht so unwitzigen Hans Magnus Enzensberger herausgegebenen »Wahnsinnsgeschichten« des Nobelpreisträgers Isaac Bashev Singer heißt es in der abgründig komischen Story »Ein Scherz« fast ohne Vorwurf, gleichsam als bare Selbstverständlichkeit: »Sie ist eine Deutsche und hat keinen Sinn für Humor.« Natürlich.

Und betonen nicht viele weitläufige deutsche Publizisten sozusagen rund um die Uhr, daß es den hiesigen Zuständen erbärmlich an Beweglichkeit, Brillanz und Pfiff fehle, wegen lauter selbstquälerischer Nabelschau und ideologischer Verbohrtheit? Alle sagen es. Auch Erich Kästner fragte nur zum Schein: »Sind wir so unbefangen heiter wie die Südländer?

Besitzen wir den Esprit der Franzosen? Oder die Selbstironie und das Understatement der Angelsachsen? Haben unsere Staatsmänner Witz? Wird in unseren Parlamenten, außer wenn sich ein Redner verspricht, gelacht?« Diese triste Unisono-Bilanz muß *überprüft* werden. Und zwar möglichst noch vor dem Faschings- oder Karnevalsgetöse, das alljährlich jene publizistischen Humor-Diagnosen hervorruft, die unvermeidlich etwa so heiter ausfallen wie die Mainzer Sitzungen. Stimmt es also wirklich, daß wir Deutschen keinen Humor haben?

Das humorbezogene Kehren vor der privaten Tür bringt Eindrücke, aber keine Beweise. So sieht der Schreiber dieser Zeilen – dem Leser dürfte es ähnlich gehen – in seinem Bekanntenkreis zwar gewiß nicht zahlreiche Humorbegabte allerhöchsten Ranges, aber doch weit mehr amüsante, witzige, zur Heiterkeit, Ironie und Selbstironie aufgelegte Zeitgenossen, als es das Welt-Urteil will. Unfair, aber naheliegend, wäre in diesem Zusammenhang die Gegenfrage, ob denn in der New Yorker U-Bahn wirklich ein so entspannt vergnüglicher Ton herrsche, ob die Stimmung beim Fußballspiel in Manchester wirklich so viel angenehmer sei als im Olympiastadion, wenn die »Bayern« aufspielen?

Aber nicht unfair, sondern bedenkenswert scheint die Erinnerung daran zu sein, daß der berühmteste deutsche Schriftsteller des 20. Jahrhunderts ein ironischer Deutscher, ein Humorist von weltliterarischem Rang gewesen ist: Thomas Mann. Dabei zählt weniger der Umstand, daß auch Deutschland einmal ein Schriftsteller-Genie tiefsinnig-komischer Prägung produzierte, als die Tatsache, daß dieser Künstler hierzulande auf so viele humorbegierige Leser traf und trifft. Und ein preußischer Adliger aus altem Geschlecht – nein, nicht der Tragiker Heinrich von Kleist ist gemeint, sondern Vicco von Bülow, alias Loriot – hat es geschafft, daß die Nation ihm wegen seiner noblen Wort-Bild-Scherze zu Füßen liegt. Alles nur Zufall? Ausnahme, die die Regel bestätigt? (Übrigens eine humorlos dumme Redensart: Ausnahmen bestätigen natürlich keine Regeln, sondern schwächen, falls sie sich häufen, deren Gültigkeit.)

Bleiben wir weiter im Lande: Das eher leichte, mittlerweile ziemlich hochbetagte »Streiflicht«, mit dessen täglicher Herstellung die Redaktion der »Süddeutschen Zeitung« oft ihre liebe Müh und Not hat, ersetzt gewiß nicht den genialischen Kolumnisten Art Buchwald – aber doch vielleicht ein wenig alles das, wofür dieser fabelhafte witzige Mann in Amerika berühmt wurde. Was endlich den *politischen* Umgangston betrifft: Sind erst lauter Einser-Juristen, Technokraten oder Verbandsfunktionäre an die Stelle der Wehner und Strauß getreten, dann dürften im Bundestag die Humorlichter noch matter glühen; trotz dem schlagfertigen Blüm und dem schneidigen Lambsdorff, der immerhin feststellte: »Der Bundestag ist mal voller und mal leerer, aber immer voller Lehrer« – womit er endlich einmal der ledern-lehrhaften Art germanischen Dozierens die Leviten las.

Hinweise darauf, daß natürlich zahlreiche humorbegabte oder witzige Deutsche existierten und existieren – und daß sie hier ein großes, bewunderndes Publikum haben, dessen Beifall seltsamerweise auch mit sanfter Verachtung für die Lockeren gemischt sein mag –, korrigieren das Gesamtbild nicht sehr nachdrücklich. Unübersehbar bleibt, daß Komödien, Boulevard-Stücke, wie der Name sagt, stets importiert werden mußten, unleugbar auch, daß die gesellige Sprache in Deutschland schwerfällig klingt. Selbst originelle Menschen, die eben noch zumindest interessant plauderten, erscheinen, wenn sie einen Toast, eine Begrüßungsansprache zu halten haben, plötzlich so, als wären sie an einen fatalen Phrasen-Stromkreis voll von banalen, unpersönlichen Redensarten angeschlossen.

Demnach wäre unser Humor-Notstand auch, wenn nicht sogar vor allem, ein Problem der deutschen Hochsprache, die zwar den »Faust II«, Schopenhauer, Heidegger und einen riesigen Übersetzungs-Reichtum ermöglichte – die sich aber nur bei liebevoller, feinhöriger Anstrengung hergibt fürs Menschenverbindende, Weltläufige. Unserer Sprache fehlt es an jener Verfeinerung durchs Höfische und Hauptstädtische, die in jahrhundertelang prägenden Zentren wie Paris oder London auch witzige Höflichkeit, rapide Komödienbrillanz entstehen ließ. Es fehlten und fehlen laut Goethe eben »Mittelpunkte gesellschaftlicher Lebensbildung«.

Wer verzagt nach deutschem Humor sucht, sollte freilich nicht übersehen, wieviel Mutterwitz und Heiterkeit in unseren Dialekten, im Mundartlichen, in legendärer Berliner Schnauze und Großbürgerlichkeit stecken; sollte sich klarmachen, daß in Wien (wo ja auch deutsch gesprochen wird) zumindest im Hinblick auf Humor, Witz, Häme, maliziöse Geschliffenheit, reichdifferenzierte Komödienkultur, alles ein wenig anders liegt – eben weil Wien jahrhundertelang prägende Hauptstadt eines Riesenreiches gewesen ist... Wären wir Deutschen grundsätzlich »humorlos« und nicht bloß sozusagen sprachbehindert, könnte doch die von Deutschen komponierte, gespielte, geliebte Musik nicht so menschenverbindend, heiter, beethovenisch derb-witzig, oft volksliednah und anti-esoterisch herzlich sein, wie sie es zwischen Bach und Richard Strauss ja glücklicherweise ist.

Ob sich aber, außer mit Liebe und Geduld, an der Widerspenstigkeit der deutschen Sprechsprache, wie sie hierzulande oft so gedankenlos gequasselt oder gebellt wird, ausgerechnet im Fernsehzeitalter noch etwas ändern, ob sich zwischen Schwerfälligkeit und Plattheit ein vermittelbares Drittes schaffen läßt? Oder hatte doch jener giftige Pariser recht mit seiner Beobachtung: »Wenn der Deutsche graziös sein will, springt er zum Fenster hinaus.« Pikierte Ermahnungen, »schreibt und sprecht gefälligst schöner«, selbstgefällige Verdonnerungen, »ihr habt ja alle keinen Humor«, helfen am allerwenigsten.

Es war halt ein Goldenes Zeitalter, als Perikles in seiner berühmten Rede über die Verfassung des Staates sagen konnte, die in Athen fürs öffentliche Gemeinwohl tätigen Männer verrichteten ihr Amt vorbildlich tüchtig – und anmutig. (1986)

Am Lachen erkennt man ...

Vergangenen Samstag in Berlin lachte eine Dame immer wieder schrill über Schnitzler. Es war in der Schaubühne am Lehniner Platz, man spielte Schnitzlers Seelendrama »Der einsame Weg«, wo lauter kultivierte Männer hauptsächlich an sich selber denken, ihre Frauen oder Geliebten nie wirklich ernst, sondern immer nur als Zeitvertreib nehmen – und darum am Ende geradezu betroffen dastehen, wenn die Damen sich alldem entziehen. Beispielsweise durch Tod oder durch Selbstmord.

Andrea Breth hat das sehr suggestiv auf die Bühne gebracht, keineswegs irgendwie »feministisch«, sondern eher mystifizierend als gesellschaftskritisch-aufbauwillig. Aus Schnitzlers Dialogen formte sich die Einsamkeit lauter feiner, dekadenter, anmutig-weltflüchtiger Seelen. Nun gibt es ungeschriebene Verträge zwischen den aufführenden Künstlern auf der einen und dem zuschauenden Publikum auf der anderen Seite. Zu den Paragraphen dieser Verträge gehört beispielsweise, daß die Schauspieler den Text, also das von ihnen angekündigte Stück so gut und intensiv und lebendig und ästhetisch (und, und, und) darbieten, wie ihnen nur möglich. Genau dies taten die ausgezeichneten Künstler der Schaubühne ganz offensichtlich. Seit der Premiere scheint die Aufführung viel Freiheit, Selbstverständlichkeit und Unmittelbarkeit hinzugewonnen zu haben. Aber auch das Publikum hat gewisse Paragraphen zu beachten. So wenig es, beispielsweise, von Pferdebildern erwarten darf, daß die Gäule auch wiehern, so banausisch wäre es, von Schnitzlers Geschöpfen zu fordern, sie sollten gefälligst reden wie unsereins und sich nicht derart subtil an ihrem Seelenkakao laben.

»Der einsame Weg« führte also ins immer Tiefgründigere, und die Dame in der siebten Reihe lachte immer häufiger. Zuerst wunderte man sich; dann drehten sich, während auf der Bühne die Herzen bluteten, im Parkett die Leute vornehm mißbilligend nach der Dame um, blickten sie strafend an. Die meinte (ich erlitt alles aus nächster Nähe) zu ihrem Begleiter, man hätte ihr an der Kasse sagen sollen, daß bei Schnitzler alles Lachen verboten sei. Ein paar Minuten versuchte sie, auch still zu sein. Dann kam ihr (wie der Kundry aus dem »Parsifal«) *das verfluchte Lachen wieder.*

Nun aber geschah etwas, was kein Zuschauer der Aufführung je vergessen wird. Das Stück hatte sich mittlerweile zu tragischer Ausweglosigkeit verdichtet. Tiefgefühltes mußten die armen Schauspieler in dieses tödliche Ha-ha-ha hineinflüstern. Plötzlich machte Hans Christian Rudolph, der Darsteller des Stephan von Sala, eine Pause und sagte kühl betroffen: »Würde die Dame, die hier alles gnadenlos runterlacht, bitte vor ihren Fernseher gehen!« Das Theater donnerte von Beifall. Einiges war bemerkenswert evident geworden. Erstens: Berlin ist Großstadt. Der Schauspieler verhielt sich nämlich schneidend brillant, und das Publikum reagierte rapide. Zweitens: Unklarheiten darüber, wie seriöse Künstler ihr Theater einschätzen und wie das Fernsehen, können nun kaum mehr bestehen. Drittens: Es ist beklemmend, bei einer solchen öffentlichen Hinrichtung dabeizusein (daß sie eigentlich nicht geschehen darf, gehört nämlich auch zu dem Vertrag zwischen Künstlern und Publikum). Die Dame war nun übrigens tatsächlich still. Ihr – aber vielleicht irre ich mich – ein wenig thüringisch gottesfrohsinniges Pastorentochter-Lachen hörte auf. Und als man sich, die Ovation am Schluß hatte etwas Demonstratives, dann ins Freie drängte, sagte sie nur: »Ich habe doch gar keinen Fernseher.« (1992)

Trauerarbeit – eine scheußliche Phrase

Gedenkt ein Präsident, ein Pastor oder auch nur ein Publizist der deutschen Schuld, der deutschen Gegenwart, dann fällt unfehlbar das Wort »Trauerarbeit«. Sie wird schmerzlich vermißt und beschwörend eingeklagt, im Brustton der Überzeugung wie auch im Gefühl sicherer Resonanz. Keinerlei Trauerarbeit werde hierzulande geleistet, so weit das besorgte Auge reicht. An die Arbeit, also ... Unsereins hört das seit Jahr und Tag, zuckt schuldbewußt zusammen – und muckt endlich doch auf. Ist das nicht ein fürchterliches, ein preußisch schnarrendes Wort? Es tönt so verflucht deutsch. Eine seelische Arbeitsleistung wird kommandiert. Manche sollen ja in besagter Trauerarbeit schon fabelhaft fortgeschritten sein, Musterschüler sozusagen. Andere wiederum erzielen mit ihrer Trauerarbeit nur ein mattes »ausreichend«, bleiben Amateure. Aber es gibt auch regelrechte Virtuosen auf diesem Arbeitsfeld.

Der Leser spürt: Hier soll er gegen ein Wort eingenommen werden, aufgehetzt, sensibilisiert werden, das eine Welt Wohlmeinender wohlmeinend im Munde führt. Mir scheint es nämlich abscheulich, wenn aus dem vielleicht humansten, menschlichsten Gefühl – der Trauer – eine Vokabel der Leistungsgesellschaft gestanzt wird, eine »Arbeit«, in der man sich entfalten, sein Soll erfüllen, Amateur bleiben oder gefeierter Profi werden kann. Das hat »die ewige Beglaubigung Menschheit« – die Trauer, die Träne – nicht verdient. Ob ich denn nicht wisse, daß der große Alexander Mitscherlich diesen wichtigen Terminus geprägt habe, fragte mich neulich jemand, nachdem er besonders ausdrucksvoll mit der Trauerarbeit gefuchtelt hatte. Nein, es war der noch ein bißchen größere Sigmund Freud.

1915, im Aufsatz »Trauer und Melancholie« führte Freud den klassisch gewordenen Ausdruck »Trauerarbeit« ein. Nur meint Freud etwas anderes als die moralistischen Schwadroneure von heute. Freud beschrieb mit Trauerarbeit einen seelischen, *intrapsychischen Vorgang, der auf den Verlust eines Beziehungsobjekts folgt und wodurch es dem Subjekt gelingt, sich progressiv von diesem abzulösen.* So erläutert es das *Vokabular der Psychoanalyse*. Also einen Vorgang des Ablösens, des Loskommens. Wörtlich bei Freud: »die Aufforderung, alle Libido aus ihren Verknüpfungen mit diesem [nicht mehr bestehenden] Objekt abzuziehen«.

Eine Arbeit der subjektiven Befreiung mithin. Was für ein Mißverständnis der Nachplapperer! Es gibt, jeder fühlende, jeder musikalische Mensch weiß es, unzählige Arten und Weisen der Trauer. Sie sind unser Menschlichstes. In seinem vielleicht gewichtigsten Buch »Billard um halbzehn« hat Böll 1959 von der Trauer gesprochen. Man brächte das Zitat (und Bölls Wahrheit) um, falls man für Trauer »Trauerarbeit« setzte.

Eine alte Frau, die keine Nazisse war, sagt da zu ihrem Mann: »Ich habe Angst, Alter – nicht einmal 1935 und nicht 1942 habe ich mich so fremd unter den Menschen gefühlt; mag sein, daß ich Zeit brauche, aber da werden Jahrhunderte nicht ausreichen, mich an die Gesichter zu gewöhnen; anständig, anständig und keine Spur von Trauer im Gesicht; was ist ein Mensch ohne Trauer?«

(1995)

Die »Stills«

Den britischen Generalstäblern ging es nach dem gewonnenen Falkland-Krieg doch zu weit, wie verächtlich die englischen Soldaten von den Falkländern redeten. Sie nannten nämlich alle Einheimischen »Bennies«. Und zwar nach einer berüchtigt blödsinnigen Gestalt aus irgendeiner populären TV-Seifenoper. So erwies es sich als nötig, einen offiziellen Befehl auszugeben, der die Truppe aufforderte, den gemein-beleidigenden Ausdruck nicht mehr zu gebrauchen. Daraufhin – so erzählt der englische Schriftsteller Julian Barnes – nannten die Soldaten alle Einheimischen »Stills«. Ein verwirrter Offizier soll gefragt haben, was denn dieses »Stills« eigentlich bedeute (»Still« meint im Englischen »noch«). Ihm wurde die Antwort gegeben: »Because they are still Bennies.« Also: Weil sie immer noch Bennies sind.

Auf diesen Sachverhalt reagiert unsereins teils empört, teils grimmig lächelnd. Denn die – sicherlich mit Imperialisten-Arroganz – auf die geistesschlichten Falkländer herabblickenden britischen Landser machen zugleich stur und witzig darauf aufmerksam, daß es wenig hilft, Wörter zu verbieten, wenn nicht auch, und vorher, das langgehegte Vorurteilsdenken ehrlich geändert werden kann. Natürlich ist es uns keineswegs recht, wenn jeder Franzose »Boche« sagt oder auch nur denkt, falls er sich über einen vierschrötig-lärmenden Deutschen ärgert. Beim englischen Schimpfwort »Krauts« reagieren wir nachsichtiger. Wissen wir doch, daß nicht etwa in Deutschland, sondern im Elsaß am meisten und übrigens auch am besten das uns Germanen als Lieblingsspeise zugeschriebene Sauerkraut verzehrt wird.

Nur: Wie ändert man auf langer und auf trüber Erfahrung beruhendes, vor- bzw. nachurteilsgeprägtes Bewußtsein? Weder dadurch, daß man selber die Schimpfworte benutzt (Tucholsky wurde in Paris dafür verachtet, daß auch er von den Deutschen als »Boches« sprach – wahrscheinlich fanden sie das besonders »bochig«). Hilft wirklich, daß man verbietet? Daß man also den Menschen, indem man »political correctness« erzwingt, vermeintlich edle Wörter für ihr unedles Denken befiehlt. In alledem drückt sich gewiß auch die Tendenz zum Euphemismus, zur liebenswürdigen Umschreibung unliebenswürdiger Sachverhalte aus.

Ob es nicht doch ein optimistischer Irrglaube war, anzunehmen, wenn man ein »Wörterbuch des Unmenschen« herausgibt oder wenn man Redakteure anweist, sie sollten das scheußliche Wort »feststellen« vermeiden, dann werde sich alles zum Besseren wenden. Die alten Chinesen und Karl Kraus haben leidenschaftlich an den Zusammenhang zwischen guter Sprache und guter öffentlicher Ordnung geglaubt. Aber der Marquis de Sade schrieb, solange er jung und bei Kräften war, gar nicht schlecht, und es kann jemand durchaus ein faschistischer Macho sein, ohne daß er sich des Verbums »feststellen« bedient. Ich weiß, ich weiß, man sollte die unförmig dicke Tante Paula um der Menschlichkeit willen nicht als unförmig dick bezeichnen, sondern als lebensbejahend vollschlank. Ganz wohl ist mir nicht dabei. Und falls irgendein verärgerter Leser findet, er hätte solche blöden, professoralen Sprachbelehrungen nun aber wirklich »dick«, dann braucht er meinetwegen nicht zu sagen »vollschlank«. (1994)

»Rassist!«

Wir wollen uns doch nichts vormachen: Zwischen der feinen veröffentlichten Meinung und manchmal recht brutaler öffentlicher Massenmeinung besteht ein beträchtlicher Unterschied. Ja, diese Differenz wohnt manchmal auch in der Seele sittlich hochstehender Publizisten. Wer weiß, ob alle diejenigen, die jetzt die Prügelstrafe ethisch verwerfen, nicht privatim diese oder jene Person kennen, der sie sie wünschen. Wer weiß, ob diejenigen, die flammend gegen Ausländerhaß und Fremdenfeindlichkeit predigen, nicht doch einen leisen Fluch hinunterschlucken, wenn sie sich in ihrer Wohngegend oder im Restaurant oder im Eisenbahnabteil einer lauten Gruppe von Nicht-Landsleuten ausgeliefert finden.

Aus alledem läßt sich folgern: Moralische Postulate haben sich erst dann eigentlich durchgesetzt, wenn sie nicht nur in der Zeitung oder in Festreden vorkommen, sondern auch im täglichen Leben ihre Kraft bewähren. Und wie ermutigend ebendies glücklicherweise tatsächlich der Fall sein kann, dafür möchte ich einen – Ehrenwort! – wahren Vorgang schildern, dessen Zeuge ich vor ein paar Wochen im Olympiastadion bei einem sonst sterbenslangweiligen Bayern-München-Spiel wurde. Es begab sich auf der Gegentribüne, ungefähr 30. Reihe, Mitte. Hinter mir saß eine Gruppe sehr kräftiger, sehr lauter, nicht direkt bösartiger, aber doch großmäuliger Burschen. So zwischen 17 und 25 Jahre alt, anscheinend aus einem kleinen niederbayerischen Ort gekommen. Diese jungen Leute hatten nun an der Spielweise eines – wie sagt man vornehm:

»dunkelhäutigen«?, »farbigen«? – Fußballers vieles auszusetzen. Sie artikulierten ihr Mißfallen massiv: »Hau doch ab in den Urwald«, einmal sogar: »Schwarze Sau«, und dann: »Was hat der hier verloren?« Dabei kamen die jungen Männer natürlich in Stimmung, überboten sich mit ihrem Geschimpfe, hatten wohl auch etwas getrunken.

Was passierte nun? In einer kleinen Gruppe, direkt daneben, saß ein schmächtiges, bebrilltes junges Mädchen. Die rief dem großmäuligen Wortführer der Schreihalsgruppe zu: »Rassist!« Dazu gehörte nicht wenig Courage. Denn sie und die zwei, drei jungen Leute, die sie umgaben, wären bei einer Rauferei ohne Chance gewesen. (Auch wir anderen »Erwachsenen« hatten ja unsere Köpfe eingezogen. Wer legt sich schon gern mit einer Gang jugendlicher Berserker an?) Auffallender-, hoffnungserweckenderweise geht die Sache nun anders weiter, als skeptische Leser annehmen. Besagter Wortführer antwortete nämlich nicht etwa eigensinnig, dann sei er eben »Rassist«. Sondern auch er empfand die Bezeichnung als Vorwurf, wehrte sie betroffen ab. Statt sich stur zu stellen und stolz auf seinen Haß zu sein, erklärte er ungefähr: »Ich bin doch kein Rassist, wenn ich die Spielweise jenes XY schlecht finde.«

Fazit: Es wirkt offenbar nicht nur in der veröffentlichten, sondern auch in der öffentlichen Meinung keineswegs schick, sich rassistisch zu verhalten oder als Rassist zu gelten. Die jungen Leute im Olympiastadion hörten jedenfalls mit ihrem protzigen Geschrei auf. Und als der Wortführer fragte: »Warum soll ich ihn denn gut finden, bloß weil er ein Schwarzer ist?«, da hatte er, ohne zu wissen, warum, sogar ein wenig recht. Hautfarbe beweist nämlich gar nichts. Und wüstes Geschrei beweist zumindest nicht immer, daß Schreihälse lernunfähig sind. (1994)

Goethe-Schwachsinn

Für die Redaktion der Zeitschrift »Theater heute« hörte das Jahr 1994 schlecht auf, begann der Januar 1995 miserabel. Da mußte nämlich die wohlverdiente Leser-Brief-Schelte mitgeteilt werden, die dem sittenwidrigen Ausschlachten der Briefe von Botho Strauß folgte. Aber »Blockwart-Mentalität« und *Abschieds*-Schmerz kosten offenbar Kraft. So konnte man sich nicht auch noch um den Leitartikel kümmern, mit dem das Januar-Heft majestätisch eröffnet wird. Der stammt von Hilmar Hoffmann. Sein erster Satz lautet: »›Man schätzt die Kultur, so lange sie ziert‹, läßt schon Goethe seinen Tasso eher resignativ behaupten.«

Offenbar kennt in »Theater heute« kein verantwortlicher Redakteur den »Tasso«. Hat dortselbst auch niemand Ohren für Versmaße und Gefühl dafür, was bei einem Goethe-Schauspiel sein kann und was nicht sein kann. Daß sich der Dichter Tasso in Goethes Drama derart über »Kultur« verbreitet, ist ein Unding. Hoffmann spielte offenbar in liebenswerter Unbefangenheit auf den Vers 667 des Dramas (Erster Aufzug, vierter Auftritt) an. Da spricht nun keineswegs *resigniert* Tasso, sondern es ist der kühle, intelligente Staatssekretär Antonio. Der wiederum teilt nicht seine eigenen Ansichten mit, sondern diejenigen des Papstes. Der Heilige Vater aber dürfte – wie die meisten Päpste – kaum je Anlaß zu »Resignation« gehabt haben.

Über besagten Papst heißt es nun im »Tasso«:

»Er schätzt die Kunst, sofern sie ziert, sein Rom / Verherrlicht, und Palast und Tempel / Zu Wunderwerken dieser Erde macht.«

Seltsam: Entweder ergab sich im Hause von »Theater heute« nicht mal Gelegenheit, auch nur den ersten Satz des Hoffmannschen Leitartikels zu lesen – oder den Überzeugungstätern der Zeitschrift ist eines der großen Dramen unserer Literatur Hekuba. Denn daß man zu Zeiten des Tasso bestimmt nicht so über Kultur schwadroniert hätte, daß in Goethes Blankvers-Schema die einsilbige *Kunst* wahrlich besser paßt als die *Kultur*, daß schließlich Kunst und Kultur weder dasselbe sind noch das gleiche – sondern Anti-Thesen, um die etwa Gottfried Benns Denken lebenslänglich kreiste: kann, will, sollte »Theater heute« von alledem wirklich nichts wissen? Die müßten vielleicht ein paar Monate pausieren und in der Freizeit einige wichtige Dramen studieren.

Gegenüber Hilmar Hoffmann bin ich nicht so streng. Der Mann ist schließlich in Frankfurt höchst aktiver Kultur-Dezernent gewesen. Da wird er, begreiflicherweise, mehr mit dieser, mit Kultur, zu tun gehabt haben, als ausgerechnet mit Kunst. Zum Goethe-Lesen kommt Hoffmann gegenwärtig vor lauter Arbeit bestimmt auch nicht. Er ist seit 1993 Präsident. Und zwar des – Goethe-Instituts.

P.S. Wer im Glashaus sitzt, soll nicht mit Steinen werfen? Dessen bin ich keineswegs ganz sicher. Nur wer unter Druck- und Denkfehlern leidet, bemerkt sie auch anderswo. (1995)

Tagebücher, Briefwechsel,
Einzelwerke

»Lächelnd beiseite legen!«
Thomas Manns Tagebücher

Gut viereinhalbtausend Seiten Thomas-Mann-Prosa, in zehn prächtigen wohlkommentierten Bänden endlich vollständig vorliegend, der Vergänglichkeit wie dem Vergessen abgetrotzt und in ewige Sicherheit gebracht: das gebietet Hochstimmung! Nun müßten die Glocken läuten wie in Thomas Manns letztem vollendetem Roman, dem »Erwählten«. Denn es gilt, den in dieser Edition gebannten Geist »des Erzählens«, wenn schon nicht den »Geist der Erzahlung« zu feiern.

Vollendungsglück, endliches lebensvolles Fertig-Geworden-Sein macht manche Eltern heiter gleichgültig gegen kritische Äußerungen. Stört da nicht den einen nörgeligen Onkel das unnötige Hämatom, mißfallen der mißgünstigen Tante die allzu ungleichen Proportionen? Ich kenne und respektiere Autoren wie Verleger, deren Vollendungsglück so groß ist, daß derartiges Räsonieren an ihnen abgleitet. Hauptsache: durchgestanden, fertig geworden, Lebendiges geboren haben – denken sie. Und haben vielleicht gar nicht so unrecht.

Thomas Mann selbst gehörte wahrlich nicht zu solchen beneidenswert unempfindlichen, kritikresistenten Autoren-Tieren. Sein Ego litt sogar übermäßig unter Urteilsschelte. Wir wissen: Er schrieb vorsichtig und vorbeugend seinen Rezensenten Dankesbriefe, warf sich, falls er es einmal vergessen hatte, im Tagebuch vor: »Ein solches Versäumnis rächt sich immer.« Der weltläufigste und berühmteste Ironiker unserer Literatur mochte sich nicht vorstellen, negative Besprechungen könnten womöglich etwas anderes sein als hämische Produkte von Parteilichkeit, Boshaftigkeit, Dummheit oder Gekränktheit. Thomas Mann brauchte Lob von nah und fern als Produktionsstimulanz. Wie gut verstehen wir ihn.

Die zehn Tagebücher spiegeln in Thomas Manns zupackend gescheitem, unvergleichlich formuliersicherem Temperament eine phantastische Fülle künstlerischen Erfahrens, suchenden Grübelns, privater Lebensverrichtung, politischen Wollens und Eiferns. Sie geben Kunde von bürgerlichem Sorgen und Beharren, stolzem und oft mutlosem Sich-Behaupten. Und zwar zuerst im München der Räterepublik und Nachkriegsverzweiflung von 1918 bis 1921. Dann, zwischen 1933 und 1937, vibrieren sie vom Leiden an Deutschland. Es folgt der Aufbruch zu den Neuen Ufern Amerikas Ende der dreißiger Jahre, folgt die fast ein wenig kompensatorisch wirkende Hoffnung auf den »Kommenden Sieg der Demokratie«. In Amerika setzt allmählich eine Distanzierung von den USA und ihrer politischen Haltung ein. Thomas Mann fühlte sich heimatlos. Denn die liberale Massendemokratie, die egalitäre Propagandamaschinerie mit den Auswüchsen einer ruchlos kecken freien Presse konnte für unseren längst elitär-weltberühmten Dichter, zumal nach Roosevelts Tod, anscheinend keine Heimat mehr sein. Das kommunistische Rußland bot sich genauso wenig als konkrete Lebensmöglichkeit an für den verwöhnten Großschriftsteller, der unter dem demagogischen Irrsinn der Moskauer Prozesse seufzte und sich wenig Illusionen machte über die von Stalins Funktionären betriebene Kultur-Gängelei.

Immerhin schien dem Meister ein rotes Europa eindeutig wünschbarer als ein braunes. Nach 1945 mißtraute er Adenauer-Deutschland. Die amerikanische Mischung aus militärischer Macht, Freund/Feind-Denken und Unreife stieß ihn ab. Der Drang zur europäischen Erde – er nannte ihn »irrational« – wurde in der Seele des alten Herrn, der Wert legte auf hohes »Lebensniveau«, immer stärker. So blieb am Ende und fürs Ende nur die Schweiz, deren kompakten Proamerikanismus Thomas Mann in Kauf nahm.

Um alles kreisen abertausend Tagebuchüberlegungen. Zwischen 1933 und 1955, geplagt vom Herzasthma des Exils, vollendete Thomas Mann die »Joseph«-Tetralogie, den »Faustus« und das Spätwerk. Dazu Novellen, Essays, Vorträge, Rundfunksendungen. Waren nicht gerade Vortragsreisen zu absolvieren, dann verzeichnen die Tagebücher Abend für Abend Schallplatten mit stetiger Wiederkehr erstaunlich oft wiederholter Lieblingsstücke von Wagner, Brahms, César Franck und Tschaikowsky. Nachts unersättliches Lesen. Dazu Gespräche mit aller Welt. Nicht zu vergessen: die sorgfältigen Mitteilungen übers Verhalten der geliebten Hunde. Schließlich die eisern pflichtbewußte, tapfer-pedantische Rechenschaft über Physiologisches: Schlafmittelkonsum, Rektaljucken, stolz ertragene und erledigte Erektionen. Bei alledem eine – je vorbehaltloser man sich in die zehn Bände versenkt, desto rührendere – tiefe Solidarität mit den Sorgen und dem Glück seiner Katja. Wir sind hier noch nicht beim wertenden Analysieren des riesigen Tagebuchstoffes. Doch bereits während ich ouvertürenhaft andeute, wovon diese faszinierenden Notate handeln, möchte ich emphatisch feststellen: Auch wenn es manchmal zu Differenzen, zu kleinen Explosionen kam zwischen Katja und ihm – für die er übrigens im Tagebuch fast immer voller Bedauern die Schuld auf sich nimmt! –, man muß sich blind und taub stellen, um nicht zu erkennen, daß sie, Katja Pringsheim, die große und auch geliebte Verbindlichkeit seines Lebens war. Ich weiß, ich weiß, und er beteuert es selbst: Einige homophile Liebeserlebnisse, der Anblick junger Männer, ihrer Leiber, ihrer Beine und die selige Schwärmerei dafür verschaffen ihm erotische Beglükkungen wie sonst vielleicht nichts. Es handelte sich dabei um keine Altersaberration. Im März 1919 erlebte er beispielsweise eine Matinee der Tänzerin Gertrude Barrison, über die Hofmannsthal alias Loris schon 1896 eine schwärmerische Würdigung verfaßt hatte. Und die nun, allerdings dreiundzwanzig Jahre später, in den Münchner Kammerspielen Proben ihrer vom Jugendstil geläuterten Kunst gab. Sie war also nicht mehr die Allerjüngste, woraus man ihr keinen Vorwurf machen kann, wenn es im Tanzfalle auch nicht gerade ein Vorteil sein mag. Dazu dann Thomas Mann im Tagebuch (TGB 1918–1921, S. 176ff.): »Tänze der Barrison. Öde, ja widerlich. Für den ersten jungen Mann, den ich nachher auf der Straße sah, empfand ich etwas wie Begeisterung nach so viel ranzig-graziöser Weiblichkeit.«

Was immer derartige Zitate besagen mögen über Thomas Manns Präferenzen: In den Tagebüchern ist das Verhältnis zwischen Katja-Zuneigung und Jungmänner-Schwärmerei 100, wenn nicht 1000 zu 1! Und noch mehr: Katja litt manchmal unter der streitsüchtigen Radikalität von Erika, die hochbegabt, exaltiert schwierig und ihres Vaters geliebte älteste Tochter war. Im Tagebuch ergreift Thomas Mann bei solchen Mutter-Tochter-Streitereien stets Katjas Partei, blutenden Herzens vielleicht. Katja war – als Partnerin, Stütze, Abwehrwall gegen eine lästige Umwelt – sein herzlich geliebter Bezugspunkt auf dieser Erde. Mag dabei auch Werkegoismus mitgespielt haben, weil er ohne Katja schwerlich noch zum Produzieren gekommen wäre.

Es ist sinnlos, Art oder Inhalt dieser vielen tausend Tagebuchseiten auf irgendeinen Begriff bringen zu wollen. Solche Gedanken und Lebensfülle trotzt jeder Definition. Soviel aber läßt sich doch sagen: Wir haben es hier stets mit Situativ-Ehrlichem, mit Authentischem zu tun. Mit einer Wortwelt, die zu faszinieren vermag, auch wenn in ihr durchaus manches Läppische, Lappalienhafte zur Sprache kommt. Diese Thomas Mannsche Wortwelt ist Ergebnis einer nie nachlassenden, produktiven Reizbarkeit. Sie vibriert auch bei den knappsten Mitteilungen von einem persönlichen Sprachrhythmus, der dem Künstler Thomas Mann offenbar auch ganz spontan, absichtslos aus der Feder floß. Und diese Tagebuch-Wortwelt fasziniert mit einer unverhohlenen Radikalität oft verdrossener, manchmal begeisterter Meinungen. Produktive *Reizbarkeit*, persönlicher *Sprachrhythmus*, erstaunliche *Radikalität* können bewirken, daß jemand, dessen Empfänglichkeit und Urteilskraft ohnehin von Thomas Manns Romanen und Essays mitgeprägt wurde, auch diesen Tagebuchbänden erliegt wie einer Sucht. Soviel als Ouvertüre.

Warum aber führte Thomas Mann offenbar lebenslang Tagebuch? Was macht die vorliegenden Bände für uns bedeutsam? Warum ist es möglich, diese Aufzeichnungen in Beziehung zu bringen sogar zu Shakespeares Königsdramen? Was erfahren wir über seine seltsam sorglose Liebesbeziehung zur Musik, über sein professionell unbestechliches Scharfgefühl für Literatur? Welche Binnendramen, Tragödien, aber auch Komödien entstehen in und zwischen den Zeilen dieser Tagebücher?

»Wo Wort ist«, notiert Thomas Mann am 4. Februar 1934, »ist sofort auch Geist, Melancholie, Kritik, Schärfe.« Das verdeutlicht den Ernst alles sprachlichen Fixierens, die Verantwortung scharfen, kritisch-melancholischen Bewußtmachens durchs Tagebuchwort. Doch das Tagebuchführen ist für einen Thomas Mann noch viel mehr gewesen. *Nämlich des Geistes heller Sieg über die Qual der Zeit.* Er liebte es, den fliehenden Tag festzuhalten. Und bei diesem Verwandeln von Geschehnis in Wort bringt Thomas Mann bereits 1903, im »Tonio Kröger«, das Verbum »lächeln« ins Spiel. Da heißt es: »Sich von der Traurigkeit der Welt nicht übermannen lassen; beobachten, merken, einfügen, auch das Quälendste, und übrigens guter Dinge sein...« Nun aber der entscheidende Satz: »...erkennen, merken, beobachten und das Beobachtete lächelnd beiseite legen...« Ja, *lächelnd.* Siebenundvierzig Jahre später, wenn Thomas Mann erwägt, seine Manuskripte einschließlich der seit 1933 geführten Tagebücher einer Bibliothek zu überlassen, verlangt er, die Tagebücher dürften erst 20 oder 25 Jahre nach seinem Tod der Forschung zugänglich werden. Im nächsten Satz folgt eine Prophezeiung, eine mystisch entrückte Spiegelung des Tonio-Kröger-Lächelns. Was prophezeit Thomas Mann beim Bekanntwerden seiner privaten Tagebuchaufzeichnungen? »*Heitere* Entdeckungen dann, in Gottes Namen.«

Und die können wir nun machen. Dabei wäre es ein fatales Mißverständnis, zu unterstellen, Thomas Mann habe beim Tagebuchschreiben immerfort wissend geschmunzelt. 1942 knurrte er finster: »Wundere mich vor Niedergeschlagenheit, daß ich bedeutende Werke hervorbrachte. Über das Falsche, Schädliche und Kompromittierende des Tagebuch-Schreibens, das ich unter dem Choc des Exils wieder begann und fortführe, um diese Geschichte zusammen mit meinem Alltag zu notieren.« Und nachdem der Achtundsiebzigjährige in Kilchberg ein paar Tage sine linea, ohne Tagebucheintragungen also, hatte verstreichen lassen, erfahren wir: »Das Tagebuch ekelte mich, wie mich alles ekelte ...«

In der Zeit der Hitlerherrschaft, der Hitlerkriege – wie oft erfahren wir in den Notaten und Anmerkungen etwas über furchtbare Schicksale, Selbstmorde, KZ-Opfer – hatte Thomas Mann Schlimmes durchzustehen. Dem stellte er sich *als Künstler* im »Doktor Faustus«. Und als Chronist im Tagebuch. Notieren können, mit Worten festmachen dürfen, nicht zu totem Schweigen verurteilt sein, das war für Thomas Mann in höllischer Zeit wohl ein Trost. Ein Davonkommen. Wir dürfen voller Respekt an einen gewaltigen Shakespeare-Vers aus dem »König Lear« denken: »Es ist das Schlimmste nicht, solange man sagen kann, dies ist das Schlimmste.«

Was aber bedeuten – nun folgt der zweite Akt – Thomas Manns Tagebücher für uns? Er selbst schrieb ja aufs versiegelte Konvolut der Tagebücher 1933–1955: »Daily Notes from 33–51. Without literary value, but not to open by anybody before 20 Years after my death.« Also: die Aufzeichnungen seien ohne jeden literarischen Wert. Aber von niemandem zu öffnen, bevor der Schreiber 20 Jahre tot sei. Das unscheinbarste, doch wichtigste Wörtchen dieser Anweisung ist das »but«, also das »aber«. Wir begegnen diesem differenzierenden »aber« immer und immer wieder, wenn wir uns in Thomas Manns

Notizen versenken. Dabei erkennen wir, daß es sich zwar nicht um Kunstwerke handelt bei Tagebuchaufzeichnungen – denn sie unterwerfen sich keinem Formanspruch, keiner einzuhaltenden Darbietungsregel, keinem Maßstab ästhetischen Gelingens. Doch Thomas Manns klares, hilfreiches und oft spannendes Begreiflichmachen differenzierter Seelenzustände, die Fülle festgehaltener Lebens-, formulierter Welterfahrung: Alles das stellt wahrlich auch eine hohe Qualität dar.

Als die Tagebücher in den siebziger Jahren zu erscheinen begannen, mokierten sich manche Leser über des Autors unübersehbare hypochondrische Pedanterie. Die Schlafmittel, die Juckzustände, der Ärger über zu wenig Hervorrufe nach zu schwach applaudierten Vorträgen. Die nervösen Befindlichkeiten. Ein wenig drollig mutet es schon an, wenn der Meister uns im Jahre 1921 von folgender Not Kunde gibt: »Auch leide ich seelisch und körperlich darunter, daß [Größe] Nr. 4 aller Unterkleider mir zu klein, Nr. 5 mir zu groß ist.« Da darf gelächelt werden. Gleich »seelisch« leiden unter derartigem ...

Dieser partiellen Unterschätzung der Tagebücher folgte später, wenn ich recht sehe, eine vielleicht noch gefährlichere Überschätzung und Ausschlachtung ihrer privaten Mitteilungen. Im Tagebuch, nicht wahr, da begegnen wir doch dem »eigentlichen« Thomas Mann. Dem, was er wirklich dachte. Da hören wir endlich seine Herztöne – und sind gerade nicht ausgeliefert seinem Taktieren, seinen höflichen Ausweichmanövern, seinem verschleiernden Kunstüberbau. So wurden die Tagebücher zum Reservoir derer, die zwischen dem in den Diarien fixierten »Essentiellen«, »Direkten«, »Ungeschminkten« einerseits und dem von Thomas Mann öffentlich Produzierten schadenfroh unterscheiden wollen. Er selbst leistet solchem Denken of Vorschub. Notiert beispielsweise, daß er Jakob Wassermanns Roman »Christian Wahnschaffe« für »mondänes Kino« hält. »Nichts hat rechte Wirklichkeit, ist recht ernst zu nehmen. Dies ist mein geheimer Eindruck, so hochtönend ich ihm darüber schrieb.« Jetzt zucken wir alle moralisch zusammen. Als ob nicht beinahe jeder schon mal einem Autor was Nettes geschrieben oder ins Gesicht gesagt hätte, was der gramvollen eigenen Überzeugung nicht reinlich entsprach. Wer noch nie in dieser Weise verbindlich schmeichelte, bitte die Hand zu heben.

Lassen Sie mich hier beschwörend aussprechen: Es ist ebenso unfair wie unangemessen, wenn wir Nachgeborenen Thomas Manns Tagebücher mit all ihren Bekenntnissen über Menschen, Mächte und Bücher – als seine eigentlichen, wirklichen Überzeugungen direkt gegen ihn kehren. »Autos epha.« Oder, wie heißt es im »Figaro«? »Denn er ist der Vater – er sagt es ja selbst.« So können die Tagebücher zur Spielwiese für Psychologen und Amateuranalytiker, zum Weideland für Dissertanten herhalten, die nach »Brüchen« suchen und vielfach fündig werden.

Dafür, daß in den Tagebüchern zwar Situativ-Authentisches steht, spontan Gefühltes, sonst Unterdrücktes auch, aber gerade keineswegs unbedingt Wahres, Endgültiges, unwiderlegliches Beweismaterial, dafür zeugt zunächst ganz simpel die enorme Widersprüchlichkeit der Eintragungen. Dafür zeugen unübersehbar die heftig wechselnden Stimmungen, Launen, Urteile. Heute ist ihm Mahlers »Lied von der Erde« unerträglich, morgen ist es Mahlers bestes. Heute erscheint ihm Hans Reisiger als Krippenreiter und Schmarotzer, morgen als bester Freund, der wie keiner das Herz aufgehen läßt.

Was die ebenso hochmütigen wie amüsanten Schmähungen angeht, mit denen der Tagebuchschreiber Nahestehende und Ferne süffisant oder klagend bedenkt, so liegt es doch nahe, daß ein reizbarer Schriftsteller gegen den Zwang, gegen das Grau in Grau mannigfacher persönlicher Verknüpfungen aufbegehrt, gerade gegen Freunde, Verwandte – und im Tagebuch heftig loslegt. Was möchte Thomas Mann der hilfsbereiten, unentbehrlichen Agnes E. Meyer nicht für Unfreundlichkeiten entgegenschleudern wegen ihres platt patriotischen Amerikapositivismus. Und wo tut er's? In Briefen nur höchst andeutungsweise – wohl aber zügellos im Tagebuch. Eine Abreaktion. Aber gewiß nicht die ganze Wahrheit seines Empfindens, Fühlens. Beim geheimen Tagebuchschreiben kann er – mit einem Schuß Übermut und einem Schuß Grantigkeit – wunderschön Rache nehmen an den Forderungen des Tages, der Sozialität. Die Eintragungen bieten mithin Partikulares, Teilrichtigkeiten, keineswegs die sogenannte ganze Wahrheit. Als man den spröden Johannes Brahms einmal nach seinen tief-privaten Gefühlsumständen befragte, gab Brahms zur Antwort, man solle seine Musik hören, sie enthalte alles, was in seiner Seele stecke. Thomas Mann wiederum sagte stolz: »Wo meine Bücher sind, da bin ich. Sie sind ja schließlich das Destilliert-Beste von mir...«

Derartige »Destillate« aber stellen seine Tagebücher keineswegs dar. Wir dürfen sie auch nicht mit autobiographischen Texten verwechseln: weil Biographien in der Regel *nach* dem gelebten Leben oder Lebensabschnitt verfaßt werden, doch nicht währenddessen. Überdies hat George Orwell in seinem Salvador-Dali-Essay großartig befunden, wer über sein Leben »nur Gutes zu sagen weiß, lügt in den meisten Fällen, weil jedes Leben von innen her gesehen nichts weiter als eine Kette von Niederlagen ist«.

Doch was macht nun Thomas Manns Tagebücher für uns so wichtig? Antwort: Thomas Mann war wohl doch der größte, repräsentativste, schreibmächtigste und universalste deutsche Autor der ersten Jahrhunderthälfte. Diesen Künstler konfrontierten Geburt, Schicksal und Heimsuchung mit einer Geschehnisballung, der gegenüber sich vergleichweise harmlos ausnimmt, was in der zweiten Hälfte unseres Jahrhunderts bislang passierte. Literarisches, Anekdoten, kulturkritische Bemerkungen, wie sie in Schriftstellertagebüchern naheliegenderweise die Hauptrolle spielen, gibt es bei Thomas Mann wahrlich auch. Hinzu kommt sein passionierter Blick auf Politik und Weltgeschehen, die ebenso intelligente wie wahrhaftige Prüfung und Verwerfung eigener Haltungen und Ansichten.

Dazu das begierige Aufgreifen aller in Notzeiten und erst recht in Emigrantenzirkeln wüst kursierenden Parolen, Gerüchte und Geheiminformationen aus stets bestinformierter Quelle. Die sich vierundzwanzig Stunden später als völlig trüb und haltlos erweist.

Bei alledem war Thomas Manns Kraft, knapp und schlagend zu formulieren, was ihm das Herz schwer machte, so groß, so originell, in der ihn gerade beherrschenden Gefühlslage so authentisch, verstehbar und wahrhaftig, daß wir in den Tagebüchern ein Zeitdokument von ziemlich einsamem Range besitzen. Ein genial gescheiter reizbarer Autor liefert uns die umfassende Chronik einer blutigen und finster-dramatischen Epoche! Es sind keine Kunstwerke. Und doch wollen wir den Vergleich nicht unterdrücken. So wie die Briten glücklich darüber sein dürfen, daß ihr größter Dramatiker in den Königsdramen die für England so schicksalhaften »Rosenkriege« gestaltete, so bieten Thomas Manns Tagebücher uns die furchtbarste und folgenreichste Epoche deutscher Geschichte und weltpolitischer Entwicklung in meisterlicher Sprache und intellektueller Differenziertheit – notiert von einer der reizbarsten Schriftstellerintelligenzen, die unsere Nation hervorbrachte.

Ich möchte diese Analogie nicht überanstrengen. Jeder englische Historiker weiß, daß Shakespeare aus gutem oder opportunistischem Grund den »Tudor-Mythos« in seinen Königsdramen einseitig verherrlichte, weil die Königin Elisabeth das wohl nicht ungern sah. Was nun Thomas Manns Dokumentation von Nazizeit, Krieg und nach 1945 beginnendem Kalten Krieg angeht, so bedarf da manches Parteiische oder Befangene auch der Korrektur. Genau dies aber ist der Moment, die Arbeit der Herausgeber zu preisen. Sie hatten mit Hilfe vieler Helfer mitzuhelfen, aus Thomas Manns Tagebüchern die Geschichtslesebücher eines großen Zeitzeugen zu machen. Wir alle sind tief in Peter de Mendelssohns Schuld, der die ersten fünf Bände herausgab. Er gehörte sozusagen noch zur Familie.

Seine Kenntnisse kamen von der Quelle, wenn er auch, wie er mir einst gestand, ganz hübsch darunter litt, in hohem Alter immer bloß erläuternde Fußnoten verfassen zu müssen. Ich fragte ihn übrigens einmal, was ihm an Thomas Mann besonders aufgefallen wäre. An die Antwort erinnere ich mich genau, so verblüffend wirkte sie damals auf mich. »Thomas Mann«, sagte Mendelssohn, »hatte manchmal etwas Allotriahaftes, Lausbubenartiges, unseriös Verschmitztes.« Wirklich? Lassen wir diese Seltsamkeit im Raum stehen.

Inge Jens, deren Riesenfleiß wir die letzten fünf Bände verdanken, ging beim Kommentieren und Dokumentieren noch einen Informationsschritt weiter als ihr Vorgänger. Im Tagebuch von 1935 bis 1936 steht beispielsweie am 24. März 1936: »Trostlose Kundgebungen englischer Bischöfe gegen ihre Regierung aus deutschfreundlicher Sentimentalität und Dummheit.« Dann, etwas später: »Über die Oxfordbewegung, kapitalistische Innerlichkeit, Automobil, bequem, mit Christus als Chauffeur.« Punkt. Was nun genau die englischen Bischöfe forderten, die pazifistischen Oxfordstudenten anstrebten: das erläutern Mendelssohns Anmerkungen nicht. Das müssen wir wissen oder erschließen. Inge Jens hingegen macht sich keine Illusionen über ihre Leser; sie hilft umsichtig und ausführlich: Ob sie nun dokumentiert, was zwischen Truman, Churchill und Stalin in Potsdam auch musikalisch geschah, ob sie Armin Eichholz' ironischen Bericht über eine Lesung Thomas Manns *zitiert*, oder Tillingers effektvolle Anti-Thomas-Mann-Tiraden *dokumentiert*, die den Dichter in Amerika so kränkten.

Begibt man sich in diese Tagebücher – kehrt man irgendwann einmal aus ihnen blinzelnd zurück in unsere Wirklichkeit –, dann macht man zunächst eine beängstigende, ja peinliche Erfahrung. Wie maßlos das manchmal tönt: elitär überheblich in der Verachtung, wandelbar widersprüchlich in der Bewunderung! Thomas Manns blitzende Radikalität beschädigt das Bild vom ausgleichenden Lübecker Patrizier. Der ist bestimmt kein immerfort bedächtiger Typ vorsichtigen Ausgleichs gewesen, wie er und erst recht die Sekundärliteratur es gern suggerieren.

Doch Thomas Manns Exzentrik erweist sich, je länger je mehr, keineswegs als peinliche Schwäche – sondern als Ausdruck von Fülle. Hier wird Weltgeschichte dokumentiert von einem Autor, der nicht bloß einen kleinen, fabelhaft richtigen Standpunkt, nicht nur eine Linie, eine Partei, eine Denkweise vertrat – sondern von jemandem, der viel, fast alles in sich hatte. Er ist kein enger, spezialisierter, sittlicher, aufgeklärter Literatentypus gewesen. Eben nicht bloß Romancier, belesener Kenner, sensibler Analysierer. Sondern auch und bis zum Exzeß konservativ-chauvinistischer Patriot, trotz der Ehe mit einer geliebten Jüdin manchmal und immer wieder verdammt antisemitisch. Dann auch demokratischer Wanderprediger in Amerika, fanatischer Hitler-Hasser, Sympathisant eines roten Europa. Ich könnte hier – freilich immer brillant formulierte – Zitate anführen, daß einem die Haare zu Berge stehen. Fürchterlich! Tageszeitungen, heißt es beispielsweise, sind die »grauenerregend losgelassene Bestie der Demokratie«. Während der Räterepublik mißfiel unserem Autor als damalige Führerfigur »ein schmieriger Literaturschreiber wie Wilhelm Herzog, der sich durch Jahre von einer Kinodiva aushalten ließ, ein Geldmacher und Geschäftsmann im Geist, von der großstädtischen Scheiß-Eleganz des Judenbengels«. Herzliche Sympathiebekundungen sind das nicht gerade, sondern funkelnde Haßliebe. Später befreundete er sich übrigens mit Herzog.

Grandios einleuchtend porträtiert er in den dreißiger Jahren Hitler – kürzer und schlagender noch als im berühmten Essay »Bruder Hitler«, klüger und umfassender auch, als es etwa Bertolt Brecht in seinen Tagebüchern tat. Ganz zuletzt, als er sich über eine Rede des Präsidenten Truman ärgerte, fauchte er dann wieder: »Dümmer hat Hitler nicht gequatscht.« Wir spüren: Er formulierte nicht ausgleichend, sondern extrem, lustvoll exzessiv. Doch während bei den meisten Literaten die Übertreibungsmasche ein sicheres Zeichen von Dummheit ist, von Simplizität, Einseitigkeit, blödem Genie-Simulantentum – übertrieb Thomas Mann sprühend intelligent. Das war das Nietzschehafte seines Geistes, seines Tagebuchführens auch …

Von der differenzierenden Funktion des »aber« in seinen Notizen war schon die Rede. »Unmögliche Lage der Deutschen«, heißt es 1948, »die in Mißerfolgsbegeisterung nun gegen Friedrich, Bismarck, Nietzsche, Wagner wüten und Jahrhunderte ihrer Geschichte abschütteln wollen … Es ist aber Konjunktur-Schreiberei.« Wo er aufs »aber« verzichtet und Adjektive in *einem* Bestimmungsfeld spannungsvoll gegeneinander setzt, da triumphiert reizbare Meisterschaft. Inwiefern ging ihm Schwägerin Pringsheim auf die Nerven? Sie sei, und nun wörtlich, »entsetzlich öde, verbraucht und böse«. Bemerkenswert, wie verschieden dieser Adjektive ihr Objekt einfangen. »Entsetzlich öde« – das meint Langeweile, leere Plattheit. »Verbraucht« zielt auf ein tristes So-Geworden-Sein. Sie hat nichts hinzugelernt, wußte dem Leben nichts Neues abzugewinnen, nutzte nur ab. Das wiederum wäre fast mitleiderregend. Dem fährt das dritte Charakterisierungsadjektiv in die Parade. »Böse.«

So konnte er schreiben. Später ließ die Schärfe nach, blitzte aber immer wieder auf. Und der Rhythmus erstarrte ein wenig. Gleichwohl, am 30. August 1952 notiert der Siebenundsiebzigjährige: »Mit Katja gegangen, aber bald zur Umkehr gedrängt, da schon nach 10 Minuten der Kopf so müde, daß mir die Augen zufallen und tiefe Unlust, eine Sterbensverdrießlichkeit mich beschleicht.« Im Banne des erschütterten Ausdrucks »Sterbensverdrießlichkeit« – das ist wohl ein Neologismus – überliest man leicht, mit welch unerwartet leisem, zartem, entmutigtem Verbum der Satz endet. Verdruß *befällt* einen doch, *überwältigt*. Thomas Mann aber notiert: »… daß mir die Augen zufallen und tiefe Unlust, eine Sterbensverdrießlichkeit mich *beschleicht*.« Beeindruckend, was seine Sprache zutage fördert. Von wegen »ohne jeden literarischen Wert«.

Thomas Manns Äußerungen zur Musik sind enthusiastisch und amateurhaft. Er wollte immer dasselbe. Weniges, ein Leben lang genossen. Kluges, Tiefsinniges sagt er gelegentlich über textabhängige Kompositionen, also über Musikdramatik. Amateur ist er im Sinne eines Liebhabers, eines Liebenden gewesen, der sich seine Empfänglichkeit nicht durch musikologische Bildungshuberei verfälschen oder beeinträchtigen lassen will. Darum war die Fachmannsfunktion Adornos bei der Entstehung des »Doktor Faustus« einerseits nötig – andererseits aber auch prekär. Der Roman leidet unter gewissen musikalischen Übernuancierungen, deren sich Thomas Mann bediente, ohne daß sie aus seiner Seele hätten hervorgehen können...

Einschränkungen wie für die Musiknotate gelten überhaupt nicht für Thomas Manns schlagend sichere, Schwierigstes knapp auf den Punkt bringende literarische Kommentare. Über Anna Seghers: »Viel Kenntnis vom Volk und gemeinen Leben der Zeit, das jargonmäßig auf den Stil abfärbt, der keiner ist.« Während der letzten Jahre in Zürich sieht er vor allem die Grenzen der jüngeren Kollegen. Meint in Max Frischs »Don Juan« einem »oft reizvollen aber etwas leeren Spiel« zu begegnen. Findet bei Dürrenmatt: »Wie man es heute so macht. Nicht ohne Bühnenphantasie, aber« – da ist es wieder, dieses tausendfältige »aber« – »aber ein Gemisch von Anspruch und Billigkeit, Ideenunsinn, langweilig...«

Es sei ferne mir, Thomas Manns Wertungen ausnahmslos zu verklären. Manchmal vertut er sich auch. »Las noch im ›Savonarola‹, der nicht besonders amüsant ist« – was man von einem Savonarola-Text wirklich kaum erwartet. Schlimmer, Zeichen selektiver, politisch fanatisierter Wahrnehmung scheint mir, daß Thomas Mann es fertigbringt, Arthur Koestler subaltern zu schmähen. »Gestern über Koestler, dem sein Renegatentum eine reiche Besitzung eingetragen hat.« Das hat

Thomas Mann eigentlich nicht nötig und Koestler nicht verdient. Was Thomas Manns grellen Antiamerikanismus und seine Kommunismustoleranz angeht, denen wohl auch diese böse Koestler-Schmähung entsprang, so existiert eine seltsame Parallele zu Richard Wagners Antisemitismus. Antisemitismus findet sich bekanntlich häufig in Wagners Schriften und Cosimas Tagebüchern: Doch in Wagners Werken ist er nicht auffindbar. Als Künstler, wo es ihm existentiell wichtig war, hat Wagner keinerlei antisemitische Haltungen oder Überzeugungen eindeutig in seine Tondramen gefügt. Und wenn er es gewollt hätte, hätte er's getan, denn feige gewesen ist er bestimmt nicht. Thomas Mann wiederum ließ in seiner letzten Novelle, der »Betrogenen«, die zur Zeit heftigster Amerikaverdrossenheit entstand, einen jungen Amerikaner als Helden und Liebhaber auftreten. Dieser vierundzwanzigjährige Ken schimpft zwar ein bißchen und ganz lustig auf seine Heimat, hält nicht viel von den großen Städten, aber er ist alles in allem ein netter bis prächtiger Junge. Keine Karikatur, kein Haßgespenst, keine Denunziation seiner Herkunft. Als gestaltender Künstler verhielt sich Thomas Mann fair und freundlich zu dem Land, das ihm im Zweiten Weltkrieg Zuflucht geboten hatte.

Zum Schluß möchte ich noch an einige, sich ganz spontan zusammenschließende, Binnendramen erinnern, die in den Tagebüchern rumoren. Thomas Manns Beziehung zur liebenden Gönnerin Agnes E. Meyer hat ja etwas Lustspielhaftes. Was Thomas Mann wütend über die zahlungskräftige Ziege denkt, was er ihr zähneknirschend brav schreibt, wie er sie doch mag, während sie ihm zwar auch mal was Heftig-Kritisches zu bedenken geben möchte, es dann aber doch lieber für sich behält: Das sind wahrlich Szenen einer Komödie über Reichtum und liebevolles Gereizt-Sein.

Zu den schönsten Seiten der Tagebücher gehört Thomas Manns Schilderung seiner späten, glühenden Empfindungen für den Kellner Franzl. Wie unendlich armselig wirkt da jeder

Spott, jede enthüllungslüsterne Neugier, jedes schlüpfrige Schmunzeln angesichts der herzbewegenden Wirklichkeit eines Loderns, das einzig die Gefühlsphantasie des fünfundsiebzigjährigen Dichters in Flammen setzt. Gerade hat er »Romeo und Julia« gesehen, wo Quadflieg ein »weicher, verwöhnter, ungebärdiger Knabe« gewesen sei. Nun, wenn ihn im Dolder ein hübscher Münchner bedient, behält Thomas Mann anfangs den Kopf souverän oben, notiert lustig: »Der Münchner, prächtiger Nazi... erbat Autogramm von mir.« Doch dann schmilzt aller heitere Spott hin, selbst die Mängel des Idols – »Das Profil nicht sangeswürdig« – werden mit Ausdrücken wahrgenommen, die aus der dichterischen Sphäre stammen, hier aus den »Vertauschten Köpfen«, wo von dem »preisgesangwürdigen ausladenden Schwung der Hüften« des Mädchens Sita poetisch die Rede ist.

Verwirrt überlegt der Berauschte, warum er dies alles aufschreibe. »Um es noch rechtzeitig vor meinem Tode zu vernichten«, so fragt er sich. Oder wünscht er, so überlegt er bedrängt, daß die Welt ihn *kenne*? Danach läßt er einfließen: »Ich glaube, sie weiß, wenigstens unter Kennern ohnedies mehr von mir, als sie mir zugibt.« Wählt aber der Platen-Bewunderer Thomas Mann hier zweimal nacheinander das Wort *kennen* so emphatisch, dann schwingt da, absichtsvoll oder absichtslos, die berühmte Assoziation mit von Platens 123. Gasel: »Noch bin ich nicht so bleich, daß ich der Schminke brauche, / Es kenne mich die Welt, auf daß sie mir verzeihe!«

Namenlose Freude über einen namenlos schlichten Bedanke-mich-Brief des Idols. Das Wort »Entsagung« fällt. Dann siegt die Vernunft. Nur die Dichtung könne ihn von Liebeskummer und Leidenschaften leidlich erlösen. Das hat natürlich auch sein Gutes, Irdisches, befindet der weltberühmte Lübecker Kaufmannssproß. Denn sie, die Dichtung, ist es ja »schließlich, die uns alle ernährt«. Ein Jahr später ergrimmt ihn André Gides, und nun wörtlich, »allzu direkt sexuell aggressives Verhalten gegen die Jugend, ohne Achtung,

Ehrerbietung vor ihr, ohne sich seines Alters zu schämen, unseelisch, eigentlich lieblos«. Wir Leser verneigen uns. Welche Herzlichkeit, welcher Anstand, welche Sympathie mit dem Lebendigen! Die Menschheit muß sich nicht schämen, Thomas Mann zu den Großen zu zählen.

1940 noch hatte Thomas Mann im Tagebuch das Sterben als eine »Zermürbung in Form eines Sich-Selbst-Fremd-Werdens« definiert. Seine allerletzte Eintragung – »Langsam wird sich dies Dasein lichten« – belegt tröstlich, wie wenig er sich fremd geworden in der Zürcher Klinik. Wußte er, daß er sterben muß? Einmal fällt das Wort »zweifellos«. Ironischerweise genau dann, wenn er zweifellos irrt und annimmt, die Venenentzündung, an der er zu laborieren glaubte, sei »zweifellos als eine verspätete Reaktion« auf große Reise- und Redeanstrengungen zu betrachten. Den Professor Löffler charakterisiert er in dieser letzten Eintragung als »sympathische Berühmtheit, etwas Primadonna, aber angenehm« – er tut es also im typischen Tagebuchstil, mit differenzierendem »aber«, keineswegs sich fremd geworden oder zermürbt.

Gar kein Appetit mehr. Qual, Mühsal. Alles scheint sanft ins Dämmern zu geraten, jedes Wort der allerletzten Eintragung belädt sich mit zarter Vieldeutigkeit. »Lasse mir's im Unklaren, wie lange dies Dasein währen wird. Langsam wird es sich lichten.« Ob dies Sich-Lichten die Klarheit eines irdischen Wieder-Gesund-Werdens beschwört – oder ein ganz anderes Licht in der Nacht, nämlich den Schimmer des Paradieses?

Welch herzbewegender dichterischer Schluß. Nur war das Tagebuch keine Dichtung, sondern Diarium. Darum endet es herber. Nämlich mit den Worten: »Verdauungssorgen und Plagen.«

Als Thomas Mann sein Tagebuch der »Entstehung des Doktor Faustus« an die Öffentlichkeit gelangen lassen wollte, zögerte er. Denn, so befand er, Anmaßung, Prätention und Vertrauensseligkeit seien vom »Autobiographischen ja nie zu trennen. Man denkt, sich Freunden zu eröffnen und eröffnet sich... jedem. Zum Beispiel Herrn X., der sich natürlich ärgert.« Es liegt an uns, diese Thomas Mannsche Tagebuchskepsis zu widerlegen. Feiern wir des Dichters Vertrauensseligkeit als ein Geschenk. Als ein Geschenk, das unser Empfinden verändern könnte und unser Leben bereichern. (1996)

Die Kunst der Sarah Kirsch

Gelassen zumeist, aber nach Kräften unversöhnlich, witzig manchmal, doch auch prosaisch karg, wundergläubig und tapfer verzweifelt abwiegelnd: so vermag Sarah Kirsch zu dichten über letzte wie nächste Dinge.

Wer irgendwann einmal von Sarah Kirschs Kunst getroffen wurde, der reagiert nicht mehr vernünftig abwägend, wenn es um ihre Gedichte geht, um ihren »Ton«, der soviel verrät von unserer Lyrikerin Befindlichkeit und Seele, aber weit mehr noch über unsere Zeit und Welt. Die Beziehung zu Gedichten hat mit allem möglichen zu tun: also mit Geschmack und Neugier, mit einem Eskapismus-Bedürfnis, dessen man sich wahrscheinlich schämen müßte, auch mit der Sehnsucht nach Kürze, Kunst, Form und Vollendung. Vor allem aber spielt etwas Erotisches mit. Und zwar etwa so, wie man von einem Musikstück in einer ganz bestimmten Schallplatten-Interpretation besessen sein kann. Führt man diese Interpretation werbend einem Freund vor, woraufhin der unbeeindruckt nörgelt: »Mich überzeugt diese Lipatti-Aufnahme nicht, und von Mozart gibt es auch Besseres« – dann reagiert man keineswegs »tolerant«! Sondern verletzt, tiefgekränkt, betroffen. Und stellt sich verstohlen die irre Frage, ob der Lipatti diesmal nicht womöglich wirklich matter gespielt habe in seinem CD-Gefängnis. Nur Übermenschen räumen sogleich souverän lächelnd ein, Geschmäcker seien halt verschieden.

Bei Sarah Kirsch wird viel über Liebe gesungen und gesagt, munter glücklich behauptet und später tapfer ein wenig zurückgenommen. Herz und Stolz ganz zu zerschmettern, das gelingt dieser grausig elementaren, rückgrat-zerbrechenden Affektmacht im Falle der Füchsin Sarah Kirsch freilich doch nicht. Auch von Jahreszeiten ist die lyrische Rede, von Reisen, nördlichem Spuk, Städtischem, später immer mehr Bäurisch-Ländlich-Spökenkiekerischem. Die herbe Erfahrung des Älter-Werdens, die grimmerzeugende Einsicht in wahnsinnsnahe, widernatürliche ökologische Selbstzerstörung: Auf alles das reagiert unsere Autorin weder nostalgisch noch sentimental. Sie äußert Fassungslosigkeit gefaßt. Der Gedanke an Selbstmord scheint ihr immer noch näher als Selbstmitleid.

Solche allgemeinen Feststellungen sind aber ungefähr so triftig wie getragene »letzte Worte«, deren Sprecher, deren Hintergrund man nicht kennt. Was sagt uns ein »Ach«, wenn wir nicht wissen, daß es von Alkmene, ein »Mehr Licht«, wenn wir vergessen haben, daß es von Goethe kommt... Unmittelbar kennzeichnend, unverwechselbar charakteristisch an Sarah Kirschs Lyrik ist indessen die Art, wie zwei schwerlich direkt aufeinander beziehbare Elementar-Erfahrungen ausgesprochen werden. Nämlich zum einen ihr unaustilgbares Bedürfnis nach *Flucht*. Nach Freiheit. Nach Entfernung aus sich Verhärtendem, aus Umgarnendem, Stumpf-Machendem. Ihr Drang zum Neubeginn. Die andere Ur-Erfahrung von Sarah Kirsch wäre: Durch ein *Fenster* der Welt begegnen. Also: Behaust-Sein. Isoliert sein vom Draußen. Und dabei durch die Fensterscheibe wahrnehmen, wie es oder er oder sie erscheint: Ein Tier. Ein Unbekannter. Eine Herausforderung. Ein Engel.

Man soll das alles nicht gleich »interpretieren« wollen. Also der »Flucht« ein freiheitsseliges »Stirb und Werde«-Ethos als tiefen Sinn unterstellen. Oder dem Blick aus dem Fenster irgendeine Spiegel-Mystik beimengen. Glas als Symmetrieachse zwischen dem Zuhause und herandrängender Fremde...

Sarah Kirsch trauert dem mittlerweile verschiedenen Arbeiter- und Bauern-Staat, so freiheitskühl war und ist sie, durchaus weniger nach als manche, infolge der »Wende« arg verbiesterte DDR-Literaten. Lakonisch und zwerchfellerschütternd boshaft schrieb sie im Prosaband »Spreu«: »Die Autoren in der DDR würden meinen, sie stäken in einer Krise. Ach du schweiniges Vaterland du. Wie ist mein Zwerchfell erschüttert. Was es für ewige schlottrige Angsthasen doch sind.« Seinerzeit, im Gedicht »Fahrt II«, hatte es scheinbar unverfänglich, im Hinnehmen vorwurfsvoll, geheißen: ». . . ich weiß und seh / keinen Weg der meinen schnaufenden Zug / durch den Draht führt«.

Was das Fliehen-Wollen betrifft: es muß gar nicht immer die »Freiheit« sein. Nach einem »Landaufenthalt« sinnierte die junge Literatin: »werde wohl bald / in meine Betonstadt zurückgehen hier ist man nicht auf der Welt«.

Manchmal verbirgt sich ihr Flucht-Drang, Flucht-Zwang in unauffälligen Kadenzen. »Bevor ich stürze, bin ich weiter«, heißt es am Ende von »Katzenkopfpflaster«. Ja, das Bewußtsein, unerträglich eingepfercht zu sein in Kategorien oder Koordinatensysteme, bewirkt in der Seele dieses dichtenden Ich sogar einmal Haß auf Frühling und Leben. »Ende Mai« schließt grimmig, wobei das merkwürdig armselige Adjektiv »unfroh« an Hölderlins gleichfalls eher dissimulierendes »unbequem« (»vor das Auge mir«) erinnert. Es heißt:

»Unfroh seh ich des Laubs grüne Farbe, verneine
Bäume Büsche und niedere Pflanzen: ich will
Die Blätter abflattern sehen und bald. Wenn mein Leib
Meine nicht berechenbare Seele sich aus den Stäben.
Der Längen- und Breitengrade endlich befreit hat.«

So geht das weiter. Vom flucht-artigen »kurze Aufenthalte / Alles wieder zusammenpacken und fort« bis zum Fazit, das Sarah Kirsch, längst BRD-Bürgerin, in »Erlkönigs Tochter« zog:

»Leicht

Gab nichts das mich
Aufhalten konnte kein Festland
Hat mich lange beschäftigt. Immer
Sprang ich auf das letzte
Fahrende Schiff im September.«

Aber in rauher Empirie konnte und kann sie gewiß nicht so leicht weg, wie ihr lyrisches Ich das wohl möchte. Da geht es dieser deutschen Dichterin wie jenem Sohn des Bremer Kaufmanns Kreutzner, der nach Schiffbruch jahrzehntelang auf eine Insel gebannt war und es dort sogar dazu brachte, zur Symbolfigur des produktiven europäischen Kolonialismus zu werden. (Kreutzner-Vater, nach England ausgewandert, nannte sich in York, weil es für die Briten verstehbarer war, Crusoe – sein Sohn Robinson ließ trotz mehrerer warnender Erfahrungen nicht von Abenteuern, bis er ziemlich allein in der Insel-Falle saß.) Sarah Kirschs Gedicht »Crusoe« besingt den ermutigenden Charme der Einsamkeit. Mag ja sein. Aber ihre stets fluchtbereite Seele beneidet beim Drachensteigen das wegfliegende Spielzeug, als wäre es der »Fliegende Robert«. So vibriert die Spannung zwischen Bleiben und Fortfliegen im Gedicht »Der Rest des Fadens«:

»Drachensteigen. Spiel
Für große Ebnen ohne Baum und Wasser. Im offenen Himmel
Steig auf
Der Stern aus Papier, unhaltbar
Ins Licht gerissen, höher, aus allen Augen
Und weiter, weiter

Uns gehört der Rest des Fadens, und daß wir dich kannten.«

Sensibilisiert von den zahlreichen Beispielen elementarer Flucht-Poesie bei Sarah Kirsch – begreifen wir dieses Drachen-Gedicht als dramatischen Vorgang. Zuerst ist es nur ein Spiel.

Eines, wo die Spielenden herrschen und beherrschen. Aber dann passiert in zwei Stufen folgendes: Das Spiel ist nicht mehr beherrschbar. Ebene und offener Himmel erweisen sich als zu groß (wie die zweite Gedicht-Zeile). Darum entfliegt der Drache unaufhaltsam aus aller Augen. Indem er sich aber entfernt, bis ins Licht des Weltalls, verwandelt er sich: zum Stern. Ist also nicht mehr bloß sternförmiger Kinderdrachen, sondern mehr: eine ins Licht gerissene »Idee«. Erhöht, verändert, verwandelt. Den Zurückgebliebenen gehört nur noch der Rest des Fadens, so wie dem Faust der Mantel von Helena. Was den Bleibenden blieb, ist der Stolz, diese entflogene, entschwundene Idee als aufsteigenden Kinderdrachen noch gekannt zu haben...

Auch das Geheimnis der »Fenster«-Gedichte hat zu tun mit dem Gegensatz zwischen Behaustem, Bleibendem – und Fernem, Anderem. Da fliegen Blätter in die Höhe – vorbei am Fenster einer Wohnung im 17. Hochhaus-Stockwerk, himmelwärts. Und kehren als verkohltes Seidenpapier zurück nach Hause zu ihrer Wohnung. (»Krähenbaum« heißt dieses Gedicht.) Oder: Sturmgeschüttelte Bäume klopfen ans Fenster (Gedichttitel: »Dunkelheit«). Aufregender, beziehungsvoller, beklemmender führt das Gedicht »Ach Nacht« eine gespenstische, eine nicht-geheure Blickbelagerung vor.

»Ach Nacht

Aus der Dunkelheit starrt
Ein Gesicht durch die
Scheiben. Bettelt
Eingelassen zu
Werden. Es steht auch an
Anderen Fenstern. Selbst denen
Im ersten Stock. Einen
Zweiten gibts Gott
Sei Dank! nicht.«

Wie plausibel, wie ärgerlich naheliegend (und gewiß nicht einmal völlig falsch) wäre es nun, diese elementaren Visionen und Situationen auf Sarah Kirschs Biographie zu beziehen. Die Unfreiheit, die Reiseerschwerungen in der DDR = unaustilgbarer Freiheits- und Fluchtdrang. Die winterliche Einsamkeit im bäurischen Dithmarscher Refugium = Fenster-Mystik. Man kann das hübsch logisch fortspinnen: Der Dichterin in ihrer ländlichen Klausur wird die Natur zum Gesprächspartner. Und die Riesen-Distanz, die sie so gern hätte zwischen sich und mancher belästigenden Realität, führt sogar dazu, daß bei ihr Unten mit Oben changiert. Welch anderer Lyriker hat so gern und so selbstverständlich wie Sarah Kirsch Oben und Unten vertauscht? Der »Kleine Prinz« geht auf Wolken, sieht die Erde über sich, grüßt die glitzernden Fenster seiner irdischen Wohnung, so wie er – früher, vor dem Perspektivenwechsel – den »Abendstern« begrüßt hatte. »Die Dämmerung« wiederum beschreibt auf dem Grund des Meeres lebende Menschen: »Über den Dächern sehn wir die Kiele / Englischer Kriegsschiffe ziehn«. In »Wintergarten I« imaginiert die Dichterin Kälte-Erstarrung in der Vision des Unter-dem-Eise-Liegens. Solche Visionen lassen sich durch Vor-Bilder, durch Analogieschlüsse und »Bildung« wahrlich nicht entzaubern; mag der »Kleine Prinz« auch an Leonce erinnern, die »Dämmerung« an Vineta, der »Wintergarten« an Schubert/Müllers »Winterreise«.

Ich empfinde eine seltsame Scheu, die Kunst der Sarah Kirsch auf »Begriffe« zu bringen. Bei den zahlreichen, oft trefflichen Essays, wie sie von Gerhard Wolf, Günter Kunert und so manchen respektgebietenden anderen Interpreten vorgelegt wurden – weiß Gott auch bei meinen eigenen Versuchen –, störte mich immer das Mißverhältnis zwischen den fabelhaft feinen, irgendwie doch aufgeplusterten und unanfechtbaren Formeln der »Deuter« und Sarah Kirschs zurückhaltender Kunst. Dabei ist sie keine »hehre« Poetin, an deren Götter-Töne arme Germanisten oder Literaten nicht rühren dürfen. Sie ist auch (hat sich selbst dagegen gewehrt) schwerlich eine heilige Droste. Oder eine vornehme wienerische Expressionistin mit der Tendenz zu Schönberg und Freud – wie es die unvergleichliche Ingeborg Bachmann war.

Liebevoll interpretierende Wichtigtuerei wirkt bei Sarah Kirsch darum so grausig unangemessen, weil ihre Eigentümlichkeit im »Abwiegeln« besteht! *Abwiegeln* – das heißt überhaupt nicht: kritisch reden, brillant anti-affirmativ formulieren oder gar, sich beim hämisch zerstörerischen Debunking befriedigen. Nein, Sarah Kirsch wiegelt ab, indem sie das derbere, das lustigere oder das ein wenig verkleinernde Wort wählt – statt des womöglich gebotenen, besonders gewichtigen, vornehm-schicksalhaften Ausdrucks. Wie spielt sich bei ihr das Weltende ab? ... »und mein Maul / Lacht wenn alles zerbricht.« Die eitel-souveräne Redensart, »das steht auf einem anderen Blatt«, wird bei ihr zum abwiegelnden und wunderbaren Kalauer für Liebe: »die Vögel baun Nester wir / stehn auf demselben Blatt«. Ihrem keineswegs kleinmütigen, kleinbürgerlichen, verklemmt-bescheidenen, sondern schwebenden Parlando imponieren weder (immerhin) fünfzehn »Verflossene« – »schwache Erinnerung / An fünfzehn vergessene Männer und lediglich / Die entsprechenden Landschaften sind im / Gedächtnis« – noch der Tod! »Es wäre / Möglich gewesen dem eigenen Tödchen itzt zu / Begegnen das sich auswachsen wird in diesem / Ergiebigen Landstrich ...« (»Erdenliebe«).

Eine derartig abwiegelnde Kraft produziert glücklicherweise auch immer wieder Witz. »Die Geheimpolizisten bewachen Geheimpolizisten.« Das klingt leichthin. Erweist sich aber heute als gesellschaftskritisches Resümee dessen, was eigentlich in der DDR los war und woran sie zugrunde ging. »Die Sicherheit war mit von der Partie.« In Sarah Kirschs Gedichten ist von alledem eher belästigt die Rede als moralisierend. Späten Gratismut hat sie nicht nötig. Lyrik erschöpft sich für sie nicht in Parteilichkeit, Rechthaberei, Triumphieren, auch wenn man noch so viel kondensierte Zeitgeschichte und auch Autobiographisches aus ihrem Werk herauslesen kann.

Wer nach Handfestem, nach Stofflichem Ausschau hält, der sieht nur die Fakten, die Inhalte. Und übersieht, überhört, was diese Texte eigentlich »haltbar« macht. Nämlich ihre Musik. Ihr Kunstgeheimnis. Es ist ein Abenteuer, dem auf die Spur zu kommen. Zum Beispiel in »Die Heide«:

»Die Sonne blendete mich ich ging
Auf irischer Heide
Schnepfenvögel eilige klappernde Flügel
Trugen Herzklopfen ein
Birken schlugen mir grob auf den Rücken
Von weitem hörte ich
Äxte stürzende Bäume
Eine Zeitung die ich nicht lesen konnte
Trieb im Wind, aus den Dünen
kamen Gestalten mit lichten Haaren
Augen wie Sterne schwebenden Füßen
Wie sie in alten Büchern
Beschrieben werden schossen sich nieder.«

Was für eine Dramaturgie! Der Spaziergang fängt an mit einer Sequenz negativer Eindrücke. Das lyrische Ich wird (erstens) geblendet. Heftiges Flügelgeklapper verschafft der Dichterin (zweitens) Herzklopfen. Birken schlagen sie (drittens) grob. Sie hört (viertens) Unangenehmes (Äxte, die Bäume fällen). Eine für sie unlesbare Tageszeitung (fünftens) treibt im Wind; ja auch kein bezaubernder Anblick.

So stellt sich die Gegenwart dar. Nun aber strömt die Vergangenheit in diese auf fünffache Weise als mißlich, als unschön vorgeführte Heide-Szenerie. Sogleich ändert sich der Ton ins Positive, Verklärende. Gestalten mit »lichten Haaren«, Augen »wie Sterne«, »schwebenden Füßen«. In jeder Weise edle Figuren also, nicht wahr, keineswegs wie aus scheußlich herumfliegenden Tageszeitungen, sondern doch wie aus »alten Büchern«. Eine konsequente Sympathie-Lenkung. Erhabene Vergangenheit gegen häßliche Gegenwart. Und dann die ungeheuerliche Schlußpointe: wie die strahlenden Heroen aus edleren Zeiten miteinander umgingen (»schossen sich nieder«). Bürgerliche Neuzeit hat halt auch etwas für sich ...

Wozu im »Heide«-Gedicht die subtile Folge negativ und positiv besetzter Adjektive oder Verhaltensweisen nötig war, das schafft im Gedicht »Das Dorf« ein einziger Buchstabe. Nämlich die ebenso unauffällige wie wirksame Magie des »m«! Selbst mit direkter Lautmalerei hat das nichts zu tun. Wie tönt denn Stille? Aber so, wie in der ersten Strophe das summende »m« eingesetzt ist, verwandelt die Kunst der Dichterin es ganz offenkundig in ein Echo von Schweigen. Oder übertreibe ich hermeneutisch?

»Am Abend war die Stille vollkommen.
Die Grillen verstummten in ihren Löchern
Auf dem Hügel die Eiche
Stand schwarz vor lackrotem Himmel.«

Mehr an lyrischem Gehalt können Einbildungskraft und Sprachmeisterschaft schwerlich bieten. Hier grenzt Sarah Kirschs wahrlich unnaive Wortkunst an Musik. Und immer noch bleibt die Tendenz zum Abwiegeln, zum Schwebenden. Sie tritt nur dann um der Sache willen zurück, wenn Sarah Kirsch ein Prometheus-Gedicht – »Die Verdammung« – riskiert, wo sie gemessen-pathetisch an Rilke und Kafka anknüpft. Eine Koppelung, über die man nicht allzusehr staunen sollte, beide kamen ja aus Prag. ... Auch mit Beckett nimmt Sarah Kirsch es auf. Das Gedicht »Reglos« beschwört im Kirsch-Ton jenen grimmigen Fatalismus, der es den Beckett-Helden nahelegt, auf die Provokationen finsterer Mächte endlich nur mehr stoisch tatenlos zu reagieren (»Er rührt sich nicht.«) In Sarah Kirschs »Reglos«-Gedicht heißt es am Schluß:

»Wir können uns nicht erinnern was
Alles geschah das ausgelöschte Bewußtsein
Menschenleer gedankenlos kein Licht
Kein Schatten gepunktete Bilder und nur
Die Kraft sich nicht zu bewegen.«

Näher darf wohl niemand an die absurde Hölle Beckettscher Endspiel-Szenarien (»Nenn das Unglück nicht beim Namen«) heran – ohne zum Beckett-Epigonen zu werden. Man muß schon die Eskimo-Kraft der Sarah Kirsch, ihre Sprachpotenz und ihren »Takt« besitzen, um auch in solchen Bezirken kämpfen zu können, ohne (sich) zu verlieren.

Um so beklemmender wirkt im Gedicht »Die Ebene« ein realer Bezug zu Brecht – und zugleich die verzweifelte Kündigung des Brechtschen Welt-Vertrauens. Im Krankenhaus, nicht lange vor seinem Tod, hatte Brecht beim Anhören des Vogelgesangs plötzlich und tröstlich empfunden, daß ebendieses natürliche Tönen auch weiter sein werde, ohne ihn.

Sarah Kirsch, damals wohl um die fünfzig, empfand anders. Auch sie erwog den Tod. Aber dem »Dauern« der Erde mochte sie nicht mehr trauen. Ihr Gedicht »Die Ebene« endet bang:

»Wie gelassen wäre der Abschied
Könnten wir in leichter Gewißheit
Daß diese Erde lange noch
Dauert gerne doch gehn«

Wieviel Wahrheit. Wieviel Schönheit!

Natürlich ahne ich, was vernünftige Leser bei der Lektüre dieses Textes ein bißchen denken dürften. Wenn die Kirsch sechzig wird, wenn der Verlag einen huldigenden »Geburtstagsband« herausbringt, wenn der Kaiser dazu etwas beisteuern darf (so werden kritische Leser begreiflicherweise argwöhnen), dann kann das wohl wirklich nicht der Ort ausgewogenen Urteilens sein. Zum runden Geburtstag, bei der Laudatio oder beim Nachruf schweigen die Waffen. Aber nicht die Jubelchöre der Sarah-Suchtkranken.

Als Antwort auf besagte Leser-Skepsis erlaube ich mir jetzt ein Selbst-Zitat. Am 3. Mai 1989, als kein Kirsch-Geburtstag zu feiern, sondern in der »Süddeutschen Zeitung« ein neuerschienener Gedichtband der Autorin zu besprechen war, schloß ich meine Rezension folgendermaßen: »So dichtet sie dahin in einer Welt, die für sie zu bestehen scheint aus vorindustrieller, bäurischer Einsamkeit – und Literatur, auf die immer wieder angespielt wird. Was Politiker und Großstädter ›Realität‹ nennen oder ›Sachzwang‹ oder ›Industrie‹, kommt nicht wirklich vor oder nur als vage mißbilligter Fortschritt. Dafür bleiben, immer wieder neu erlebt, Sonne und Mond, Saat und Ernte, Sommer und Winter, Tag und Nacht. Nah den Elementen sieht Sarah Kirsch sich, mit zugleich anarchischer und archaischer Bravour, oft als Füchsin, Wölfin, Krähe. Heiter und selbstbewußt setzt sie ihre Worte, panisch und gleichgültig, sorglos und apokalyptisch, spökenkiekerisch und verhalten. Sie ist die Größte.« (1995)

Text-Tollhaus für Bachmann-Süchtige
Das »Todesarten«-Projekt

Zwei entfesselte Germanisten aus Münster – Monika Albrecht und Dirk Göttsche – haben etwas Aberwitziges, aber auch Verstörend-Aufregendes vorgelegt. Nämlich in fünf Bänden die pedantisch exakte, alle Wiederholungen und Redundanzen gnadenlos mitteilende Sammlung wie entstehungsgeschichtliche Kommentierung sämtlicher Zettel, Vorspruch-Entwürfe, Textfragmente und Texte, die sich irgendwie dem »Todesarten«-Projekt zuordnen lassen, mit dem sich Ingeborg Bachmann in ihrem letzten Jahrzehnt, teils graphoman berauscht, teils zweifelnd und verzweifelnd, beschäftigt hat. Es ist eine philologisch auftrumpfende Materialdarbietung; freilich nicht von einem wissenschaftlichen Verlag für Studenten und Dozenten karg geboten, sondern von einem schöngeistigen Publikumsverlag, dem Piper Verlag, als noble, wunderschöne Geschenkkassette auf den Markt gebracht.

Nun standen in der vierbändigen Piper-Werk-Ausgabe ja bereits der »Malina«-Roman, der »Fall Franza«, das »Requiem für Fanny Goldmann« sowie die »Simultan«-Erzählungen, dazu mannigfache Entwürfe, die sämtlich dem »Todesarten«-Projekt zugerechnet werden können.

Was also ist hier neu? Jetzt werden wir mit *Vorstufen, Zwischenstufen* und detektivischen *Datierungsversuchen*, Zuordnungshypotheken überhäuft. Die Herausgeber kommentieren philologisch entstehungsgeschichtlich. Prüfen Papiersorten und Selbstkommentare. Geben also überhaupt keine *wertende Interpretation*. Man betritt ein Text-Tollhaus, das viel Herrliches, bislang Unbekanntes, aber keineswegs mehr enthält als eine verrückterweise immer noch unvollständige Materialdarbietung. Saftiges Weideland für künftige Bachmann-Dissertanten, für wertende Biographen. Reinhard Baumgart hat in seiner klugen Rezension (»Die Zeit« vom 24. 11. 1995) darauf hingewiesen, wie »sträflich« es sei, daß hier infolge akademischen Reinheits- und Neutralitätswahnes entscheidende (allen Interessierten halbwegs bekannte) Dinge unausgesprochen bleiben, als hätte Max Frisch nie gelebt. Dafür werden im ersten Band allen wissenschaftlichen Ernstes vier mehr oder weniger gleichlautende Anfänge der »Geschichte einer Liebe« mitgeteilt (S. 47, 51, 52, 54) und im zweiten Band mehr als zehn von einander gewiß nicht überaus heftig abweichende Einleitungs-Entwürfe, die Ingeborg Bachmann sich für alle möglichen öffentlichen Vorlesungen aus dem »Buch Franza« notierte.

Überdies erfährt man in einem Germanistenjargon, den Ingeborg Bachmann einst als »erbarmungswürdig« bezeichnete, daß die Herausgeber sich entschlossen haben, »der besonderen Überlieferungssituation im Nachlaß Ingeborg Bachmanns durch eine Modifikation des herkömmlichen historisch-kritischen Editionsverfahrens Rechnung zu tragen und die Dokumentation der aufgrund gründlicher Schriftbildanalysen eindeutigen Verschreibungen und ihrer Emendation aus der gedruckten kritischen Edition auszulagern und einer parallelen *Transkriptionsedition* zuzuweisen, die in Ergänzung zu der vorliegenden kritischen Edition als Datenträger (CD-ROM) zur Verfügung stehen wird« (Bd. 1, S. 641). Was für ein qualvolles Deutsch! Was für ein quälender Aufwand!

Und doch: Man gerät beim Lesen in den Sog der immer neuen Bachmann-Ansätze. Man verstrickt sich, wie die Dichterin, in einen Kampf, wo es keinen Sieg geben kann, sondern wirklich nur ein Überstehen. Es ist ja weithin unkritisierbar, was hier vorliegt – will man sich nicht in kleinliche Zuordnungs-Rechthaberei verwickeln, wo die Herausgeber aller

Welt überlegen sein dürften, weil der Dichterin selber noch keine Lösung vorschwebte. Immerhin: Einiges läßt sich nun, da die Ausgabe vorliegt, sehr viel genauer fassen und beantworten. Fragen wir also: Was bedeutet das »Todesarten«-Projekt für die Dichterin? Weiter: Inwiefern verändert sich nun unser Bild von Ingeborg Bachmann, Österreichs größter Autorin seit dem Zweiten Weltkrieg? Schließlich: Hing die Nicht-Vollendung des Riesen-Unternehmens »Todesarten« von äußeren Umständen ab? Die Dichterin durfte ja nicht alt werden – starb 46jährig. Oder hatte Ingeborg Bachmann, vom Leben wie von Max Frisch tief gekränkt, gleichsam rächenden Halt gesucht an einem Vorhaben, das mit ihren Prosamöglichkeiten, zumal mit der wienerischen Verbindlichkeit ihrer Dialogführung, im Grunde gar nicht zu bewältigen war.

»Nicht informiert über die letzten Dinge«, verrät Ingeborg Bachmann in den Entwürfen zum »Simultan«-Band, »rede ich von den vorletzten, von vorvorletzten, also von den täglichen Dingen.« Diese irdische Wirklichkeit ist für Ingeborg Bachmann dadurch gekennzeichnet, daß die allermeisten Menschen nicht sterben, sondern ermordet werden. Subtil ermordet, zu Tode gekränkt von anderen, die laut Sartre »die Hölle« sind. Ingeborg Bachmann weiß: Das »Böse«, wie es unter Hitler und Himmler herrschte, verschwand 1945 nicht spurlos. Es verwandelte sich in jene Alltagsgemeinheiten, mit denen Menschen sich umbringen. Manchmal argumentiert sie aufgeschlossen zeitgeschichtlich, möchte also die »kleinen« Morde (des Privatlebens) beschreiben, um die »großen« (der Machtpolitik) zu verstehen. Aber das wirkt eigentlich schon zu rationalisierend: denn Ingeborg Bachmann will eben nicht die *Vergangenheit* mit ihren untilgbaren Resten, wie sagt man, »bewältigen« – sondern dem *gegenwärtigen* Morden auf die Spur kommen. Das wird für sie zur Tränen erzwingenden Besessenheit. Eine Frau liest buchstäblich statt Wintermode *Wintermorde*, glaubt, nicht weiterleben zu können, weil sie in Kairo Zeuge einer furchtbaren Quälerei werden mußte.

Diese panisch-diffuse, Seele und Bewußtsein überflutende Gestimmtheit hat aber auch konkrete biographische Ursachen. Immer wieder, wie von Scham gehetzt, kommt Ingeborg Bachmann darauf zu sprechen, daß Männer von Geist – Wissenschaftler oder Autoren – sich gegen eine Lebensvoraussetzung versündigen, die für Ingeborg Bachmann ein allerhöchster Wert war: Diskretion. Da ist der Psychiater, der seine Patientin, (s)eine Frau, sein »Opfer« preisgibt um eines Buches willen, »das ihm alle Ehren einbringt und zugleich seine Frau vernichtet«. Da ist der Partner-Schriftsteller, der »nicht den Abstand hat«, bei »Grausamkeiten, Abscheulichkeiten, Bloßstellungen« wenigstens »seine Frau auszunehmen von seinen Räubereien«.

Das glaubt Ingeborg Bachmann erlebt zu haben. Natürlich ahnte der Verleger des dann so erfolgreichen Indiskretions-Buches auch ein bißchen, wem das Porträt glich. *Aber* – und nun macht Wut die Ingeborg brillant, »aber Sie vergessen, daß ein Buch, das vielleicht fünf Millionen zu bringen verspricht ..., und mit einem leisen Gespött behaftet, so leise, daß man es kaum hört, aber daß einem so ist, als hätte man da was gehört – dies ist mächtiger als das Geschick von einigen Personen, die brüllend in einem Spitalsgang liegen, stärker als das Blut, das aus den aufgeschnittenen Handschlagadern rinnt ...«

Von solchen Morden sah sie ihre Welt angefüllt, die feine, lächelnde, bürgerliche. Und weil alle ihre Wahrnehmungen davon geprägt, mitbestimmt waren, drängte es sie, nun auch alles, was sie schrieb, als Teil eines Riesen-Zyklus »Todesarten« zu organisieren. Ingeborg Balzac des 20. Jahrhunderts. Nur strebten aber die einzelnen Texte auseinander, durcheinander. Die von ihr beschriebene Realität stellte sich irgendwie anders dar, als daß die Todesarten-Mord-Hypothese unausweichlich belegt worden wäre. So arbeitete sie manisch am Projekt. Dann aber heißt es: »In einer Zeit, in der ich finster und angestrengt versuchte, mit dem Buch Todesarten zurechtzukommen, vor allem mit dem ersten Band und dessen unsinnlichen Partien, habe ich angefangen, daneben eine Geschichte zu schreiben, dann noch eine, wie mir schien, waren es komische Geschichten, von Frauen, für mich habe ich sie manchmal ›Wienerinnen‹ genannt, obwohl das keine erschöpfende Charakterisierung dieser Figuren ist« (Bd. 4, S. 547). Am 17. Oktober 1973 machte ihr eigener Tod in Rom allem ein Ende.

Ich habe Ingeborg Bachmann persönlich gut gekannt. Infolge langer Gruppe-47-Jahre – als die 27jährige 1953 in Mainz den Preis bekam, war ich, das erste Mal dabei, 25 Jahre alt – duzten wir uns natürlich, und ich könnte manches Anekdotische und Private hier vorbringen. Aber damit soll jetzt wirklich nicht geprotzt, sondern vielmehr ausgesprochen werden, daß mir trotz oder vielleicht sogar wegen solcher persönlichen Nähe damals nicht ganz aufging, wie mutig und radikal die Autorin Ingeborg Bachmann war. Was diese – als Schönberg-nahe Lyrikerin bewunderte, geliebte – Schriftstellerin in ihrer Prosa – heimlich manchmal, jedenfalls zu Lebzeiten unveröffentlicht – wagte, ist ungeheuerlich. Etwa die Rache-Phantasie der vom Schriftsteller-Geliebten ausgebeuteten Frau: »Fanny hat sich ausgedacht, daß zwei von ihr bezahlte Burschen Marek zu ihr bringen, ihn fesseln ... daß er ihr ausgeliefert ist ... Marek sitzt in ihrem steifen Ohrensessel, sie lokkert die Stricke um seine Hände und gibt ihm das Buch in die Hand. ›Lies das vor‹, sagt Fanny und schlägt die Seite 58 auf, ›lies das vor, aber mit lauter Stimme, flüstre nicht‹, sagt sie, ›lies es laut vor und ruhig, wenn du kannst.‹ Sie weiß, daß Marek die Zähne zusammenbeißen und sich weigern wird zu lesen. Sie läßt die beiden Burschen, die Masken tragen, ihn mit der Faust ins Gesicht schlagen. Fanny ist eiskalt und beherrscht, sie will nichts, nur daß er vorliest, was er geschrieben hat« (Bd. 1, S. 142). Ungeheuerlich der Realismus, mit dem in einer »Franza«-Fassung die Aids-ähnliche Krankheit einer armen jungen Frau beschrieben wird, ihre Bereitschaft zum Inzest mit dem Bruder – alles das in 45 tollen Zeilen (Bd. 2, S. 3ff.).

So schlecht hier auch die »Männer« wegkommen (alle

krank), so wenig eignet sich das »Todesarten«-Projekt für feministische Agitation. Mehrfach schreibt Ingeborg Bachmann ausführliche Vergewaltigungs-Träume, und sogar -Wünsche(!), nieder. Sie schenkt ihren Frauen nichts. »Ich, zum Beispiel, war sehr unzufrieden, weil ich nie vergewaltigt worden bin«, steht da (Bd. 3.1, S. 613), auch nachdem man sich die Augen gerieben. Die im Traum nackte, von vier uniformierten Männern vergewaltigte Rosamunde »war friedlich und stumm und seufzte und tat, was man von ihr wollte... es war eine einfache, demütige Sache, und sie fühlte sich gar nicht schlecht dabei«. Und wenn es um Rache und Mord geht, ahnen die Beteiligten, daß ihre Privat-Dramen Ähnlichkeiten haben mit griechischen Tragödien.

Anders als Thomas Bernhard, der im Vergleich mit Ingeborg Bachmann doch eher Dampfplauderer bleibt, schreibt sie eine rhythmisch-zarte, klassisch nuancierte Prosa. Durchaus meisterhaft. Aber angesichts des ekstatischen »Todesarten«-Programms ist das doch zu wenig. Sie muß, oder will, mit ihrer Prosa Gegenstände fixieren, die weit gewagter anmuten als jene Seelenzustände, denen sie in großer Verssprache beizukommen vermochte. Kein Wunder, daß sie beim Prosa-Schreiben immer dann am reinsten überzeugt, wenn sie in ihrem melodischen Deutsch »Träume« festhält. Oder »Märchen« erzählt. Doch wenn sie ein witziges Gesellschaftsparlando bietet, Wiener Klatsch, Wiener (übrigens ganz selbstverständlich die doofen Deutschen verachtenden) »Schmäh«, wie er in solcher unter feineren Leuten sich zutragenden Todesarten-Welt natürlich zur Sache gehört, dann gibt sie es manchmal etwas billig. Bleibt auch bei der Gesellschaftskritik gelegentlich nahe am Banalen. Oft witzig, richtig, genau beobachtend – und doch nicht auf dem sonst so bewunderungswürdig hohen Sprach- und Spekulationsniveau ihres schriftstellerischen Genius.

Gerührt stellt man fest, wie alles mit allem zusammenhängt, wie auch in der Prosa »Böhmen am Meer liegt«, und wie es nichts Schöneres gibt unter der Sonne »als unter der Sonne zu sein«. Merkwürdigerweise erstarren die Vers-Einschübe, an denen es in der späten Malina-Welt keineswegs fehlt, zum fast trocken kondensierten, nur *versifizierten* Dialog, als wollten sie um keinen Preis mehr majestätische Lyrik, »Delikatessen«, sein.

So schrieb, lebte und litt sie dahin. Ob sie wirklich gehofft hat, jener erleuchteten ordnenden Idee, jenes schriftstellerischen Kunstgriffs habhaft zu werden, die alle diese widersprüchlichen, besessen arbeitsam hingeworfenen Texte und Atome in *einen* zusammenhängenden epischen Kontinent, in ein Kontinuum, etwas Organisches hätten verwandeln können? Dazu wäre, so muß es jetzt scheinen, höchstens ein Gott – und ganz bestimmt kein Philologe – imstande. (1995)

Ghostwriter für Ingeborg?

Als ich an einem umfangreichen Aufsatz über das neu herausgegebene, philologisch schrecklich ehrgeizige »Todesarten«-Tollhaus der Ingeborg Bachmann arbeitete, las ich viel in der vierbändigen Werkausgabe des Piper Verlages, die seit 1978 vorliegt. Stieß im vierten Band, Seite 316ff., auf einen Bachmann-Text über Kafkas »Amerika«-Roman. Da finden sich umfängliche Passagen, die (leider) nicht in Ingeborg Bachmanns Stil geschrieben scheinen. Inhalt und mannigfache analoge Formulierungen eines großen Absatzes kann man tatsächlich woanders wiederfinden. In dem Ingeborg-Bachmann-Text heißt es, eigentlich doch ziemlich unbachmännisch: »Freilich will es gelegentlich scheinen, als beruhe der Eindruck des Humorvollen, des manchmal geradezu Harmlosen auf einer optischen Täuschung. Die verwirrte Welt, in der sich Karl Roßmann befindet, ist nicht weniger grauenerregend, nicht weniger feindselig als alle anderen Welten, die Kafkas magische Phantasie je ersann. Doch das, was im ›Prozeß‹ oder im ›Schloß‹ wie völlige Unlösbarkeit und Dunkelheit wirkt, schiebt der Leser hier der Kindlichkeit Karls zu.«

Warum das nicht von Ingeborg Bachmann sei? Jetzt muß ich eine unbeweisbare Geschichte erzählen – ganz darauf vertrauend, daß der Leser mir glaubt, ganz darauf angewiesen, daß mein Gedächtnis mich nicht täuscht. Die Sache trug sich nämlich ziemlich genau vor 42 Jahren zu. Also: Ich hatte Ingeborg Bachmann auf einer Tagung der Gruppe 47 kennen- und mögen gelernt. Als junger Redakteur im »Kulturellen Wort«

des Hessischen Rundfunks bat ich sie, für die Reihe »Das Buch der Woche« um einen 15-Minuten-Beitrag über Kafkas Roman »Amerika« (der gerade bei S. Fischer erschienen war). Begeistert sagte sie zu. Der Sendesonntag 9. Dezember 1953 näherte sich, aber kein Manuskript. Doch das Programm war ausgedruckt, der Beitrag stolz angekündigt! Telegramme, Beschwörungen. Nichts. Im letzten Moment dann ein zartes Manuskript. Wunderbare Bachmann-Sätze zwischen unverhältnismäßig langen Kafka-Zitaten. Das Ganze viel zu kurz. Damals war die Bachmann noch nicht »die Bachmann«. Es wäre für sie auch ökonomisch fatal gewesen, hätte man ihre vielleicht sieben Minuten lange Sache ausfallen lassen und durch etwas anderes ersetzen müssen. Was tun? Da ich gerade über einer »Amerika«-Rezension für die »Frankfurter Hefte« brütete, füllte ich kurz entschlossen mit einigen meiner Sätze und Gedanken Ingeborg Bachmanns Text auf. Das wurde von Sprechern vorgelesen, kein Mensch merkte was. Später, als die Ingeborg eine weltberühmte Dichterin war, hätte ich dergleichen nicht gewagt. Doch damals waren wir beide Mitte Zwanzig.

Nun findet man also – Zeitschriften sind langsam – in der April-Nummer des Jahrgangs 1954 der »Frankfurter Hefte« meine »Amerika«-Rezension, die naheliegenderweise manchmal wörtlich und inhaltlich jenem Bachmann-Rundfunkbeitrag gleicht, der im Dezember 1953 gesendet wurde und 25 Jahre später aufgrund eines Typoskripts des Hessischen Rundfunks in die Werkausgabe geriet. Falls man mir nicht glaubt oder ich in Einzelheiten irre, stehe ich nun, blamiert und belustigt, da als kecker Plagiator: weil ich einst notgedrungen Ghostwriter für Ingeborg Bachmann war. (1995)

»Taub und blind sind die Franzosen geworden ...«
Jean Cocteaus späte Tagebücher

I.

Bereits die erste Eintragung, die Jean Cocteau seinem letzten großen Tagebuch-Werk – den von 1951 bis zum Todesjahr 1963 reichenden Aufzeichnungen »Le Passé défini« – anvertraut, gilt charakteristischerweise jenem »Phänomen«, das dem späten Cocteau mehr als alles andere zu schaffen machte, unter dem er litt und auf das er immer wieder betroffen zurückkam. Nämlich dem Kontrast, dem kränkenden Widerspruch zwischen dem, wofür die Öffentlichkeit jemanden hält, und dem, was er in Wahrheit ist. Cocteau bemerkt hier, wie grotesk sich der (nach dem Zweiten Weltkrieg rasch modisch gewordene) Begriff des Existentialismus entfernt habe davon, was das Wort eigentlich einmal bezeichnete. Er notiert am 16. Juli 1951: »Nichts tun, in kleinen Kellerlokalen herumsitzen und trinken, das heißt Existentialist sein... Sartre ist an dem Phänomen völlig unschuldig. Es gibt keinen besser erzogenen Menschen als ihn... Er ist die nobelste Seele, die ich kenne. Nichtstun ist ihm zuwider.«

Cocteau selber hatte gute Gründe, sich nicht minder verkannt zu fühlen. »Mein Schicksal ist, daß mir von allen Seiten Widerstand entgegengesetzt wird, ich dabei aber als Glückspilz gelte. Die Linie wird sich nie ändern. Ich muß das geduldig hinnehmen und darf mich nicht aufregen. Manchmal ist das schwer« (23. Dezember 1951).

Viel genützt hat diese vernünftige Selbstbeschwörung, doch hinzunehmen und sich nicht aufzuregen, dem Dichter natürlich nicht. Auf fast komische Weise versucht er, sich beschwichtigend zuzureden – ähnlich wie einst Immanuel Kant, der sich schriftlich rührend pedantisch aufforderte: »Nicht an Lampe denken« (weil er wegen des ärgerlich undankbaren Verhaltens seines Dieners Lampe aus dem Gleichgewicht zu geraten drohte).

In seinem von privaten Vorkommnissen und allgemeinen Reflexionen erfüllten Tagebuch – mag es auch für spätere Veröffentlichung bestimmt sein – braucht Cocteau nicht »geschickt« (also zurückhaltend, diskret, indirekt, bescheiden, verhalten) von sich reden. Er darf seine Krisen ebenso unumwunden beim Namen nennen wie seine Eigentümlichkeiten und Stärken. Cocteau empfand sich als Zeichner, Dichter, Träumer, Klassiker. Als keineswegs »intellektuellen«, wohl aber naiv-schöpferischen Künstler, jenseits der Pariser Schickeria. Kein Wunder, daß er sich verkannt, ja trotz allen Weltruhms unbekannt fühlte. Boisdeffre hat, notiert Cocteau beispielsweise, »nicht die geringste Vorstellung von meiner Tragik«.

Nun gut – daß Ruhm die Summe aller Mißverständnisse sei, daß ein All-Bekannter sich als Unbekanntester empfindet: Dergleichen gehört zum Ritual des Berühmt-Seins, gehört zur Dialektik von narzistischem Selbstverständnis einerseits und publizistischer Spiegelung andererseits. Doch der Fall Cocteau war wohl wirklich ein Härtefall. In Frankreich habe er – so schien es ihm – stets nur »Niederlagen mit Applaus« erlitten. Katastrophenerfolge. Und warum? Weil »eine Gruppe Journalisten und die berühmte Pariser Elite immer bemüht waren, sich zwischen das Publikum und mich zu stellen. Dieses Hindernis fällt im Ausland weg« (1. November 1952). Von diesem Konflikt ahnte wiederum das »Ausland« wenig. Im Gegenteil. Für sein deutsches Publikum – das Cocteaus Filme bewunderte, seinen »Esprit« vergötterte, die Dramen wie Boulevardstücke zur Kenntnis nahm, Ballette und Bilder distanziert schätzte, die Romane und das »Opium«-Tagebuch als brillante Nebenwerke las und mit der (kaum übersetzbaren) Lyrik wenig anzufangen wußte –, für Deutschland war Jean Cocteau genau das, was er überhaupt nicht sein mochte. Nämlich der Inbegriff des Französischen, Pariserischen. Also witzig, kokett, brillant, affektiert, skandalträchtig. Darüber hinaus begabt mit jenem (kunstgewerblichen) Hang zum Surrealistischen, Romantischen, Phantastischen und Mythologischen, den man hierzulande den Franzosen gern verzeiht, weil dergleichen bei ihnen so leicht und formvollendet gerate, ganz ohne germanische Schwerfälligkeit. Selbst in Rainer Maria Rilkes berühmtem Lobpreis des »Orpheus«-Dramas klingt diese Nuance des Gefälligen, des Untragischen noch ein wenig mit, obwohl Rilke gewiß beeindruckt war: »Sagen Sie Jean Cocteau, daß ich ihn liebe; er ist der einzige, dem sich der Mythus offenbart, von dem er sonnengebräunt wie vom Meeresstrand zurückkehrt.«

Bei aller von Cocteau absichtsvoll angestrebten Härte, Schärfe, Einzelgängerei (»Es gibt keine ästhetischen Gruppen. Es gibt ansteckende Individuen«, merkte er 1921 in »Le Secret professionel« an) formulierte er unfehlbar graziös. Überraschend, ohne daß die Pointen im mindesten gesucht wirkten. Dergleichen gilt in Deutschland für angenehm »französisch«. Wie aber konnte ein deutscher Cocteau-Bewunderer darauf verfallen, daß jener Graziöse im Tagebuch über seine Landsleute bekennen würde: »Taub und blind sind die Franzosen geworden. Widerliche Tröpfe. Ein oberflächliches und schülerhaftes Volk. Alles, was ich verabscheue. Alles, was ich verachte.« Das notierte Cocteau freilich nach den vernichtenden Kritiken, die der »Bacchus«-Uraufführung seitens der Pariser Presse und vor allem durch François Mauriac zuteil geworden waren. Da mochte er sich gewiß nicht mehr gern daran erinnern, daß er in den dreißiger Jahren seine kritischen Betrachtungen für die Zeitung »Ce Soir« noch mit »Articles de Paris« signiert hatte...

Dergleichen liegt weit hinter dem 62jährigen Altmeister, der im Tagebuch souverän aus der Fülle seiner Natur reagiert und agiert. Der »Brillante« gibt sich rückhaltlos anti-aufklärerisch. Frankreichs Stolz, die »Enzyklopädisten«, gelten ihm als unsympathische Vernünftler. Leider hätten sie versucht, der Dummheit das Denken beizubringen. Der gleiche Cocteau, der vor dem Zweiten Weltkrieg noch in einer extrem »linken« Zeitung Kulturkritisches publiziert hatte, beobachtet etwa in einer Gewerkschaftssitzung nur »unnützes Gerede. Zu viele Naivlinge, die sich für gerissen halten«. Mit dem geistigen Paris der fünfziger Jahre befindet er sich in einem steten Clinch, in einer Art totalem Krieg. Er sieht sich als Opfer. Als Gejagter. »Vierzig Jahre lang Meute. Vierzig Jahre lang Menschenjagd« – übertreibt er. Und weil man nach Gründgens' Düsseldorfer deutscher Erstaufführung sein »Bacchus«-Stück in Deutschland respektvoll erörtert, bekommt er es fertig, in den positiven deutschen Reaktionen nichts weniger als einen »Beweis« dafür zu erblicken, »daß die französische und belgische Presse einer Kollektivhypnose zum Opfer gefallen sind, ein anderes Stück gesehen und gehört haben als meins«.

Die Entschiedenheit, mit welcher Cocteau seinem Drama Recht und allen kritischen Einwänden Unrecht gibt, sie überhaupt nur als Folge einer peinlichen Massensuggestion verstehen kann, entspringt offensichtlich weniger einer verletzten Eitelkeit als dem Bedürfnis nach Selbstschutz. Man kann aus dem Tagebuch – denn es ist ehrlich, indem es Verwundungen eingesteht – sehr genau nicht nur die Kränkung, sondern auch die Schwächung, die Lähmung herauslesen, in welche öffentliche Aggression ein be- und getroffenes Individuum versetzt. Cocteau kostet seine Verwundungen subtil aus. Die tief empfundene Atmosphäre der »Ablehnung«, so beschreibt er den deprimierenden circulus vitiosus am 30. August 1952, mache ihn mutlos. Aus Mutlosigkeit erwachse sein Minderwertigkeitskomplex. Ob er sich nicht doch überschätze? Diese Angst wiederum stürze ihn in Einsamkeit, bringe ihn soweit, »das über Gebühr aufzublasen, was mich zurückstößt und das zu unterschätzen, was mir hilft«. Der Kampf gegen diese Entmutigung koste ihn jene Kräfte, die er eigentlich für ein kontrolliertes Arbeiten benötige. Und daß er vor den Menschen, die ihm vertrauen, diese Verzagtheit auch noch verstecken zu müssen glaubt, zehrt noch einmal an seiner Stärke.

In solche depressiven Labyrinthe verirrte sich ein Poet, der ganz allgemein als Autor »reizender Windbeuteleien« galt und den Mauriac, in seinem religiösen Gefühl gekränkt, als Seiltänzer und Harlekin abtat. »Fast ein halbes Jahrhundert bin ich Zeuge Deiner Nummer«, spöttelt Mauriac. »Du hast mehr als einen Trick auf Lager, aber ich kenne sie alle.«

Liest man die Tragikomödie vom »Bacchus« heute wieder, dann erkennt man verblüfft: So gut, um Mauriacs derart ins Poetenherz zielendes, persönliches Pamphlet herauszufordern, so gut war der »Bacchus« eigentlich gar nicht...

II.

Cocteau, er gibt sich keine Mühe, das zu leugnen, hat natürlich einiges dafür getan, den seriösen Tartuffes in aller Welt Ärgernis zu bieten. Bereits 1929, als er das Tagebuch seiner zweiten Entziehungskur – »Opium« – führte, bekannte er: »Mein Wesen bedarf der Ausgeglichenheit. Ein schlimmer Drang treibt mich zum Skandal wie den Schlafwandler aufs Dach. Doch Serenität der Droge schützte mich gegen diesen Trieb...« Noch als 63jähriger gibt er seine »frivole Vergangenheit« zu; freilich vergleicht er sie mit dem Licht eines Sterns, welches erst jetzt bei seiner Umwelt ankomme – einer Umwelt, die dafür längst noch nicht von dem erreicht sei, wozu Arbeit und Jahre ihn mittlerweile werden ließen. Überhaupt kritisiert der alte Cocteau den jungen Autor gleichen Namens hart. Dümmlich sei seine Redseligkeit, seine Brillanz gewesen; hört er im Radio Gedichte, die er damals, als er Wortführer der Group de Six war, verfaßt hatte, dann findet er sie »zum Sterben peinlich«.

Keine Frage: Material, das ihn in den Augen aller offiziellen oder auch selbsternannten Staatsanwälte ein oder auch mehrere

Menschenleben lang belasten könnte, liegt vor in Hülle und Fülle. Doch nicht nur damit, mit Opiumsucht oder mit seiner un-verschämt demonstrierten Homosexualität, hat er das Pariser Mißtrauen, das ewige Nie-ganz-ernst-genommen-Werden herausgefordert. Hinzu kam, daß er die politisch-moralischen Sprachregelungen der Pariser Nachkriegszeit ad absurdum zu führen versuchte. Er war zu stolz, den Mythos der Résistance zu bestärken und Schutz in der Verketzerung der Kollaboration zu suchen. Es wäre hämisch, Cocteaus herrliche Distanz zu allem gallischen Chauvinismus damit erklären zu wollen, daß er während der Vichy-Zeit (in der sein Freund Jean Desbordes von der Gestapo 1944 getötet wurde) ja zu einem koketten Kollaborieren bereit gewesen sei. Zum Umgang mit Ernst Jünger und Arno Breker. Mühelos läßt sich nämlich zeigen, daß Cocteau – der 1918 mit der Schrift »Le Coq et l'arlequin« eine so eminent gallische, dabei anti-debussyistische Ästhetik publizert hatte – auch schon nach dem Ersten Weltkrieg über allen engen Nationalismus hinaus war! Noch in den zwanziger Jahren notierte er (und zwar nicht nur privatim, sondern für die Veröffentlichung in einer Schrift, die Jean Desbordes gewidmet war) folgende Beobachtung:

> »In der Klinik arbeitet eine liebenswürdige Pflegerin, Kriegerwitwe aus dem Norden. Ihre Kollegen fragen sie bei Tisch über die deutsche Besatzung während des Krieges aus. Sie schlürfen ihren Kaffee und erhoffen sich Greuelmärchen.
>
> ›Sie waren sehr nett‹, antwortet sie. ›Sie haben ihr Stück Brot mit einem kleinen Jungen geteilt, und wenn wirklich einer unkorrekt war, haben wir nicht gewagt, uns auf der Kommandantur zu beschweren, weil er dann zu hart bestraft wurde. Für die Belästigung einer Frau wurden sie zwei Tage lang an einen Baum gebunden.‹
>
> Die Tischrunde war über die Antwort bestürzt. Die Witwe ist künftighin verdächtig. Man heißt sie eine

> Boche. Sie weint, und nach und nach ändert sie ihre Erinnerungen, mischt ein wenig Greuel hinein. Auch sie möchte leben.«

Gewiß wollte Cocteau bei solchen Provokationen sowohl die Wahrheit sagen als auch schockieren. Er läßt ja keine Gelegenheit aus, pariserisch-chauvinistische Torheiten zu blamieren. »Man hat schon vergessen«, schreibt Cocteau am 9. November 1952, »daß Claudel in einem absurden Gedicht mit dem Titel ›Was immer Sie wollen, Herr General!‹ (Krieg 14–18) sagt: ›Und Goethe und Nietzsche, Finsternis speiend, ihr bloßer Name ruft Grauen hervor‹ (sic).« Cocteaus ungläubig-verächtliches »sic« verurteilt gnadenlos. Anti-deutschen Kulturimperialismus verzieh er nicht. Ihm war es Bedürfnis, seinen Parisern lokalpatriotische Borniertheit unter die Nase zu reiben. Schadenfroh hielt er sogar den idiotischen Kleist-Dialog zweier Pariser Theaterbesucherinnen für buchenswert:

> »Eine Dame hinter Chanel im ›Prinzen von Homburg‹. (Die Dame konsultiert den Theaterzettel.) ›Jetzt ist mir alles klar. Der Autor ist ein Boche. Übrigens hat er Selbstmord begangen.‹ Die andere Dame: ›Um so besser. Einer weniger!‹«

Dergleichen war ihm schauderhaft. So etwas verfolgte er. Albert Schulze-Vellinghausen hat in der »Neuen Rundschau« (viertes Heft des Jahrgangs 1967, wo übrigens Cocteaus Rede bei seiner Aufnahme in die Académie française abgedruckt ist) aufgezeigt, wie Cocteau die Unsterblichen der Akademie bei seiner Aufnahme-Rede gleich zu Beginn mit einem Hinweis auf Kleist schockierte. Es sei eine Namensnennung gewesen, die genügte, »um die durch sie verbürgte Befremdung wie ein fernes Grollen heraufzubeschwören«.

Das mögen – meint man abwiegelnd – nur die Sticheleien eines gebildeten Weltbürgers sein, der als älterer Herr sogar seinen einstigen Anti-Wagnerianismus hinter sich läßt und ohne Beklommenheit gesteht, sich dem »Sacre«, dem »Tristan« und der Piaf mit gleicher Widerstandslosigkeit hingeben zu können. Doch Cocteaus Einstellung zur »Befreiung« muß unverzeihbar skandalös gewirkt haben.

> »Die Befreiung, Frankreichs Schande, war die Bartholomäusnacht der Werte. Man mußte sie loswerden, um jeden Preis vernichten. Das Überragende entehren. Die Reichen retten. Die Armen hinrichten. Die Unternehmer, die den Atlantikwall gebaut haben, werden freigesprochen. Die arme Frau, die den Deutschen das Geschirr abgewaschen hat, um für ihre Familie Konservendosen stehlen zu können, bekommt fünfzehn Jahre Zuchthaus. Und sich sagen, daß junge Leute, denen es ernst war, bei dieser Maskerade mitgemacht haben. Daß Jean Desbordes dabei sein Leben gelassen hat.
> Mein Untergang war beschlossene Sache. Eluard und Aragon haben mich gerettet ...
> Mein armer Desbordes, gefoltert und umgebracht in der Rue de la Pompe. Darüber wurde kein Wort verloren. Er gehörte dem polnischen Widerstand an. Die erste Gelegenheit, die sich bot. *Sein Tod hat nichts genützt.*«

Ein vernünftig vorausschauender politischer Kopf, ein bewußter Demokrat ist dieser Cocteau wahrlich nicht gewesen. Intelligenz, so erkannte er, komme bei ihm nur in Form von Geistesblitzen und Intuitionen vor. Der eigentlich »politischen« Sphäre blieb er fern. »Weshalb hält man mich für einen Kommunisten?« überlegt er – und antwortet naiv: »Weil ich sage, daß es heute nur einen einzigen großen Politiker gibt: Stalin. Das hat nichts mit dem System zu tun. Stalin lehnt den Austausch ab, weil er weiß, daß die Unterhaltung mit Dummköpfen sofort in Streiterei ausartet« (7. Oktober 1951). Übergroßen Respekt vor öffentlicher Meinungsbildung (à la »Demokratie ist Diskussion«) verraten Cocteaus pretiös individualistische, lustvoll egozentrische Notizen wirklich nicht. Ihm war der »Staat« ein räuberischer, geldgieriger Gegner. Ihm war parteipolitisches Engagement etwas kaum Nachvollziehbares. Mit »prinzipiellem Anarchismus« wäre diese Haltung schon viel zu rational bezeichnet. Sie entsprang ganz der Natur dieses Künstlers, der – den ersten Satz von Valérys »Teste« variierend – von sich bekannte, daß Intelligenz nicht seine Stärke sei. Dabei aber scharfsinnig die Schattenseiten von allem selbstbewußten Intellektualismus erkannte. »Sie [die Intelligenz] ist eine höhere Form von Dummheit. Sie kompliziert alles. Sie trocknet alles aus. Sie ist der große Leithammel, der die Herde ins Schlachthaus führt« (9. September 1952). Im Vorwort zu seiner Tragödie »Renaud und Armide« hatte Cocteau einst erwogen:

> »Mir fiel auf, wie sehr das europäische Drama die Dinge des Intellekts beschleunigte, und ich merkte, daß die Zeit kommen würde, da es nicht darum geht, der Dummheit zu widersprechen, sondern der Intelligenz. Man kann jedoch der Intelligenz nur durch die lyrische Verwendung der Gefühle widersprechen.«

Lyrische Verwendung der Gefühle? Das ist nur scheinbar eine Leerformel. Cocteaus Ahnungsvermögen war beeindruckend. So spürte er schon in den frühen fünfziger Jahren die Bedrohung des Lebens und Atmens infolge der damaligen Atomversuche. Das Tagebuch enthält Notizen, wie sie weitaus »politischeren« und »intelligenteren« Zeitgenossen erst nach Tschernobyl eingefallen sind.

Diese – poetisch-ästhetische, wahrhaft unpolitische – Disposition des Jean Cocteau machte ihn attraktiv für eine bestimmte, durchaus problematische Form des heroisch-deutschen Geistes. Er ging darauf entflammt ein. Es ist nicht leicht, zu entwirren, wie sich homoerotisches Fasziniert-Sein und die Bewunderung des germanischen Irrealismus da verknäulen.

So steht Cocteau tapfer unzweideutig zu seiner Freundschaft mit Arno Breker – die vor 1945 für ihn gewiß vorteilhaft, nach 1945 aber um so belastender war.

Des seinerzeit berühmten Bildhauers Karriere im Dritten Reich erklärt Cocteau realistisch, ja zynisch. Hoffentlich hat er nicht auch noch recht damit. Im Zusammenhang mit der Düsseldorfer »Bacchus«-Premiere vom Oktober 1952 kommt es zu einer Wiederbegegnung.

> »Die Brekers gesehen, die wie in Quarantäne zu leben scheinen. Arno hat den Platz innegehabt, den alle haben wollten. Das verzeiht man ihm nicht. Wer hätte, wenn er ohne einen Pfennig gewesen wäre, widerstanden, wenn ihm alles angeboten wurde? Keiner von denen, die es ihm vorwerfen. Man müßte Christus sein, um auf dem Berge zu widerstehen. Durch Breker sind Picasso und ich vor dem Schlimmsten bewahrt worden. Das werde ich ihm nie vergessen.«

Wie es während der deutschen Besatzungszeit in Paris mit Breker zugegangen war, kann man nicht ohne ein gewisses Lächeln in Jean Marais' Autobiographie »Spiegel meiner Erinnerung« nachlesen. Der Schauspieler erzählt:

> »Jean nahm mich mit in eine Arno-Breker-Ausstellung. Dieser Bildhauer und Intimus Hitlers war in Deutschland wenig beliebt. Man nannte ihn den ›Franzosen‹, weil er Frankreich liebte, wo er von 1927–1933 gelebt hatte. Seit jener Zeit kannte Jean ihn und war ihm freundschaftlich verbunden. Ich glaube sogar, sie haben zusammen gewohnt. Für Jean kannte die Freundschaft keine Staatsgrenzen, sie ging ihm über alles.«

So weit, so einleuchtend. Auch Jean Marais hatte seine persönliche Begegnung mit Breker. Er schildert sie folgendermaßen:

> »Eines Abends ging ich zur Generalprobe eines Stückes von Sacha Guitry. In der Pause sprach mich ein Herr an: ›Ich bin Arno Breker. Ich habe in einer Privatvorführung Ihren *Carmen*-Film gesehen und würde Sie gern als

> Modell haben. Wären Sie bereit, nach Deutschland zu kommen und mir Modell zu stehen?‹ Ich war ihm zwar persönlich noch nie begegnet, wußte aber natürlich, wer Breker war, ich hatte ja seine Ausstellung gesehen. Ein vornehmer, heiter gelassener, selbstsicherer Mann. Ich schützte Filmverträge und Theaterpläne vor, die mich in Paris festhielten und lehnte ab ...
> Als ich aus dem Theater kam ... trieb meine Phantasie üppige Blüten: ›Warum hast du abgelehnt, Breker Modell zu stehen? Er ist ein intimer Freund Hitlers. Wenn du zu ihm fährst, siehst du auch Hitler und bringst ihn um.‹«

Marais erzählte Cocteau diesen Einfall. »Da wirst du aber die ganzen Pläne der Alliierten durcheinanderbringen«, verspottet der Poet seines Freundes wahnhaften Unternehmungsgeist. (So zerging denn auch diese Attentatsabsicht.) Immerhin wehrte sich Paris mit eisigem Witz gegen Brekers Enormitäten. Jean Marais, zum letzten Male:

> »Auf der Breker-Ausstellung in der Orangerie riesige, sinnliche Menschengestalten, ein Eindruck, der Sacha Guitry zu der Bemerkung veranlaßte: ›Wenn alle diese nackten Männer eine Erektion bekämen, wäre hier kein Durchkommen mehr.‹«

III.

Kommt Jean Cocteau auf seine Siege und Sorgen als Autor zu sprechen, reflektiert er als erfahrener Künstler die Werke von Kollegen, charakterisiert er bedeutende Vorgänger, Konkurrenten, Freunde – dann herrscht produktive Unmittelbarkeit. Man braucht so gut wie nichts zu wissen von den gesellschaftlichen und politischen Verflechtungen im damaligen Paris, von den Interessen der Freunde oder Gegner Cocteaus, um heiter wiederzuerkennen, daß es offenbar sozusagen allgemeinmenschliche (Groß)Schriftsteller-Gebrechen gibt, mit denen sich wahrscheinlich bereits Horaz genauso herumschlagen mußte wie Karl May – und Jean Cocteau bestimmt nicht weniger als Hermann Hesse.

Folgenden Kummer teilt Cocteau sowohl mit den bedeutendsten, wie auch mit den harmlosesten Kollegen der Branche: »Unsere Berühmtheit beruht nur auf Tratsch.« Beweis: »Egal wem, egal wo kann man Dinge sagen, die man längst geschrieben hat. Sie sind neu. Nicht selten kommt es vor, daß mir jemand rät, sie aufzuschreiben. Sogar die, die mich lesen, erinnern sich an nichts.«

Das ist kaum übertrieben – und sollte allen Schreibenden vor Augen führen, welche Rolle ihre Produkte wirklich im intellektuellen oder sonstigen Haushalt der Lebendigen spielen, zu 99 Prozent. Cocteau – beneidenswert beschenkt mit der Gabe außerordentlicher Inspirations- und Expirationsfähigkeit – hätte indes nicht mitzuteilen brauchen, das Schreiben falle ihm im Lauf der Jahre immer schwerer. So ist das nun einmal. Um so dankbarer aber müssen auch Schriftstellerkollegen, die ein größeres Talent zur Ordnung von Manuskripten, Unterlagen, Mahnzetteln, Zitaten, Anforderungen besitzen als der Schreiber dieser Zeilen, dem Jean Cocteau dafür sein, daß er es fertigbekam, auszudrücken, welche Beklemmungen ihm die unerledigten Papierberge seines Arbeitszimmers schaffen. »Die Anstrengung des Aufräumens«, klagt Cocteau – und mit mehr Recht hat nicht so leicht ein Sterblicher Fürchterliches bei Namen genannt –, »die Anstrengung des Aufräumens ist aufreibend, viel aufreibender als die, etwas zu schaffen. Sie hat etwas von einem Beerdigungsunternehmen. Hunderte von Briefen, die einen erdrücken mit dem Gewicht derer, die sie geschrieben hatten, und der Folgen, die sich daraus ergeben. Das Problem des Sammelns. Wohin mit dem, was man aufhebt?«

Gewissermaßen ungläubig und gereizt registriert Cocteau den Widerspruch, der darin besteht, daß er zwar ständig attakkiert, lächerlich gemacht, abgetan – aber zugleich unentwegt um irgendeine Hilfe, eine Einleitung, eine Rede, die Übernahme eines Ehrenamtes gebeten wird. Die Bittsteller klingeln ab neun Uhr, warten auf der Treppe, glauben stets, ihr Fall sei der einzig wichtige. Sagt er ab, gilt es als unmenschlich – sagt er zu, heißt es: *Schon wieder der.* Manchmal unternimmt er verzweifelte Befreiungsversuche. Herzinfarkte holt man sich nämlich – die fallen nicht vom Himmel. Aber ein Berühmter, den es natürlich auch ein wenig schmeichelt, mitzuspielen, kann sich nicht so einfach unter den Konsequenzen des Berühmt-Seins wegstehlen.

> »Jeder Morgen bringt mir einen Berg von Briefen in allen Sprachen. Es geht darin immer um Bitten um Unmöglichstes oder darum, Manuscripte zu lesen, die sich türmen und bestimmt nur verloren gehen. Jeder hält sich für den einzigen und kann nicht verstehen, daß ich mich nicht bereit finde, ihm einen Dienst zu erweisen. Ich habe den Rücktritt von meinen Ämtern eingereicht. Als Folge fünf Seiten lange Briefe, in denen vermutet wird, ich sei beeinflußt worden. Von wem? Das frage ich mich. Leider muß ich mich allein inmitten dieses Labyrinths bewegen. Zu brechen ist unmöglich.«

Das ist beklemmend und gewiß auch nicht unkomisch, zumal für Leser nicht, die solche überfüllten Schreibtische nur aus dem Kino kennen. Cocteau jedenfalls hat sich seine Herzinfarkte (ganz abgesehen von der immer wieder bekämpften und immer wieder genossenen Opiumsucht) redlich verdient.

Eine trotz aller Belastungen möglichst eisern durchgehaltene Arbeitsdisziplin, ein Selbstvertrauen, das geradezu stur behauptet werden muß gegen alle möglichen Anfechtungen von außen und innen: Um diese unerläßlichen Voraussetzungen von Produktivität kämpft auch Cocteau. Aber sie trüben ihm keineswegs die Kontrolle, die Selbsterkenntnis. Seine eigenartige Vielseitigkeit – er »beherrschte« eben nicht nur das Dichten, das Schreiben, sondern konnte auch Theater spielen, inszenieren, rezitieren, Schauspieler schminken, mit den großen Filmregisseuren des Jahrhunderts konkurrieren, Ballette entwerfen, malen, Porträts zeichnen, Jazz-Musik machen – hat er besser überschaut und durchschaut als jeder noch so einfühlsame Biograph. Er erkannte seine »Grenzen«.

> »Es gibt einen äußersten Punkt, den ich nicht erreiche, einen hohen Ton, den ich nicht bringe. Würde ich es versuchen, so wäre das Ergebnis nur eine Fratze. Man muß sich entschließen, seine Grenzen zu akzeptieren. Darin liegt zweifellos der wahre Grund, weshalb ich zu den anderen Ausdrucksmitteln greife. Die Hoffnung, diesen Ton *anderswo* bringen zu können. Aber die Grenze bleibt überall gleich.«

Das klingt weder kokett noch falsch-bescheiden, sondern schlechthin wahrhaftig. Jemand, der ein Leben lang mit Kunst zu tun hatte, sie ausübte, reflektierte, meisterte, zieht kritisch Bilanz. Reflektiert seine Mankos, seine Fluchtversuche, seine Grenzen. Dahinter steckt ein heiliger Ernst.

Dieser Künstler-Ernst wird in Cocteaus Tagebuchaufzeichnungen überwältigend fruchtbar, wenn Cocteau Kunstwerke ernst nimmt. Jedermann weiß, daß er schon als Siebzehnjähriger ein Freund und Bewunderer Prousts gewesen und in Prousts Kosmos zu Hause war. Wer auch durfte 1952 wie er sagen: »Ich habe die ganze Gesellschaft gekannt.« Aber Cocteaus neuerliche Proust-Lektüre gerät zu einem aufregenden Abschied. Der alte Cocteau durchschaut, was der junge nicht bemerkte: Proust hatte keine Ahnung von wirklicher Liebe – nur von Eifersucht. Höchst kritisch und konkret äußert sich Cocteau nun über schriftstellerische, ja sogar romantechnische Schwächen des durch Krankheit behinderten Marcel. Man kann – nachdem diese Seiten des Cocteau-Tagebuches an die Öffentlichkeit gelangt sind – nicht mehr so über Prousts »Recherche« denken und schreiben wie vorher. Cocteau zelebriert seinen Abschied nicht mit überlegener Attitüde, besserwisserisch und stolz. Sondern er möchte eigentlich nicht über alles das sprechen, gebietet sich Halt – und tut es dann doch immer wieder. Endlich fällt der noble Satz: »Nichts macht melancholischer, nichts ist deprimierender, als wenn man aufhört, ein Werk zu lieben.«

Zugegeben, über Gide, dem er einst gleichfalls gehuldigt hatte, äußert sich der alte Cocteau in einem durchaus anderen Ton. »Ob wohl eines Tages die ungeheuerliche Blödheit von Gides Tagebuch bemerkt wird? Dieser Wust von Lügen und Heuchelei, der vorgibt, die Wahrheit zu sagen und nicht über das Pittoreske hinausgelangt?«

Diese rhetorische Frage stellte Cocteau am 25. August 1951. Cocteau kann schwerlich gewußt haben, daß Thornton Wilder in seinen 1985 publizierten »Tagebüchern 1939–1961« auch sehr ausführlich auf Gides Hohlheit und Heuchelei zu sprechen kam. Unter der Überschrift »Eine kleine Schwäche André Gides« gibt Wilder folgende peinliche Begebenheit, die ihm sein amerikanischer Freund (X) berichtet habe, zum besten:

> »Gide war immer wohlhabend; (X) sagte sogar, er war reich. Eines Tages lud er (X) und einen Freund zum Mittagessen in einem berühmten Restaurant ein. Nach dem Essen unterhielten sie sich noch lange. Der Ober brachte die Rechnung und legte sie neben Gide auf den Tisch. Sie unterhielten sich weiter. Schließlich sagte Gide zu (X): ›Ich weiß, daß ich Sie zum Essen eingeladen habe, aber darf ich Sie bitten, die Rechnung zu begleichen? Ich --- ich --- c'est plus fort que moi.‹ Diese Tausende Seiten von Selbstprüfung im Tagebuch – all diese lautstarken Geständnisse –, und kein Wort über dieses erbärmliche, schmähliche Laster: die Unfähigkeit, ein wenig Geld aus der Hand zu geben. Der ganze Gide ist hohl. Wie konnten sich die Franzosen durch diesen marmornen Stil täuschen lassen, der bei näherem Hinsehen Gips ist. Der Akademiker, der für einen Faun gehalten werden wollte.« (3. April 1955)

Charakteristisches, keineswegs nur mehr oder minder amüsanten Klatsch, hat Cocteau auch über Genet, über Radiguet, über Strawinsky und Chaplin, vor allem über Picasso, mitzuteilen. Davon wenigstens ein Satz: »Picasso sagt: ›Ich irre mich unentwegt, wie Gott.‹«

Respekt hindert Cocteau nicht daran, selbst einen Picasso – wie auch Proust – der Todsünde des gefälligen Opportunismus anzuklagen. Zu beschreiben, wie sich ihrer beider Verhaltensweisen oder künstlerische Urteile änderten, wenn Machtverhältnisse oder wichtige Majoritäten dergleichen angezeigt erscheinen ließen. Da aber wird Cocteau erkennbar als Moralist. Die Flammen einer anarchischen Sinnlichkeit, aber auch einer hitzigen Wahrheitsliebe brannten in ihm. Höchst puritanisch-calvinistisch klingt es, wenn der vermeintliche »Windbeutel« erklärt, Tapferkeit im *Unglück* zu bewähren, wäre relativ leicht – aber das *Glück* müsse man aushalten, was eine viel schwierigere Charakterprobe sei. Oder wenn er, als spräche er eine Selbstverständlichkeit aus, schneidend befindet: »Die Niederlage Christi ist nicht die Kreuzigung. Sondern der Vatikan.« Am meisten wird die Strenge seines Moralismus spürbar, wo er Klaus und Erika Mann zu beurteilen unternimmt. Ob ihm dabei, als er am 20. Oktober 1952 den betreffenden Passus niederschrieb, überhaupt bewußt wurde, daß im Deutschland der zwanziger Jahre gegen Klaus und Erika ungefähr die gleichen Schlagworte im Schwange waren – wie einst gegen ihn?

Die Vorwurfs-Vokabeln, die ihm in die Feder fließen – Leichtfertigkeit, Frivolität –, zitiere ich hier nicht, weil sie zutreffen, oder um sie zu widerlegen. Sondern einzig, weil sie tödliche Pfeile im Köcher des »späten« Jean Cocteau gewesen sind.

> »Gründgens . . . hat mir viel von Erika, von Klaus, von der ganzen Familie Mann und seinen Dramen mit ihnen erzählt. ›Sie haben immer nur das Äußere gesehen‹, sagt er, ›und nie das Dahinter.‹ Erika hat nach dem Zusam-

menbruch des Dritten Reiches ein Buch über ihren Ex-Ehemann geschrieben, mit derselben Art gefährlicher Leichtfertigkeit, die Klaus sich mir gegenüber in New York hat zuschulden kommen lassen … Wenn das Buch erschienen wäre, wie es geschrieben war, hätte sich Gründgens vor dem Theaterpublikum verteidigen müssen. Im Grunde sind die Dummheiten und die Verwirrung von Klaus und seiner Schwester ein wenig und indirekt mein Fehler. Sie haben sich für die Schrecklichen Kinder gehalten und haben aus meinem Buch sogar ein Stück gemacht, das sie vor dem Krieg sogar in Berlin aufführten. Das Stück war skandalös und ohne den geringsten Bezug zum Geist des Romans … Alles sehr unrein, durch Drogen verdorben und Großtuerei. Der arme Klaus hat sich am Ende der Sackgasse einer Existenz ohne Richtung und Ziel umgebracht. Erika wohnt in Österreich. Ihre Tragödie ist eine Tragödie der Frivolität.«

Herbe Sätze. Über Jean Cocteau verraten sie mehr als über Klaus und Erika Mann. Weil in dieser Sphäre nichts ganz eindeutig sein kann, läßt sich gewiß auch hier süffisant einwerfen, Cocteau urteile nicht »objektiv«. Er nehme halt das Interesse seines noch engeren Freundes Gründgens wahr, so wie er Proust herabgesetzt habe, weil er die Schilderungen seines noch engeren Freundes Raymond Radiguet in »Le Bal du comte d'Orgel« aufwerten wollte.

Aber – selbst wenn es ein wenig so wäre: Ändert ein solches Interesse etwas an den Kategorien, an den Forderungen, die Cocteau ins Feld führte und die ihm entscheidend wichtig dünken? Glanz, Grazie und Gewicht von Jean Cocteaus Tagebuchaufzeichnungen belegen nur zu deutlich, daß dieser »proteushafte Harlekin« in einer Ecke, wenn nicht im Grunde seines Herzens zum Moralisten geworden war, der sich nach Güte und Weisheit sehnte. (1989)

Klüger war wohl niemand
Paul Valéry

I.

Mittlerweile sprechen drei gewichtige Argumente dagegen, daß Paul Valéry von unserer deutschen literarischen Öffentlichkeit auch nur annähernd so gründlich zur Kenntnis genommen, verarbeitet, »gelesen« wird, wie dieser originelle, unkorrumpierbare und in seiner Prosa wahrhaft amüsante Autor es verdient hat. Erstes Argument: Er war seinerzeit, zwischen 1920 und 1940, enorm, fast modisch berühmt. Alle Welt bewunderte, Rilke übersetzte, das literarische Frankreich vergötterte ihn. Danach ging die Entwicklung über ihn hinweg. (Derartige Idole ihrer Gegenwart haben fast nie ein wirkliches, öffentliches *Comeback*. Auch Genies wie Jean Paul oder G. B. Shaw wurden nie wieder so berühmt wie zu Lebzeiten.)

Zweiter Grund: Der große Autor wird natürlich nicht völlig vergessen. Sondern Forschungsgegenstand. Spezialität für Romanisten und Poetologen. Eine riesige Gelehrsamkeits-Barriere hält die eigentlichen Leser, zumal die jüngeren, fern. So sind Gedichte wie »Der Friedhof am Meer« oder Valérys zum souveränen und nihilistischen Übermenschen-Stück mutiertes »Faust«-Drama oder auch die Dialoge und Aphorismen des Meisters in Deutschland weder als selbstverständliches »Bildungsgut« vorauszusetzen, noch wenigstens als lebendiges Gerücht. (Bange Frage, ob der frühe Dostojewski, der späte Hebbel und der ganze Dante ihrerseits wirklich viel mehr sind als Gesprächsmünze, als ein solches »Bekanntlich«-Gerücht?)

Der dritte Grund liegt im Autor. Für Valéry war die Herstellung eines Gedichts, war der Vorgang poetischer Arbeit faszinierender als das Werk selber. So wie Verdi gern Fugen schrieb oder Brecht unentwegt die Lehren der marxistischen Klassiker reflektierte (was für die Produktion von Verdi oder Brecht bestimmt wichtig war, aber nicht entscheidend), so dachte Valéry sein Leben lang nach über das Funktionieren der Intelligenz, über die Selbstbewegung des Denkens, über die feilende Arbeit des Poeten, des »Machers«. Er war besessen von einem Reinheits-Ideal. »Die Kunst ist so schlecht wie die Liebe. Kunst und Liebe tragen beide den Keim zum Verbrechen in sich – oder sie sind nicht echt.« Man kann aus dem manisch unbeirrt suchenden, sich gleichsam um des Vergewisserns willen vergewissernden Valéry die tollsten Systeme oder Theorien mittels simpler, nur ein bißchen einseitiger Zitatzusammenstellungen herausfiltern. Er wird dann zum Spinner. Und zwar zu einem Spinner, dessen Gedichte nicht einmal Genies wie Rilke oder Celan in ein einigermaßen akzeptables, halbwegs ungestelztes, unverkrampftes Deutsch hinüberzuretten wußten. So beginnt Valérys »Morgenröte« (eine Nacht verworren schlecht gelaunten Halbschlafs weicht der Morgenröte) in Rilkes Übertragung: »Das mürrische Verwüsten, / das mir gedient als Schlaf, / zerstreut sich bei der frühsten / Röte die mich traf.« Dergleichen ist deutschen Lesern, die bei George oder Trakl durchaus mitgehen würden, unzumutbar. (Das Original: »La confusion morose / Qui me servait de sommeil, / Se dissipe dès la rose / Apparence du soleil.«)

II.

Aus allen diesen Gründen bleibt Valérys Werk in Deutschland einstweilen Spezialität der Romanisten, Professoren, Rezensenten. Daran dürfte auch die dankenswerte, allzu systematische Publikation der faszinierenden »Cahiers« im S. Fischer Verlag wenig ändern. Diese morgendlichen, unübersehbar zahlreichen Eintragungen Valérys nannte Peter Hamm sehr schön »Bollwerk gegen das Leben«. Ulrich Weinzierl aber machte witzig darauf aufmerksam, selbst die Herausgeber dieses Notizbuches hätten so sehr die Übersicht verloren, daß sie zunächst verkündeten, »neun Zehntel der immerhin 28000 Folioseiten« würden in der deutschen Ausgabe präsentiert. Dann aber im zweiten Band leise ihre Rechenfehler preisgaben: Es könnten nämlich doch bloß etwa 11 und keine 90 Prozent des vollständigen Materials mitgeteilt werden.

1991 ist nun, herausgegeben von Jürgen Schmidt-Radefeldt, der Band 5 der Frankfurter Ausgabe erschienen: »Zur Theorie der Dichtkunst und vermischte Gedanken«. Sorgfältige Editionsarbeit. Einiges, aber längst nicht alles aus diesem Band existierte bereits in guten Übersetzungen. Valérys poetologische Arbeiten (sie beginnen mit einem absurd frühreifen Essay, den der 18jährige[!] an eine Zeitschrift schickte, die freilich einging, bevor sie das junge Genie drucken konnte, und enden mit dem Artikel »Meine Poetik«, den der 71jährige 1942 veröffentlichte) müßten das Mißverständnis zurechtrücken, das Cioran noch 1986 in der Valéry-Nummer der »Akzente« wiederholte und breittrat. »Im Falle Valéry verkompliziert sich alles, denn seine Theorien über die Dichtung sind ein Vergehen gegen die Dichtung selbst: sterilisierend und gefährlich fordern und sanktionieren sie das Unschöpferische, sie setzen den poetischen Akt einem Kalkül, einem geplanten Unterfangen gleich. Aber die Dichtung ist alles, nur das nicht ...«

War Valéry so verrückt? Weiter oben haben wir aus dem vorliegenden Band Valérys Überlegung zitiert, derzufolge Kunst und Liebe den Keim zum Verbrechen in sich tragen. Spricht so ein kühler Arrangeur?

Mit amüsanter Intelligenz und zwingender Heiterkeit erläutert Valéry in seinem Vortrag »Dichtkunst und abstraktes Denken« (März 1939 in Oxford gehalten) am Beispiel eines Nicht-Gelingens, was es mit der (Um)Formung poetischer Empfindungen oder Stimmungen in haltbare poetische Gebilde auf sich habe. Valéry erzählt, wie er beim Spazierengehen überraschend von einem, dann von mehreren sich durchkreuzenden Rhythmen ergriffen wurde. Ein *Einfall* ließ sich in ihm nieder. (Er leugnet also wirklich nicht die Kategorie der Inspiration!) Jedoch: »Die Komposition wurde immer komplizierter und übertraf an Kompliziertheit bald alles, was ich vernünftigerweise meinen gewöhnlichen, mir zur Verfügung stehenden rhythmischen Fähigkeiten gemäß produzieren konnte. Daraufhin wurde die Empfindung von Fremdheit... fast schmerzhaft, fast beunruhigend. Ich bin kein Musiker; ich bin der musikalischen Technik ganz und gar unkundig; und siehe da, nun war ich einer mehrstimmig durchgeführten Partitur zur Beute geworden... die in einem Musiker zweifellos Wert, Form und Dauer angenommen hätte, während diese Stimmen, die sich vereinigten und sich lösten, mir ganz vergeblich ein Werk zum Geschenk anboten, vor dessen kunstvoller und wohlorganisierter Abfolge meine Unkenntnis in Verwunderung und Verzweiflung geriet« (S. 150f.). Das wäre dem Schriftsteller bei *poetischen* Eingebungen bestimmt nicht passiert. Den Fall zusammenfassend erinnert sich Valéry, wie einst der Maler Degas zu Mallarmé sagte, er habe so *schöne* (literarische) Ideen. Aber es gelinge ihm nicht, sie poetisch zu bewältigen. Mallarmés berühmte Replik: »Verse macht man auch nicht mit Ideen, mein lieber Degas. Man macht sie mit Worten.«

III.

Wie dieses Verhältnis zwischen Einfall und Technik funktioniert, möchte Valéry besessen genau herausbringen. »Der Körper hat sein Ziel, das er nicht kennt, und der Geist hat seine Mittel, von denen er nichts weiß« (S. 418). Von dem vagen Abwehrbegriff der »Tiefe« mag Valéry sich dabei nicht paralysieren lassen. Wahrhaftig *tief* stellt er seinerseits fest: »›Tiefer Gedanke‹ ist ein Gedanke von gleicher Mächtigkeit, wie ein Gongschlag in einem gewölbten Saal. Er läßt Räume spüren, wo Dinge vorhanden sein mögen, die man nicht sieht und die vielleicht nicht da sind; aber die Stärke des Widerhalls läßt sie notwendig vermuten. Wenn dieser Saal nicht begrenzt wäre, würde der Schlag sich ohne Widerhall verlieren: Es gibt also keine Tiefe, die zu irgendeinem ›Unbegrenzten‹ Beziehung hätte« (S. 375). Das ist genialisch, mithin *schockierend* intelligent. Verrät es Mißtrauen in die »Tiefe«? Nein, nur Vertrauen in die Oberfläche. »Der Mensch ist nur an seiner Oberfläche Mensch. Blicke unter die Haut; hier beginnen die Maschinen« (S. 186).

Einen Schriftsteller, der solche geheimnisreichen Einsichten klar zu fixieren vermag, nicht zur Kenntnis nehmen wollen, kommt intellektuellem Suizid nahe ... Überlegungen, die sich mit der Tiefe anlegen, gelten in Deutschland immer als besonders *lateinisch*. Typisch »mediterran«. »Clarté«, und so weiter ... Im Entscheidenden aber hat Valérys Haltung etwas Un-Französisches. Nämlich Anti-Rhetorisches! Literarischen Effekt haben wollen, das ist für ihn: dem Werk eine suggestive Wirkungsstrategie injizieren. Davor scheut er zurück. Gedanken und Verse – deshalb blieb er auch so lange dem Betrieb fern – sollten sich *aus sich selbst* im Kopf des Autors entwickeln, aber nicht auf die Verführung anderer hin! Emotionen zu instrumentalisieren, hielt er für *unerlaubt*, ein Publikum schwach zu machen – für *unzüchtig*. Gnadenlos durchschaut er in seinem Stendhal-Aufsatz die Komödie der wirkungsvoll arrangierten öffentlichen Aufrichtigkeit. Es war eine Spitze gegen seinen (heftig getroffenen) Freund André Gide. »Wenn man gar nicht mehr weiß, wie man verblüffen und unsterblich werden könnte, prostituiert man sich, gibt man seine pudenda (seine Scham) preis, stellt sie zur Schau. Schließlich muß es doch recht angenehm sein, durch die bloße Tatsache, daß man sich aufknöpft, bei sich und den anderen den Eindruck zu erwecken, man entdecke ein neues Amerika. Alle Welt weiß im voraus, was da zu sehen sein wird; aber es genügt, die Gebärde anzudeuten, und alle Welt ist ergriffen. Das ist die Zauberkraft der Literatur.«

Valéry, der so streng mit den Schauspielern ihrer Bekenntnisse ins Gericht ging, war trotzdem überzeugter Wagnerianer. Der Anti-Rhetoriker wiederum hielt, wenn es darauf ankam, unwiderstehliche Reden. So klar und ausgeklügelt, wie seine Gegner wollen und er selbst es manisch-reinheitswütig anstrebte, war er also nicht. Die schöne, an klugen Anmerkungen und Querverbindungen (oft glaubt man, eine Valéry-Konkordanz zu lesen) reiche Ausgabe des Insel Verlages gewährt uns, der deutschen Lese-Öffentlichkeit, die Chance, einen freien Geist hohen Ranges sich zu erobern, zu bewahren und lebendig zu halten. Nicht um seinetwillen, da hätte er gelächelt. Um unseretwillen. Er wußte wohl (S. 379): »Die Lektüre von Geschichten und Romanen dient dazu, die Zeit zweiter und dritter Ordnung totzuschlagen. – Die Zeit erster Ordnung braucht man nicht totzuschlagen. Sie ist es, die alle Bücher totschlägt. Sie bringt einige hervor.« (1991)

Selbst Paul Valéry war ihr nicht gewachsen
Die Tagebücher der Catherine Pozzi

Wir kennen die beliebte Komödien-Konfrontation und finden sie wohl auch einleuchtend: Dem prinzipienstarren, von fanatischen Reinheitsvorstellungen und Absolutheitsdogmen besessenen Mann steht die verbindliche, vergnügt ausgleichende Frau gegenüber, die nicht alles an grimmigen Grundsätzen mißt, sondern in der Liebe wie im Leben gut gelaunt auch mal fünf grade sein läßt. Der preußische Major Tellheim und die heitere Sächsin Minna von Barnhelm verhalten sich nach diesem Muster – und in Horváths »Geschichten aus dem Wiener Wald« haben charmante Österreicherinnen mit einem verbiestert dogmatischen Reichsdeutschen, einem »Piefkinesen«, ihre liebe Not.

Diese Regel kennt aber wahrlich Ausnahmen. In der Literatur sowieso, wo unerschrockene Heldinnen und Heilige ja oft genug schlappen, angstvoll opportunistischen Mannsbildern überlegen sind. Und in der sogenannten »Wirklichkeit« erst recht!

Im Insel Verlag sind unter dem Titel »Paul Valéry – Glück, Dämon, Verrückter« die Tagebuchnotizen publiziert worden, die Catherine Pozzi zwischen 1920 und 1928 niederschrieb. Es handelt sich um einen Auszug aus viel umfangreicheren Tagebuchaufzeichnungen der Autorin. Der von Max Looser herausgegebene und hilfreich kommentierte Band bezieht sich auf die Zeit, in der Catherine Pozzi den Paul Valéry glücklich liebte, dann aber immer heftiger an seinen Schwächen und ihrer desolaten Gesundheit litt, bis sie 1928 die Beziehung radikal abbrach und mehr als 2000 Briefe vernichtete, die Valéry ihr geschrieben! Catherine Pozzi, das lehrt jede Zeile, ist eine genialisch kluge, hochgebildete, kompromißlos empfindende Frau gewesen. Man liest ihre Tagebuchaufzeichnungen fasziniert. Sie sind Ausdruck höchster französischer Geisteskultur, versnobter Pariser Lebensart, bewunderungswürdiger Brillanz und beneidenswerter literarischer, philosophischer, aber auch naturwissenschaftlich-mathematischer Beschlagenheit. Man gerät beim Lesen berauscht in eine andere, versunkene Welt. Das alte Europa hat schon große, tapfere, hochgezüchtete und überzüchtete Individuen hervorgebracht!

Pozzis Vater, ein reicher und berühmter Pariser Arzt, wurde 1918 von einem verrückten Patienten ermordet. Er soll das Vorbild des eitlen Doktor Cottard in Prousts siebenbändigem Epos »Auf der Suche nach der verlorenen Zeit« gewesen sein. Die Mutter, schön, leichtlebig, sanft, ein wenig passiv, brachte auch viel Geld in die – natürlich unglücklich verlaufende – Ehe. Man führte gleichwohl großes Haus: Das noble Paris zwischen klatschsüchtigen Prinzessinnen und arroganten Dichtern gehörte zur Umgebung der Pozzis. Nicht sehr verliebt, aber als junge Dame mußte man ja heiraten, verehelichte sich Catherine Pozzi mit dem später so berühmten Komödienautor Edouard Bourdet. Nach einiger Zeit, ein Sohn war auch geboren, trennt sie sich von ihm. Sie nennt Edouard Bourdet, denn sie liebt Wortspiele, »Mon Bourdonnant Désastre«. Also etwa: »Mein schwirrendes Desaster.«

Es ist unmöglich und auch unnötig, diese Tagebücher zu rezensieren. Sie stellen ja nur Auszüge dar aus weit größeren, unveröffentlichten, oft auch unzugänglichen Stoffmassen. Auch gibt es alle möglichen Beziehungen zu Valérys ja auch noch nicht philologisch-exakt, in vollem Umfang edierten »Cahiers«.

Doch was hier vorliegt, so wie es ist, gewährt einen fesselnden Einblick in die Seele einer geborenen Schriftstellerin, die mit Gott und der Welt bekannt war, von Rilke und E. R.

Curtius mit Briefen beehrt wurde – obwohl sie selbst anscheinend viel zu hochmütig war, um unbedingt publizieren zu wollen.

Leicht war es gewiß nicht, mit ihr zu leben, ihren Ansprüchen zu genügen. Sie durchschaute gnadenlos. Gestreng beurteilt sie ihre Brüder, zumal den jüngeren, Jacques:

»Ich habe in diesem Dialog von mir zu mir noch nie von Jacques gesprochen: weil ich keinen Proust mache und der Abschaum des Lebens mich nicht aufregt. Was weder Nacht noch Flamme werden kann, darüber soll man schweigen ... Der Jüngere ist häßlich, lächerlich, breitärschig, impotent, Päderast, tobsüchtig und abstoßend. Und was dann? Werde ich ihm zur Unsterblichkeit verhelfen? Jacques ist seit seiner Kindheit ein Rohling, das reicht. Man verfrachtete ihn in ein College nach England, um ihn zu ›zähmen‹. Er kam noch dümmer zurück und unverändert. Nach dem Tod meines Vaters die unwürdigen Szenen zwischen ihm und Jean ... Schließlich fing man an, ihn für verrückt zu halten. Auf eine gewisse Art ist er es bestimmt. Nicht auf die Art, wie es das Wort ›unzurechnungsfähig‹ erklärt (diese falsche Wissenschaft! diese armselige Medizin!). Es gibt keinen Unzurechnungsfähigen. Es gibt keinen absoluten Automaten. Es gibt den Menschen und seine Sünde.«

Brav gutartiges Familienmitglied, lieb anpassungsfähige Partnerin war diese Catherine offenbar nicht. Trotzdem: Valéry verliebt sich stürmisch in sie – sie sich rückhaltlos in ihn. Er war verheiratet. Ein heimliches Verhältnis, in kleinen gemieteten Zimmern. Irgendwann begegnet Catherine Pozzi auch Valérys Gattin samt Schwägerin. Sie beschreibt das erschreckend komisch: »›Meine Frau, meine Schwägerin‹, sagt er mit zugeschnürtem Hals, so wie man zweifellos sagen würde: ›Die Guillotine.‹ Von den beiden geht eine solche Dummheit aus, daß ich nicht einmal den Versuch machen mußte, vergessen zu lassen, wer ich bin ... im großen Zimmer sitzend, erlebte ich plötzlich die wahre Vergangenheit dieses

Mannes unter diesen Gestalten, die wahre Springbrunnen der Langeweile sind, zwischen diesen beiden Nichtsen, für die man jedoch Schuhe und Hüte einkaufen muß und die essen. Die Jahre unter dem Joch des Ministeriums, Lederflecke abwetzen und am Leben erhalten, was mehr als halb tot ist! Daraufhin habe ich alles übrige verstanden, sogar die Flucht zu Mme. Mühlfeld, und den Wahnsinn, als ich ihm, diesem Sträfling der Familie, die Hände hingestreckt habe. Ich bin so müde, kraftlos, mager bis zum äußersten, und ich lebe, ich weiß nicht, wie, und, noch weniger, warum.«

Alle diese Sätze kommen nicht nur, das spürt man, aus schneidendem boshaften Hochmut. Sie verraten vielmehr das So-Sein-»Müssen« einer Seele, die sich romantisch emphatisch nach Reinheit sehnte, wie Hofmannsthals Ariadne: »Hier mein Geständnis: weil ich von einer protestantischen Linie von starkem Geblüt abstamme, kann ich erstens nur in der Reinheit leben, und zweitens lasse ich diesen Mann leiden, indem ich eine Seelenstrenge fordere, die für ihn unbekannt und unmöglich ist, zu dem einzigen Zweck, nicht einem Gott zu dienen, der für mich unglaubwürdig ist, sondern um mich wohl zu fühlen...

Ich werde sterben, nachdem ich zehn Jahre Tuberkulose im Exil mit mir herumgeschleppt und mich damit beschäftigt habe, mit den Mitteln der Liebe einen Helden zu schaffen, als ob davon mein Seelenheil abhängig wäre, das für mich kein erstrebenswertes Ziel ist.

Von mir bleiben nur diese Hefte, die man wird vernichten lassen müssen...«

Paul Valéry hat sich – Vorsicht kann nie schaden – zu Dritten offenbar fast nie ausführlich über Catherine Pozzi geäußert. Aber er hat ein glänzendes Porträt von ihr gegeben. Als Schriftsteller war er Weltklasse. Er nannte sie Karin.

»Karin entwickelt den größten Eifer für das Gute, das Schöne und das Wahre... Sie wäscht sich mit einer Art von Glauben, sie parfümiert sich, wie wenn sie ein Sakrament erteilen würde. Sie ist bizarr, unausgeglichen, theoretisch, voller Vorschriften und merkwürdiger Kapellen im Geist. Am merkwürdigsten ist, daß es irgendwo in diesem Kopf einen echten und vernünftigen Menschen gibt, der abwechselnd heimgesucht wird von der Halbwüchsigen, von der Tänzerin, der Schauspielerin, vom Kleriker, von Don Quichotte, vom Husarenunteroffizier, vom Propheten, vom Girl und der Zigeunerin, von der englischen Kokotte, vom protestantischen Fräulein, von der Studentin im ersten Studienjahr, von der Jeanne d'Arc, der Gesellschaftsdame, dem Halb-Savonarola und von einer ganzen Menge berühmter oder bekannter Leute, von denen dieser Körper besessen ist...«

Als Geister, wenn wohl auch nicht als Liebende, waren die beiden einander gewachsen. Gelegentlich verwertete Valéry sogar bedenkenlos von ihr geschriebene, aber nicht veröffentlichte Gedanken in seinen Essays. Sie nahm es übel. Über dem Beginn ihrer Beziehung, über dem ersten Anfang lag Glanz: »Paul Valéry erwartet mich im Salon. Er sitzt auf dem Sofa im Hintergrund, ganz schmal, blättert in Zeitschriften, wie man es eben so macht... Ich gehe auf ihn zu. Ich will mit ihm nicht über seinen Bruder sprechen – den dummen Dekan –, über den ich ihn kenne. Ich weiß, daß er diese niedere Seele verachtet. Der Speisesaal war grau und rosa. Ich trug ein griechisches Kleid von Vionnet: schwarze Tunika, *ohne* etwas, und für hunderttausend Francs Perlen... Dann sprechen wir über Einstein, und ich erläutere meine Vorstellung von der Zeit, der 4. Dimension des Raumes. Er antwortet mit einer erstaunlichen Raschheit, einer Gewandtheit und einer Meisterschaft im Erfassen des roten Fadens, wie ich sie noch *nie* erlebt habe; wirklich noch nie. Ist Zeit für ihn Raum, in statischer Spannung? Als Einwand ist das sehr intelligent. Ich gebe zur Antwort, daß es dann (psychologische) Ortsveränderung gibt, wenn auch unsichtbar.

Wir reden... Brimont sagt nichts mehr, versteht natürlich nicht: wir sind mitten in der Physik. Egoistische Hausherrin, das ist mir gleichgültig. Soll sie sich doch langweilen, soll sie sich doch langweilen. Verärgert geht Renée gegen Viertel vor 10 ... Und plötzlich sagt er zu mir, beinahe schüchtern: ›Haben Sie meine neuesten Verse in der *Nouvelle Revue Française* gelesen?‹ ... – ›Ich hätte nämlich gerne Ihren Rat. Ich habe etwas Neues gemacht, worüber ich mir Gedanken mache ...‹ Langsam, mit einer leicht singenden Stimme, sagt er sie mir auf. Und ich höre mit einer solchen Intensität zu, daß ich in einem bestimmten Augenblick *um meinen Gesichtsausdruck fürchtete* und mich umdrehte, um zu prüfen, ob man es mir ansah ... Diese Verse sind mehr als alles, was ich je von einem lebenden Wesen erhoffte.«

Nun die große Passion. Sie glaubt sich schwanger von ihm, aber sie hält sein Wesen nicht aus. Sie mag nicht verstehen, daß erfolgreiche Literaten, egal ob genial oder nur gewitzt, so feige, so egoistisch, so gefallsüchtig sein müssen.

»Ich habe Ihnen inzwischen vergeben, daß Sie in der Liebe gerade genug für sich selbst zu verschenken haben ... Ihnen aber beim Leben zuzuschauen ... das kann ich nicht ertragen. Dieser unbegreifliche Ehrgeiz, und dann für Ziele, die nichts anderes sind als der Ehrgeiz selbst (Blum oder Briand halten sich wenigstens für Jesus Christus), die Politik der Salons und des Auftritts, diese Dienstbereitschaft für jeden Verbündeten der Macht, für jeden vorbeigehenden Kunden des lieben Gottes, für jede Dame, die einen MANN kennt, für jeden Halbwüchsigen, der einer werden kann, für jeden Journalisten, der einen dazu machen kann (wie der liebe Gott)!«

Sie begreift also nicht, daß er nette Nullen überschwenglich lobt, geilen Gesellschaftsziegen den Hof macht und sie schlicht im Stich läßt, während sie fürchterliche körperliche Qualen, in langer, von schlechten Ärzten verursachter Krankheit, erleidet. Auseinandersetzungen. Streit. Immer wieder Beziehungsabbruch. Sie hat genug. Doch übermenschlich-konsequent kann selbst diese Tapfere nicht sein (Gott sei Dank). Eben noch ein eisig kluger Abschiedsbrief. Es ist aus. Und am Tag drauf eine

Notiz, zugleich glücklich und kleinlaut: »Man hat sich wieder zusammengefunden.«

»Ich bin eine kümmerliche Geliebte«, sagt sie von sich. Aber ihr Auge trübt sich nie. Auch André Gide kriegt sein Fett ab. Sie verwirrt ihn mit Metaphysik. »Er ist dumm, wie die Berufsintelligenzler es eben sind.«

Die Schmerzen, die einige Jahre später, 1934, zu ihrem Tode führen werden, nehmen zu. Müdigkeit und Verzweiflung nehmen zu. Weil sie Wissenschaftlerin werden möchte, zwingt sie sich unter Qualen zu fürchterlichen Vivisectionshandlungen, die die medizinischen Ausbilder wohl auch noch schadenfroh von ihr verlangen.

Geschrieben hat sie, um nicht allein zu sein. Manchmal denkt man, niemand war den Ansprüchen dieser hochmütigen Seele gewachsen: weder sie selbst, noch gar die Welt. Nur – was Wahrheit sei, fühlte sie unbeirrbar.

»Gestern Kantate von Bach bei Crosos im Halbdunkel: die Vollkommenheit. Auf hundert Damenhäupter stürzt eine so zarte, so glückliche, so reiche Kunst herab, daß alles, was wir da sind, an Roben, Dummköpfen, Haut und Perlen, auf eine fürchterliche Weise bloßgestellt wird.« (1995)

Ein Macho, der trösten konnte
Ernest Hemingway

I.

Die letzten Lebensjahre Hemingways waren von allzuviel Tratsch, Unfall-Sensationen, Interview-Streitereien und sonstigen Berühmtheits-Ärgernissen überschattet. So empfanden es zumindest seine zahlreichen leidenschaftlichen Bewunderer in Amerika und in Deutschland, wo man Hemingway offenkundig noch weit mehr schätzte als im reservierter reagierenden Frankreich oder in Italien. Was Hemingway zwischen seinen *short stories* von 1924 und »Wem die Stunde schlägt« (1940) geschrieben hatte an Novellen und Romanen, das kannte, zumal in den für alles Amerikanische so aufgeschlossenen Jahren unmittelbar nach 1945, wirklich jeder (junge) deutsche Literatur-Interessierte oder Intellektuelle.

Aber schon während der fünfziger Jahre ließ der Kult ein wenig nach (obwohl Hemingway 1954 immerhin den Nobelpreis erhielt). Der Liebesroman »Über den Fluß und in die Wälder« erregte statt einhelliger Begeisterung auch Streit und Ablehnung. (Die junge Geliebte schien so anschmiegsam leblos wie eine angenehme Männer-Phantasie.) »Der alte Mann und das Meer« machte dann zwar – nach außen hin – als *klassisches Meisterwerk* alles wieder gut: Aber ein wenig zu simpel war mir seine Direktheit denn schon und ein wenig zu kunstvoll wiederum die unauffällig, aber doch für jedermann bemerkbar eingebaute Christus-Symbolik...

Dann kam der Selbstmord-Tod (1961), den die Witwe zunächst in einen Unfall beim Gewehrreinigen abschwächen wollte – und dessen Realität Frau Mary zumindest dem »Papa

Hemingway«-Biographen Hotchner so wenig verzieh, daß die Übersetzung von Hotchners Buch nicht in Hemingways deutschem Stammverlag (Rowohlt) herauskommen konnte. Auch in dem neuen Briefband darf die Existenz des Freundes und Biographen und Briefpartners Hotchner keine Rolle spielen. Müssen Witwen so sein?

Doch von all diesen Querelen hatte sich zwar nicht die Hemingway-Forschung – also die Hemingway-Industrie stets neuer Untersuchungen, Essays, Verfilmungen –, wohl aber die große Öffentlichkeit immer entschiedener abgewendet. Hemingway stand mittlerweile für etwas, was »vorbei« war: für Männlichkeitswahn, für Riesenausmaße im Saufen und für entschlossene Knappheit im Gefühl. Überdies wirkte das aus dem Nachlaß veröffentlichte Erinnerungsbuch »Paris – ein Fest fürs Leben« routiniert, blaß, enttäuschend.

War er also – und das ist ja oft der Preis für allzu große Berühmtheit bei Lebzeiten – passé? Ein Paul Heyse, ein Meyerbeer der *lost generation*, den niemand mehr nachspielte? Friedrich Sieburg äußerte schon 1954 indigniert, was ihn – trotz aller Wertschätzung von Hemingways Poesie – abstieß. Er mochte wenig Sinn darin erkennen, »die Bewährung eines Mannes im Einstecken von Linkshaken oder in seiner Haltung gegenüber einem Kampfstier oder gar im Leeren einer Flasche Schnaps« zu erblicken. »Leistungen dieser Art haben heute kein Prestige mehr, daher unser Mißtrauen gegen Bestimmungsmensuren, Bierkomment und, in einem tieferen Sinne, auch gegen militärische Tugenden.« Daß ein siegreich sich ausbreitender Feminismus mit diesem Hemingway, der Gertrude Stein verehrt und sich dann von ihr als einer verrückt gewordenen Lesbierin distanziert hatte, überhaupt nichts anfangen wollte, versteht sich erst recht. Wie Hemingway da dachte, geht aus einem herrlich-heftigen Brief an Edmund Wilson (22. 9. 1951) hervor:

»Nach den Wechseljahren machte sie eine lange Phase des Größenwahns durch, die schwer zu ertragen war, da sie mit ihrer patriotisch-homosexuellen Phase zusammenfiel. Sie verlor völlig ihr Urteilsvermögen über die Malerei und beurteilte Bilder nach den sexuellen Gewohnheiten derer, die sie gemalt hatten. Picasso und ich lachten immer darüber, aber wir waren uns stets darin einig, wie sehr wir sie mochten, ganz gleich, was sie tat. Aber Alice [Alice B. Toklas, die fiktive Autorin von Gertrude Steins Autobiographie] war sowohl ihr böser Geist wie ihre Busenfreundin.«

Kurz und schlimm: Die Nachkommenschaft ließ es Papa Hemingway entgelten, daß er Spott, Egomanie, Machismus und enormen Snobismus nie verborgen hatte. Als Rolf Hochhuth, der doch sonst immer unfehlbaren Sinn zu bewähren pflegt für Themen, die noch nicht zu Ende behandelt sind, sich seinerseits an Hemingway machte und ein Einpersonenstück über den »Tod eines Jägers« schrieb – da steckte er Verrisse ein, deren Übertriebenheit und Gnadenlosigkeit gewiß auch damit zu tun hatten, daß kein Mensch mehr etwas mit Hemingway zu tun haben wollte.

So weit war man denn Mitte der siebziger Jahre. Aber die Aktie Hemingway erholte sich. 1981 kamen in Amerika Hemingways Briefe heraus, deren Veröffentlichung der Autor nicht gewollt hatte. Eine bemerkenswerte Auflagensteigerung setzte aber um 1980 ein. Amerika-Beobachter sahen und berätselten ein Comeback Hemingways. Nun ist – leider gekürzt – die amerikanische Briefausgabe auch auf deutsch da: sorgfältig kommentiert, gut lesbar übersetzt von Werner Schmitz. Ein paar großmäulige, aufschneiderische Zitate provozierten Abwehrhaltung.

Aber diese Abwehrhaltung brach während der herrlich aufregenden Lektüre der vielen hundert Briefseiten vollkommen zusammen. Die Frische, die Fülle, die Beschwingtheit des Darstellens, der Reichtum des Folgerns, die Originalität der wunderbar einleuchtenden Abschweifungen: das ist ein Lebens- und Lese-Buch sondergleichen; ein Briefband, wie seit den Briefen Kafkas an die F. B. doch wohl kaum einer mehr erschien. Wer da nicht zugreift – ist selber schuld. Pointierte Zitate können wenig verraten vom Herzschlag, vom Schwung der Gedankenführung, die oft übermütig, manchmal genialisch improvisiert und nie stur ist. Man wird in den Dialog gerissen mit einem Autor, der sonst (beim Schreiben) die »Disziplin« selber war, der als Prosa-Genie der ersten Hälfte des 20. Jahrhunderts galt – und nun zur Wiederentdeckung freigegeben ist.

II.

Briefe schrieb er, wenn er sich vor der Prosa-Arbeit drücken, wenn er reden, schimpfen, erklären, Partnerschaft provozieren wollte. In seinem Leben waren es, angeblich, sechs- bis achttausend. Die Ausgabe enthält knapp 190. Sie alle verraten »irgendwie« Wichtiges, und sie sind, mit ein paar Rücksichtsausnahmen, ungekürzt. Keineswegs mit Beschönigungstendenzen ausgesucht, geben sie den Blick auf einen Menschen, eine Phantasie, ein Temperament, einen Mann (der angeben, aber auch trösten und sich selbst beschimpfen konnte) frei, dessen Art und Wort ganz »allgemein« leicht aus irgendwelchen Überzeugungen abgelehnt oder für unwichtig gehalten werden können – aber schwerlich im »Besonderen«, unverwechselbar Einzelnen.

Der Titel des Bandes mogelt. Er macht aus einer Frage eine Behauptung. »Wir sollten alle glücklich wie die Könige sein. Wie glücklich sind Könige?« Hemingway war gewiß ein Lebenskönner, trotz aller harten Arbeit. Aber ob er wirklich königlich glücklich war? (Er brachte sich um; sein Vater hatte sich umgebracht, sein einziger Bruder beging 1982 Selbstmord.) Der Tod näherte sich grimmig und ohne Mitleid. Ein halbes Jahr bevor Hemingway Hand an sich legte, schrieb er am 17. Januar 1961:

»... ich kam Ende November mit einem Blutdruck von 250/125 hierher. Man glaubt, das ganze Blutdruckproblem könnte in Grenzen gehalten werden, wenn ich mein Gewicht bei 175 Pfund hielte. Da ich Schriftsteller bin, was eine gewisse Menge Stillstehens verlangt, wenn schon nicht Stillsitzens, kann ich dieses Gewicht nur unter großen Schwierigkeiten halten.«

Vier Jahre (28. Juni 1957) vorher hatte er noch ein wenig aufbegehrt:

»Ich halte mich gewissenhaft an die Diät und die Leibesübungen ... Das Dumme ist: immer wenn es in meinem Leben mal richtig schlecht aussah, konnte ich etwas trinken, und gleich sah es besser aus. Wenn man nichts trinken kann, ist das anders. Ich habe nie gedacht, daß man mir den Wein wegnehmen könnte. Aber man kann ... Ich selbst würde alle Auszeichnungen der Welt gegen zwei gute Flaschen Bordeaux täglich eintauschen, und dafür, daß ich meinen Black Dog wiederhätte, statt dessen liegt er unten am Teich neben dem Tennisplatz begraben.«

Für den jungen Hemingway gab es noch einleuchtend gute Gründe, Selbstmord auszuschließen. So im Oktober 1926:

»Die Welt ist so rauh und kann uns so viel antun und uns auf so viele Arten zerbrechen, daß es scheint, als ob sie ihren Spott mit uns treibt, wenn sie Unfälle oder Krankheiten dazu benutzt... Aber man kann mit der Hölle nichts anderes machen, als sie durchzustehen ... Und das muß man... der wahre Grund, keinen Selbstmord zu begehen, ist, daß man weiß, wie herrlich das Leben wieder wird, wenn die Hölle vorbei ist.«

So fühlte Hemingway 27jährig. Da hatte er schon so manchen Prankenhieb ins Leben getan. »Fiesta« und »In unserer Zeit« bereits geschrieben, »In einem andern Land« konzipiert.

Als blutjunger Mensch läßt sich dieser »Macho« vergnügt entfahren, wieviel Spaß ihm das Verliebt-Sein macht. Inbrünstig liebte er die Frauen, zumal die Blonden, auch eine »Kraut«, wie er später Marlene Dietrich bezeichnete.

> 18. Juli 1923: »Du bist also wieder verliebt. Nun, das ist das einzige, wozu es sich überhaupt zu leben lohnt. Egal, was dabei herauskommt, wenn man verliebt ist, das ist es allemal wert, solange die Sache läuft.«

Man sollte nie schlecht über jemanden sprechen, sinniert er. Fährt jedoch fort: »Aber wenn man ein Snob ist, wie kann man das vermeiden?«

Er vermied es denn auch keineswegs. Nur – und das ist charakteristisch für so viele Äußerungen dieses Mannes – auch im Rausch der Übertreibung, in der Lust des Brillierens steckt bei Hemingway nicht bloß ein Körnchen, sondern meist eine sehr spezifische, differenzierte, originelle Wahrheit. Wenn er etwa Faulkner (»er hat von allen das meiste Talent«) Mangel an Bewußtheit vorwirft, oder daß seine Konstruktion sich beim zweiten Lesen entlarve, weil sie ein Mechanismus sei – aber kein »Geheimnis«. Selbstbewußt und übermütig macht er aus dem Schreiben einen Boxkampf, malt er sich aus, wie er gegen Tolstoi oder Turgenjew bestehen würde, sagt er hochmütige und großmütige und scharfblickende Sachen – um dann am Schluß sich zu entschuldigen. Alles Unfug, es fehle ihm halt in seiner Fischer-Einsamkeit das Pariser Literatur-Gespräch.

Er steht dazu, daß ein Mann – nämlich er – Lust am Töten haben kann, muß. Kein augenzwinkernder Feigling sein darf. Er steht dazu, daß es erlaubt sein muß, über alles – Witze zu reißen. Gerade die Einschränkung klingt freilich verflucht respektlos. »Ich würde Unsern Herrn nicht anpflaumen, wenn er am Kreuze hinge. Aber ich würde ein Witzchen mit ihm wagen, wenn ich ihn dabei anträfe, wie er die Wechsler aus dem Tempel jagt.«

Manchmal nimmt er, in seiner Aufrichtigkeit und anti-sentimentalen Animosität, Heinrich Böll vorweg. Böll würde vielleicht nicht schreiben: »Swinburne, Keats oder Shelley habe ich nie lesen können.« Aber die folgende Argumentationsform und das benutzte Vokabular könnten von Böll sein: »Als Kind habe ich es versucht und ihre kunstvolle Falschheit schlicht als peinlich empfunden.«

Der Briefwechsel enthält viel Literarisches und herrlichen Literaten-Klatsch. An ein paar Kritiker richtet Hemingway respektvoll klingende Briefe. Leiden kann er die Spezies überhaupt nicht. In Gstaad, beim Schreiben und Korrigieren, sucht er einen Titel für sein Buch. Will ihn aus der Bibel entlehnen:

> «... und so ging ich in alle Buchhandlungen und versuchte, eine Bibel zu kaufen, um einen Titel zu finden. Aber alles, was die Mistkerle zu verkaufen hatten, waren kleine geschnitzte braune Holzbären. So dachte ich eine Zeitlang daran, das Buch ›Kleiner Geschnitzter Holzbär‹ zu nennen und dann den Deutungen der Kritiker zu lauschen.«

Hinreißend präzis erledigt er den Tonfallschwindel des Starkritikers Wilson, von seiner Verachtung für die Geringeren gar nicht zu reden.

Steckte hinter seiner sportiv-jagdfreudig-männlichen Attitüde Anti-Intellektualismus? Ein linker, kommunismusfreundlicher, den UdSSR-Staat ablehnender Individualanarchismus jedenfalls. Ein Schuß Antisemitismus gar?

> 9. August 1932: »Tun Sie mir bitte den großen Gefallen und begehen Sie nicht den typischen Fehler der amerikanischen Juden, zu glauben, wenn jemand Ihnen etwas erklärt, tue er es aus dem Gefühl heraus, er habe sich geirrt oder sei unterlegen.«

Das klingt bitter. Salon-Antisemitismus, wie er vor Auschwitz in gewissen Kreisen üblich sein mochte, ohne daß man ein schlechtes Gewissen hatte. Doch es wären auch Stellen zitierbar, die diesem Salon-Antisemitismus nicht entsprechen. Souveräner Scharfblick und heiter verbiesterte Gehässigkeit laufen parallel, wenn Hemingway seinen Gönner Sherwood Anderson funkelnd bös charakterisiert:

> 24. Oktober 1927: »D. H. Lawrence war, wie Sie wissen, in den alten Tagen Andersons Gott – man kann seinen Einfluß durch sämtliche Sachen von A. verfolgen, nachdem er mal angefangen hatte, ihn zu lesen. Aber natürlich erwähnt er ihn in seiner Autobiographie A Story-Teller's Story mit keinem Wort. Dagegen entdeckt man darin, daß er durch die Betrachtung der Kathedrale von Chartres geformt wurde! Natürlich in Begleitung jüdischer Herren.«

Herb geht Hemingway mit der Familie, vor allem mit der wohl schrecklich presbyterianischen Mutter um. Er setzt, im Brief an den Vater, alle unauffällige Riesenkunst seines Schreibenkönnens ein, um die Gestalt der Mutter als Alptraum erscheinen zu lassen. Toll, wie er da eine Parenthese – »ich hab's vergessen« – tödlich ins Spiel bringt!

> 14. September 1927: »Ich weiß noch, wie Mutter einmal sagte, sie würde mich lieber im Grab sehen, als – ich hab's vergessen – mich Zigaretten rauchen zu sehen vielleicht. Falls das von Interesse ist: ich rauche nicht.«

So begegnen wir in diesem Briefband einem Kerl und Künstler wieder, dessen einst so bewegende Kraft sich in allzu sorgfältig gemachte Prosa zurückgezogen zu haben und dort ein wenig trocken geworden zu sein schien. Der redende, schimpfende, sich unterhaltende, verteidigende, aufspielende Hemingway ist viel freier und wahrhaftiger – als er selbst wohl gewußt hat. Er wollte ja seine Briefe nicht veröffentlicht sehen, weil sie »oft verleumderisch, immer indiskret und oft obszön« seien. Diese Mängel vital-direkter Briefäußerung sind gewiß da – aber sie verschwinden gegenüber dem immensen Gewinn an herber Erfahrung wie heiterem Geflunker. Und als es darauf ankam, als der Sohn eines Freundes 16jährig an Tuberkulose gestorben war, da schrieb Hemingway:

> 19. März 1935: »... ich kann hierbei nicht tapfer sein, und ich leide aus ganzem Herzen mit Euch beiden. Und doch – das ist völlig aufrichtig und mit kühlem Kopf gesagt: ich weiß, daß jemand, der nach einer glücklichen Kindheit jung stirbt – und niemand hat seinen Kindern eine glücklichere Kindheit bereitet als Ihr –, einen großen Sieg errungen hat. Wir alle haben unseren Tod durch eine Niederlage zu erwarten, unsere Körper erschöpft, unsere Welt zerstört; aber wir müssen alle durch dieses Sterben hindurch, während er es überwunden hat, seine Welt war noch unverletzt und sein Tod nur ein Unglücksfall.«

So, liebevoll und liebenswert, Hemingway. Ob der dann folgende schönste Trost-Satz nicht auch sein Weiterleben einschließt? »Niemand, den man liebt, ist jemals tot.« (1984)

Von Kunst erzeugte Gefühle »leisten« nichts
Leo Tolstois Musikernovelle »Albert«

Tolstois Eifersuchts-, Ehebruchs- und Frauenhaß-Novelle »Die Kreutzersonate« war wohl schon zu Lebzeiten des Dichters seine populärste Erzählung. Die Buchausgabe erschien, nach mannigfachen Vorabdrucken einzelner Kapitel, in Deutschland früher (1890) als in Rußland, wo die Zensur Schwierigkeiten machte, bis der Text dann zunächst in Tolstois Gesammelten Werken, Band XIII, 1891 herauskam. Daß eine Erzählung, in der leidenschaftliche Musik eine erotische Explosion vorbereitet und in der Beethoven bereits im Titel vorkommt (die »Kreutzersonate« ist bekanntlich Beethovens berühmtestes Werk für Klavier und Violine), daß eine solche Erzählung gerade in Deutschland enorm beliebt werden würde, verwundert nicht.

Aber gut zwei Jahrzehnte vor der »Kreutzersonate« hat der 30jährige Tolstoi, dessen Verhältnis zur Tonkunst immer kennerhaft, zwiespältig, passioniert war (wenn denn Leidenschaft wirklich *eine Liebe ist, die zweifelt*), ein Prosastück geschrieben, das der Musik und den Musikern eigentlich mehr, und grausamere, Gerechtigkeit zukommen läßt. Diese kaum bekannte Novelle heißt nach ihrem versoffenen, faszinierend Violine spielenden Helden, einem verkrachten Orchestermusiker, »Albert«. Man kann sie finden beispielsweise in der schönen Dünndruckausgabe des Winkler Verlages (»Die Kosaken und andere frühe Erzählungen«), gediegen-lesbar übersetzt von Marie Stelzig. Die vollkommen eindeutige, souverän, grimmig-unerschütterlich und fast unmerkbar ironisch vorgetragene Handlung bezwingt und gibt Räsel auf. War Tolstoi da zynisch? Bereits der Anfang überwältigt. Schriftstellerei zum Niederknien! Es sind nur vier ziemlich kurze Absätze, sie bringen wahrlich nichts Sensationelles. Reiche junge Leute benehmen sich wie – reiche junge Leute. Die wollen sich nächtlich nobel amüsieren. Das mißlingt. Aldous Huxleys ironische Frage: »Wer amüsiert sich eigentlich in einem Amüsierlokal?«, scheint, ohne spürbare Moralisiererei, vorweggenommen.

> »Fünf reiche junge Leute kamen gegen drei Uhr morgens in ein Petersburger Tanzlokal, um sich dort zu belustigen. Es war bereits viel Champagner getrunken worden, der größte Teil der Herren war noch sehr jung, die Damen waren hübsch, Klavier und Geige spielten unermüdlich eine Polka nach der anderen, die Tänze und der Lärm erfuhren keine Unterbrechung; aber trotzdem war es langweilig und unbehaglich; einem jeden kam es vor (wie das oft geschieht), als wäre alles nicht das Richtige und ganz unnötig.
> Sie machten mehrmals den Versuch, die Lustigkeit gewaltsam anzufachen, aber die geheuchelte Lustigkeit war noch schlimmer als die Langeweile. Einer der fünf jungen Männer, der mit sich selber, mit den anderen und dem ganzen Abend noch unzufriedener war als die übrigen, stand mit einem Gefühl des Widerwillens auf, suchte seinen Hut und verließ den Saal in der Absicht, heimlich wegzufahren.«

So verlaufen derartige Abende mitunter. Der späte Tolstoi kann in seiner »Beichte« von 1882 an ein solches Luxusleben »nicht ohne Schrecken, Abscheu und Herzenspein« zurückdenken. Aber schon der Autor von 1858 hatte keine »Lebenswende«, keine schlimme existentielle Erschütterung nötig (die kam etwas später), um doch kühl, lächelnd, allwissend und fast ohne Hohn festzustellen, was ist...

Jener besonders unzufriedene Mann, der da weg will, ist der reiche, aristokratisch lebende Junggeselle Delesow – offenbar, wie so oft in Tolstois Kosmos, ein Alter ego, ein zweites Ich des Grafen. Beim Verlassen des Lokals stößt dieser nette Delesow auf Albert, der ihm als »irrsinniger Musikant aus dem Theater« geschildert wird, ein lästiger, gerade noch geduldeter Liebhaber der Besitzerin des Etablissements.

Delesow findet Gefallen am hübschen Albert mit den schwitzenden Händen. Dies Gefallen schlägt in zärtlich bewundernde Liebe um, wenn Albert Geige spielt. »Seine Lippen hatten einen leidenschaftslosen Ausdruck angenommen ... sein schmaler, knochiger Rücken, die krummen Beine und der struppige schwarze Kopf boten einen sonderbaren, aber durchaus nicht lächerlichen Eindruck.«

Nun geigt Albert. Tolstoi beschreibt den Spielenden und die belebende, rührende Wirkung der Musik »auf den Zustand der Langeweile, der lärmenden Zerstreuung und des seelischen Schlafs« aller Hörer herrlich schwungvoll, ganz frei – und zugleich musikalisch-exakt.

Für dieses große Talent, diesen verkommenen, stets nach Alkohol trachtenden Musiker möchte der entflammte Delesow etwas tun. Er nimmt Albert nach Hause. Schon bei der Heimfahrt, wenn Delesow einen »unangenehmen Geruch von Branntwein und Unsauberkeit« verspürt, wenn er Albert »dumm und abgeschmackt« quasseln hört, bereut Delesow seine guten Vorsätze (natürlich) ein wenig. Was soll er mit dem Schnarchenden anfangen?

Aber er gibt nicht gleich auf. Der gutmütige Diener findet auch Gefallen an dem ungewöhnlichen Gast. Nur: Albert »trocken« zu machen, ihn vom Alkohol fernzuhalten, ihm die Sucht auszutreiben, das gelingt weder Delesow noch auch dem Diener, der aufpassen soll. Albert schafft es stets, etwas Scharfes aufzutreiben – und er verlangt, bevor Delesow mit ihm über »Kunst« reden oder ihm beim Spielen zuhören kann, gierig nach Stoff. Albert spricht übrigens verantwortungsbewußt, naiv und ernsthaft über Musik. Er berichtet rührend von seinem ziemlich verpfuschten Dasein. Er tut Delesow (und den Lesern) leid. Er verhält sich, obwohl der reiche Samariter ihm ein neues Leben, eine wunderbare Karriere-Chance, ein unverhofftes Glück zu bieten scheint, nicht einmal opportunistisch. Gute Taten nimmt er schlaff entgegen. Besäuft sich sinnlos. Ist enorm lästig. Delesow resigniert bald: »... das war ein kindliches Beginnen... Wie kann ich mich unterfangen, andere zu bessern, wenn ich Gott danken muß, daß ich mit mir selber fertig werde?« Er will Albert fortlassen, verschiebt das aber noch einmal »auf morgen«.

Doch so weit läßt Albert es gar nicht kommen. Der schreit, nachdem er nachts aus dem Überzieher des Dieners den Schlüssel genommen, die Tür zum Herrenzimmer aufgeschlossen »und eine ganze Karaffe süßen Wodka ausgetrunken« hat, sinnlos herum. Beschwert sich über Freiheitsberaubung, krakeelt wütend nach »Hilfe«. Enteilt in den Schnee.

Zunächst empfindet er da die scharfe Kälte nicht. Duselt dann ein. Träumt einen seltsamen Traum, wo Sehnsucht und Täuschung wunderbar durcheinandergehen. Er vernimmt sein hohes Lob, empfindet eine herrliche Umarmung, spürt seltsamerweise den leeren Mond in der Tiefe und die Wasser am Himmel. Dabei liegt er längst sturzbetrunken vor der Schwelle seiner Etablissement-Besitzerin. Fast erfroren. Man trägt den Besinnungslosen hinein. »Ach, dieser Albert! Den habe ich schon bis dahin!« flucht die Dame des Hauses. Ende.

Warum mußte Delesows Besserungsversuch so exemplarisch mißlingen – fragt man sich betroffen. Wollte Tolstoi zeigen, daß man sündige Menschen nicht ändern kann, daß Suchtkranken nicht zu helfen ist – und auf diese Weise schon gar nicht? Wollte er Delesows Gutmütigkeit kritisieren, der es zwar nicht an Selbstzufriedenheit fehlt, wohl aber Ausdauer? War dieser barmherzige Samariter zu oberflächlich, zu schnell enttäuschbar?

Das alles mag für den Gang und Sinn der Erzählung nicht

unwichtig sein. Aber Tolstoi verbündet sich beim Erzählen – sonst wären wir Leser nicht so entsetzlich sicher, daß alles schiefgehen muß – offenbar mit finstereren Fakten als nur den Problemen richtiger oder unzureichender sucht-pädagogischer Konsequenz. Gewiß, Pädagogisches spielte in Tolstois Existenz stets eine Riesenrolle. Er schrieb gezielt für Kinder, betreute Schulen. Und man kennt die Szene, da ein »Graf Tolstoi aus Rußland« 1861 in Weimar einer Schulstunde des Lehrers Stötzer beiwohnte und am Ende die Aufsatzhefte der Kinder verlangte, weil sie für ihn von hohem Interesse seien...

Im »Albert« scheint es aber noch nicht alles: diese sanfte Kritik an Delesows zu kleiner Menschenfreundlichkeit. (Immerhin unternimmt Delesow etwas, die anderen empfinden und tun ja noch weniger für den verkommenen Künstler.) Daß Rettung hier unmöglich ist, hängt in dieser Musikernovelle, so läßt sich vermuten, mit der Seligkeit und Unseligkeit von Kunst, eben von Musik, zusammen. Albert ist ein netter, willensschwacher, seine Kunst ernstnehmender, sonst völlig abgestumpfter Trinker und Musikant. Dem genügt es vielleicht sogar, über kurz oder lang in der Nähe seiner Chefin besoffen zu krepieren. Ein typischer Russe (auch). Ein kaputter Künstler wie Grillparzers »Armer Spielmann«, aber ins exzentrisch Slawische gesteigert (auch). Ein Opfer der Verhältnisse (auch).

Trotzdem: Weshalb bleibt hier gutgemeinte Menschenfreundlichkeit so chancenlos? Höhnt Tolstoi: Es habe ja doch keinen Sinn? Meint er gar, es gäbe kein richtiges Leben und Verhalten im falschen? Man schüttelt und rüttelt an der Novelle beim Wiederlesen: Aber sie gibt ihr Geheimnis nicht preis. Man darf sich den »Albert« ja auch nicht mit dem Wissen über die vom späten Tolstoi verworfene Elite-Kunst nähern. Daran dachte der junge Autor hier wohl noch nicht, und ein Elite-Künstler ist der zur allgemeinen Rührung im Nachtclub aufspielende Albert, obschon er bewundernd über Chopin, Bellini, Beethoven redet, eigentlich auch nicht. Albert befindet sich seltsam streng: »›Ich habe Lablache noch in Paris im 'Barbier von Sevilla' gehört; damals war er einzig in seiner Art, aber jetzt ist er alt; er kann kein Künstler mehr sein, er ist alt.‹ ›Was macht es denn, daß er alt ist, er ist immerhin gut in den Ensembleszenen‹, sagte Delesow, der das immer von Lablache sagte ...«

Aber warum vollzieht sich der Untergang Alberts so, daß man beim Lesen – lächelnd, zähneknirschend und in finsterer Übereinstimmung mit dem fatalen Vorgang – weiß, *es kann nicht anders kommen*? »Töricht auf Besserung der Toren zu harren!« Ist es gar Zynismus aus überlegener Einsicht? Meint Tolstoi, unbraven Musikanten, russischen Alkoholikern sei halt auf Erden nicht zu helfen – mag der Wunsch, die Armen zu kleiden, zu verwöhnen, zu entwöhnen auch eine noch so schöne Sympathieregung sein?

Schwer zu entscheiden. Die Novelle enthält nur einen versteckten Fingerzeig. Tolstoi schildert, empfindsam und unnachsichtig zugleich, wie Töne wirken: wunderbar lösend, aber nichts bewirkend. Vielleicht liegt hier der zugleich symbolische und erläuternde Kern: Von Kunst erzeugte Gefühle »leisten« nichts.

> »Alle, die sich während Alberts Spiel im Zimmer befanden, bewahrten ein demütiges Schweigen und schienen nur in seinen Tönen zu leben und zu atmen ... Durch eine seltsame Verkettung von Eindrücken versetzten die ersten Klänge von Alberts Geige Delesow in seine erste Jugendzeit. Er, der nicht mehr junge, lebensmüde, erschöpfte Mensch, fühlte sich plötzlich als siebzehnjähriges, selbstzufrieden schönes, glückselig einfältiges und unbewußt glückliches Geschöpf ... Er betrachtete die Gebilde der Vergangenheit voller Entzücken und weinte – weinte nicht wegen jener vergangenen Zeit, die er hätte besser anwenden können (wäre diese Zeit ihm wiedergegeben worden, er hätte sie nicht besser genutzt), sondern er

> weinte nur, weil jene Zeit entschwunden war und niemals wiederkehren würde. Die Erinnerungen tauchten ganz von selbst in ihm auf, und Alberts Geige sagte immer nur das eine und nur das eine. Sie sagte: Vergangen für dich, ewig vergangen für dich die Zeit der Kraft, der Liebe und des Glücks . . .«

Steht es so um die selig-unselige Kunst? Schafft sie Entzücken oder Trauer, ohne zu *ändern*? Ohne zu lehren, *die Zeit besser zu nutzen*? Anscheinend glaubte Tolstoi ebendies. Darum können nette reiche Herren suchtkranke Künstler nie und nimmer retten. (1986)

»Halli und Hallo«
Detlev von Liliencrons Gedicht
»Bruder Liederlich«

Es ist noch gar nicht so lange her, ein paar Jahrzehnte bloß, da konnte jeder gebildete, an Lyrischem interessierte Deutsche einige Gedichte des Detlev (eigentlich Friedrich) Freiherr von Liliencron auswendig. Daß dieser Liliencron ein aristokratisch konfuses Leben geführt hat, schuldenhalber verzagt nach Amerika auswanderte, sich dort mit Musikunterricht über Wasser hielt, sehr bald enttäuscht zurückkehrte, daß er ein zugleich romantischer, pessimistischer, religioser, burschikoser Mann, Edelmann, leidenschaftlicher Jäger und Soldat gewesen ist, nahm ihm im Zeitalter des Wilhelminismus nicht so leicht jemand übel. Noch bis in die dreißiger Jahre unseres Jahrhunderts dauerte sein sozusagen »direkter« Ruhm. Der junge Minetti reiste als Liliencron-Rezitator.

1844, im Geburtsjahr Nietzsches, war Liliencron zur Welt gekommen. So wie Nietzsche sich der akademischen Kaste entzog, verließ der vitale Liliencron, »dessen Außenseitertum von geradezu pathetischer Hilflosigkeit« war (alles laut Klaus Günther Just), die militärische Kaste. Er starb, zerrüttet, aber mit kaiserlichem Ehrensold, 1909. Heute leben seine Gedichte – wenn überhaupt – in einigen immer wieder dargebotenen Brahms-Vertonungen (»Der Tag ging regenschwer und sturmbewegt«) weiter. Ein schöner und gar nicht so einfacher Anstoß, die vollkommen originellen, oft als realistisch, gelegentlich als impressionistisch bezeichneten Gedichte Liliencrons wieder zu lesen, ist der »Bruder Liederlich«.

Bruder Liederlich

Die Feder am Sturmhut in Spiel und Gefahren,
Halli.
Nie lernt ich im Leben fasten noch sparen,
Hallo.
Der Dirne laß ich die Wege nicht frei;
Wo Männer sich raufen, da bin ich dabei,
Und wo sie saufen, da sauf ich für drei.
Halli und Hallo.

Verdammt, es blieb mir ein Mädchen hängen,
Halli.
Ich kann sie mir nicht aus dem Herzen zwängen,
Hallo.
Ich glaube, sie war erst siebzehn Jahr,
Trug rote Bänder im schwarzen Haar,
Und plauderte wie der lustigste Star.
Halli und Hallo.

Was hatte das Mädel zwei frische Backen,
Halli.
Krach, konnten die Zähne die Haselnuß knacken,
Hallo.
Sie hat mir das Zimmer mit Blumen geschmückt,
Die wir auf heimlichen Wegen gepflückt;
Wie hab ich dafür ans Herz sie gedrückt!
Halli und Hallo.

Ich schenkt ihr ein Kleidchen von gelber Seiden,
Halli.
Sie sagte, sie möcht mich unsäglich gern leiden,
Hallo.
Und als ich die Taschen ihr vollgesteckt
Mit Pralines, Feigen und feinem Konfekt,
Da hat sie von morgens bis abends geschleckt.
Halli und Hallo.

Wir haben süperb uns die Zeit vertrieben,
Halli.
Ich wollte, wir wären zusammengeblieben,
Hallo.
Doch wurde die Sache mir stark ennuyant;
Ich sagt ihr, daß mich die Regierung ernannt,
Kamele zu kaufen in Samarkand.
Halli und Hallo.

Und als ich zum Abschied die Hand gab der Kleinen,
Halli.
Da fing sie bitterlich an zu weinen,
Hallo.
Was denk ich just heut ohn Unterlaß
Daß ich ihr so rauh gab den Reisepaß ...
Wein her, zum Henker, und da liegt Trumpf As!
Halli und Hallo.

Das ist eine alte, ewig neue Geschichte: ein vitaler Verführer läßt die jüngere, kindlich abhängige Geliebte sitzen, weil sie ihn zu langweilen beginnt. Bruder Liederlich und sein Opfer. Späte Reue. Beim Lesen bleiben besonders haften die beiden Verse: »Ich sagt ihr, daß mich die Regierung ernannt, / Kamele zu kaufen in Samarkand.« Was da so alles zusammenkommt! Die spielerisch brillante Ausrede des Überlegenen. Der wichtige Mann. Seine enorme Bedeutung für die Staatsgeschäfte. Höchster Befehl als respektgebietendes Alibi. Freilich durch das geniale Reimwort auf »ernannt«, nämlich: »Samarkand« sofort deutend auf Märchen, Lüge, 1001-Nacht-Phantastik. Die wehrlose Kleine begreift's und weint bitterlich.

Bruder Liederlich, das Scheusal? Der aristokratische Frauen-Jäger, für den nur der Moment des Auftrumpfens zählt? So hätte unser Freund es vielleicht gern, doch kommt ihm etwas dazwischen. Nämlich er selbst, seine leider unauslöschliche Erinnerung. Wie ein »Scheusal« führte er sich eigentlich nicht auf, eher wie ein »Kleiner Schuft« (so bezeichnet die frivole

Zerbinetta in Hofmannsthals »Ariadne« den aus Überdruß treulos gewordenen Theseus, und zwar durchaus »verständnisvoll«).

Als Liebhaber offenbart Liliencrons Schuft immerhin Qualitäten, die nicht selbstverständlich sind. Er geht auf die Welt seiner jungen Freundin ein. Kauft ihr ein hübsches Kleid, versorgt sie mit Wohlschmeckendem, pflückt mit ihr Blumen. Mag vielleicht sein, daß er dies alles auch aus Berechnung tut – doch dann rechnet er im Hinblick auf sein Opfer sehr einfühlsam und goldrichtig. Er nimmt die Geliebte – wenn auch souverän machohaft – als Du, als lebendes Gegenüber. »Hans der Schwärmer«, der schüchtern lyrikbegeisterte Held eines anderen Liliencron-Gedichtes, zeigt sich dazu keineswegs imstande. Schön Doris jammert unten am Gartentor: »Ach, käm er doch frisch zu mir hergesprungen / Wie wollt ich ihn herzen, den lieben Jungen. / Hans Töffel liest oben Gedichte.«

Schwärmerische Kunst als Lebensersatz: dergleichen steht vom Bruder Liederlich kaum zu befürchten. Der weiß, was er will – und was sie will. Nur verdrängt er bei alledem, daß ein Teil seiner selbst, vielleicht sein bester, wirklich liebt. Solche Schwächen, solche Sentimentalitäten traut, mutet unser Herr Liederlich sich nicht zu. Überdies war die kindische Kleine – der Näschereien, lustige Spaziergänge, ein lustiges Kleid und ein lustiger Kerl vollauf genügten – auf die Dauer begreiflicherweise keine sehr fesselnde, gleichwertige Partnerin. Für einen Mann von Welt schlicht zu unbedeutend. Allmählich tauchen blasierte Fremdwörter aus liederlich gesellschaftlicher Sphäre, gewiß nicht der des Mädchens, im Bericht auf (fünfte Strophe). Gott-ja, ein »süperber Zeitvertreib«, aber bald wurde die Sache, Sie verstehen, meine Herren, doch »stark ennuyant«. Langweilig. Dann macht man am besten schnell Schluß. Für die Kleine tat es die hübsche Samarkand-Ausrede. Ein paar Tränchen. Erledigt.

So renommiert der Bruder Liederlich später. Sein Ich redet dabei sowohl zu sich selbst als anscheinend auch zu Freunden, mit denen er kartenspielend in einer Kneipe sitzt. Der sonst so Überlegene wirkt etwas angeknackst. »Verdammt.« Immer der Erste beim Saufen, Raufen, Lieben, klare Verhältnisse erwartend, wird er nun mit einer Erinnerung, einer Sehnsucht, einer Vergangenheit konfrontiert – und nicht so ganz damit fertig. Gewohnt, stets Sieger im Lebensspiel zu sein, ermannt er sich dröhnend. Letzter, im wahrsten Sinne des Wortes auftrumpfender Vers: »Wein her, zum Henker, und da liegt Trumpf As!«

Doch Liliencrons Gedicht *besagt* dank seiner Form mehr als der berichtende Bruder Liederlich *sagt*. Klar, der leidet, so ungern sein manchmal blasiertes, heftiges Getue das auch wahrhaben möchte. Wenn in Literatur eine redende Figur indirekt etwas anderes ausdrückt als sie offenbar zum Ausdruck bringen will, dann haben wir es meist mit einer Art dichterischer Ironie zu tun. Jemand verrät sich, wir überlegenen Leser *erraten*. Aber auch darüber, über eine solche (leicht hämische) Lösung, scheint Liliencrons Kunst hinaus. Sie umschreibt mehr als nur gutmütige Ironie angesichts eines lebensfrohen, weiberfreundlichen Haudegens, den trotz heftiger Gegenwehr eine leise Sentimentalität berührt, eine Erinnerung und das bittere Gefühl, falsch gelebt zu haben. Liliencrons Gedicht läßt nämlich ahnen, was die Zeit den Menschen zufügt.

Das signalisieren Signale. Refrains.

Von Keckheit, Temperament, unstet beschwingter Lebenslust vibriert die (in Gedichten) ziemlich seltene, ordentliche Symmetrie meidende Fünfzeiligkeit der Strophen. Diese Fünfzeiligkeit erscheint durchsetzt, gegliedert, rhythmisch unterbrochen von den immergleichen, simplen, starr-objektiven Refrains, Schall-Kehrreimen, jagdsignalisierten Tonsilben: Halli und Hallo.

Vernünftige Leser hassen mit Recht die ärgerlichen Tricks aufgeblasenen Interpretierens: Was eigentlich jeder begreift, wird salbadernd so zerredet, daß es keiner mehr versteht. Weshalb, so die Gegenfrage, müssen denn hier die »Halli und Hallo«-Einwürfe (von denen bekanntlich noch Georg Kreisler in seinem fabelhaften »Max auf der Rax«-Song witzig Gebrauch macht) mit riesigen Auslegungs-Girlanden behängt werden?

Antwort: Weil eben diese Refrains in gewisser Weise unser Gedicht auslegen. Ihrem Wesen nach sind sie eindeutig, starr-identisch. Aber indem sie hier an sechs Strophenenden erscheinen, in immer neuem Zusammenhang, verändern sie ihren Ton, steigern sie sich zum Kommentar. Liliencron gelingt etwas ganz Verrücktes. Er modifiziert, ja psychologisiert das Offenkundige, Simple, Primitive; das »Halli und Hallo«. Und was mit diesem »Halli und Hallo« passiert, widerfährt auch dem Bruder Liederlich!

Der (ungläubige) Leser spreche das Gedicht einmal laut. Er wird finden: Es ist unmöglich, oder bedarf einer krampfhaften, dissimulierenden Anstrengung, jeden dieser sechs »Halli und Hallo«-Schlüsse auch nur annähernd im gleichen Tonfall vorzutragen oder sich vorzustellen. Der Refrain ändert sich, färbt sich um, wird gewissermaßen neu komponiert vom Verlauf der Geschichte. Ein starres Signal enthält auf diese Weise (als wären wir bei Gustav Mahler) in sich die vergehende, unumkehrbare Zeit.

Und das macht die innige Melancholie dieses Liliencron-Gedichtes aus – fern aller bloßen Kraftmeierei. »Halli und Hallo«-Signale lassen ertönen, wie das Leben vorbeirauscht, wie die Zeit vergeht. Wie sie, als verrinnende, eine Liebe auseinanderbringt (Langeweile). Wie sie, als unverdrängbare Erinnerung, den gealterten Bruder Liederlich heimsucht, der so gern gedankenlos, tätig und genußvoll vor sich hin leben würde.

Selbst für einen Bruder Liederlich zeitigt die Zeit Folgen. Ganz zuletzt versöhnlicher gestimmt, meint man dann, ob nicht sogar seine von ihm dereinst so schnöd versetzte Freundin – mittlerweile gewiß längst kinderreich verheiratet, versorgt, besorgt, bürgerlich – trotz Samarkand gern an jene herrlich liederlichen Tage zurückdenkt mit blumengeschmücktem Zimmer, gelbem Seidenkleid, Süßigkeiten und süperb verliebtem Zeitvertreib. Das kommt nicht wieder. Halli und Hallo. (1987)

»So was tut man nicht«
Henrik Ibsens Drama »Hedda Gabler«

I.

Hedda Gabler, man erinnert sich, ist jene herrisch überspannte Generalstochter, die ein junges, sehr gefährdetes Genie gekannt, wohl auch ein wenig geliebt, aber aus Feigheit oder Frigidität nicht an sich herangelassen und geheiratet hat. Dafür nahm Hedda dann später notgedrungen den netten, harmlosen Möchtegern-Professor Tesman zum Gatten. Hedda erlaubte ihm gewissermaßen, sie zu versorgen. Tesman – in guter Hoffnung auf eine auskömmliche akademische Karriere – tut sein Bestes, der vornehmen jungen Frau ein angenehmes Leben zu bieten mit Villa und langer Hochzeitsreise und später mal Reitpferd. Doch Tesmans Bestes bleibt mager. Hedda, vom Wort »Liebe« angewidert wie von etwas Klebrigem, empfindet ihre bisherige (eigentlich nur die Hochzeits-Studienreise umfassende) Ehe als *höllisch*. Genauer: als höllisch *langweilig*.

Und wenn dann das Genie von einst wieder auftaucht, mit anpassungsfähiger, tapferer, harmloser Gefährtin: dann geht Hedda eiskalt auf Kollisionskurs. Sie macht das rückfallbedrohte Genie wieder zum Säufer, sie vernichtet auch das Manuskript jenes Lövborg, und sie weist dann dem Verzweifelten den Weg zur Selbstmord-Tat – weil sie halt für freie, große, edle Handlungen schwärmt, die sich in ihrer Ehe mit einem drittklassigen trockenen Fachgelehrten wirklich nie ereignet haben noch ereignen dürften. Zu ihrem Kummer und ihrer Scham ist sie, Bergman deutet es an, guter Hoffnung vom hoffnungslosen Ehemann. Doch ihre Intrigen gegen Lövborg, der sich umbringt, stürzen Hedda auch in gewisse Abhängigkeiten.

Zum Schluß erschießt sie sich. Ohne Zittern, ohne Schwäche. Übrig bleiben die Bürgerlichen. Heddas Mann, der versuchen wird, aus den erhaltenen Notizen Lövborgs geniales Werk geduldig zu rekonstruieren. Und Lövborgs Geliebte, die Tesman dabei eifrig helfen wird.

So, oder so ähnlich, erzählen die Schauspielführer das Stück nach. Erklärt ist damit natürlich gar nichts. Deutsche Theaterbesucher erinnern sich meist schaudernd an die ästhetisch-verkitschten, exzentrischen Forderungen Heddas: »In Schönheit« soll alles geschehen, auch ein Selbstmord, »mit Weinlaub im Haar«. Von dergleichen schwärmte Hedda schon als junges Mädchen. Daß sich in mieser Realität jene Tat dann sehr viel kümmerlicher, ekliger abspielt – es ist gewiß keine Überraschung. Wer Überspanntes fordert, riskiert halt herbe Enttäuschungen, denkt man, und findet Heddas Ideen eigentlich abwegig, nietzschehaft-zeitgebunden, darum fast uninteressant. Ein bißchen sehr »19. Jahrhundert«, Hedda habe nur »romantische Ideale«. »She is a typical nineteenth century figure« (eine typische 19.-Jahrhundert-Figur), folgert etwa Shaw in seinem mit rapider Intelligenz gesegneten Buch »The Quintessence of Ibsenism«.

Der Regisseur Ingmar Bergman führt vor, daß Shaw irrte. Beziehungsweise, daß nur die eine, die verständliche, die sich mit den Mitteln ihrer Zeit, ihrer Gesellschaft ausdrückende Hälfte der Hedda aus dem 19. Jahrhundert kommt. Die heftigeren, die unverständlichen, die jede harmonische Lösung radikal ausschließenden Energien dieser Frau aber stammen woanders her. Aus tiefer mythischer Ferne. In Hedda herrschen dunkle Gewalten, die man keineswegs in das Stück »hineininterpretieren« muß. Sie kommen vielmehr aus Ibsens Werkbiographie und münden nachweisbar – übrigens auch bereits nachgewiesen – in dieser Gestalt!

Der in Ulm geborene, in Wien als Vorgänger von Karl Kraus heimisch und berühmt gewordene Kritiker Ludwig Speidel widmete im November 1876 (als die »Hedda Gabler« noch gar nicht existierte) dem frühen Ibsen-Drama »Nordische Heerfahrt« eine hinreißend hellsichtige Studie. Jenes in tiefer Vergangenheit spielende Stück führt zwei Paare vor: Die wilde Hjördis, die einmal das Herz eines Wolfs gegessen habe (und nun wölfisch-grausam sein könne), hat einen Mann geehelicht, den sie für einen bedeutenden Helden hält. Es stellt sich aber heraus, daß der eigentlich kräftige (geniale) Kerl dieses sagahaften Bezirks jemand anders ist – der die harmlosere Freundin der Hjördis geheiratet hat. Man hat da einen (Brünnhilde/Siegfried/Gunther-ähnlichen) Schwindel begangen. Provokant deckt Hjördis den Schwindel auf, entdeckt die Zweitrangigkeit ihres Mannes, sät amazonenhaft wütend Tod und Verderben, stürzt sich ins Meer.

Ein wüstes Stück, nicht ohne Wildheit und unfreiwillige Beinahe-Komik. Ludwig Speidel schrieb damals: »Wäre Dichtern zu raten, wir möchten Herrn Ibsen vorschlagen, mit seiner Muse um einige Breitengrade südlicher zu ziehen. Er ist ein moderner Mensch und sollte mit seinesgleichen zusammenwohnen.« Also aus der »Nordischen Heerfahrt« eine »Hedda Gabler« machen? Dies behauptete Speidel-Herausgeber Julius Rütsch. Und er schrieb weiter, der Rat, Ibsen sollte sich »unmaskiert der europäischen Zivilisation annähern, fand seine Erfüllung unter anderem darin, daß Ibsen das hier vorliegende Walküren-Thema im Drama ›Hedda Gabler‹ innerhalb moderner Umgebung abwandelte«.

Wenn man die »Nordische Heerfahrt« und »Hedda Gabler« miteinander vergleicht (Ivan Nagel hat es 1968 in einem schönen Kurz-Essay auch getan), dann ist an der Verwandtschaft kein Zweifel möglich. Das bezieht sich nicht bloß auf die Konstellationen der Ehen und Eifersüchte, der Aufhetzungen, Kindstötungen und Wildheiten, sondern reicht bis in die Formulierungen: Wenn Hedda die lieb betuliche Tante Juliane quält, dann erläutert sie ihre Gemeinheit später: »So etwas kommt ganz plötzlich über mich, dann kann ich einfach nicht anders!« Hjördis – vom Wolfsherzen genährt – überlegt, ob sie ihrem Sohn nicht das Wams ins Fleisch nähen soll. Als sie ihre Dialogpartnerin erschrecken sieht, lacht sie: »Du denkst, es sei mein Ernst?« *Mit verändertem Ton:* »Doch ob du es nun glaubst oder nicht, bisweilen kommt eine unwiderstehliche Lust über mich, dergleichen zu vollführen. Es muß wohl im Blute liegen ...«

II.

Ich konnte dem Leser diesen werkbiographischen Umweg nicht ersparen, weil er ins Herz jener Hedda Gabler führt, die Ingmar Bergman und die großartig herbe Christine Buchegger uns zeigten. Daß die *vielfältige Motivierung* dieser jungen Frau manchen Zuschauern und Rezensenten verborgen blieb (auch wenn während der beiden Aufführungen, die ich erlebte, stille Hochspannung zu herrschen schien), es hing genau mit dieser *Verdoppelung* zusammen, der sich ja Frau Hedda selber kaum bewußt sein konnte, die sie nur als quälendste Langeweile und Fremdheit durchmachte. Bergman steckt ja nicht einfach eine Amazone, eine germanisch-depressive Walküre, eine archaische Wölfin in einen spießigen Gelehrtenhaushalt, wo sich dieses Wesen natürlich hätte unwohl fühlen und komisch ausnehmen müssen. Bergman macht die Situation viel realer, indem er die Haltungen und Reaktionen von Hedda gleichsam oberflächlich als Folge ihrer bürgerlichen 19.-Jahrhundert-Umgebung und -Erziehung erscheinen läßt – aber ihre Kraft und ihr radikales Anders-Sein aus ihrer mythologischen Ferne ableitet. Denn mit dem protestantisch-aufgeklärten Tugendsystem frühkapitalistischer Prägung sind die Wünsche und Wildheiten dieser Hedda gewiß nicht zu erklären. Was verklemmte Frigidität schien, war zugleich Ferne. Was Berührungsangst schien, war auch Amazonentum. Was als Generalstochter-Kälte herauskam, war nicht bloß stolze Egozentrik, sondern auch wölfisch. Was wirr, ja unverständlich blieb, erklärte sich: Ein nicht-bürgerliches Herz – hier auf Ausdrucks- und Lebensformen angewiesen, wie man sie als besseres Schulmädchen, unemanzipiziert, von »Gefährlichem« ferngehalten, im Skandinavien von gestern vielleicht mitbekam –, es brachte hier Tod und Verderben. »Oh, dies Lächerliche und Niedrige, das sich wie ein Fluch auf alles legt, was ich auch nur anrühre.«

Bergmans »doppelte Motivierung« der Hedda ist nun nicht so ungewöhnlich, wie man vielleicht glauben möchte. Sartre hat einmal gesagt, gewiß könne er sich auch heute noch Ehe-Stücke auf dem Theater vorstellen. Nur müßten sie (um keine Boulevard-Stücke oder Kino-Schnulzen zu werden) dann mythologische Dimensionen haben. Chéreau hat bekanntlich in Bayreuth Wagners »Ring«-Tetralogie auf diese Doppelung von 19. Jahrhundert und Archaischem hin auszulegen versucht. Auch modernistische Inszenierungen antiker Tragödien oder psycho-analytische Interpretationen von Sagen und Märchen tun ja nichts anders, als zu »verdoppeln«, was oft genug zum Vergewaltigen führt...

Bei »Hedda Gabler« leistet Bergman die Verdoppelungs-Arbeit in umgekehrter Richtung. Er spürt nicht im »Alten« das »Zeitbezogene« auf, sondern im vermeintlichen Ehe- oder Emanzipationsdrama des 19. Jahrhunderts das Tief-Vergangene. Das Archaische. Was den über hundert Jahre alten Stoff dann auch wieder zeitgenössisch machen kann für uns! Bergman kommt ohne Tricks, Kostümscherze, Anachronismen aus. Er bleibt am Buchstaben des Textes – aber den Geist, der dahinter steht, interpretiert er frei. Daß doppelte Motivation übrigens auch in den Buchstaben einging, läßt sich belegen. »Kalt und beherrscht«, sagt Hedda. »So was tut man doch nicht«, wenn sie erfährt, eine Frau (die sie, wie sich später zeigt, selber war) habe Lövborg einst mit einer Pistole erschießen wollen. Doch die da so gouvernantenhaft reagiert, erschießt sich später, aus einem anderen Bezirk ihrer Seele motiviert, selber. Ihr Ausspruch, »So was tut man doch nicht«, liegt dann als Stückschluß in eines anderen Mund...

III.

Ob Bergman diese Deutung der doppelten Motivation beabsichtigt hat oder nicht in jeder Phase seiner Inszenierungsarbeit, diese Frage sollte unerörtert bleiben. Schließlich entscheidet der im Einzelnen und Vielfältigen hergestellte *Gehalt* einer künstlerischen Objektivation über deren Wesen, nicht irgendein vielleicht anvisierter *Inhalt*. Versuchen wir lieber zu beschreiben, welcher inszenatorischen Handgriffe sich Bergman bediente, um Hedda Gablers Herkunft in der hier abstrakt beschriebenen Weise zu verdeutlichen.

Wirkungsvollstes Mittel, um abgrundtiefe Fremdheits-Ferne vorzuführen, war für Bergman die Simultaneität der Vorgänge. Er hat sich dafür von Mago ein ziemlich leeres, fast doktrinär eingefärbtes Bühnenbild bauen lassen, einen andeutungsweise großbürgerlichen Wohnraum, der sich in zwei Teile gliedert. Doch die Enttäuschung über Bergmans puristisches Bühnenbild verging, als man zu begreifen begann, wie es funktioniert. Wir sahen nämlich Hedda fast immer. Sie mußte nur eine kleine, sichtbare Trennwand, eine Quasi-Schiebetür, bewegen, dann war sie entweder bei den anderen, oder sie konnte sich hinter diese Schiebetür zurückziehen in ihren privaten Bezirk.

Wenn sie aber in diesem Privatbereich allein war, dann agierte sie keineswegs »re-agierend« auf das, von sie von nebenan (vielleicht) hörte. Sondern ihre Gesten waren ohne Zusammenhang mit dem Geschehen. Die verzerrten, wilden Bekundungen von Qual und Verachtung, von Ausgesetzt-Sein und Nicht-Dazugehören stellten sie als Einsame, als Abgeschnittene, als Wölfin im Wohnhaus dar. Bergman hat seine Schauspielerin klug geführt. Was immer sie hörte oder ärgerte: ihre Haltungen bewiesen, daß sie nicht dazu gehörte, sei es noch so leidend oder verquält oder ehrgeizig. Hektisch schlug sie sich den Unterleib: geschüttelt nicht von Schwangerschaftsbeschwerden, sondern von der Vorstellung des kommenden Kindes, das eben doch einen Bezug erzwingen würde zwischen ihr und dieser Umgebung (die denn auch mit tantenhaftem Wohlwollen lieb-taktlos unentwegt danach fragt, ob nach so großer Hochzeitsreise nicht vielleicht doch etwas Kleines zu erwarten sei).

Die Unmuts- und Hochmutsbekundungen, wie sie Hedda im Dialog kühl, aber kaum je spöttisch von sich gibt, finden auf einem anderen Beziehungs-Niveau statt als die Fremdheitsbekundungen, die sie (mit sich allein) produziert, obwohl ihre Umwelt liebevoll langmütig diese gewiß schwierige junge Frau zu integrieren versucht.

So blieb sie fremd. Die netten Figuren des Haushalts wuchsen gegen sie in genau der Weise zum Komplott zusammen, die Ibsen vorgeschwebt haben mag, als er einer Schauspielerin schrieb: »Tesman, seine alten Tanten und die Hausgehilfin bilden zusammen eine Ganzheit... Sie haben die gleichen Gedankengänge, gemeinsame Erinnerungen und dieselbe Weltanschauung. Für Hedda Gabler bilden sie eine gegen ihr Grundwesen gerichtete feindliche und fremde Macht...«

Gegen diese Macht verbündet sich Hedda, ob sie will oder nicht, mit den Energien archaischer Selbstbestimmung und Absolut-Setzung, Urkräften, wie sie beispielsweise in Merimées Novellen, wo ja auch zivilisatorische Begütigung versucht wird, manchmal finster aufblitzen.

Um Heddas »Fremdheit« herauszuarbeiten, macht Bergman aber nicht nur aus den Angehörigen des Familienclans lauter offen gutwillige Menschen (undämonisch netter, als Annemarie Wernicke, die Tante, oder Paula Braend, das Hausmädchen sich gaben, kann niemand sein). Er setzt auch ein Komödienmittel ein: verwandelt Kurt Meisel in einen Spezialisten-Trottel, Trottel-Spezialisten. Mag sein, daß dieser dämliche Fachmann aus Nestroys Wien kam: Der Weg von Heddas Herkunft nach dem bürgerlichen Norwegen ist kaum kürzer als die Distanz zwischen Hjördis und Wien...

Indem also Parallelaktionen, in zwei einsehbaren Räumen nebeneinander stattfindend, nicht »Gemeinsamkeiten« der

Aktion und Reaktion demonstrierten, sondern äonenweite Distanz, hatte Bergman dabei auch die Möglichkeit, gewissermaßen die Brennweite seiner Linse (durch die wir als Theaterpublikum sahen) zu verändern. Also plötzlich einen Raum herauszuheben oder mit dem Scheinwerfer nur auf eine Figur zuzugehen. So wurde zwingend klar, daß nicht nur Hedda jede Solidarität verweigerte mit den akademischen Sorgen ihres um die Karriere fürchtenden Gatten, sondern daß umgekehrt auch die lieben Verwandten und Freunde keinerlei Ahnung hatten von dem, was diese Hedda bewegte... Woher hätten sie's auch wissen sollen? Nicht einmal der wahrlich unbürgerliche, vorzüglich verhaltene und getriebene Martin Benrath als Lövborg hat irgend etwas mit dieser Frau gemein, die er einmal geliebt zu haben glaubt. Er kann nur Vorwürfe machen, frivole Frigidität unterstellen – schließlich aber doch dem Schicksalswink dieser Norne nachgehen, um in »Schönheit« zu sterben (wobei er bloß seinen Bauch trifft statt Brust oder Schläfe – und dies im Puff von Fräulein Diana).

Wie wenig Hjördis-Hedda nur hochmütige Generalstochter mit Problemen des ständischen Vorurteils und der unterbliebenen Emanzipation war, dafür stand in Bergmans Inszenierung die Konkurrentin, die »Freundin« ein: Thea Elvsted (Gaby Dohm). Sie demonstrierte reinlich die Jahrhundertprobleme einer zunächst unterdrückten, dann geistige Freiheit ahnenden, diese Freiheit allein aber nicht aushaltenden Frau. Thea, plötzlich von einem Mann erkannt, der sie auch zum denkenden Wesen erzieht (und als solches respektiert), hat bei Bergman, trotz aller Nervosität, aller Heulerei, aller kaum unterdrückten Weinkrämpfe, auf bürgerlichem Parkett offenbar mehr Mut als Hedda. Thea reist dem Freund nach, riskiert ihre Ehe, den Skandal, fällt dem Geliebten sogar, ihn rücksichtslos retten wollend, um den Hals. Alles das tut Hedda nicht. Die 19.-Jahrhundert-Kälte ihres Wesens, die Generalstochter nämlich, die Abenteuer möchte, aber den Männerblick auf die Beine haßt, sie fürchtet durchaus den »Skandal«. Thea freilich, wie mutig sie sich auch um ihr kleines Glück zu raufen versteht, lebt, bei aller Courage, eben davon und dafür, daß ihr ein Mann erlaubt, ihm zu helfen. Sie ist nur eine überschreitbare Emanzipationsstufe von der Männerwelt entfernt, nicht ein Zeitalter, äonenweit, ein Jahrtausend.

IV.

Hedda beschäftigt unsere Theater. Niels Peter Rudolph machte aus der Figur eine Spukgestalt wie unter Marsmenschen, eine Katze auf dem Blechdach, ein wirres Wesen, das auf hohem Schrank schlief, so fremd ihrer Tesman-Wirklichkeit. Mit kasperlhaften Mitteln setzte sich der Regisseur über Ibsens Wirklichkeit hinweg, um zu zeigen, wie fremd Hedda sich fühlt. Verschüchtertes Wildtier im bürgerlichen Zwinger. Peter Zadek, Ibsen ernster nehmend als Shakespeare, zeigte uns Hedda als junge Frau, die sich sogar von Herzen gern anpassen würde, die gern mitmachen, mitspielen wollte. Sie ist ja nicht »verrückt«. Aber sie kann es wirklich nicht. Hedda litt – und das in Rosel Zechs Darbietung tiefbewegend – an ihrem angeborenen Nonkonformismus.

Aber Bergman entdeckte Dimensionen, die über alles das noch hinausgingen und dem Text dienten. Hedda war, um Ibsens berühmten Vierzeiler auf sie abzuwandeln, jemand, der nicht dunkler Gewalten Spuk in sich selber zu bekämpfen vermochte.

(1979)

»Der Geheimagent«
Eine einfache Geschichte von Joseph Conrad

Joseph Conrad, einer der großen Erzähler der Weltliteratur und einer der größten des 20. Jahrhunderts, wurde 1857 in Polen geboren als Sohn eines polnischen Landedelmanns, den die russische Besatzungsmacht verbannte. Nicht etwa ein »Revolutionär, der eine gesellschaftliche oder politische Daseinsordnung zu untergraben trachtete«, wäre sein Vorsatz gewesen, so verbesserte Conrad schmeichelhafte Informationen, sondern »ganz einfach ein Patriot ..., der an die geistige Natur eines nationalen Daseins glaubt und es nicht ertragen kann, diesen Geist versklavt zu sehen«.

Mit 17 Jahren wurde Conrad Seemann in Marseille, in den folgenden Jahren erhielt er das Kapitäns-Patent und die britische Staatsbürgerschaft. Beinahe schon 40jährig begann er eine Schriftstellerkarriere, der mannigfache, meist auf den Weltmeeren spielende Romane und Novellen zu danken sind. Conrad gilt als einzigartiger Sonderfall, weil er zum schöpferischen Autor in einer Sprache wurde, die nicht seine Muttersprache war (überwältigende »Farbkraft, Sieghaftigkeit und Majestät« hat Virginia Woolf seiner Prosa zugeschrieben). Er selber wehrte sich gegen den Ruhm, in einer relativ spät erst erwählten und erlernten Fremdsprache zum Meister geworden zu sein. »In Wahrheit ist meine Fähigkeit, in englischer Sprache zu schreiben, ebenso angeboren wie jede andere Fähigkeit. Die englische Sprache konnte von mir weder gewählt noch adoptiert werden – nun ja, eine Adoption hat stattgefunden, doch war ich es, den der Genius der Sprache adoptierte ...«

Wer überhaupt liest und leidenschaftlich liest, der – so vermute ich – liest Joseph Conrad zu früh. Zwanzigjährig oder noch eher vertieft man sich begeistert in wunderbar ernste Abenteuerromane, die erfüllt sind von Sonderlingen, Seefahrern, Exotismen, Stürmen, Flauten, Verzweiflungen und Schurken (»Lord Jim«, »Der Verdammte der Insel«, »Sieg«, »Die Rettung«, »Jugend«). Nun ist es normalerweise bestimmt kein Fehler, zu früh an große Literatur heranzugehen. Den »Faust« versteht man mit 15 nicht recht und mit 55 vielleicht immer noch nicht ganz: Doch zu keiner Zeit ist die Lektüre unergiebig oder überflüssig. Bei Conrad indessen liegen die Prosa-Dinge etwas anders. Er gibt den Stoff des Lucknerschen »Seeteufels«, berichtet das aber kunstvoll differenziert wie Fontane. Bei ihm erleuchtet gewissermaßen Prousts Sensibilität Karl Maysche Weltfülle. Oder, um es englisch zu sagen: Henry James erzählt Stevensons »Schatzinsel« noch einmal.

Situationen und Verläufe sind bei Conrad so zwingend konkret, so aussagekräftig und symbolisch, daß man als jugendliche Leseratte die tolle Story frißt, ohne der phantastischen Prosa-Meisterschaft viel Aufmerksamkeit zu schenken. Als sogenannter »Erwachsener« aber meint man dann, über Abenteuer im Malaiischen Archipel, am Kongo oder in Südamerika hinaus zu sein. Conrad, so erging es jedenfalls mir, verschwindet geschätzt, doch nicht mehr gelesen, im Bücherschrank. Die Überraschung, wenn man sich später wieder dranmacht, ist enorm, aufregend und beglückend.

Als Lese-Tip sei hier nicht eine typische »See-Geschichte« vorgestellt, wie »Das Herz der Finsternis« oder der fast zu geschickt durchkonstruierte Roman »Sieg«, sondern ein heftiges, ironisches London-Buch Conrads. »Der Geheimagent«, so behauptet der Titel, sei »eine einfache Geschichte«. Aber einfach ist wirklich nur des Helden Milieu sowie der schlichten Heldin Leidenschaft und abgöttische Bruderliebe. Der Kunstrang dieses Schicksalsdramas jedoch hat nichts zu tun mit Simplizität.

Rasch wird spürbar, mit welcher melancholisch-strengen Kraft Conrad die Welt durchdringt. Bestürzt erkennt man die Allgewalt eines zurückhaltenden, menschliche Angebereien fast zynisch unerbittlich fixierenden ironischen Ernstes. Dergleichen läßt sich, weil es stets ganz selbstverständlich in den Zusammenhang gewoben ist, kaum aus dem Kontext lösen. Trotzdem eine Kostprobe: »Der Terrorist, wie er sich selber nannte, war alt und kahl, nur von seinem Kinn hing schlaff ein schütterer weißer Ziegenbart. Seine erloschenen Augen bewahrten immer noch einen ganz ungewöhnlichen Ausdruck verhaltener Bosheit. Als er sich jetzt erhob und die magere, tastende, von Gicht entstellte Hand ausstreckte, erinnerte er an einen todkranken Mörder, der noch einmal alle Kraft zu einem letzten Stoß sammelt.«

Daß Conrad die Ruhe oder Erregung des Meeres zu schildern vermag, versteht sich. Aber mit London wurde er auch fertig. Zum Beispiel: »Und alles dies wurde überstrahlt vom stechenden Blick der eigentümlichen Londoner Sonne – gegen die sich nichts weiter einwenden ließ, als daß sie blutunterlaufen aussah. Sie hing mit der Miene gewissenhafter und wohlwollender Wachsamkeit in mäßiger Höhe oberhalb von Hyde Park Corner.« Oder: »Er trat sogleich in eine Wüste hinaus, eine Unendlichkeit von fettigem Schleim und feuchtem Mörtel, in der hier und dort Lampen aufragten, und die eingehüllt, niedergedrückt, gewürgt und erstickt wurde von der Schwärze der feuchten Londoner Nacht, die aus schmierigem Ruß und einigen Tropfen Wasser zubereitet wird.«

Jemandem, der jahrzehntelang unter der Sonne des Malaiischen Archipels zur See gefahren ist, mag Londons Klima so scheußlich erscheinen. (Kein Wunder, daß der nette Morrison aus »Sieg«, bloß weil er den Fehler machte, die Tropen zu verlassen, um etwas in England zu ordnen, daran rasch zugrunde geht: »Schließlich fuhr er nach Dorsetshire zu seinen Verwandten, holte sich eine böse Erkältung und starb mit ungewöhnlicher Eile im Schoße seiner entsetzten Familie.«)

Für Herrn Verloc, den »Geheimagenten«, bedeutet das Londoner Wetter keine schlimme Herausforderung, zumal er Hut und Mantel selbst beim Essen zu Hause manchmal nicht abzulegen pflegt. In Conrads Erzählung hat dieser vernünftige, seinen lieb-schwachsinnigen Schwager gleichmütig *miternährende* Herr Verloc (aber sonst hätte ihn Winnie auch nicht geheiratet, die den kranken Bruder liebt, als wäre er der Sinn ihres Lebens) zwei Demütigungen durchzumachen. Die erste: Jene Gesandtschaft, für die er als Agent, als Provokateur, als Terrorist arbeitet, hält ihm vor, er tue zuwenig. Man verlangt einen Anschlag, der verstörend wirken soll. Conrad läßt den eitlen Herrn Wladimir eine scheußlich aktuelle *Philosophie des Bombenlegens* entwickeln.

Der Terror-Akt dürfe nicht erklärbar sein, müsse vielmehr, um hysterische Gegenreaktionen zu provozieren, »in seiner blanken Zerstörungswut, unverständlich, unerklärbar, beinahe unausdenkbar« wirken... »Einzig der Irrsinn ist wirklich furchterregend, da er sich weder durch Drohung, Überredung noch Bestechung beschwichtigen läßt.« Um seinen Lebenserhalt nicht zu gefährden, entschließt sich Verloc, einen solchen Akt zu inszenieren. Er benützt dazu seinen gutartig-vertrottelten Schwager. Und der verpatzt es, fliegt, weil er stolperte, mit der Bombe in die Luft.

Winnie Verloc, die Gattin und Schwester, bekommt diesen Zusammenhang heraus. Das XI. Kapitel des »Geheimagenten« läßt eine wahrlich schon glänzende, bittere, große Erzählung ins Grandiose, Geniale, vollkommen Beispiellose explodieren. Natürlich ist Herrn Verloc – dies seine zweite Demütigung – peinlich, was dem Schwager zustieß. Aber »kann« er etwas dafür? Doch Winnie, die primitive, fleißige Frau, in deren Dasein »es weder Anmut noch Charme gab, das nicht schön und kaum noch wohlständig war, dafür aber bewundernswert wegen der Beharrlichkeit der Empfindung«: Winnie läßt nicht mehr mit sich reden. Unvergeßlich, wie hier ein vernünftiger, etwas beklommener, ein wenig widerlicher Mann auf seine

Frau begütigend oder auch überlegen streng einzugehen versucht und an wilder Abwehr scheitert. »›Nun siehst du schon wieder etwas besser aus‹, sagte er unsicher. Etwas Absonderliches im Ausdruck der schwarzen Augen seiner Frau lähmte seine Zuversicht. In genau diesem Moment begann Frau Verloc, sich als einen Menschen zu betrachten, der durch nichts mehr an unsere Erde gefesselt ist. Sie besaß ihre Freiheit. Ihr Vertrag mit dem Dasein, verkörpert durch den ihr gegenüberstehenden Mann, war abgelaufen. Sie war frei. Wären ihre Überlegungen Herrn Verloc auf irgendeine Weise zur Kenntnis gelangt, so hätten sie ihn im höchsten Grade empört.«

Dazu freilich kommt es nicht. Winnie ersticht den Gatten.

Gegen Ende seiner Werke spielt Conrad oft in immer rapiderer Folge ein Entsetzens-As nach dem anderen aus. Winnie, auf der Flucht, wird von einem Terroristen-Spießgesellen ihres Mannes schäbig düpiert und beraubt. Sie ertränkt sich.

Gleichviel, ob Intellektuelle, Beamte, Winnie oder nur die Schwiegermutter Verlocs, die freiwillig und tief-wehmütig ins Altersheim zieht, weil sie die Ehe der Tochter nicht durch ihre Anwesenheit gefährden will – immer haben auch die simpelsten Meinungen aller dieser Protagonisten etwas vom »großen Ton«. Das ist Conrads Shakespearehaftes. Auch Shakespeares Figuren reden weder realistisch banal noch pathetisch-unpersönlich-allgemein, sondern sie steigern ihr Individuelles ins Höhere.

So stellt sich bei Joseph Conrad, wenn die Terroristen, die er verachtet, wie nur ein stolzer Pole Kommunisten verachten kann, schlau theoretisieren, wenn Gesandtschaftsmitglieder oder Polizeichefs argumentieren, stets eine fesselnde Mischung her aus Originalität und ironisierter Selbstgefälligkeit. Conrad – und da ist viel Genaues, Wunderbares von ihm zu erfahren, zu lernen – weiß und durchschaut.

Verloc, der seine entsetzte Frau beruhigen will, sagt beispielsweise gewichtig: »Geh jetzt zu Bett. Du mußt dich mal tüchtig ausweinen.« Der nächste Satz gibt dann die Reaktion des Psychologen und Seemannes Joseph Conrad gleichermaßen exemplarisch. »Dieses Mittel empfiehlt sich durch nichts als durch die Billigung seitens der gesamten Menschheit. Man ist allgemein der Auffassung, daß sich die Gefühle einer Frau in einem Schauer entladen müssen, ganz als seien sie nichts Substantielleres als eine Wolkenbank am Himmel.«

Die sorgfältige, gut übersetzte Conrad-Ausgabe bei S. Fischer sowie Conrads Modernität hinter einer manchmal gewiß allzu souveränen, »meisterhaften« Darstellung, scheinen gegenwärtig eine sanfte Conrad-Renaissance in Bewegung zu setzen. In Brigitte Kronauers bedeutsamer Entwicklungsgeschichte »Berittener Bogenschütze« spielt das Werk Joseph Conrads so eine bestimmende Rolle wie bei Thomas Mann (der auch ein Conrad-Bewunderer war) Wagners Musik. Wer den »Geheimagenten« und vielleicht noch »Das Herz der Finsternis« aufmerksam gelesen hat, dem braucht dann kein Leseanstoß mehr die anderen, großen Romane Conrads zu empfehlen. (1987)

Idealisierung und Zeitkritik
Theodor Fontanes erster Roman »Vor dem Sturm«

Wodurch wird man eigentlich bewogen, einen älteren, sehr umfangreichen Roman wie Fontanes »Vor dem Sturm« zu lesen? Einen Roman also, der nicht als berühmtes, angeblich unumgängliches Standardwerk der Weltliteratur oder auch nur als vielzitiertes Fontane-Buch gelten darf, einen Roman, der gewiß keine notwendige Fachliteratur zur beruflichen Weiterentwicklung ist, aber auch keine Neuerscheinung, die in allen Buchhandlungen ausliegt und überall – mündlich oder schriftlich – *besprochen* wird? Wer greift schon nach einem bejahrten, verjährten Buch, wenn dieses nicht gerade durch einen Verbotsprozeß – demzufolge es ehrverletzend oder pornographisch oder am besten beides zugleich sei, wie angeblich Klaus Manns »Mephisto« – billige Interessantheit gewinnt?

Wie soll man eigentlich auf einen Roman von gestern aufmerksam werden, falls einem nicht der Zugreif-Zufall (manchmal ein ziemlich findiger Berater) die Hand führt? Liest man ältere Bücher, weil sie in der Sekundärliteratur lobend hervorgehoben werden? Antwort: kaum. Die Literaturgeschichten preisen abschreckend vieles als entscheidende Entwicklungsleistung oder gelungene Synthese; doch sie verraten nicht, woher die notwendige Lese-Zeit (und Lese-Lust) für das alles zu nehmen sei. Da resigniert man lieber. Helfen hinweisende Essays? Leider auch nur selten. Denn die Essays beschäftigen sich hauptsächlich mit dem jeweils Neueren, Aktuellen. Zudem ist es den meisten Essayisten, zumal wenn sie an fachgermanistischer Ausdrucksweise kranken, kaum gegeben, Neugier zu wecken oder gar Begeisterung.

»Vor dem Sturm« ist Theodor Fontanes Erstling. Ist sein weitaus längster (dies wahrlich keine Empfehlung) und darum gewiß auch unbekanntester Roman. Ich hätte ihn nie gelesen, wäre ich nicht zufällig auf eine Episode gestoßen, die, wie sich später herausstellte, mit der »Handlung« und der preußischen Welt des Buches wenig zu tun hatte. Aber an dieser Episode fasziniert eine Mischung aus Geheimnis und Einsichtigkeit, aus Lebensrätsel und schlagender Evidenz. Machen wir die Probe.

Graf D. hat in St. Petersburg eine alabasterschöne zarte Russin geheiratet, sie in sein ostpreußisches Gut »heimgeführt«, wo sie sich ein wenig langweilt. So übersiedelt das reiche Paar in ein märkisches Schloß. Da ist man zwar nicht mehr Petersburg nahe, aber wenigstens Berlin. Kurz vor einem Opernbesuch erkrankt die junge Gräfin. Der Graf verweilt lange Tage und Nächte neben der heißgeliebten Hinscheidenden im Lehnstuhl, schläft wohl auch hin und wieder ein.

> »Es war spät, nur eine Schirmlampe brannte. Als er erwachte, bemerkte er, daß die Kranke aufgestanden war und sich der Tapetentüre eines Wandschranks näherte. Eine lethargische Schwere, zugleich auch ein dunkles Gefühl, daß er die Kranke in ihrem Tun nicht stören dürfe, hielten ihn in seinem Lehnstuhl fest. Er sah nun, daß sie zunächst ein Kästchen aus dem Schranke, dann aus einem verborgenen Fach des Kästchens eine Anzahl Briefe nahm, die mit einer roten Schnur zusammengebunden waren. Sie schritt wieder zurück, an ihm vorbei, glaubte sich zu überzeugen, daß er schlafe, und trat dann an den Kamin. Sie berührte die Briefe mit den Lippen, löste die Schnur und warf dann jeden einzelnen Brief vorsichtig, damit die Flamme nicht zu hell aufschlüge, in das halberloschene Feuer. Als alles verglimmt war, kehrte sie an ihr Lager zurück, hüllte sich in die Decke und

> atmete hoch auf, wie befreit von einer bangen Last. Es war ihr letztes Tun. Ehe der Morgen kam, war sie nicht mehr. Welch ein Tag für den Überlebenden! Er hatte sich geliebt geglaubt, nun war alles Wahn und Traum! Wessen Hand hatte die Briefe geschrieben, die die Empfängerin bis zuletzt wie ein Allerteuerstes gehegt hatte? Er frug es immer wieder; aber keine Antwort. Das Geheimnis war bei der Toten und der Asche im Kamin.«

Wirkt das nicht bewegender als die ausführliche Brief-Intrige der »Effi Briest«? Auch wenn sich später herausstellt, daß der Roman die schmerzliche Frage dieses Vorgangs nie aufklärt, nie auf die Gräfin D. zurückkommt?

»Vor dem Sturm« ist ein historischer Roman, »aus dem Winter 1812 auf 13«. Damals war Preußen noch von Napoleon besetzt, aber die Unterworfenen fingen an, sich auf ihre Kräfte und auf die Schwäche des gerade in Rußland geschlagenen Gegners zu besinnen. »Vor dem Sturm« handelt also nicht vom gewiß dankbareren patriotischen Sujet der Befreiungskriege selber, sondern vom Leben und Fühlen der Menschen kurz davor. Wir begegnen – in allen Schichten – noch Figuren, die sich an Preußens triumphale Tage erinnern, als Friedrich der Große regierte. Wir begegnen – in allen Schichten – Figuren, die sich über Preußens gegenwärtige politische, charakterliche, zögernde Schwäche beklagen oder diese Schwäche verkörpern oder ihr etwas entgegenzusetzen versuchen. Fontane führt also ein Preußen vor, das aus besserer Vergangenheit und befangener Gegenwart besteht.

Freilich: Dieses Buch, dessen helle und heitere Intelligenz da am meisten für Preußen spricht, wo die sogenannten preußischen Prinzipien der Pflichterfüllung, Tapferkeit und der schlichten Kärglichkeit mit unwiderstehlich wahrhaftigem Esprit kritisiert werden – dieses Buch erschien 1878. Es wurde also veröffentlicht in einer Zeit, da Preußens Gloria nach dem gewonnenen 70/71-Krieg wie für die Ewigkeit glänzte, da der von Bismarck ausgerichtete Berliner Kongreß (13. Juni bis 13. Juli 1878) eine preußisch-deutsche Hegemonie in der Welt zu bestätigen schien, die nicht nur deutschnationale Gemüter in Begeisterung versetzte. 1870 hatte, beispielsweise, der alte Thomas Carlyle einen Brief an die »Times« geschrieben, *das sich mit Frankreich breitmachende Mitleid sei nichts als Albernheit und er freue sich, den Aufstieg Deutschlands, des frommen, ernsten, arbeitsamen, zur Königin des Kontinents noch erleben zu dürfen.*

In diese Atmosphäre fiel das Erscheinen von »Vor dem Sturm«. Wir begegnen einer heiter gelassenen Kunst, freimütiger Frische der Erörterung und Vergegenwärtigung. Der Roman führt eine Fülle ständischer, sozialer, feudaler Ordnungen vor, die alle in sich gegliedert scheinen. Mit unabgenutzter, sozusagen noch nicht siegessicherer, erfolgsgewohnter Sympathie und Ironie vermag Fontane in seinem großen Erstlings-Roman die Menschen und die menschlichen Verhältnisse zu sehen. »Vor dem Sturm«, das ist sein freiestes, sein reichstes Buch, wenn auch gewiß nicht sein vollkommenster, am genauesten durchkomponierter, handlungsstärkster Roman. So muß dieses Werk nun in Bibliotheksecken, in an sich leicht zugänglichen Ausgaben vor sich her schweigen, von Professoren interpretiert, gelobt oder auch getadelt (»es fehlt die poetische Konzentration im Symbol«; »der Anfänger Fontane bürdet dem ›schwachen‹ Material allzu entscheidende Funktionen auf«).

Die Unterschätzung, genauer: die Vernachlässigung des Romans hängt wahrscheinlich auch damit zusammen, daß deutsche Leser und Fontane-Freunde sich ihren Abgott immer nur als »alten Fontane« vorstellen wollen. So hat ihn der junge Thomas Mann gefeiert, weil Theodor Fontane je länger, je mehr zu sich selbst zu kommen schien als Genie des Altwerden-Könnens auf beneidenswert vitale, vernünftige, offene, nicht geheimnislose, jedoch heitere Weise. Ist ein Autor aber –

man verzeihe den Ausdruck – ein solcher »Spätstil-Typ«, dann drängt das Leserinteresse automatisch zum Letzten. Dann kümmert man sich nicht um den überlangen Erstling des freilich beim Abschluß nach jahrzehntelanger, schleppender Arbeit auch bereits 59jährigen Verfassers, sondern hält sich lieber gleich an den »Stechlin«.

Am überraschtesten und wehrlosesten dürften diejenigen Leser dem Buch erliegen, die sich das Preußen von 1812 oder 1878 nur als erbärmliche »Kommißkopp«-Hölle vorstellen können, als Untertanengefängnis »machtgeschützter Innerlichkeit«. Einigermaßen entwaffnet werden solche Preußen-Verächter hier nicht bloß finden, daß Fontanes Bürgerliche und Adelige als aufgeklärte, zivilcouragierte Figuren erscheinen, sondern daß diese Figuren Kritik üben an preußischer Heuchelei, an »säbelbeinigem Märkertum«. Da wird sogar herablassend über die Hohenzollern geredet (die immerhin beim Erscheinen des Buches nicht »Geschichte« waren, sondern an der Macht). Als Selbstdarstellung und Analyse einer Lebensart ist »Vor dem Sturm« zugleich *Idealisierung* und *Zeitkritik*. »Hell und klug«, ich zitiere Otto Brahm, »sprechen diese Fontaneschen Menschen alle, weil ihnen der Dichter selber seine Herzensmeinung mitgegeben hat; aber doch sind sie deutlich hingezeichnet, sie stehen auf eigenen Füßen und sind wahr und poetisch zumal.« Walter Maria Guggenheimer fand für dieses in Geist und Leidenschaft vernünftig verklärte Preußen eine unschlagbare Formulierung, nachdem er entzückt Kleists »Prinzen von Homburg« in Gérard Philipes Darbietung gesehen hatte. Das sei ein Preußen, »wie Gott es träumt«.

Die Handlung: Lewin von Vitzewitz und seine Schwester Renate – Kinder des napoleonhassenden, beängstigend charakterstarren Grafen Berndt v. V. – lieben, wie sie glauben, Kathinka und Tubal von Ladalinski, also die Tochter und den Sohn eines polnischen, nach dem Untergang seiner Heimat

»borussisiert« in Berlin lebenden, preußisch-diplomatische Geschäfte betreibenden Aristokraten. Aus diesen beiden, kaum sehr heftigen Liebesverhältnissen der auch durch weitläufige Verwandtschaft füreinander bestimmten jungen Leute werden keine Ehen, weil Tubal fällt und weil Kathinka den sie langweilenden Lewin verläßt. Er hat das übrigens geahnt, als er die Freundin auf einem Ball mit einem brillanten slawischen Aristokraten Mazurka tanzen sah. Fontanes Beschreibung dieses Gefühls vergißt man nicht:

> »Und während er hingerissen war von der Schönheit der Erscheinung, beschlich ihn doch zugleich das schmerzlichste der Gefühle, das Gefühl des Zurückstehenmüssens und des Besiegtseins, nicht durch Laune oder Zufall, sondern durch die wirkliche Überlegenheit seines Nebenbuhlers. Er empfand es selbst. Alles, was er sah, war Kraft, Grazie, Leidenschaft; was bedeutete daneben sein gutes Herz? Ein Lächeln zuckte um seine Lippen; er kam sich matt, nüchtern, langweilig vor. Die alte Gräfin Reale, seiner ansichtig werdend, setzte wieder die großen Kristallgläser auf und ließ nach kurzer Musterung das Lorgnon fallen und mit einer Miene, die das Urteil, das er sich selber eben ausgestellt hatte, untersiegeln zu wollen schien. Die beiden Locken des Fräuleins von Bischofswerder hingen noch länger und trübseliger herab. Es schien ihm alles ein Zeichen.«

Später wählt Lewin eine *Bürgerliche*, aber keine *normale*. Sondern eine märchenhafte Vagantentochter, »Traumprinzessin«.

Wichtiger als dieser, keineswegs unmäßig viel Gewicht beanspruchende Strang *privater* Handlungen ist die Schilderung der *öffentlichen* Zustände und Gefühle. Die französische Fremdherrschaft, wie Preußen sie zwischen 1806 und 1813 ertragen mußte, wird von Fontane – und dies nach Sedan, nach 1871! – keineswegs als sehr schlimm oder bedrückend dargestellt. Darüber Fontane im erläuternden Brief: »Ein jeder wird glauben, es sei alles so ernst und düster und fanatisch gewesen. Ich selber würd' es glauben, wenn ich ein Fremder wäre. Meine Eltern aber und die gesamten Swinemünder Honoratioren (unter denen ich meine Jugendeindrücke empfing) haben mir immer nur erzählt, wie kreuzfidel man damals gewesen sei. Alles entente cordiale mit den lieben kleinen Franzosen, alles verliebt und alles lüderlich. Was Alexis [Willibald Alexis, über den Fontane einen großen Essay publiziert, dann verändert hat, so daß man diesen Essay aus Fontanes Nachlaß noch einmal veröffentlichte] schildert, existierte auch, aber es war die Ausnahme ... Er war Melancholikus, ich bin ganz Sanguiniker.«

Doch ob nun die Erinnerung von Fontanes Eltern und den Swinemündern vergangene Leiden ein wenig vergoldete oder ob es unter der Franzosenherrschaft wirklich weithin so lustig lüderlich zuging (zumindest für die feinen Leute und die nicht unmittelbar Betroffenen): Hinnehmen mochte das Preußen des Jahres 1812 diese französische Fremdherrschaft nicht. Aristokraten und staatstragende Bürgerliche bewahrten ja noch ein Bild jener Zeiten im Herzen, in denen Preußen unter dem »Alten Fritz« autonom gelebt hatte. Darum planen – dies der Plot von »Vor dem Sturm« – ein paar märkische Adlige, die sich auf die freiwillige Unterstützung ihrer Leute verlassen können, einen Privataufstand, eine verbiesterte, von ihrem eigenen König streng verbotene Guerillaaktion gegen die Besatzungsmacht! Trotz der Führung durch einen General namens Bamme (ein seltsamer, witziger, häßlicher Mann, genauso unansehnlich wie die fabelhafte Ortsdienerin, Ortshexe und Ortshehlerin »Hoppenmarieken«) mißlingt der Überfall kümmerlich bis blamabel, kostet zwei Menschenleben. Der Aufstand wirkt wie eine Parallelaktion zum tapferen Alleingang des Generals Yorck, der gleichfalls gegen kaiserliches Wollen gehandelt hatte, als er mit den Russen Frieden schloß. Bei dieser antifranzösischen Aktion verhält sich – und stirbt – ein Bürgerlicher besonders tapfer. Daraufhin dämmert es dem General Bamme, was die welthistorische Stunde geschlagen habe: »Westwind«. Eine der drei Verheißungen der Französischen Revolution werde sich erfüllen: »Mit ihrer Brüderlichkeit wird es nicht viel werden, mit ihrer Freiheit auch nicht richtig; aber mit dem, was sie dazwischengestellt haben, hat es was auf sich.« Also – mit der *Gleichheit.* (Bismarck brachte seine Sozialistengesetze durch in dem Jahr, in dem »Vor dem Sturm« erschien.)

Mit epischer und zugleich unauffällig-tragischer Ironie führt Fontane die neue Gleichheit vor. Ein bürgerlicher, gebildeter Konrektor vermag so heroisch zu sterben, wie es einst nur den adeligen Offizieren vorbehalten schien. Peter Demetz hat diese Handlungs-Zuspitzung folgendermaßen zusammengefaßt: Es werde bestätigt, daß »die alten Ordnungen und Schichten unter dem sich gewaltig ausbreitenden Impulse der Französischen Revolution auch in Preußen abzubröckeln beginnen. Eine dialektische Verkehrung von wesentlicher Einsicht: ein preußischer Patriot stirbt, vor französischen Flintenläufen, aber sein Opfertod bezeugt, daß ein französischer Gedanke, selbst in Preußen, seinen Siegeslauf angetreten hat.« Es ist eben nichts mehr »mit den zweierlei Menschen ...«

So bedeutungsträchtig sich die antizipatorische Klarheit des öffentlichen Geschehens und die empfindsame, am Schluß allzu edle Noblesse des privaten Handelns auch ausnehmen mögen: Der Reichtum des einzelnen, die dialektische Kraft der Erörterungen und die Unerschrockenheit der Fragestellungen reichen weit über das alles hinaus.

Nirgendwo sonst hat Preußen so geleuchtet wie hier, wo es sich gelassen beschreiben, ohne Zynismus kritisieren lassen und eben darum stolz auf sich sein darf. Das vorurteilsvolle Gerede von der Nicht-Existenz weltläufiger deutscher Epik im 19. Jahrhundert kann gewiß nur dann ungestört weitergehen, wenn solche Bücher gar nicht erst zur Kenntnis genommen werden. Aber Fontane ist großmütig genug, sogar Vorurteile zu verteidigen, weil kein Sterblicher und keine Gesellschaft ganz ohne dieselben denkbar sind: »Das Vorurteilsvolle lasse ich gelten; nur das Unwahre verdrießt mich.«

Dieses schöne Buch, aus der Mitte preußischer Geschichte, vorsichtig im Durchschauen und zurückhaltend im Verklären, bewahrt die Idee eines Staatswesens auf, das abstrakt und real, einer heftigen Identifikation bedürftig, und darum unheimlich war. Aber die »Unheimlichkeit« des (preußischen) Prinzips wird gewiß nicht dadurch entzaubert, daß ein kritischer Epiker es nun entschlossen »verteufelt«. (Verteufelung macht ohnehin interessant, negative Magie gibt es auch, Diktatoren leben davon.) Preußisches erscheint hier durch den Ton entkrampft, in dem von ihm gesprochen, über es geklagt wird. Kurz nach dem Ende des 18. Jahrhunderts – zu der Zeit also, da dieses Epos spielt – war die europäische Lebenskunst offenbar staunenswert hoch entwickelt. Verglichen damit wirkt Späteres barbarisch. Oder, um es mit Worten zu sagen, die Fontane dem Roman »Ruhe ist die erste Bürgerpflicht« gewidmet hat, der ja auch in der Zeit vor dem Sturm spielte:

> »Die Kunst zu leben hatte es bis zur Perfektion gebracht. Witz, feine Formen, auch eine gutmütige Geneigtheit, leben zu lassen, nehmen allem den Stachel, und die Prinzipienstrenge wird einem nicht nur unter den Händen weggetändelt, sondern sie sieht sich auch so eigentümlich angelächelt, daß sie sich beim dritten Flaschenwechsel selber als Albernheit anzusehen beginnt.«

Um des Reichtums, der in »Vor dem Sturm« steckt, ganz innezuwerden, muß man diesen preußischen Roman etwa mit den »Preußischen Novellen« Stendhals vergleichen. Es besteht ein beträchtlicher Niveau-Unterschied zwischen den relativ simplen, eindimensionalen Novellen Stendhals und Fontanes reicherer, lebendigerer, weniger abgezirkelter Kunst. Dabei stellen Stendhals Novellen »Minna von Wrangel«, später »Rosa und Grün« überraschende Liebeserklärungen des großen französischen Schriftstellers an Königsberg und eine exzentrische Preußin dar, die sich darüber wundert, daß die Bankiers in Paris noch widerlicher sind, als sie es im preußischen Königsberg bereits waren. Stendhal, der freilich Französisches durch die Glorifizierung von Fremdem attackieren wollte, sieht die preußische Welt trotz einzelner Heftigkeiten unkritischer als Fontane. Fontanes Kosmos ist schlechthin reicher. Er steht ein für eine seit 1945 ausgelöschte, aber noch nicht tote Vergangenheit. (Tot erst dann, wenn sich niemand mehr ihrer erinnert, an ihr leidet, von ihr zehrt.)

Was im Fontaneschen Kosmos als Idee beschworen wurde, das spiegelt sich ja noch in der genialen Verzerrung, die Louis-Ferdinand Célines phantastische Aufzeichnungen vom 1945 in Krieg, Flammen und Entartung zugrundegehenden Preußen geben! In dem Roman »Norden« beschreibt Céline – französischer Kollaborateur, Autor heftiger antisemitischer Traktate während der dreißiger Jahre, dabei unbestritten ein genialisch origineller, revolutionär moderner Prosaschriftsteller – Preußens Agonie. Da rechnet Céline mit sich, seiner Situation (als Kollaborateur wird er zunächst in Baden-Baden verhältnismäßig fein behandelt von den Nazi-Deutschen, dann, während die Alliierten näher rücken, schafft man ihn ins gefährdete Berlin, schließlich ins Märkische) und mit den preußischen Aristokraten ab, die als Zerrbilder Fontanescher Menschen erscheinen. Kein Wunder, daß Céline sogar Fontane zitiert – zumal die Distanz zwischen dem Célineschen Grafen von Leiden, der sich gern von Ukrainerinnen auspeitschen läßt (»kleine Schelminnen« heißen besagte Hilfswillige bei Céline), und Fontanes nekrophilem General Bamme zwar groß, aber doch nicht antipodisch wirkt.

Wir haben gelernt: Jedes klassisch geschlossene Kunstwerk ist mehr als die Summe der in ihm beschlossen liegenden Zitate. Im Sittenbild, Zeitgemälde, im Diskussionsforum eher offener Form jedoch (und diese Klassifizierungen träfen trotz aller Kompositionsordnung auf »Vor dem Sturm« zu) reichen die

Einsichten und Ansichten der Figuren über den Handlungsrahmen hinaus. Bedeutungsvolle Aussagen fügen sich da zusammen zu einem dialektischen Bild, zu einem Spannungsfeld der allgemeineren Probleme. Meinungen bilden eine Art Muster. Fontane läßt, im Zusammenhang mit einer Handlung, die dergleichen zwar trägt, aber doch nicht als unmittelbaren Gehalt erzwingt, die Voraussetzungen der »preußischen Tugenden« diskutieren:

> »Es läßt sich ähnliches auch heute noch beobachten. Alle Stubenhocker dringen beständig auf ›Opfertod‹; alte geschulte Soldaten aber, die aus fünfzig Schlachten her wissen, einerseits, welch ein eigen und unsicher Ding der Mut ist, andererseits, welche niedrige Organisation, welch bloßer, wer weiß woher genommener Taumelzustand ausreicht, um ein Heldenstück gewöhnlichen Schlages zu verrichten, alle diese denken sehr ruhig über Bravourangelegenheiten und haben in der Regel längst aufgehört, alles, was dahin gehört, in einem besondern Glorienschein zu sehen.«

Dergleichen läßt Fontane eben nicht als »Paradox« vortragen, sondern als »heute«, nämlich in der 1878-Gegenwart, noch gültige Erfahrung vernünftiger Militärs.

Auch die Ideologie der natürlichen Reinheit bleibt nicht unbelästigt. Gewiß, Lewins Schwester, die liebe Gräfin Renate, ist offensichtlich Fontanes Lieblingsfigur wegen ihrer Zartheit, Empfindsamkeit, Herzenskraft und nur selten aufgegebenen Passivität. Doch:

> »Gewiß ist es etwas Schönes um ein kindlich Herz wie um alles, was den Vorzug des Natürlichen und Reinen hat. Aber das stete Sprechen davon oder das Geltendmachen, das immer nur da sich einfindet, wo der Schein an die Stelle der Sache getreten ist, das ist kleinbürgerlich deutsch ...«

Und die aufrichtig fromme Tante Schorlemmer mit ihrem wohlbewährten religiösen Gefühl gebrauche doch nur das »Christentum wie eine Hausapotheke«.

Solche Sätze sind mehr als Brandenburgische Causerie-Konzerte, als märkischer Lustspieltext, weil sie durch den Fortgang der Gedanken und Gefühle zum Ausdruck einer erlebten Dialektik gesteigert werden. Fontane durchschaut, ohne Erkenntnis in Denunziation zu verwandeln. Dieses Lieblingswort neudeutscher Regisseure – »Ich will nicht denunzieren«, sagen die, wenn sie ausdrücken möchten, daß sie ihre Figuren nicht langweilig zu blamieren brauchen,weil diese Figuren ihrer Ansicht nach ja sowieso im Unrecht sind – hat mit Fontanes Gerechtigkeitsdrang nichts zu tun. Überdies existiert, vor der aufregenden Kasuistik dessen, wann Gehorsam und wann Ungehorsam am Platze seien, die Folie einer lebenswerten preußischen Ordnung. Fontane gibt das Gegenbild wirkungssicher zurückhaltend. Es ist ein Pianissimo-Hymnus diskreter Posaunen auf einen vorbildlichen König. So kehrte Friedrich der Große nach getaner Arbeit heim:

> »Alle Häupter entblößt, überall das tiefste Schweigen. Er grüßte fortwährend, vom Tor bis zur Kochstraße wohl zweihundertmal. Dann bog er in den Hof des Palais ein und wurde von der alten Prinzessin an den Stufen der Vortreppe empfangen. Er begrüßte sie, bot ihr den Arm ... Alles wie eine Erscheinung. Nur die Menge stand noch entblößten Hauptes da, die Augen auf das Portal gerichtet. Und doch war nichts geschehen: keine Pracht, keine Kanonenschüsse, keine Trommeln und Pfeifen; nur ein dreiundsiebzigjähriger Mann, schlecht gekleidet, staubbedeckt, kehrte von seinem mühsamen Tagewerk zurück. Aber jeder wußte, daß dieses Tagewerk seit fünfundvierzig Jahren keinen Tag versäumt worden war, und Ehrfurcht, Bewunderung, Stolz, Vertrauen regte sich in jedes einzelnen Brust ...«

Ja, *Vertrauen* (nicht Pflichtgefühl, Gehorsam, Selbstaufgabe) erscheint hier als äußerste Steigerung. Dieses Vertrauen aber, so Fontane 1878 über sein Preußen vor dem Sturme, hätten Opportunisten damals leichtfertig verspielt.

> »Jeder, der zurückkommt, wird durch nichts so sehr überrascht als durch den naiven Glauben, den er hier überall vorfindet, daß im Lande Preußen alles am besten sei. Das Große und das Kleine, das Ganze und das Einzelne. Und doch liegt unser schwacher und schwächster Punkt gerade nach dieser Seite hin. Welche Politik, die wir seit zwanzig Jahren gemacht! Lug und Trug...«

Aus dieser preußischen Lug-und-Trug-Politik leiten nun patriotische Köpfe, die wissen, was sie dabei riskieren, die Berechtigung ab, ihrem König nicht mehr zu gehorchen, ihre Pflicht nur dann zu erfüllen, wenn sie einverstanden sind! Fontane bietet eine Kasuistik vertretbaren Ungehorsams. Das sieht so aus:

> »Ein Volk folgt immer, wo zu folgen ist; es hat dem unsrigen an freudigem Gehorsam nie gefehlt. Aber es ist fluchwürdig, den toten Gehorsam zu eines Volkes höchster Tugend stempeln zu wollen. Unser Höchstes ist Freiheit und Liebe.«

Die verwegenen Argumente, mit denen des Königs Irrtum belegt wird, gleichen den verzweifelten naturrechtlichen Überlegungen eines anständigen Hitler-Offiziers im Befehlsnotstand:

> »Es gibt Zeiten des Gehorchens und Abwartens, und es gibt andere, wo zu tun und zu handeln erste Pflicht ist... Ich will um der beschworenen Treue willen die natürliche nicht brechen... Der König ist um des Landes willen da. Trennt er sich von ihm, oder läßt er sich von ihm trennen durch Schwachheit oder falschen Rat, so löst er sich von

> *seinem* Schwur und entbindet mich des meinen. Es ist ein schnödes Unterfangen, das Wohl und Wehe von Millionen an die Laune, vielleicht an den Wahnsinn eines einzelnen knüpfen zu wollen ...«

Wie alles, was gebunden in den Rahmen einer Zeit, ganz genau und ganz wahrhaftig ist, statt verblasen zeitlos allgemein sein zu wollen, reichen auch die Konkretionen dieses Fontaneschen Sittengemäldes präzise bis in unsere Gegenwart. Der Machthaber, der lieber ein Bündnis mit dem Feinde schließt als mit dem eigenen, aus dem Geleise des Gehorsams gekommenen Volke, ein solcher Machthaber erinnert beängstigend an den polnischen Ministerpräsidenten des Aprils 1981 – der sich vielleicht doch lieber auf Rußland als auf die schwer kalkulierbare Gewerkschaft »Solidarität« einläßt. Dazu Fontane, wie ein kluger Leitartikler von heute: »Denn er ist ganz auf Ordnung gestellt. Mit einem einheitlichen Feinde weiß er, woran er ist, mit einer vielköpfigen Volksmasse nie.«

Was wird unser sogenanntes »Preußenjahr« bringen? Ein verwirrendes Getöse aus Zwar und Aber, aus Sentimentalität und Warnung, aus Rechtfertigung und Enttabuisierung, aus Haß, Schlauheit und vorsichtigem Bekenntnis. Daraus, wie aus erschöpft durchschrittenen Ausstellungen, Restbesichtigungen, Dokumenten in Vitrinen, Museumsexponaten und Streitgesprächen dürften Zeitgenossen des Jahres 1981, die entweder (als Ältere) geschockte Überlebende oder (als Jüngere) ahnungsarme Nachkömmlinge jenes Staates und jener Idee sind, nicht allzuviel Einsicht gewinnen. Sie würden mehr und Plastischeres über Preußen erfahren für sich, wenn sie die Mühe der Konzentration auf ein einziges großes Buch nicht scheuten. Der Konzentration auf Fontanes vernünftiges Preußen-Traumbild »Vor dem Sturm«, das alle Lesearbeit mit Glück belohnt.

(1981)

»Wir betteln um das Herz des Menschen nicht« Friedrich Hölderlins Briefroman »Hyperion«

Friedrich Hölderlin hat (sich) einmal im Zweizeiler »Guter Rat« zur *Vorsicht* gemahnt: »Hast du Verstand und ein Herz, so zeige nur eines von beiden, / Beides verdammen sie dir, zeigest du beides zugleich.« Der Dichter hielt sich selber glücklicherweise nicht an die weltkluge Devise dieses Distichons. Doch viele seiner Bewunderer scheinen davon durchdrungen, daß Verstand und Herz nicht gleichermaßen stark sein können in einem hymnischen Genie, wie Hölderlin es war: Bei ihm hat man lieber auf die herrlichen und berauschten Herztöne gehört oder auf die radikalen Verwerfungen und Prophezeiungen als auf die Bekundungen einer erhabenen und präzisen Intelligenz. Von den beiden Brief-Dichtungen, die wir von Hölderlin besitzen – »Emilie vor ihrem Brauttag«, die sieben Briefe der (diotimaähnlichen) Emilie an ihre Freundin Clara in Blankversen, und der zweibändige Briefroman »Hyperion« –, enthält der letztere, neben vielen anderen Reichtümern, eben nicht nur das Thema einer *Berufung zum prophetischen Dichtertum*, sondern auch eine bemerkenswert konkrete Typologie des Wollens und Seins von Revolutionären sowie eine verzweifelte Schilderung des Scheiterns von Aktionen.

Es dürfte übertrieben, ja wie eine töricht überflüssige Modernisierung klingen, wenn hier behauptet wird, hinter der Prosa-Musik dieses elegisch-heroischen Romans sei auch eine Charakteristik von asketischen Umstürzlern und ideal hochgesinnten Kämpfern erkennbar. Wirklich *erkennbar*, nicht nur vage erahnbar oder mühsam hineinzuinterpretieren! Vielleicht hat die (gescheiterte) Revolte von 1968 dazu beigetragen, daß wir Hölderlins diesbezügliche Beschreibungen mit neugierigeren Augen lesen, daß wir – durch unsere Jahrzehnte sensibilisiert – bestimmte Einsichten von Brecht, von Koestler (»Sonnenfinsternis«) hier in hohem, herbem Ton vorweggenommen finden. Unbegreiflich, warum noch kein Jungfilmer darauf kam, einmal vorzuführen, wie Hölderlins Held (»O hätt ich doch nie gehandelt! Um wie manche Hoffnung wär ich reicher!«) als hochgemuter, von den eigenen Leuten verwundeter Anführer verantwortlich werden muß für Plünderung und Mord, wie dieser reine, unglückliche junge Mann die Ingenieure oder Ideologen einer *Zukunft* verabscheut, an die sie zwar glauben, aber nicht mehr für sich!

Gewiß bezog Hölderlin »Anschauung« für alles das aus der Französischen Revolution, die ihm anfangs als etwas Herrliches, später als etwas immer noch Geachtetes, aber Versehrtes erschien. Mit reinem Zugriff hat der 27jährige Poet französische Entwicklungen in sehr deutsche Probleme der Entsagung, der gestörten Natur-Einheit übersetzt und ins Griechische transponiert.

Die Briefe, die Hyperion seinem Freunde Bellarmin schreibt (nachdem die Ereignisse sich längst vor dem ersten Brief vollzogen haben), enthalten Haupt- und Nebenlinien der Handlung und des Schicksals von Hyperion. Unheimlich spielt die trotzige und tragische Nebenfigur eines gewissen Alabanda hinein. Dieser Alabanda »motiviert« Hyperion, den Freund, zum Handeln. Zufällig erfährt Hyperion, der den entschlossenen Alabanda bewundert, welcher geheimen Gruppe, welchem verschwörerischen Bund der geliebte Freund zugehört. Die kalten, die unmenschlich selbstlosen Techniker der Zukunft irritieren Hyperion so sehr, daß er für Momente sogar am Freund irre wird. »Er ist schlecht … Er heuchelt grenzenlos Vertrauen und lebt mit solchen – und verbirgt es … Mir war, wie einer Braut, wenn sie erfährt, daß ihr Geliebter insgeheim mit einer Dirne lebe …«

Wie sahen die Leute denn aus? »Besonders einer fiel mir auf. Die Stille seiner Züge war die Stille eines Schlachtfelds. Grimm und Liebe hat in diesem Menschen gerast, und der Verstand leuchtete über den Trümmern des Gemüts ... Tiefe Verachtung war auf seinen Lippen. Mir ahnete, daß dieser Mensch mit keiner unbedeutenden Absicht sich befasse.«

Ein anderer war gleichfalls kühl und ruhig. Aber der hatte nichts mit Hilfe von autogenem Agitatoren-Training in sich kaputtmachen müssen, er »mochte seine Ruhe mehr einer natürlichen Herzenshärte danken«. Ein dritter kämpfte offenbar noch um Unerschütterlichkeit. »Es war ein geheimer Widerspruch in seinem Wesen, und es schien mir, als müßt er sich bewachen. Er sprach am wenigsten.«

Lauter Weltverbesserer, die aufräumten in sich und aufräumen wollen auf Erden. »Nicht, daß wir ernten möchten ... uns kömmt der Lohn zu spät; uns reift die Ernte nicht mehr.«

Das alles klingt mehr nach Büchner als nach »Klassik« – aber es »kömmt« noch viel heftiger: Hölderlins Verschwörer sind über Schicksal und Empfindsamkeit hinaus: »Wir haben aufgehört, von Glück und Mißgeschick zu sprechen.« Sie denken, sozusagen, mehr an die *Menschheit* als an den *Menschen*. »Wir betteln um das Herz des Menschen nicht ... Will aber niemand wohnen, wo wir bauten, unsre Schuld und unser Schaden ist es nicht. Wir taten, was das unsre war.« Das ist imponierend und fast von Leninscher Revolutions-Arroganz.

Im Verlauf des Romans trennt sich Alabanda von seinem Rachebund. »Der Zwang, worin ich lebte, folterte mich oft«, erklärt er, »auch sah ich wenig von den großen Wirkungen des Bundes, und meine Tatenlust fand kahle Nahrung.« Die Liebe zu Hyperion machte ihn vollends zum Abtrünnigen. Nur – und da nimmt Friedrich Hölderlin wirklich das 20. Jahrhundert vorweg – in Revolutionsbünden um Tod und Leben gibt es solche bürgerlichen »Trennungen« nicht. Der Abtrünnige mag recht haben: Er fühlt sich gleichwohl schuldig. Er erkennt an, daß er sein Leben verwirkt hat. Er liefert sich freiwillig seinen rächenden Richtern aus, eifriger als Koestlers erst durch einen Schauprozeß gebrochener Rubaschow von der »Alten Garde« der Revolution. »An denen ich gefehlt, die sollen mich haben« – flüstert Alabanda, der sich kein Weiterleben »erkünsteln« will.

Alles das ist eigentlich unübersehbar. Fast ließe sich argwöhnen, die seltsamen Namen oder gar die glühenden Affekte stießen moderne, unpathetische Leser (wie wenn nicht etwa Rudi Dutschke ein höchst pathetischer Affekt-Heros ältesten Stils gewesen wäre) als etwas Fremdes ab, oder es übertönte die Sprachmusik Inhalt und Gehalt. Vor allem aber, als begriffen heutige Leser *Realitäten* dann nicht, wenn diese nicht auch *realistisch* vorgetragen werden ... Sicherlich folgen aber auch manche Germanisten oder Hölderlin-Kenner diesem Aufsatz unwillig. Hölderlin sei doch kein Soziologe, kein »Psychologe« revolutionären Verhaltens gewesen wie etwa Sartre im politischen Drama von den »Schmutzigen Händen«.

Es gibt aber in der Kunst nicht nur die *naturalistische* Psychologie. Dostojewski, Schiller, Corneille oder eben Hölderlin vergegenwärtigen Menschen nicht um jeden Preis realistisch in wohlbekannten gesellschaftlichen Bedingtheiten. Solcher Dichter Seelen-Neugier richtete sich eher auf *intelligible Charaktere*, also auf Menschen *an sich*, nicht auf den vertrauten, wohlkonditionierten Nachbarn. Von Belang ist, was dabei in Sicherheit gebracht wird über Welt und Seele, wobei gern zugestanden sei, daß etwa Mephistos Ironie oder Coriolans Stolz leichter konsumierbar sind als Hyperions durch keinen kulinarischen Scherz aufgelockerter Ernst. Ja, jene Abgebrühten, die übers Außerordentliche witzeln, stehen damit für Hyperion noch unter dem Vieh. »Gewisse Tiere heulen, wenn sie Musik anhören. Meine bessergezognen Leute hingegen lachten, wenn von Geistesschönheit die Rede war und von Jugend des Herzens.«

Wer kennt dies weltläufige Lachen nicht? Einmal spöttelt sogar Hyperion über sich selber. Er will sich als nett, handlich, als traurigen Sonderfall darstellen. Was Diotima darauf antwortet, ist rührend über alle Begriffe, sehr deutsch und für moderne Abgebrühte vielleicht auch nicht ohne Komik: »Stille, rief sie mit erstickter Stimme, und verbarg ihre Tränen ins Tuch, o Stille, und scherze über dein Schicksal, über dein Herz nicht! Denn ich versteh es und besser als du.«

Das sind keine großen, aufgeblasenen, aber wunderbare Worte. Wenn nun Hyperion in den Befreiungskampf zieht, frohen Willens, werden seine Leute zur mörderischen Räuberbande, demütigen den tapferen Jüngling, der Übergriffe zu verhindern sucht und dabei sogar von einem seiner »Getreuen« verwundet wird. Lebenssinn, Liebesfähigkeit, Zukunftsglauben brechen für Hyperion zusammen ... Mit welchen Worten wird er das der Geliebten schreiben? Mit den schlichtesten, leersten, die es gibt. Sie betreffen aber heftiger als grandiose Beredsamkeit: »Es ist aus, Diotima!«

Diese wahrhaft kümmerlichen, einsilbigen Worte klingen beklemmend anders als die herrliche Metapher, die der Berauschte eben noch gefunden hatte für sein kurzes Glück: »Was kümmert mich der Schiffbruch der Welt, ich weiß von nichts, als meiner seligen Insel.«

Diotima fühlt, daß sie am Trennungsunglück sterben und der Freund sich darum Vorwürfe machen werde. Sie versucht, ihm in ihrem letzten Brief die Schuldgefühle zu nehmen. »... ist die Natur in mir durch dich, du Herrlicher! zu stolz geworden, um sich's länger gefallen zu lassen auf diesem mittelmäßigen Sterne? ... klage du dich über meinem Tod nicht an!«

Dergleichen könnte als edle, romantisch überspannte Reaktion abgetan werden. Doch Diotima reagiert in ihrem Weltekel keineswegs nur schwärmerisch enttäuscht, sondern radikal. So wie aus Not und Verzweiflung während der Emigrationsjahre manche Emigranten keine Kinder wagten zu ihrem später manchmal eingestandenen Schmerz – man denke nur an den Frankfurter Kreis um Adorno, Horkheimer, Pollock, die sämtlich verheiratet waren, aber bewußt kinderlos blieben –, so schrieb Hölderlins Diotima dem Freund: »Wir wollen uns trennen. Du hast recht. Ich will auch keine Kinder; denn ich gönne sie der Sklavenwelt nicht...«

Was zwingt in einer solchen Sklavenwelt zur Revolte? Die Allerärmsten – nicht Marx, Hölderlin stellte es fest – sind zu unglücklich, um sich aufzuschwingen, sind »so arm, so begraben in ihrem Elend, daß sie nicht wußten, wie arm sie waren...« Hyperion indessen kann mutig reflektieren: »Wer Äußerstes leidet, sagt ich, dem ist das Äußerste recht.« Diotima hält dem entgegen, ebenso entschlossen, aber noch klüger: »Wenns auch recht ist, sagte sie, du bist nicht dazu geboren.«

So mußte Hyperions Zusammenbruch folgen und dann der bittere Hohn auf die Deutschen, auf diese »allberechnenden Barbaren« (was an Brechts »Geschlecht erfinderischer Zwerge« erinnert).

In unserer Literatur wird man nicht so leicht zwei Große finden, die von unterschiedlicheren Voraussetzungen ausgingen, extrem gegensätzlichere Wunschvorstellungen hatten als eben Hölderlin und Brecht. Um so seltsamer, daß sich trotz solcher Distanzen erstaunlich oft Ähnlichkeiten, Analogien bemerken lassen. Der vielleicht größte Lyriker unserer Sprache und der große Stückeschreiber, Liedermacher aus Augsburg – wenn sie sich mit ihren herben und reinen Mitteln nicht der unendlichen Idee oder Ideologie zuwenden, sondern sich an der Qual des Daseins, wie sagt man, »ab-arbeiten«. Unversehens sind sie wie durch eine Tradition deutscher, süddeutscher Sprach- und Leidenserfahrungen miteinander verbunden. Denn der Geist, und wäre er noch so edel, bleibt vom Irdischen nicht unberührt, und das Fleisch, sei es noch so verstockt, vom spirituellen Funken nicht unbeeinflußt. Hyperion wußte es auch: »Das eben, Lieber!, ist das Traurige, daß unser Geist so gerne die Gestalt des irren Herzens annimmt, so gerne die vorüberfliegende Trauer festhält, daß der Gedanke, der die Schmerzen heilen sollte, selber krank wird...«

»Hyperion oder der Eremit in Griechenland« wird in den Oberklassen höherer deutscher Schulen als Lehrstoff behandelt, wird unter Literaten und Bücherfreunden als selbstverständlich und bis zum Überdruß bekannt vorausgesetzt. Darüber weiß, Ausnahmen gibt es natürlich immer, eigentlich doch jeder Bescheid. Und wie, wenn es sich wirklich lohnen sollte, das Ding zu lesen? (1986)

Laudationes und Rehabilitierungsversuche

Ein grimmiger Repräsentant
Günter Grass

Am Anfang soll eine Fortissimo-Behauptung stehen: Günter Grass, dem Schriftsteller, dem passionierten politischen Moralisten gelang es, hierzulande eine Tradition aufrechtzuerhalten, die es ohne ihn in unserem Sprachraum nach 1945 nicht mehr gegeben hätte. Grass schaffte es, sich durchzusetzen als allseits respektierte Macht, als Repräsentant einer freien, engagierten Literatur. Mit dem Einsatz seiner ganzen Kraft und seines politischen Temperaments hat er in der zweiten Hälfte des 20. Jahrhunderts mehr als alle andern deutschen Schriftsteller dafür getan, daß der Geist, daß das Wort eines schöpferischen Künstlers ernst genommen werde, natürlich auch heftig bekämpft und bissig diskutiert. *Der Ruhm hat keine weißen Flügel.* Es gelang Grass, mögen ihn auch noch so oft Erbitterung, Verbitterung erfüllt haben – eben doch als einzigem zum Repräsentanten der Geistigen Welt zu werden, so wie im Frankreich des 18. Jahrhunderts Voltaire ein repräsentativer Schriftsteller gewesen war, im Frankreich des 19. Jahrhunderts Victor Hugo und im Deutschland der ersten Hälfte des 20. Jahrhunderts Thomas Mann.

Diese Nebeneinanderstellung großer, in ihrem Land und zu ihrer Zeit repräsentativer Schriftsteller meint weniger eine vergleichbare Qualität der von ihnen geschaffenen Werke als vielmehr eine vergleichbare Qualität ihrer jeweiligen Wirkung.

Die Bayerische Akademie der Schönen Künste zeichnet mit ihrem großen Literaturpreis von 1994 eben nicht nur Günter Grass, den Romancier von Weltruf und Weltrang aus, den unerschöpflich einfallsreichen Lyriker, den couragierten Dramatiker. Sondern der Preis ehrt eine geistig-politische Existenz, die mehr ist als bloß Summe noch so gewichtiger Bücher.

Ich kann mir vorstellen, daß manche, und vielleicht auch das Objekt dieser Laudatio, bei dem Wort »Repräsentant« zusammengezuckt sind. Das klingt so feierlich, so würdevoll. Aber ein solcher Repräsentant, genau das lehrt uns ja Günter Grass, muß sich keineswegs als Olympier gebärden, als göttliche Vaterfigur, als Mixtur aus Gerhart Hauptmann und Hindenburg. Muß mithin kein feierlicher Esel, sondern kann durchaus auch so sein, wie wir Günter Grass kennen: nämlich manchmal grimmig, düster verärgert, bei Fernsehdiskussionen ironisch seine Zigaretten drehend. Ein solcher Repräsentant muß auch keineswegs immerfort maßvoll und staatserhaltend positiv schreiben, handeln, reden. In der Person des Günter Grass erleben wir nun schon seit vier Jahrzehnten eine produktive Spannung aus politisch-staatsbürgerlichem Engagement und aus der reflektierten Riesenlast, welche ihm das *Gestern* aufbürdet, die Auschwitz-Scham, die keinem erwachsenen Deutschen fremd sein sollte, und in deren Schatten Günter Grass sich das Schreiben schwermacht. Was das *Heute* angeht, die sterbenden Wälder, die aller Welt bekannten ökologischen Tatsachen, die gleichwohl selbst hierzulande nicht dazu führen, daß wirklich etwas geschieht – so hat Grass, ein bildender Künstler, das »tote Holz« erschrocken nicht nur beschrieben, sondern gezeichnet: entwurzelt, entlaubt, entnadelt, entastet. Empfindet er die Realität so grausig, daß es ihm für Momente die Sprache verschlägt, dann zeichnet er. Gleichwohl gibt es im Kräfteparallelogramm des Grassschen Bewußtseins weder Resignation, zu der wahrlich manchmal Anlaß bestünde, noch das ja oft auch recht billige Prinzip Hoffnung. Jenen Deus ex machina, mit dem sich Politiker, Festredner und Kulturkritiker zu guter Letzt, bevor der Champagner gereicht wird, eben doch verbünden, nachdem sie vorher pathetisch gewarnt haben. Über derlei ist Günter Grass hinaus.

Wird hier nun Günter Grass als einziger deutscher Autor gefeiert, dem auf seine Weise Repräsentanz gelungen sei wie vorher einem Thomas Mann und noch früher Victor Hugo oder Voltaire – dann wäre es feige, der Frage auszuweichen, ob nicht zumindest Heinrich Böll in unserer Jahrhunderthälfte auch eine solche Rolle spielte. Böll – wie haben wir ihn geliebt! – wußte natürlich die Qualitäten von Günter Grass nur zu gut zu schätzen. Als man Böll mitteilte, ihm, Böll, werde der Nobelpreis verliehen, war seine erste Reaktion die überraschte Frage: »Und de Jrass?«

Was aber die *Repräsentanz* betrifft: Daran hinderte Böll ein nicht etwa intellektueller, sondern instinktiver Widerwille vor aller dauerhaften Identifikation mit Mächten, Parteien, Staatskirchen oder Konfessionen. Zur Repräsentanz war dieser rheinländische Anarchist und tief katholische Mystiker wohl weder geboren noch imstande.

Bei alledem handelt es sich nicht um kühle Absichts-Entscheidungen, sondern um Fragen des Naturells, des Nicht-anders-Könnens. So hat sich Günter Grass, der sich beharrlich parteipolitisch engagierte, sicherlich nicht für die SPD, für Willy Brandt und zuletzt für einige Argumente Lafontaines eingesetzt, weil er mit liebevoller Dankbarkeit rechnete. Im Konfliktfall, und wie kann der auch zwischen Freunden je ausbleiben, nennen Berufspolitiker die Intellektuellen und Literaten eben doch, ich will es abmildern, »Klugschwätzer«. Nicht weil er auf Dankbarkeit spekulierte, setzte sich Grass parteipolitisch ein, sondern ein politisches Bewußtsein und sein staatsbürgerlicher Anstand, sein Pflichtgefühl, ließen ihm schlicht keine andere Wahl. Das ehrt ihn.

Er sprach und handelte als maßvoller demokratischer Sozialist. Die Jüngeren unter uns dürften sich kaum mehr vorstellen können, was für ein Haß entfesselter radikaler Linker ihm, gerade ihm, von Links-Außen ins Gesicht schlug nach der widerlichen Münchner-Kammerspiel-Kipphardt-Affäre.

Es war ungeheuerlich: Als Grass, um nur ein Beispiel zu

nennen, damals mit seiner Frau die schöne Peter-Stein-Inszenierung von Ibsens »Peer Gynt« in der Berliner Schaubühne am Halleschen Ufer besuchte – da richtete von der Bühne aus ein Schauspieler im Namen des damals so linken Ensembles plötzlich eine heftige Tirade gegen Grass. Er mußte aufstehen und sich wehren – was er mutig tat. So intolerant »links« waren einst manche, die es heute vergessen oder vielleicht auch ein wenig bereut haben... Und mit welchen Tiervergleichen die schäumende »Rechte« auf Grass reagierte, das bellt noch in den Archiven.

Aber mit allen moralischen und politischen Qualitäten (so wichtig und selten sie sein mögen) hätte Grass nicht seine Repräsentationswirkung erreichen können, ohne das beglaubigende Gegengewicht seiner Kunst. Es gehört zu den Glücksfällen meiner Schriftstellerexistenz, daß ich den Autor Günter Grass über die Jahrzehnte kontinuierlich in der Gruppe 47 erlebt habe: eigene Texte vorlesend und fremde kritisierend. Grass selber spricht – es sei ihm hoch angerechnet – positiv und dankbar über Hans Werner Richter und die heute oft verleumdete Gruppe 47, die mittlerweile auch von Autoren spöttisch abgewertet wird, die der Gruppe eigentlich viel Ruhm, Anregung und Wirkungsmöglichkeit schulden. Aber wer bezeugt schon gern Dankbarkeit, falls es sich vermeiden läßt... Grass tut es. Kein Autor hat damals in den kritischen Text-Diskussionen auch nur annähernd so sachlich, so konkret-handwerklich seine Einwände oder Vorschläge zu begründen gewußt wie Günter Grass – ob nun Prosatexte von Uwe Johnson zur Diskussion standen, sehr erotische Gedichte von Renate Rasp oder Gebildetes von Walter Jens.

Grass selber stellte sich ohne Wenn und Aber der mündlichen Kritik, auch als er schon beträchtlichen Ruhm erlangt und viel zu verlieren hatte. Ich erinnere mich gut, wie er einmal gleichsam nebenher zu mir sagte (der ich ihn seit seiner »Blechtrommel« für ein genialisches Talent hielt): »Lassen wir doch Genie-Gerede und all den Quatsch.« Wahrscheinlich hat er's vergessen. Und gewiß vergaß er auch, was ihm einmal als Bekenntnis gleichsam entwischte. Da hatte irgendein junger, ehrgeiziger Germanist – »nomina sunt odiosa« – ein Kapitel aus einem Roman vorgelesen. Und das war ungefähr so gewesen, wie wir es uns jetzt vorstellen: also ein ganz anschauungsarmer, aber mit Ideologischem, mit Anspielungen und Gesellschaftskritik und entlegenen Zitaten gespickter, todlangweiliger, begrifflich verkorkster, folglich lebloser Text. Da brach es aus Grass heraus: Die Germanisten, sagte er, die Literaturgelehrten hätten doch einen so schönen, erfüllten Beruf, könnten sich großen Werken zuwenden und dabei Befriedigung erlangen. Aber es sei etwas völlig anderes, selber Autor zu sein. Daraufhin müsse man leben, die ganze Existenz müsse darauf zielen. So nett nebenher, bloß weil man viel gelesen und im Seminar diskutiert hat, gehe das eben nicht. Sprach's, war hochrot geworden. Der Germanist eher bleich. Setzte sich und hatte wahrlich recht.

Der Autor Grass verfügt über hochprofessionelles technisches Können, über einen unverkennbar eigenen Ton, beziehungsvoll akzentuierendes Staccato, sorgfältig perspektivisch eingesetzten Infantilismus. Dazu bietet er über die Jahrzehnte hin eine gleichsam tagebuchhafte lyrische Produktion, die am Anfang heiter-gelassen wirkte, später zum Formbestandteil auch der Romane wurde – im »Butt« vor allem und in der »Rättin«. Jüngst noch verdichtete sich die lyrische Produktivität von Günter Grass zu den herben, spröden »Novemberland«-Sonetten des Jahres 1993, deren sperrige Trauer, die Jürgen Busche so schön interpretierte, sich als Widerhaken im eigentlich abwehren wollenden Bewußtsein festsetzt.

Ich kann und will hier nicht ein mächtiges Lebenswerk Stück für Stück mit Adjektiven oder Anmerkungen behängen. Zumal – hoffentlich irre ich mich – ja leider auch im Hinblick auf die großen, Anstrengung erfordernden Romane unseres Preisträgers viel Scheininformation, viel nachplapperndes Geschwätz im Raume steht; lauter Meinungsschecks, die nicht immer durch eigene, beharrliche Lektüre gedeckt sein dürften.

Beim Vergleich dessen, was »man« angeblich als Bildungskanon kennt, was »man« einander nachredet – die »Blechtrommel« wird allgemein gelobt, über die »Rättin« lese ich viel Negatives, sie sei, was übrigens platterdings nicht stimmt, von der gesamten Kritik verrissen und offensichtlich mißlungen –, beim Vergleich aller dieser Meinungs-Münzen, mit denen natürlich auch über Thomas Manns »Zauberberg« oder seine »Josef-Tetralogie« gehandelt wird, über Döblin, Tolstoi, Dostojewski, Goethe, Dickens und und und ... beim Vergleich dieses »Bekanntlich«-Geredes mit dem Zeitaufwand, den große umfängliche Prosa doch nötig macht, fällt es schwer, der Konsequenz auszuweichen, daß vieles von vielen nie wirklich gelesen worden ist, wobei jedermann höflichkeitshalber so tut, als sei alle Welt natürlich bestens informiert und im Lese-Bilde ...

Was war denn so neu an der »Blechtrommel«, mit der Grass nicht bloß wie mit einer Blechtrommel, sondern wie mit einem donnernden Paukenschlag die literarische Weltbühne betrat? Nun, Grass hat – und das war denn doch eine Sensation, in dieser beschwörenden Danzig-Vineta-Saga – die Nazi-Zeit entdämonisiert. Er stellte einer wohlmeinenden Wiedergutmachungsliteratur, die Nazi-Deutschland als lodernde KZ-Hölle vorführte, wo Häftlinge in Sträfklingskleidern, gemarterte Juden und SS-Bestien zum Pandämonium gesteigert erschienen – er stellte alledem eine Kleinbürgerwelt entgegen. Keine überlebensgroßen Täter und Opfer: mit denen der Leser imgrunde doch nichts zu schaffen hat. Sondern Kleinbürger – deren Tun, Mittun, Gewährenlassen und Sich-drein-Fügen bei näherem Hinsehen sich eben doch als wahrhaft dämonisch erweist. Und in diese Welt will Oskar nicht hineinwachsen. Seine Zwergenhaftigkeit war physiologischer Protest und Wunder zugleich, sein Zerstören-Können war Opposition und infantiles Märchen. Er selbst aber war weder Held noch Anti-Held, sondern

Monstrum, Teufel, sieht aus wie der Jesusknabe und bringt in der Herz-Jesu-Kirche den bunten Gips-Jesus, indem er ihm die Trommel auf den Oberschenkel schiebt, zum Trommeln! (S. 442 ff.) Trommeln als Böses und als Auflösung des Bösen! Peter Michelsen hat sich in seinem Aufsatz »Oskar oder das Monstrum« tiefsinnige Gedanken darüber gemacht. Denn laut Rudolf Kassner bilden im Kollektiv, »unter dessen Herrschaft, … die Monstra die Mitte«. Wären die Theologen und die braven Christen damals in der Blechtrommel bis zur Seite 442 gekommen – sie hätten Grass bestimmt noch viel heftiger zu bekämpfen versucht.

In der Novelle »Katz und Maus«, die der 1959 erschienenen »Blechtrommel« 1961 folgte, geht es immer noch um Danzig und den Zweiten Weltkrieg. Aber der Erzähler wirkt freier, virtuoser. Der Zauberer zeigt, wie er's macht, wie er Atmosphäre schafft. Wir sehen ihm zu, kein schwarzer Vorhang verhüllt die Tricks: und begreifen um so beeindruckter, wie unnachahmlich das Offenbare doch ist. So geht das an: »Die Katze übte. Mahlke schlief oder sah so aus. Neben ihm hatte ich Zahnschmerzen. Die Katze kam übend näher. Mahlkes Adamsapfel fiel auf, weil er groß war, immer in Bewegung und einen Schatten warf. Die Katze spannte sich zwischen mir und Mahlke zum Sprung. Wir bildeten ein Dreieck. Mein Zahn schwieg, trat nicht mehr auf der Stelle: denn Mahlkes Adamsapfel wurde der Katze zur Maus. So jung war die Katze, so beweglich Mahlkes Artikel – jedenfalls sprang sie Mahlke an die Gurgel …«

Bisher schien alles kunstvoll traditionell erzählt zu sein. So war es, und so glauben wir's.

Aber nun fährt Grass seiner kühlen Beschwörung in die Parade. »Jedenfalls sprang die Katze Mahlke an die Gurgel; oder einer von uns griff die Katze … oder ich packte die Katze …« Das wirkt verunsichernd genug – solche Zweifel baut auch Max Frisch bewußt und faszinierend ein in seine Prosa. Doch Grass geht hier noch viel weiter:

»Ich aber, der ich Deine Maus einer und allen Katzen in den Blick brachte, muß nun schreiben. Selbst wären wir beide erfunden, ich müßte dennoch. Der uns erfand, von Berufs wegen, zwingt mich, wieder und wieder Deinen Adamsapfel in die Hand zu nehmen, ihn an jeden Ort zu führen, der ihn siegen oder verlieren sah; und so lasse ich am Anfang die Maus hüpfen, werfe ein Volk vollgefressene Seemöwen hoch über Mahlkes Scheitel in den sprunghaften Nordost, nenne das Wetter sommerlich und anhaltend schön ...«

Wir spüren die Zauberei. Der Erzähler leugnet sein »es war einmal«, demonstriert die Handgriffe seines Tuns, wie er vollgefressene Seemöwen in den sprunghaften Nordost wirft. Und was geschieht? Die geleugnete Erzählung erweist sich gleichwohl als süchtigmachend schönes Erzählen. So etwas grenzt an Mystifikation. Das lernt sich nicht. Wie stellte Hans Pfitzner einst so klug fest: »Jeder Meister fällt vom Himmel.«

Wieder etwas ganz Neues versucht Grass in seinem – meinem Gefühl nach vielleicht sogar allerreichsten – Buch, den »Hundejahren«. Da wird nämlich nicht mehr durcherzählt, sondern mannigfache Demonstrationsebenen, Perspektivenwechsel schieben sich ineinander. Romanhaftes steht neben Parodistischem, neben Heidegger-Kritik und Rundfunkschelte. Man kann sagen – und das gilt dann auch für den »Butt« oder die »Rättin« –, Grass biete in seinen großen späteren Büchern Mischformen aus Roman, Lyrik und meist apokalyptischem Feature.

Aber ein zentrales, epischer Verdichtung würdiges Thema enthalten die »Hundejahre« darüber hinaus doch: Sie sind der Roman einer Freundschaft. Als ein paar Jahre später der große, vom eigentlich so sympathischen Emil Staiger angezettelte, Zürcher Literaturstreit die Feuilletons erschütterte, weil Staiger der Gegenwartsliteratur in gewaltigem Rundumschlag vorgeworfen hatte, sie stelle die Welt als Kloake dar, mache Zuhälter, Dirnen und Säufer zu Repräsentanten der wahren Menschheit, da witzelte ein Schweizer Satiriker verlegen »Emil und das

Destruktive«. – Doch im Verlauf der hitzigen Diskussion glaubte ich zu erkennen, daß große Prosa um jeden Preis der Positionen bedarf. *Kunst eines gewissen Anspruchs benötigt, vielleicht sogar gegen den Willen erzürnter Autoren, vielleicht nur aus formalen Gründen, der Innenspannung, der positiven Qualitäten.* Vielleicht war Jean Genet die einzige Ausnahme von dieser Regel. Aber bestimmt nicht und nie Grass. In den »Hundejahren« bildet eine Jugendfreundschaft, die den Untergang einer Welt grandios umspannt, offensichtlich eine solche, wenn auch blutig bedrohte, wahrlich positive Qualität. Was die Entstehung dieser Freundschaft angeht: Eduard Amsel ist ein ziemlich frecher, ziemlich schlauer Judenjunge. Eines Tages beschließt Walter Matern, der eben noch in der kommunistischen Jugend war, aber bald flotter Nazi werden wird, womit er dann, nachdem ihm die Augen aufgegangen, auch schnell Schluß macht, eines schönen Jugendtages beschließt jener Walter Matern, sich des ewigen gehänselten Halbjuden Eduard Amsel freundschaftlich anzunehmen. Blutsfreundschaft wird geschlossen zwischen Amsel und seinem Beschützer. Natürlich streiten die beiden sich gelegentlich. Walter kann Edus Respektlosigkeit nicht immer ertragen, stürzt sich dann zähneknirschend auf den Freund. Diese Spannungen vermögen der Beziehung nichts anzuhaben. Ja, die beiden ersinnen eine Geheimsprache, die alle Außenstehenden verwirren soll ... Sie sprechen alle Worte flüssig rückwärts aus. Eben nicht Sperling, sondern Gnilreps. Dann bricht das »Dritte Reich« aus. Der dicke Amsel zeigt keinen Respekt. Matern, eben noch Halbkommunist gewesen, begeht als Jung-Nazi Verrat. Mit ein paar Vermummten überfällt er seinen zynischen ehemaligen Freund. Man schlägt Amsel alle Zähne aus und rollt ihn in den Schnee.

Am Ende, nach dem Krieg, treffen sich beide Freunde in einem Restaurant wieder und haben sich in freundschaftlichem Eifer viel Erlebtes zu erzählen, daß sie platterdings nicht bemerken, wie das Restaurant, die Bude um sie herum einfach niederbrennt.

Es ist, dergleichen gibt es auch im »Zauberberg«, ein »Schnee«-Kapitel von größter Gewalt. Grass mischt hier, wie in einer Fuge, zwei Attentate: nämlich das gegen Amsel und Tulla Pokriefkes Racheaktion gegen die Tänzerin Jenny. Tulla, ein anarchisch-dämonisches Geschöpf, rollt die arme Tänzerin in den Schnee, bis ihr die Beine erfrieren... Vorher sagte ich, Amsel und sein Beschützer hätten Blutsbrüderschaft geschlossen. Wer sich in Opern, in Wagners »Ring des Nibelungen« auskennt, weiß, daß auch Siegfried mit Gunther Blutsbrüderschaft schließt. Daraufhin kommt es am Ende des ersten Aktes der Götterdämmerung zu einer grimmigen Szene: Siegfried, am Hof der feinen Gibiungen verwirrt dazu gebracht, sich in Gunthers Schwester zu verlieben und einen Vergessenstrunk zu trinken, der ihm seine tiefe Liebe zu Brünnhilde aus dem Sinn verschwinden läßt, Siegfried nimmt Gunthers Gestalt an, eilt mit Hilfe des Tarnhelms in Gunthers Gestalt zum Brünnhilden-Felsen, überwältigt dort die entsetzte Brünnhilde. Es ist eine seelische und auch physische Vergewaltigung von schneidenster Wucht. Brünnhilde, gegenüber dem verkleideten Siegfried kraftlos und ohnmächtig, keucht entsetzt: »Was könntest du wehren, elendes Weib?« Wagners grandios-finstere Musik macht uns zu Komplizen des Schicksals. Sonst kannten die Töne dieses »Orpheus allen heimlichen Elends« oft wunderbares Mitleid. Hier nicht. Nur einmal, wenn Brünnhilde wie gebrochen in Siegfrieds Armen niedersinkt und ihr Blick bewußtlos die Augen Siegfrieds streift, dessen Gesicht halb durch den Tarnhelm verdeckt ist, ertönt in der Tiefe rührend das Liebes-Motiv, das einst, in schöneren Zeiten, Siegfried und Brünnhilde vereint hat. Ahnt Brünnhilde doch, wer der Vermummte in Gunthers Gestalt ist, der da seine Stimme vielleicht nicht gut genug verstellt hat? So etwas, denkt man, kann eben doch nur der Beziehungszauber Wagnerscher Leitmotiv-Kunst bewirken.

Wunderbarerweise kann Günter Grass es in den »Hundejahren« auch. Wenn der blutig geschlagene Amsel, seinen vermummten knirschenden Freund nämlich doch zu erkennen meint, fragt er: »Bist du es?« – und wiederholt dann beziehungsvoll die Geheimsprache. »Aus Amsels Mund, der rot überläuft, wirft eine Frage Blasen: ›Bist du es? Tsib Ud se?‹ Doch die knirschende Faust spricht nicht, sondern schlägt zu ...«

Da stockt dem Leser das Herz. Die verdrehten Worte beschwören, was einst gemeinsam war und nun verraten wird. Schriftstellerische Kunst hat aus acht irren Buchstaben das Symbol eines Zusammenbruchs gemacht. Auf diese Weise, einfach und ernst, entsteht Weltliteratur.

So kam der Ruhm. Die Popularität des Günter Grass war eine Zeitlang beängstigend. Er ist der erste Schriftsteller unserer Nachkriegsliteratur gewesen, dem »Time«, das bekannteste Nachrichtenmagazin der Welt, eine Titelgeschichte widmete. Am 13. April 1970 konnte man da lesen:

> »Mann und Camus: tot. Sartre: stumm. Malraux: Kulturminister. Lange Zeit schien es, daß sie ohne Nachfolger bleiben würden. Dann erschien ein Überraschungskandidat, eine merkwürdige Figur mit herbem Akzent und bizarrer Vergangenheit. Die ersten Bücher hatten eine erstaunliche Kraft. Sie benutzten Zwerge, Trommeln und Vogelscheuchen, um den Alptraum der Nazi-Herrschaft in Deutschland zu erforschen ... Mit 42 sieht Grass gewiß nicht aus wie der größte Romancier der Welt oder Deutschlands, obwohl er möglicherweise beides ist. Er hat bärbeißige Manieren und den Schnauzbart eines Stummfilmkomikers ...«

Es gab Personenkult um Grass – dem rasch auch Haß, Verachtung, Spott über eine »unkritische Vitalität« folgten. Grass hielt das alles aus. Zeigte aber auch Wirkung. Es kam zu mannigfachen Affären, mit Kritikern, Politikern, Kollegen.

Doch er blieb standhaft. Setzte seine Wirkungspotentiale bewußt ein für das, was ihm sinnvoll und nötig schien. Also für die Forderungen des Tages. Und für die Literatur.

Als Günter Grass sich damals immer engagierter und verbindlicher der Politik zuwandte, wurde für ihn natürlich die *Gegenwart* immer wichtiger. So schrieb er sein Drama »Die Plebejer proben den Aufstand«. Das Neue an diesem stilistisch vielleicht nicht völlig konsequent durchgehaltenen, aber nach wie vor unterschätzten Stück ist Folgendes gewesen: Hier wollte nicht ein großer Autor zum 100. Mal gegen die Nazis Recht haben, sondern sich mit der Gegenwart auseinandersetzen: mit der DDR-Diktatur, der Kapitalismus-Propaganda, mit dem undurchdringlichen Mythos Brecht. Das war mutig und neu. Günter Grass erkannte, was Ionesco in dem Drama »Der Fußgänger der Luft« seinen Helden Behringer feststellen läßt. Behringer sagt: »Die Wahrheit steckt in einer Neurose. Nicht in der Gesundheit.« Und Behringer fährt fort: »Die Neurose ist die Wahrheit von morgen, im Gegensatz zu der scheinbaren Wahrheit von heute ... beinahe alle Dramatiker zeigen uns die Übel, die Ungerechtigkeiten, den Irrsinn und das Unbehagen von *gestern* auf. Sie schließen die Augen vor dem heutigen Übel. Altes Übel braucht nicht mehr aufgezeigt zu werden. Es ist unnötig zu entlarven, was schon entlarvt ist. Das ist Konformismus. Es dient nur dazu, das neue Mißbehagen, die neuen Ungerechtigkeiten, die neuen Schwindeleien zu bemänteln. Die meisten der heutigen Schriftsteller glauben ihrer Zeit voraus zu sein, während die Geschichte sie bereits überholt hat. Sie sind töricht und haben keinen Mut.«

Mit seiner Philippika gegen die rückwärts gewandte Rechthaberei vieler vermeintlich kritischer Autoren traf Ionesco etwas Zentrales. Aber ein Günter Grass machte es sich eben *nicht* so leicht! Er blieb beharrlich dem auf der Spur, was ihn bedrängte – seien es die Aktivitäten einer alle Geschöpflichkeit schwungvoll überspringenden militanten Frauenbewegung, die er im »Butt« ironisiert, oder die Konsequenzen der vermeintlichen wissenschafts-imperialistischen »Sachzwänge«, welche alle Natur bedrohen und darüber hinaus vielleicht sogar das Atomkrieg-Ende der Welt herbeiführen, das wir alle nur verdrängen, aber nicht verunmöglichen können.

Zugegeben, die »Rättin« ist als Roman, als apokalyptisches Feature im leichten Parlando geschrieben, dabei freilich durchtrieben und heikel konstruiert: Der Autor *träumt*, daß eine Rättin dem Tag- und Nachtträumenden berichtet, wie die Ratten ihr Überleben lernten zwischen Dinosauriern und Arche Noah – er träumt, daß sie den Träumenden in einen Sessel bannt, der zur Weltraumkapsel umfunktioniert wird, von welcher aus der Erzähler den Untergang der Menschheit und den Weitergang der Naturgeschichte beobachtet. Politiker, verlegen grinsend, tun halt, Sachzwänge sind so, was sie tun zu müssen glauben. Und dann heißt es über ein paar muntere Frauen auf einem Forschungsschiff an einem entsetzlichen Sonntag: »... da zerreißen nahbei und entfernt Blitze den Himmel. Nie gesehenes Licht. Sie sind geblendet. Hitze haucht sie verzehrend an. Sie vergehen. Wo ich hindeute, suche, ist nichts mehr, südöstlich und westlich des Ankerplatzes und hinterm nördlichen Horizont wachsen die oft beschriebenen Pilze ... Blendenden Blitzen folgen Druck- und Hitzewellen ...«

Einem Künstler und Zeitgenossen, der solche Themen, solche Prosa wagte, der auch im Zeitalter von Massenmedien und verspielter Talk-Show-Beliebigkeit Bedeutung und Repräsentanz einer dichterischen Existenz bewunderungswürdig durchzuhalten wußte, verleiht die Bayerische Akademie – wahrlich nicht übereilt – ihren großen Preis. Ich weiß wohl, daß Günter Grass mit Bitterkeit darauf reagiert, wie die veröffentlichte Meinung manchmal auf ihn reagiert. Ich habe Günter Grass' Form der Repräsentanz mit drei Figuren aus dem 18., 19. und frühen 20. Jahrhundert, mit Voltaire, Victor Hugo und Thomas Mann, verglichen. Das sind wahrlich berühmte, umstrittene, meinungsbildende Autoren gewesen. Vergessen wir nicht, daß ihre so verschiedenen Existenzen doch etwas

Gemeinsames verbindet: Alle drei wurden nämlich ins Exil gezwungen. Voltaire mußte jahrelang nach England fliehen, ging schließlich in die Schweiz, Victor Hugo traf der Bann Napoleons III. Er mußte zwei Jahrzehnte im Exil verbringen, zunächst in Belgien, dann auf den Kanalinseln Jersey und Guernsey. Thomas Mann kehrt 1933 von einer Vortragsreise nicht mehr nach München zurück. Als der Zweite Weltkrieg vorbei war, kam er bloß noch besuchsweise in sein Vaterland. Begraben liegt er in Zürich. In diesem Kontext wollen wir unserem Günter Grass dankbar sein, daß noch so heftige Ärgernisse ihn bisher nicht und hoffentlich nie dazu bringen werden, den deutschen Bettel endgültig hinzuschmeißen. Wir brauchen ihn, seine Strenge, seine Kunst.

Wir sind dankbar, daß wir ihn haben und uns manchmal an ihm reiben. Die Ehrung der Akademie drückt aus, wie wichtig Grass uns ist. So möchte ich ihm herzlich und in alter Verbundenheit zu diesem Preis gratulieren – und uns dazu, daß er es hierzulande aushielt, daß wir ihn haben. (1994)

Herzbewegende Seelenarbeit
Martin Walser

Anfang und Ende, A und O Walserschen Bezaubern-Könnens, Walserscher Prosa-, Dialog- und Essay-Kunst ist das sinnliche, übersinnliche Vergnügen, das von seiner Sprache und von der unvergleichlich eigentümlichen Bewegung seines Denkens ausgeht. Martin Walsers Lebenswerk – es vibriert wahrlich von Schmerz, von Politischem, von gut, aber auch schlecht verdrängter Wut, von Sehnsucht und Gekränktheit, weil ihm halt alle verwirrten Verlierer in Literatur und Wirklichkeit so unendlich viel näherstehen als die selbstsicheren Sieger. Martin Walsers Lebenswerk ist trotz oder vielleicht sogar wegen alledem ein aktives Bekenntnis zum unvergleichlichen Spaß, den gut gesetzte Worte bereiten.

Walser rettete in unsere alles andere als leselustige Zeit die elementare Wahrheit, daß Lesen oder Zuhören bei Lesungen auch etwas mit Lust zu tun hat! Und so viele, so hoch dotierte Preise gibt es gar nicht, wie er sie dafür verdient. Lesen kann, bei Walser erfahren wir es, mehr als die Aneignung prosaischer Informationen, es kann Gott sei Dank auch mehr sein als hochliterarische und zugleich tief entsagungsvolle Dechiffrier-Arbeit an sogenannten »Texten«. Der Autor Martin Walser ist kein sparsamer, ökonomischer Verwalter einiger mühsam erworbener Einsichten. Wirklich nicht. In Walsers Prosa rumort ein geradezu Shakespearescher Überfluß an Energie und Bild-Erfindungsfreude.

So wird bei Walser Sprache zur funkelnden Waffe im Kampf um Selbstvergewisserung, im Kampf gegen die Qual des

Daseins, im Kampf gegen das kranke Halblicht des Fernsehens. Könnten alle, alle Schriftsteller, Publizisten, Juristen, alle Verfasser von Kleingedrucktem, schreiben wie er: dann, glaube ich, gäbe es keine Legastheniker. Dann gehörte das Lesen vielmehr zu unseren verbreitetsten Suchtkrankheiten.

Ich bin zur Vorbereitung dieser Laudatio tief in das Meer der Walserschen Worte getaucht, in dem ich seit 35 Jahren schon herumschwimme durch dick und dünn – mal ekstatisch lobend, mal dies oder jenes vermissend, kritisch monierend: aber wahrlich nie gelangweilt, uninteressiert, unbetroffen. Übrigens: von einem Martin Walser, der schreibt, wie manche seiner Kritiker es wollen – nämlich brav gezügelt, überschaubar, ganz und gar diszipliniert: Vor einem Walser der Neuen Übersichtlichkeit hätte ich sogar ein wenig Angst... Auch jetzt, nach neuerlichem Bad in Walsers Gewässern, tauche ich blinzelnd wieder auf, über und über bedeckt mit Zitattropfen, behängt mit Walser-Perioden, die Taschen angefüllt mit Walser-Sätzen, Walser-Worten, Walser-Witzen. Sie alle bedrängen mich: sie wollen hier vorgeführt werden, wollen Nachdenklichkeit und Bewunderung erregen, wollen zeigen dürfen, wie klug, wahr, schön und originell sie sind. Aber ich müßte ja von Sinnen sein, ihnen nachzugeben. Das geht nicht: aus Zeitmangel nicht – und im Interesse des Laudator-Selbstschutzes erst recht nicht. Denn wer, welcher Redner, welches Ordnungssystem, welche Darbietungsform könnte eines Martin Walsers Fülle bewältigen?

Doch zunächst: Was heißt, was ist eigentlich dieses »Schreiben-Können«, dieses ungeheure Vermögen, mit Sprache etwas herzustellen und dabei zugleich ihr Medium zu sein?

Nun: Schreiben können heißt bei Walser, daß Prosa geistesgegenwärtig und immer nah an ihrem Gegenstand ist. Daß sie sich und ihre Leser immer in dem Rhythmus wiegt, den Sprache braucht, um Kunst zu werden und nicht bloß Wort-Asche, Begriffsstaub zu bleiben.

Gewiß, der Rhythmus kann sich selbständig machen. Es

kann schon passieren, daß die Bilder nicht nur Schatten werfen, sondern gleichsam überschwenglich auch neue Bilder werfen, erzeugen, entstehen lassen. Ein schreibendes Ich kann womöglich – fürchtet man, fürchtet es – in dem Schreibfluß ertrinken, den es losbrausen ließ. Aber da es, das schreibende Ich, ja selber Urheber dieses Sprachflusses ist, dem es sich so couragiert überläßt – und in dem Wort »Courage« steckt, zumal bei Walser, auch die »Rage«, die Wut –, wird es nie völlig verlorengehen. Sondern sich selbst am Ende doch gewinnen, wie alle, die es rückhaltlos gewagt haben, sich zu verlieren für eine große Sache.

In einem späten und darum Goethe relativ geneigten Essay von 1982 – früher konnte Walser mit den majestätischen Großdichtern aus Weimar oder gar Lübeck wenig anfangen, seine Sympathie, seine Rhetorik verband sich lieber mit den Schwachen, statt die Starken noch zu bestärken –, in seinem Goethe-Essay hat Walser bekannt, immer attraktiver werde ihm Goethes Fähigkeit, Konflikte zu arrangieren, daß sie glimpflich verlaufen und auch lösbar scheinen. Ein radikaler Tragiker müßte sich entschieden anders verhalten... Goethe jedoch stellte, laut Walser, immer nur Lösungen dar. Weil das aber zu wenig spannend wäre, ließ er alle diese Lösungen, »aus Konflikten hervorgehen, die er seinen geliebten Lösungen zuliebe schürzte. Vielleicht«, so Walser, »war er voller Lösungen, für die er dann Konflikte suchte. Die Konstellationen enthalten bei ihm die Lösungen von Anfang an überdeutlich ... Goethe muß sich in jedem Moment der endgültigen Glücksgewähr versichern können. Das Leben ist sozusagen schlimm genug, man muß es in jedem Augenblick durch Schönheitsgewichte auswiegen.« Soweit Walser über Goethe.

Bei Robert Walser wiederum sieht unser Martin Walser die Not des ganz erfolglosen Schriftstellers als Aufgabe. Diese Not-Aufgabe müsse gewissermaßen umgemodelt werden »in etwas Schönes, Richtiges, Willkommenes. Wenn schon sterben, dann doch lieber gleich gern. Aber Vermitteln heißt eben nicht, einen anderen Tatbestand schaffen, sondern nur ein anderes Bewußtsein von demselben Tatbestand.«

Indem uns hier aufgeht, wie Walser seine großen Kollegen beim Dichten auf den Weltstoff reagieren und ihn zugleich arrangieren läßt, können wir nun kaum mehr übersehen, was sich in ihm selber zuträgt, wenn er schreibend Haltungen oder Nöte erspürt, isoliert, vergrößert. Wenn er als Autor mit ebenso energischem wie nervösem Überschuß aufs Niederträchtige und Mächtige antwortet. Ich sagte es schon: In ihm, in seiner Sprachphantasie rumore ein Shakespearehafter Überschuß. Das war nicht als lobende Phrase gemeint, als schmeichelnde Festredner-Unwahrheit. Nein: damit wollte ich Walsers überwältigendes Steigerungsvermögen umschreiben, das keineswegs nur als Ironie mißverstanden werden darf. Zur Verdeutlichung möchte ich irgendeinen Shakespeare-Satz zitieren, der für mich eine Art antizipierter Walser-Satz ist. In »Wie es Euch gefällt« verhält sich eine Schäferin schrecklich kalt zu ihrem netten, aber etwas tolpatschigen Schäfer-Liebhaber. Das sieht die hinzutretende, als Mann verkleidete Rosalinde. Mit funkelnder Wut stellt sie die herzlos-spröde Schäferin streng zur Rede... Die aber läßt sich selig auszanken, blickt den Schimpfenden entzückt an und sagt begeistert: »O süßer Jüngling, schilt ein Jahr lang so!« Das ist eigentlich ein Walser-Satz. In der Novelle »Fiction« von 1970, wo sich Sprache manchmal herrlich selbständig macht zu einer Art Poesie concrète in Prosa, heißt es einmal mit Walsers Überfluß-Kunst werbender Übertreibung: »Ich bin ein großer Organisator. Ich erledige das für Sie, ich könnte ohne Computer die Eroberung des Pazifik organisieren, allerdings müßten Sie es sein, die ihn erobern wollten.« Ein typischer Walser-Überfluß-Satz. In dieser Novelle gerinnen Partygerede, Intellektuellen-Informiertheit und Horror-Nachrichten des Zeitgeschehens zum lyrischen Strom, werden dadurch aber nicht sinnlos, sondern strömende Kunst. Da sagt einer für alle: »Es lebe Cuba. Es lebe die Sehnsucht. Es lebe die Tendenz. Es lebe der größere Wunsch. Es lebe die Ideologie. Es lebe die Befreiung. Es lebe der Tod. Soll ich noch einen Kaffee machen... Ich werde in der ZEIT darauf antworten. Na ja, wenn du noch den SPIEGEL liest? Die Katze lebte noch, nur die vordern Pfoten fehlten. Sie gossen dem Kind – bei Bachmusik – heißes Öl auf die Füße. Als sie aber von ihrem Trip zurückkam, hatte sie keine Zähne mehr. Vielleicht noch Bakkenzähne. Ich finde Scheußlichkeiten nicht so schön wie Anemonen.«

Ist das nicht eine geniale, absurd zusammenfassende Kadenz, auf die ein Ionesco stolz sein dürfte, und die dem realistisch pessimistischen Thomas Bernhard nie eingefallen wäre, eben dieses blödsinnige, unwiderlegliche Walsersche: »Ich finde Scheußlichkeiten nicht so schön wie Anemonen.«

Manche, die auch den Jean Paul oder den Friedrich Schiller nicht mögen und die Walsers hinreißender, herrlicher Reichtum befremdet, denken vielleicht: »Kalte, spöttische Virtuosität.« Oder sie stimmen einer gewissen Iris zu – aus Martin Walsers Drama »Die Ohrfeige«, das Mitte der achtziger Jahre entstand. Fräulein Iris schimpft da mit dem schlechten Gewissen des interessierten Laien über einen allzu wortumsichtigen Autor: »Ich verstehe natürlich nichts von Literatur... Hundert und aberhundert Seiten nichts als Tiraden.

Auch brillante Tiraden sind Tiraden, oder? Und immer und ewig diese wahrnehmungslose Verurteilungsmanie... Diese erlebnislose, aber permanente Weltbeschimpfung... Ich verstehe natürlich nichts von Literatur. Vielleicht gehört sich das so für Literatur...« Nun, Martin Walsers Fräulein Iris, das sich darüber aufhält, daß ein Dichter alles mit giftiger Sauce übergießt – »Die Natur – ein Dreck, Ärzte, Professoren, Kellner, Politiker, Schweizer, Rheinländer, Schauspieler... egal, außer sich selbst schont er nichts...« –, diese scharflesende Iris scheint sogar eine Menge von Literatur zu verstehen; nur von Martin Walser versteht sie tatsächlich so gut wie nichts. Sie hat nicht gemerkt, daß die inständige Vehemenz Walserscher Schilderung, also der Überschuß seines oft aggressiven Schreibens und Beschreibens, weder bloß kalt noch nur schadenfroh oder brillant ist: obwohl Kälte, polemische Kraft und virtuose Beherrschung gewiß auch bei Walser zum Schriftstellerhandwerk gehören. Nur, aber das ist entscheidend: Walsers Überfluß schafft der von ihm dargestellten Sache ein riesiges Noch-Mehr an Dimension.

Schon in seinem Romanerstling, den »Ehen in Philippsburg« von 1957, wurde aus dem Rundfunkintendanten, der in einer Pressekonferenz seine Arbeit wunderbar unwidersprechlich verteidigte, ein kläglicher Märtyrer, der niemanden rührte, dem niemand glaubte und den dann niemand wählte.

So ist auch die Erschöpfung, die Walsers Helden so oft übermannt – mehr als nur Müdigkeit. Nämlich Ekel, Flucht, Auswandern-Wollen aus Zeit und Raum in jenes Paradies, wo man kein Geld mehr zu verdienen braucht. Das Zu-Tode-erschöpft-Sein von Walsers Kleinbürgern macht fühlbar, welches Heldentum unsere Gegenwart uns allen, die wir keine Helden sind, abverlangt. Anselm Kristlein, Hauptfigur der »Halbzeit« – Walsers Durchbruch 1960 –, der schriftstellernde Protagonist auch des »Einhorn« von 1966, hat etwas von einem modernen Odysseus, der nur leider eben nicht listenreich zu siegen versteht. Ein Odysseus gewissermaßen, der geschmerzt Sätze baut, aber kein Trojanisches Pferd. Man lese einmal den Anfang von Martin Walsers Roman »Der Sturz«, entstanden 1973. Kristlein, ihm ist in München ein umfangreiches Desaster passiert, wandert nach Hause zum Bodensee, durch Schafherden schreitend, nackten Mädchen und verführerischen Weibern begegnend. Da muß man doch spüren: Walsers Insistenz und Fülle steigert Gegenwart zum Ur-Alten. Die Bundesrepublik wirkt zugleich heutig und finster-archaisch, ist brave Demokratie, durchwachsen von unbraven Herrschaftsstrukturen – aber zugleich auch Pandämonium. Unser Existenzkampf im 20. Jahrhundert ähnelt bei Walser jenen Dschungeln, in denen sich einst Riesenechsen an die Gurgel gingen. Walsers radikaler Subjektivismus findet dafür gelegentlich jene einsamen Zonen, durch die sich auch ein gewisser Molloy quält.

In solchem Finden oder Erfinden von Bildern und Konstellationen ist Walser unerschöpflich. Es müssen keineswegs immer schillernde, phantasiebeschwingte, sozusagen brillant prunkende Bilder sein. Ein unvergeßlich treffender Dialog-Satz führt sogar genau das Gegenteil vor: Reduktion und kahle Abstrahierung. Im Drama »Der schwarze Schwan« geht es um die Vergangenheit zweier KZ-Ärzte. Das Stück läßt sich als Variante des Hamlet-Stoffes lesen. Ich weiß, daß Martin Walser es nicht mehr gern mag. Aber lebenslängliche Bewunderung für einen Satz, der mich schon damals erschreckte, werde ich mir auch vom selbstkritischen Autor nicht ausreden lassen. Da sagte der mittlerweile joviale, ehemalige Vernichtungsmedizinmann nebenher: »Wenn ich manchmal träum', dann sind's Zahlen.« Und nach diesem beziehungsvollen Geständnis fährt er zu seinem Kollegen mit dem neuen Namen Liberé fort: »Aber nun allen Ernstes, Liberé.« Als hätte er nicht soeben etwas gespenstisch Ernstes geäußert...

Es gibt einige Konstanten in Walsers Kunst, seinen zahlreichen Novellen, Romanen, Stücken, Essays und Mundartdichtungen. Letztere erschienen übrigens nicht im feinen Frankfurter Suhrkamp Verlag, sondern im Bodensee-näheren Weingarten. Bei Walser verbündet sich rhetorischer Glanz mit den Geduckten, den Armseligen, Mühseligen und Beladenen. Bei anderen Autoren und auch in der sogenannten Wirklichkeit reden doch die kleinen Leute immer brav kleinlaut, dafür die großen immer schamlos großkotzig. Dem setzt Walser eine herzensstarke schwäbische, eine Schillersche Tradition entgegen: Bei Schiller fanden eben nicht nur der junge Aristokrat Karl von Moor oder der Kronprinz Don Carlos schwungvolle Worte, sondern die arme Musikertochter Luise Miller vielleicht noch schwungvollere, herzbewegendere. Wer sich über den Negativismus unserer modernen Literatur aufhält, muß schon verdammt unempfänglich daran vorbeisehen, mit welcher grandiosen Gebärde rhetorischer Allmacht Walser seine kleinen Leute nicht nur beschreibt, sondern auch begabt.

Daß sie einander trotzdem nicht verständlich werden, daß Kristlein, die Hauptfigur so vieler Romane, »Jenseits der Liebe« zugrunde geht, daß der wortmächtige Studienrat Halm in der »Brandung« von 1986 ohnmächtig zusammensinkt, wenn er seinen Schubert-Vortrag zu halten beginnen müßte: dies alles widerlegt keineswegs den Glanz von Walsers Kleineleute-Rhetorik. Es belegt nur die reale Ohnmacht dieses Glanzes. Walsers leidende und redende Helden haben es auch schwer, Zugang zu ihren Mitmenschen zu finden. Oft genug treibt ihre Isolierung sie zur Verdoppelung des Ich, zum Selbstgespräch, sogar zur Selbstbeschimpfung. »Feiger Hund«, schimpft daraufhin ein Teil des Ichs auf sich. »Bitte«, nimmt der andere Teil das hin. Oder eben: »Was lag ihm schon an ihm.« Manchmal auch: »Ich kann mich mir bald nicht mehr leisten.« Und endlich: »Ohne Hoffnung ergreift dich Geschäftigkeit.« Man muß schon beneidenswert unempfänglich sein – um solche Walser-Sätze nur für witzig zu halten.

In Wahrheit deuten sie auf eine produktive Gespaltenheit der Walserschen Seele hin. Er verändert sich immerfort – und bleibt dem, was er einmal sah, empfand, fühlte, gleichwohl treu. Er kann nicht anders. Es wäre gewiß möglich, Walsers Weg als eine verwirrende Folge von Links- und Rechtskurven zu denunzieren zwischen »Kürbiskern« und der Entdeckung des deutschen Problems bei Albert Leo Schlageter. Martin Walser hat ja Schlageter zum Befremden derer, die an ihren Vorurteilen hängen, zu verstehen, zu retten versucht als einen braven, gläubigen, katholischen Bauernbuben, »der erzogen wurde, Höherem zu dienen«.

Was aber steckt hinter alledem? Obwohl Walser, wie nur wenige Schriftsteller, immer denkbar hellhörig informiert ist über die jeweils neueste Stimmung im Westen; obwohl dieser, wie Enzensberger bewundernd spöttelte, »Proust von Wasserburg« den Bodensee nie zur alleinseligmachenden geistigen

Lebensform verklärte, sondern leidenschaftlich interessiert teilnahm und teilnimmt am Geschick der Nation – läßt Martin Walser sich von diesem engagierten Interesse nicht seine Sehnsucht, seine Erinnerung, seine Vergangenheit besetzen oder ummodeln. Wir erkennen allmählich, wie wahnsinnig schwer das ist, inmitten einer Welt von rückwärtsgewandter Rechthaberei. Walser aber hat nun nicht nur in »Dorle und Wolf« 1987 beschrieben, wie entstellt beide Hälften Deutschlands dadurch sind, daß sie Hälften sind – sondern er hat viel früher schon, nämlich im Roman »Seelenarbeit«, das war 1979, einen etwas selbstgefälligen Königsberger namens Dr. Gleitze erfunden. Gleitzes Herrenfahrer Xaver Zürn, ein Bodenseeanrainer natürlich, kommt mit seinem Chef schwer zurecht. Dieser Dr. Gleitze besucht auf seinen Geschäftsreisen unentwegt Mozart-Opern. Im Mercedes, hinten sitzend und allen Gesprächen mit dem Chauffeur Xaver abgeneigt, genießt dieser Königsberger Dr. Gleitze auch ständig über Kopfhörer Mozart-Opern, dabei wie ein Baby ausschauend, idiotisch knochenlos, in sich gestülpt. »Wenn der Chef noch eine Heimat hätte«, dachte Xaver, »würde er auch nicht immer hinter Mozart-Opern herfahren.« Königsberg samt einer gewissen hinreißenden Ostpreußin namens Henriette wird zum expressiven Leitmotiv des ganzen Romans.

Walsers Erinnerung war gesamtdeutsch besetzt, als die politische Realität dergleichen überhaupt noch nicht nahezulegen schien. »Sachsen und Thüringen sind für mich weit zurück und tief hinunter hallende Namen, die ich nicht unter ›Verlust‹ buchen kann, Nietzsche ist kein Ausländer. Leipzig ist vielleicht momentan nicht unser, aber Leipzig ist mein ... aus meinem historischen Bewußtsein ist Deutschland nicht zu tilgen« – sagte und publizierte Walser bereits in den siebziger Jahren. Damals gehörte einiger Mut dazu. Und eine Sensibilität, die in anderen Empfindungs-Dimensionen zu Hause war als alledem, was man in den siebziger Jahren für zeitgemäß, für gegeben, opportun und unabänderlich hielt.

Wir wären ärmer ohne Martin Walser. Ohne seinen Rausch, seine Wahrheit, seine »Übertreibungen«, seinen Eigensinn. Sein Schreiben, zwischen Heimatkunde und Amerika-Reise, jenseits der Liebe, hinweg über Halbzeiten und Brandungen, Einhörner und Abstecher, bedroht von Stürzen und heiligen Brocken: Martin Walsers Schreiben war nie nur Fiction oder Jagd – sondern immer herzbewegende Seelenarbeit. (1990)

»Kurzum – der Mensch hat nichts zu lachen«
Eugen Roth

Fast alle ein wenig älteren Münchner haben ihn persönlich gekannt. Ihn, Eugen Roth, der am 24. Januar 1895 in München geboren wurde und 81 Jahre später am 28. April 1976 in München starb: *gekannt* und nicht nur ein wenig *geliebt*. Eugen Roth gehörte so selbstverständlich zum geistigen München wie Karl Valentin, Emil Preetorius, Ernst Penzoldt, wie Johann Lachner oder Hans Knappertsbusch. Man mußte ihn mögen, weil er so angenehm direkt war und gleichwohl grimmig verkauzt. Weil er in einem Maße, wie es sich Nordlichter kaum vorzustellen vermögen, eben gerade kein beflissener Schwarzer gewesen ist, kein aufgeblasener Berufsbayer oder gar München-Lobredner. Ihn hinderte wirklich alles daran, ein feierlicher Esel, ein gönnerhafter und geldgieriger Großschriftsteller zu sein – nachdem er 1918 mit expressionistischen Gedichten im Kurt Wolff Verlag als Kafka-Kollege die literarische Bühne betreten hatte, dann 1927 ausgerechnet geplagter Lokalredakteur bei den »Münchener Neuesten Nachrichten« geworden war, und seit 1933, prompt entlassen, sich bald zum freien und erfolgreichen Autor entwickelte. Wie ich ihn kannte und mochte, hat er sich nicht etwa aus kluger Berechnung oder gar aus einem souveränen Lebensplan dazu entschlossen, kein herablassender, kein begütigender oder offizieller Jasager zu sein. Das lag nicht in seiner Natur. Ihn erfüllte ein Ekel vor aller offizieller Angeberei. Ein unüberwindlicher Widerwillen. Er konnte nicht anders. Das Aufgeblasene haßte er, er knurrte direkt, was er dachte.

»Humorvolle Gesellschaftskritik« habe er geübt, lese ich in einem ebenso humor- wie ahnungslosen Lexikonartikel. Den Typus des Grantlers, des reimenden Raunzers, des satirischen und dabei vergnügten Pessimisten habe er verkörpert, und den des Schmunzelbuchautors auch. Das meinen nur diejenigen, die sich gar nicht erst die Mühe machen, nach den Voraussetzungen des Eugen Rothschen Witzes zu fragen, weil sich's dann nämlich nicht mehr so unbeschwert schmunzelt. Man befürchte nun nicht, ich wolle hier Eugen Roth zur Mischung aus Schopenhauer und Samuel Beckett stilisieren. Das hat er nicht nötig. Es genügt durchaus, seine Sachen ein wenig langsamer zu lesen. Dann spürt man, welch eine Mischung aus Trotz und Fatalismus, aus illusionsloser Einsicht und bezaubernder, graziöser Kunstfertigkeit in seinen Werken beschlossen liegt. Daß er später manchmal routiniert und einfallsreich auch Harmloseres, Vergnüglicheres, Biederes zu Papier brachte, aber gewiß niemals Unwürdiges oder Albern-Ulkiges – warum soll ich das leugnen? Welche Dauer, welche Lebenskraft in seinen Versen steckt, die im augenblicklichen Reagieren und im formenden Agieren etwas sehr Allgemeines und Humanes literarisch festzumachen wußten, das lehrt ja schon der Umstand, wie schwer es einem Eugen-Roth-Bewunderer der ersten Stunde, also mir, fällt, Roths Verse zu vergessen. Ich kann die auswendig. Wie lebendig sein Werk ist, lehrt auch der Umstand, wie viele sich um den vor 19 Jahren Gestorbenen kümmern. Dies ist doch schon ein Beweis, daß Roth etwas mehr, etwas anderes gewesen sein muß – als nur eine Mischung aus Feuilleton, bayerischem Realismus und sprachlichem Witz.

Jeder von seinen alten Weggenossen und Freunden könnte hier mit Roth-Anekdoten aufwarten. Man gestatte mir, bevor ich zur literarischen Sache komme, einige kurze Erinnerungsstreiflichter, die den Jüngeren vielleicht ein wenig verdeutlichen, wie er so war: Für mich und meine Frau schmeichelhafterweise, beabsichtigte Eugen Roth, uns zu sich zum Abendessen einzuladen. Es kam viel dazwischen. Dann erhielt ich einen Brief. Und nun wörtlich: Wegen einer lückenlosen Folge häuslicher Katastrophen sei es ihm leider bis zur Stunde nicht möglich gewesen, die geplante Verabredung in die Tat umzusetzen. Aber nun endlich gehe es. Ich las es und lachte. *Lückenlose Folge häuslicher Katastrophen*; so mußte sein Alltag verlaufen. Dann aber kamen natürlich irgendwelche Terminschwierigkeiten meinerseits dazwischen, die verfluchte Forderung des Tages. Und dann kam der Tod. Eugen Roth hat mich, den jungen Kritiker in München, vielleicht geschätzt, aber ganz bestimmt auch überschätzt. Ich hielt damals im Tukan-Kreis einen Vortrag über die kontrollierte Schizophrenie beim Lesen zeitgenössischer Werke. Und ich kam, um mich über den Raum, das Mikrofon, das Pult usw. zu informieren, eine Stunde vor Beginn des Vortrags zum Ort der Tat. Der Raum war leer. Nur ein einziger saß erhöht hinten links, wartend wie ein mürrischer Pandabär, Eugen Roth. Natürlich fragte ich ihn, warum er denn so früh, bereits eine Stunde vor Vortragsbeginn sich in den leeren Hallen eingefunden. Tja, er hatte eben die unnötige Angst gehabt, es würde ein schrecklicher Ansturm *stattfinden* und deshalb kein Platz mehr zu *finden* sein. Als wir uns dann später in Wildbad-Kreuth trafen, im Hallenbad, erwies sich, der greise Meister hatte seine Badehose vergessen. Ich lieh ihm, unsere Bäuche vergleichend, sogleich die meine, und fragte protestantisch-puritanisch verschämt, ob er sich denn wirklich gleich in diesem feinen, offenen Etablissement umziehen wolle. »Des is doch mir ganz wurscht«, sagte er ungerührt, tat's und bestieg die Hallenbadfluten. Ja, so war er.

Nun aber zu seinen Sachen. Sensible Seelen schaudern, wenn geistigen Produkten allzuviel Popularität zuwächst. Da kann, argwöhnen sie, irgend etwas nicht stimmen. So geht's auch im Falle Roth. Weil die »Ein Mensch«-Gedichte Millionenauflagen erzielten, kann man Kenner daran erkennen, daß sie Roths *Erzählungen* bevorzugen. Sie seien das eigentlich Wertvolle. Wir brauchen die stimmungsvolle Herbheit der Rothschen Prosa, die so oft auf Ohnmacht und Tod hinausläuft, nicht zu unterschätzen. Er selbst war stolz darauf. Doch wer in den Versen nur heitere Harmlosigkeit wahrnimmt und nicht auch ein spannungsvolles Weltgefühl, der hat Roths Kunst, glaube ich, vielleicht doch nicht ganz begriffen, im Rausch des zu raschen Lachens. Wir wissen, daß Eugen Roth als Expressionist begann. Wie übrigens auch der junge Friedrich Sieburg. Und so aberwitzig verschieden diese beiden Autoren als Charaktere und Literaten sich dann noch später entwickeln mochten, der Geist einer Generationsstimmung scheint derart stark zu sein, daß unsereins wenigstens am Anfang, in den frühen zwanziger Jahren, Sieburg und Roth gewissermaßen in den gleichen Startlöchern erblickt. Wie hatte denn Eugen Roth gedichtet in seinem Band »Erde der Versöhnung Stern«, den der 26jährige Poet 1921 publizierte?

»Stürze zusammen Herz!«

beginnt ein pathetisches Gedicht und setzt sich fort:

»Wirf Dich lösend hinab
In die brausenden Tiefen
Unergründliches Leids!«

Dann aber heißt es leidenschaftlich weltumarmend:

»Menschen! Freunde! Geliebte!
– Wirft solch ein tödliches Wort –
Dich nicht in Kerker der Qual?

Oh der Du nicht liebtest
Der Du nicht Demut warst
Oh Du warum denn so fremd?«

Wir lächeln ein wenig, fünfundsiebzig Jahre später. Was für ein Pathos! Ein Pathos, das wir aus der Literaturgeschichte kennen. Das Pathos der expressionistischen »Oh-Mensch«-Gedichte. Also jener überschäumenden Ergüsse des literarischen Expressionismus, dem in wilder Leidensekstase alles ruhig realistische Betrachten vergangen war. Davon tönt auch dieses, und nicht nur dieses, Gedicht des jungen Eugen Roth. Könnte nicht wirklich aus jener juvenilen »Oh-Mensch«-Leidenschaft bei Eugen Roth später allmählich die kühlere »Ein-Mensch«-Skepsis geworden sein? Aus dem, der Menschen und Weltbrüder zur Gemeinsamkeit beschwor, hatte sich dann offenbar jener einzelne, Stachelige, Nicht-zu-Vereinnahmende entwickelt, der in dem Gedicht »Ein Erlebnis«, auf seine Gruppenzugehörigkeit angesprochen, nun folgendermaßen reagiert:

»Und drohend wurde er gebeten,
Bei seiner Gruppe einzutreten.
›Wie?‹ denkt der Mensch, ›das ist mir schnuppe,
Ich? Ich gehör zu keiner Gruppe!‹«

Es mag plausibel erscheinen, wie hier dem Expressionistisch-Entgrenzten ein Jahrzehnt später der Einzelgänger entwächst, dem alles schiefgeht. Also »Ein Mensch«, der mit dem tragikomischen Pech von Friedrich Theodor Vischers »Auch Einer« den Tücken des Alltags zähneknirschend erliegt, dieses Erliegen aber so virtuos fixiert, daß er am Ende doch kunstvoll triumphiert. Das wäre schon etwas. Doch der Konflikt ist um eine Dimension spannungsvoller! Ich möchte diese Spannungsdimension mit Hilfe eines sehr berühmten und eines anderen, eher versteckten, Eugen-Roth-Vierzeilers demonstrieren. Der sehr berühmte Vierzeiler, der den ersten Band der schönen Roth-Gesamtausgabe des Hanser Verlages programmatisch eröffnet, lautet:

»Ein Mensch erblickt das Licht der Welt –
Doch oft hat sich herausgestellt
Nach manchem trüb verbrachten Jahr,
daß dies der einzige Lichtblick war.«

Nun die Antithese. Der Vierzeiler heißt ganz unschuldig »Die Stütze« und lautet:

»Gesunde stürzen ohne Halt –
Wer kränkelt, wird gar achtzig alt.
Sein Leiden wird zum festen Stab,
dran er sich schleppt bis an das Grab.«

Diese beiden Vierzeiler lassen Analogien erkennen. Ihre jeweils erste Zeile endet offen mit einem Gedankenstrich. Der Gegensatz aber besteht nun in der Spannung zwischen trüber, verwerflicher, dumpfer Finsternis »nach manchem trüb verbrachten Jahr« – einer doch eindeutig negativen Aussage – und dann dem zum Leben notwendigen, Halt gebenden Leiden, das die Stütze einer Existenz darstellt, während Gesunde mangels besagter Leidensstütze, ohne Position, ohne Halt, stürzen müßten. Das heißt: eben war noch das Lichtlose, das Dunkle, sozusagen die eindeutige negative These. Plötzlich aber erkennen wir einen Autor, der indirekt mitteilt, daß er zum Leben aufs Leiden angewiesen sei. »Wer kränkelt, wird gar achtzig alt.« Darüber muß man nachdenken. Das dürfen wir bei keiner von Eugen Roth bereimten Malaise vergessen: diese Antithese. Doch ich habe für den Entwurf von Eugen Roths gedichteter »Welt« noch ein geheimnisvolleres Gegensatzpaar. Verfolgen wir mehr oder weniger amüsiert Eugen Roths Scheiternde oder Enttäuschte oder Blamierte oder durch Tücken von Objekten, Zuständen und Widerständen Gedemütigte, dann sind wir durchaus auf der Seite dieser Gedemütigten. Roth, möchte man glauben, ist ein eindeutiger Sympathielenker. Der Ungeschickte, der Überfahrene, der vom Leben Enttäuschte, ist zwar kein Sieger, aber er verdient Mitleid. Er ist *sympathisch*. So geht's in Hofmannsthals »Schwierigem« ja halt nicht nur dem ungeschickten Hans Kari Bühl, sondern erst recht dem Clown Furlani, in dem wir dort den Bühl wiederzuerkennen haben. Und so geht's ja auch bei Jean Paul allen Begeistert-Ungeschickten, deren unendliches Streben sich an der Endlichkeit, wenn schon nicht den Hals, so doch die Knochen bricht. Die Ungeschickten scheitern zwar heroisch oder heulend, aber wir *weinen mit ihnen*. Dafür existieren so zahllose Beispiele, daß ich gar keines zu zitieren brauche. Aber wie verhält es sich nun in folgenden Gedichten mit Eugen Roths Sympathielenkung? In wessen Namen reimt Roth da? Ich meine das Gedicht »Vergebliches Heldentum«:

»Ein Mensch, sonst von bescheidnem Glücke,
Merkt plötzlich, daß mit aller Tücke
Aushungern ihn das Schicksal will:
Es wird um ihn ganz seltsam still,
Die kleinsten Dinge gehn ihm schief,
Die Post bringt nie mehr einen Brief,
Es schweigt sogar das Telefon,
Die Freunde machen sich davon,
Die Frauen lassen ihn allein,
Der Steuerbote stellt sich ein.
Ein alter Stockzahn, der links oben,
Fängt unvermutet an zu toben,
Ein Holzschnitt, für viel Geld erworben,
Ist, wie er jetzt erst merkt, verdorben,
Die Zeitung meldet schlimme Sachen,
Kurzum – der Mensch hat nichts zu lachen.«

Und wie verhält sich nun Eugen Roths moderner Hiob?

»Er lacht auch nicht. Jedoch er stellt
Dem tückischen Schicksal sich als Held:
Auf Freund und Frau verzichtet er,
Das Telefon vernichtet er.
Umgehend zahlt er seine Steuer,
Den Holzschnitt wirft er in das Feuer
Und reißen läßt er sich den Zahn:
Was menschenmöglich, ist getan.
Und trotzdem geht es schlimm hinaus:
Das Schicksal hält es länger aus.«

Großartige, lakonische Verse sind das, durchwirkt von jenem unpathetischen bayerischen Realismus, der nicht bloß hinter-*fotzig* ist, sondern hinter*gründig*. Dazu ein Schuß Nestroy-Bitterkeit. Sie haben's gehört, das Wort »Held« kommt vor. Der Mann hat Haltung, hat Courage, mindestens so viel wie der alte Hiob. Nur: Hätte er keine Courage gehabt, wär's ihm auch nicht schlechter gegangen. Auflehnung gegen das Schicksal, fabelhafter Heroismus, Heldentum des einzelnen lohnt nicht – reimte Roth 1935. Und wie ergeht es jemandem, der ein bewußtes, vernünftiges Leben führt? Der bekommt bei Roth sogar fatalen Bescheid.

»Ein Mensch, der willens, lang zu leben
Beschließt dem Tod zu widerstreben
Und a) durch strenges Selbstbelauern
Die Krisenzeit zu überdauern
Und b) zu hindern die Vermorschung
Durch wissenschaftlich ernste Forschung.

Ein Mensch, wie dieser, muß auf Erden
Unfehlbar hundertjährig werden.
Das Schicksal aber das nicht muß,
Macht unversehens mit ihm Schluß.«

Man hält den Atem an. »Das Schicksal aber das nicht muß, macht *unversehens* mit ihm Schluß.« Dieses *unversehens* hat es in sich. Offenbar steht Roth da nicht auf der Seite des vergeblich gegen die Geschöpflichkeit anrennenden Überlebenskünstlers, sondern auf der Seite des Schicksals. Das Schicksal muß gar nichts, du kannst noch so schlau sein.

Was für ein doppeltes Kräfteparallelogramm aus mürrisch grantelndem Pessimismus einerseits und lebensnotwendigem Leiden andererseits. Aus mitleidsvoller Sympathielenkung einerseits und eisern akzeptiertem, bösem Fatalismus andererseits. Mild, tröstlich, weinerlich-gutmütig war unser Eugen Roth wirklich nicht. Und heuchlerisch optimistisch schon gar nicht. So besteht zwischen dem Umstand, daß Eugen Roth mit seinen »Ein-Mensch«-Gedichten bei zehn Verlagen vorstellig werden mußte, die ihn alle abwiesen, und dem dann eintretenden Millionenerfolg gewiß sogar eine direkte Beziehung. Denn diese Gedichte drücken in origineller Form aus, was viele Zeitgenossen empfanden und empfinden. Eine solche Übereinstimmung kann leicht als Banalität verkannt werden. Und die schlagend originelle Form dieser Gedichte als abwegige, hinderliche Marotte. Darum zögerten die Verleger, so wie sie – nachher ist man immer klüger – bei »Im Westen nichts Neues« oder bei »Vom Winde verweht« auch gezögert haben.

Was nun aber die Begeisterung, die Identifikation der Leser mit Eugen Roths Versen angeht, so hängt sie zusammen mit den konkreten Alltagserfahrungen, die Roth versifiziert. Wer sich je auf einem Begräbnis langweilte, einen erfolglosen Besorgungsvormittag wütend hinter sich brachte, einen guten Bekannten verzweifelt nicht erkannte, der ihn aber auch nicht erkannte, wer eine enttäuschte Hoffnung, eine verstümmelte Geburtstagstorte oder einen mißlungenen Ferienaufenthalt zu beklagen hatte: für den brachte Eugen Roth in gereimte Sicherheit, was er leide. Man kann sich da auf ihn verlassen. Meine liebe Tante Hanna in Bad Kösen, längst tot, siebzigjährig, ich war damals acht oder neun, eine tapfere Pfarrfrau und Pfarrerswitwe, war von Eugen Roths gültiger Allgegenwärtigkeit so vollkommen überzeugt, daß sie jedem ihrer Gäste auf gut Glück ein Roth-Gedicht vorlas. Selbst wenn sie es noch nicht kannte. Sie wußte, es würde mit ihrer Welterfahrung übereinstimmen und Heiterkeit hervorrufen. Hatte dabei allerdings das typische Rothsche Pech, einem besonders hochstehenden christlich-protestantischen Würdenträger ausgerechnet die geradezu schlüpfrig beginnende Ballade »Kleine Ursachen« vorzulesen:

»Ein Mensch – und das geschieht nicht oft –
Bekommt Besuch, ganz unverhofft,

Von einem jungen Frauenzimmer,
Das grad, aus was für Gründen immer –
Vielleicht aus ziemlich hintergründigen –
Bereit ist, diese Nacht zu sündigen.
Der Mensch müßt nur die Arme breiten,
Dann würde sie in diese gleiten.«

Arme Tante Hanna. Sie bekam die Gott sei Dank glimpflich ablaufende Ballade nur mit gebrochener Stimme und gesenkten Augen zu Ende. Es spricht für die Deutschen, daß sie sich mit Eugen Roth identifizierten. Bei Roth geht es inoffiziell zu, privat. Sein Mensch läßt sich ungern vereinnahmen. »Ein Mensch, der aus der Zeitung hört, / Er sei aufs Äußerste empört / Und schreie in bewußter Sache / als Mann des Volkes laut nach Rache / Behorcht sich tief / und ist erstaunt / daß nichts in ihm / selbst leis nur raunt.« Der späte Bürger in der Defensive. Also der ganz und gar unheroische, in kleine Eitelkeiten verstrickte, verplante, staatlich geschröpfte Bürger. Von dem erfährt man sonst relativ wenig. Er ist nicht spektakulär, kein Übermensch, kein tragisches Opfer. Dabei gab es ihn wahrlich auch in unserem keineswegs immer nur heroisch-militaristischen Vaterlande. Ich werde nie vergessen, wie mitten in der Nazi-Zeit irgendein Bonze den etwas mürrischen Königsberger Landgerichtspräsidenten anfuhr mit dem Satz: »Wir leben in einer großen Zeit!« Daraufhin der miesepetrige Jurist im schönsten Ostpreußisch: »Eine kleinere wär' mir lieber.« Eugen Roths Dichtung erwies sich, und darum der andauernde Erfolg, auch als Antithese zu allem verordneten Aufbauwillen, zu aller jubelnden Aktivität, zu allem ordinären Optimismus. Roth rettete das Bild des Bürgers, der bei ihm zum »Menschen« werden durfte, indem er darauf beharrte, sich mit psychologischer Delikatesse um Kleinigkeiten zu kümmern. Er hat demonstriert, daß es neben jener vielberufenen weihevollen Innerlichkeit, die so oft zum Alibi für Scheußlichkeit oder sogar rassischen Imperialismus werden konnte, eben auch eine bürgerliche Privatheit geben kann, deren unaustilgbarer Impuls den Kummer und die grimmige Verzweiflung über ein lieblos verschandeltes Dasein festhält. So gesehen stammt Roth aus der Familie großer Pessimisten. Schopenhauer und Wilhelm Busch sind seine Ahnen. Doch Eugen Roths Ruhm hängt nicht hauptsächlich damit zusammen, *daß* er alles dies sagte, sondern natürlich damit, *wie* er es sagte. Roths schlackenlose, schwebende Vers-Perfektion umschließt zugleich vollkommen und dennoch pointiert seinen rauhen Inhaltskern. In Roths brillanter Ungezwungenheit steckt ein Schuß Heinrich Heine. Dabei schafft sich Roth – wie auch Heine stets davon gefährdet, daß er fast zu leicht, zu gut, zu virtuos reimen konnte – seine witzigen Widerstände selbst. So zieht sich beispielsweise eine logische Kette von Wortspielen durch ein Gedicht. Oder es werden Schwierigkeiten bewußt gehäuft und besiegt. Finden Sie mal Reime auf »Meistersinger«. Oder auf »Kolosser«. Ist das nicht unmöglich? Keineswegs für Roth.

Roths Virtuosität ist eleganter Lack über der festgehaltenen Finsternis seiner Anthropologie, seines Privatpessimismus. Roths Kunstfertigkeit gereicht auf diese Weise seinen Gedichten zu einer unwiderstehlich heiteren Objektivität. So liegt der Witz des Gedichtes »Begräbnis« nicht allein im genau Beobachteten, sondern viel mehr noch im prägnant Verschachtelten der Verse. Kaum eine Zeile, die nicht einen Relativsatz, der nachträglich bereichert, nicht eine Apposition enthielte, die noch etwas hinzufügt. Kein Substantiv, das nicht im nachhinein beladen würde. Elegant und vertrackt zugleich.

»Begräbnis

Ein Mensch, der, wie gelebt zu haben,
Man wünscht, gelebt hat, wird begraben. –
Der Pfarrer sagt, ein schlichter Greis,
Was er seit gestern flüchtig weiß.

Ein alter Freund, ein beinah blinder,
Liest mühsam ab aus dem Zylinder
Samt den Verdiensten, den erworbnen,
Die näheren Daten des Verstorbnen.«

Das ist meisterhaft. Ich weiß wohl, daß Eugen Roth selbst gelegentlich äußerte, seine Erzählungen stünden ihm eigentlich näher als seine populären Verse. Es sind in der Tat schöne, schwermütige Prosastücke darunter. Etwa das »Abenteuer in Banz« aus dem Jahre 1952, in dem die schicksalhafte und doch nicht stattgehabte Begegnung zwischen dem epischen Ich und einem am Ende ermordeten, unbekümmerten jungen Mädchen dargestellt wird. Bereits im ersten Satz begegnen wir genau dem gleichen Appositionsreichtum, den wir im Begräbnisgedicht aufspürten. »Ich bin, vor zehn Jahren vielleicht, ich war also nicht der Jüngste, Mitte dreißig, ungefähr, in Geschäften nach Franken gereist, und da habe ich noch, wie alles abgewikkelt war, eine Woche für mich zur Kurzweil herausgeschlagen.« Wir hören: ein klarer, besinnlicher, genau durchdachter, beglaubigender, unhektisch reihender Tonfall. Freilich ohne die musikalische Schwerelosigkeit Rothschen Reimens und darum manchmal vielleicht allzu schwermütig bittersüß.

Jede Figur in unserer Welt, gar in unserer geistigen Welt, wird definiert natürlich auch durch ihre Grenzen. Man kann Goethe vorwerfen, daß er die Romantiker nicht verstand, man kann Kafka vorwerfen, daß ihm Schnitzlers Psychologismus überhaupt nicht paßte. Eugen Roth konnte Altgriechisch, er ist ein literarisch enorm gebildeter Mann gewesen. Er aber, ausgerechnet als Humorist, konnte kein Englisch. Wie übrigens viele aus der älteren Generation. Zwar hatte er später, nach 1968, unter den Titeln »Probeschüsse«, »Greisengeseires«, »Kauzereien«, auch viele Limericks publiziert; doch wenn jemand in seiner Gegenwart irgend etwas Englisches, etwa einen Limerick, zitierte, dann verstand er es einfach nicht... Er, 1895 geboren, war auch zu unbeirrbar bürgerlich, um mit dem Entsetzen einfach scherzen zu können. So grimmig bitter er fühlte: zynisch ist er keineswegs gewesen. Ja, Zynismus störte und verstörte ihn. Über Karl Valentin schrieb er immerhin erschrocken, als er von Valentin zu einer Vorbesichtigung eines Valentinschen Happenings eingeladen worden war, folgendes: »Ich kannte den schwarzen Humor des abgründigen Linksdenkers und ging mit Unbehagen hin; aber die Ungeheuerlichkeiten dieses verbohrten Hirns, dieses kranken Gemüts übertrafen weit meine schlimmsten Befürchtungen.« Valentin hatte 1933, 1933 ausgerechnet, am Altheimer Eck ein Gruselkabinett, eine finstere Mischung aus Folterkeller, Eisengittern und Wasserleichen eingerichtet. Darauf reagierte Roth so ungeheuerlich verstört, gestört und schockiert. Dafür hatte er nichts übrig. Sein Empfinden, seine Kunst, sein Verzweifeln und Überleben hingen zusammen mit den klassisch-klassizistischen Normen der spätbürgerlichen Welt. Die brauchte er, so wie viele von uns sie brauchten, brauchen oder sich nach ihnen sehnen. Die machten ihn produktiv, grantig unglücklich, aber auch glücklich in seiner Kunst. (1995)

Der schlendernde Deutsche
Heinz Rühmann

Fachleute erkennt man mühelos daran, daß sie in ihrem Fache alles besser und ganz andes wissen als beispielsweise die Menge der Nicht-Fachleute. Spricht man mit Fachleuten für Darstellende Kunst über Heinz Rühmann, dann sind sich die Spezialisten einig: Der werde schmählich verkannt, entspreche als Künstler überhaupt nicht dem Bilde, das Millionen von Kinogängern sich von ihm machen.

Gewiß, auch die Insider leugnen weder die sanfte Brillanz noch den Pfiff der populären Rühmann-Filme. Gleichviel, ob Junggeselle, Mustergatte oder verhinderter Musterschüler, ob von der Tankstelle, Bruchpilot, Dr. Watson mit Violine oder als Stuhlsuchender (nur für Menschen vom anderen Stern, und für radikal Nachgeborene, seien diese allen Fans hinreichenden Titel-Andeutungen jetzt korrekt ausgeschrieben; also: »Paradies der Junggesellen«, »Der Mustergatte«, »Die Feuerzangenbowle«, »Die Drei von der Tankstelle«, »Quax, der Bruchpilot«, »Der Mann, der Sherlock Holmes war«, »13 Stühle«), im Hinblick auf alle diese und zahlreiche ähnliche Filme geben die Experten durchaus zu, dergleichen wäre keineswegs schlecht gewesen. Aber sie werden auch Kränkendes einfließen lassen, werden nicht unbegründet von »Ufa-Klamotten«, »Schwankschwachsinn« oder »Schnulzen-Kino« reden. Und dann zu ihrer Behauptung kommen, der Künstler Rühmann sei in Wahrheit viel besser als das, wozu unser Kommerz-Kino ihn zwang oder zwingt.

Der große Fritz Kortner etwa, der 1954 an den Münchner

Kammerspielen Samuel Becketts »Warten auf Godot« mit Rühmann als buchstäblich unvergeßlichem »Goggo« inszenierte, sagte über Rühmann: »Ein völlig ungewöhnlicher Schauspieler, absolut unterschätzt. Der kann so leise sein, daß man in seiner Umgebung das Gras wachsen hört.« Ganz ähnlich äußerte sich auch der Meisterregisseur Heinz Hilpert, der sehr an Rühmann hing. Hilpert schwärmte noch kurz vor seinem Tode davon, wie gut und »völlig anders« Heinz Rühmann 1934 im Berliner Deutschen Theater als Molièrescher George Dandin gewesen wäre. Liest man in Heinz Rühmanns wohldokumentiertem Erinnerungsbuch (»Das war's«, Ullstein, 1982) nach, dann zeigt sich, daß Rühmann zumindest in einem Punkte unbestreitbar anders ist als andere Memoirenschreiber. Er macht sich da nämlich schlechter, als er laut Hilpert wirklich war! »Alle, aber auch alle Zeitungen waren sich einig in ihrer negativen Beurteilung meiner Leistung« (als George Dandin) ... »Ich war einfach schlecht in der Rolle.« Doch als Rühmann mit den Verrissen kleinlaut zu Hilpert ging und fragte, ob nicht für die nächsten Aufführungen doch etwas geändert werden solle, schnauzte Hilpert zurück: »Du bist wohl verrückt geworden! Spielen wir für die Zeitungen oder fürs Theater? Was kümmert uns das Geschreibsel ...« Und Hilpert hatte diese, von Rühmann in »Das war's« mitgeteilten Sätze wirklich nicht als Trost oder seelische Hilfestellung gemeint. Ein paar Jahrzehnte später vertraute Hilpert mir immer noch begeistert an, damals hätte weder die Berliner Öffentlichkeit noch gar die Kritik begriffen, wie ungemein kunstvoll Rühmann den George Dandin gerade nicht als langweilig bulligen, sondern als verletzlich zarten »Neureichen« gespielt habe ...

Warum sollen so verehrungswürdige Theaterfachleute wie Kortner und Hilpert, wie Falckenberg und Kurt Horwitz eigentlich im Unrecht sein mit ihrem Lob des leisen lustigen Bühnenschauspielers Rühmann – einem Lob, das natürlich zugleich eine indirekte Abwertung des gleichnamigen Filmstars bedeutet?

Wenn jemand mehr als fünfzig Jahre lang an der Spitze steht, sein Publikum gewinnt, hält, unterhält und zur Treue zwingt über die Jahrzehnte hin – dann läßt sich ein solcher Erfolg wirklich nicht mit »Mode« oder »Zufall« oder irgendwelchen Werbegags oder dem Schwachsinn öffentlicher Meinungsmacherei erklären. Dahinter steckt Sorgfalt, steckt Demut gegenüber den Forderungen der Sache und den Anforderungen des Publikums. Dazu präzises Handwerk und enormes Talent. Aber, wenn der Erfolg so riesengroß, so erdrückend wird wie bei Rühmann – dann gewiß doch noch etwas mehr, etwas anderes...

Nicht zufällig sind die Theater-Intellektuellen so heftig versucht, eine edle Rühmann-Legende ins Leben zu rufen. Rühmanns Ruhm bezeichnen sie als Summe zählebiger Mißverständnisse. Fachmannsfein feiern sie den tiefen, scheuen Menschendarsteller, der mehr zu geben vermöge, als es ihm die Kintopp-Schablone seiner Erfolgsfilme gestatte. Auch Rühmann selber hat gelegentlich über diese »Schablone« geklagt. Er irrte.

Denn ohne diese »Schablone«, ohne diesen von ihm belebten Typ, den er mit unwiderstehlicher Wirkung durchzusetzen und durchzuhalten wußte, wäre er »nur« (na ja, immerhin) ein trefflicher Schauspieler. Sicherlich nicht der beste – soweit dergleichen überhaupt nachmeßbar ist und nicht reines Geschmacks-Gesellschaftsspiel bleibt. Immerhin: Hans Mosers improvisatorischem Genie, in dem Jahrhunderte altösterreichischer Skepsis und wienerisches Volkstheater aufgehoben schienen, dem konnte sich im deutschen Film doch wohl niemand vergleichen. Und Max Adalberts oder Willy Maertens Hauptmann von Köpenick waren bestimmt nicht schlechter, sondern vielleicht um eine Dimension stimmiger als die spätere, schöne Rühmann-Verfilmung, bei welcher doch dieser allzu angeklebt wirkende Schnauzbart ein wenig störte...

Daß Heinz Rühmann trotz alledem seine schwindelerregende Berühmtheit erreichte, daß die beklommenen ersten bundesrepublikanischen Polen-Reisenden in den fünfziger Jahren überrascht aus Warschau zurückkehrten und berichteten, die beiden beliebtesten Westdeutschen seien dort Konrad Adenauer und Heinz Rühmann, daß Rühmanns Typ sich seit den späten zwanziger Jahren, über die Nazi-Zeit, den Zweiten Weltkrieg bis fast in unsere Gegenwart unwiderstehlich wirkungssicher gehalten hat – es muß mit dem Geheimnis und der Vitalität jener »Schablone« zusammenhängen. Offenbar existiert ein deutsches – aber, siehe Polen, siehe Rühmanns Berühmtheit in Südamerika, ein nicht nur deutsches – Bedürfnis nach der ganz spezifischen Rühmann-Komik. Dieses Bedürfnis ist elementarer und haltbarer als jene höchst verschiedenen »Haltungen«, die politische Systeme ihren Untergebenen oder Wählern aufzuprägen trachten. Würden wir jetzt einige unbekanntere Rühmann-Filmtitel ohne Jahreszahl hier anführen, kein Mensch könnte diesen Titeln auch nur andeutungsweise entnehmen, zu welcher Zeit die Dinger geplant und gemacht wurden.

1932: »Der Stolz der 3. Kompanie«, »Man braucht kein Geld«.

1933: »Lachende Erben«, »Drei blaue Jungs, ein blondes Mädel«.

1938: »Fünf Millionen suchen einen Erben«, »Lauter Lügen«.

1940: »Der Gasmann«; freilich auch: ein Auftritt im »Wunschkonzert«.

1944/45: (als die Erde bebte) »Die Feuerzangenbowle«, »Der Engel mit dem Saitenspiel«, »Sag die Wahrheit«... damals nicht fertiggestellt, weil gerade ein Krieg verlorenging. Thema: Rühmann als Wirrkopf im Nervensanatorium...

1949: »Das Geheimnis der roten Katze«, »Ich mach dich glücklich«.

Eine Schablone über die Weltenwenden hinweg? Allerdings, und mit Erfolg! Es wäre unfair zu leugnen, daß Heinz Rühmann sich, und zwar unter finanziellen Opfern, seiner Schablone gelegentlich zu entziehen suchte. Er hat dann Dürrenmatt und Zuckmayer und (im »Narrenschiff« der Katherine Anne Porter unter Stanley Kramers Regie) einen deutschen Juden, und Pinter und Millers »Tod des Handlungsreisenden« und sogar einen jüdischen Kantor in New York (fürs ZDF) gespielt; auf Bühnenbrettern oder vor der Kamera. Doch ohne die Berühmtheit und die Kraft des von ihm geschaffenen »Typs« oder »Modells« hätten besagte Ausnahmen kaum als Ausnahmen gewirkt, ja wahrscheinlich gar nicht stattfinden können.

Natürlich empfindet ein so sorgfältiger und souveräner Künstler wie Heinz Rühmann das öffentliche Reaktionsmuster als Begrenzung seiner Entfaltungsfreiheit, als Ungerechtigkeit. »Ruhm« erweist sich von einem bestimmten Wirkungsgrade an als »Zwang«. Als Rollenerwartung. (Daß ein solcher Festlegungs-Mechanismus auch – ohne öffentliche Rückwirkung – im privaten Miteinander zum Problem werden kann, bezeugt das Lebenswerk von Max Frisch.)

Was ist eigentlich eine »Schablone«? *Gestanztes Muster, zur Vervielfältigung* – erläutert das Lexikon. Die Schablone produziert also, dies der kritische Nebensinn des Begriffs, immer dasselbe. Mithin dreht sich denn für uns alles darum, was »dasselbe« bei Rühmann in Wahrheit ist.

Peter Handke hat in seinem »Kurzen Brief zum langen Abschied« einige Stummfilmkomiker scharf charakterisiert: »... atemlose, in sich selber zappelnde, entstellte und ihre Umwelt entstellende Gestalten, die zu allem, Dingen und Leuten, nur aufschauen wollen. Die höhnische Schadenfreude Chaplins, andererseits die Art, wie er sich an sich selber schmiegte und sich bemutterte; die Gewohnheit Harry Langdons, sich immerfort einzurollen und anzuklammern. Nur Buster Keaton suchte eifrig nach einem Ausweg, mit seinem aufmerksamen, verbissenen Gesicht, obwohl er nie wissen würde, wie ihm geschah ...«

Und Rühmann? Weil er in der martialischsten Zeit der deutschen Geschichte berühmt wurde, in einer Ära des Männlichkeitswahns, der zum Selbstzweck gewordenen heroisch-kollektiven Tugenden, der aggressiven Bevölkerungspolitik und des sich selbst (verstohlen sogar den eigenen Untergang) feiernden Staates – darum drängt es sich auf, seinen »Typus« als *Spiegelung*, als öffentlich geduldetes, ja gefeiertes *Gegenteil* von alledem zu begreifen. Dabei käme eine ziemlich einleuchtende Figur, freilich auch eine Fälschung heraus.

Rühmann verkörperte nämlich keineswegs ein direktes Gegenstück, also ein »Negativ« des damals Geforderten. Etwa eine Anti-Figur, die eben nicht »Heil Hitler!« sagte und nicht zackig marschierte und nicht eiskalt dämonisch blickte. Denn den anti-defätistischen *Optimismus*, den die Diktaturen aller Zeiten so mögen, den verkörperte er ja auch. Und die beruhigende, nicht völlig kitschferne Möglichkeit des – wie sagt man – scheuen, leisen, lieben Gefühls, die stand diesem Künstler, der stets mehr war als nur Komiker, gleichfalls zu Gebote.

Daß Rühmann gern Auto fuhr und ein Privatflugzeug lenkte, wissen alle Illustriertenleser. Doch daß er auch erfolgreich im Step-Tanz unterrichtet worden war, daß er nie schwerfällig ging, sondern immer (wenn er etwas ausgefressen oder gar triumphiert hatte) gleichsam schwebend wegzueilen wußte, den Mund zum Pfeifen gespitzt, einen Wechselschritt einlegend, das machte diesen schlendernden Deutschen unvergleichlich und zum Liebling. Wir haben Rühmanns Körperbeherrschung noch 1974 bewundern können: in einer sonst leider ziemlich ehrgeizlosen Kammerspiel-Inszenierung der »Sonny Boys« des Neil Simon, wo zwei greise Exkomiker sich grämen, führte Rühmann virtuos-beherrscht vor, wie sich beim alten Menschen der Körper auf wirre Weise selbständig macht. Er trottete, trippelte geschickt, flüssig und drollig – nur eben leider meist in die falsche, nicht gewünschte Richtung. Er wußte auch Geräusche nicht mehr zuverlässig zu orten, gestand das aber keineswegs ein. Log dann, weniger aus

Selbsterhaltungstrieb als aus dem Wunsche, Vitalität zu demonstrieren ... Das »konnte« er alles noch mit 72 Jahren.

Drei, vier Jahrzehnte vorher, da beherrschte er sein »elegantes« Schlendern (in der damals eleganten, burschikosen Herrenmode) natürlich noch zwingender, und übrigens ganz unauffällig. Mit dem, was er tat und wie er es tat, umschrieb er einen Typ. Mochte er als »Bruchpilot« die Kriegsfliegerei blamieren, bestätigen oder zum Märchen verklären (nach seinem Absturz in einem Tümpel behält er die gute Laune mit dem Satz: »Ich eröffne hiermit die Badesaison«), mochte er als Schwerenöter Leichtigkeit produzieren, als Enttäuschter greinen und dann doch lächeln wie Heinz im Glück – bei alledem war er zwar eminent komisch, aber doch nur ein netter spitzbübischer Junge, kein sinnlicher, gar ernster Mann oder Kerl. Bitte nichts mißverstehen. Von irgendeiner homoerotischen Färbung oder Nuance kann hier wirklich nicht die Rede sein. Aber eben auch nicht von einem erotischen oder virilen Moment. Der Eros selber, wo er gefährlich oder aufregend ist, durfte in Rühmanns Schwankwelt kaum eindringen – und wenn er mit von der Partie war, dann bitte nicht aufregend oder gar gefährlich. Südliche Sinnlichkeit, lateinische Männlichkeit, die Dunkelheit des Don Giovanni – dergleichen lag dem Rühmann-Typus des trefflichen, lieben, vielleicht etwas schwerenöterhaften, deutschen Jungen ziemlich fern ...

Man muß in diesem Zusammenhang das Adjektiv »deutsch« ernst nehmen. Glänzende, couragierte deutsche Autoren des 20. Jahrhunderts wie Werner Finck oder Erich Kästner ähnelten – wir sprechen hier von der Kunstwirkung, nicht von Eigenheiten der Privatperson – diesem Typus des nicht ganz erwachsenen, also immerfort *werdenden*, nie *seienden*, pubertären bis spätpubertären Jungen auf ihre Weise durchaus. Auch unter unseren Sängern kommt er auffallend häufig vor ...

Offenbar bedeutet dieser Typ im 20. Jahrhundert eine Säkularisation dessen, was man im griechenseligen 18. Jahrhundert der deutschen Geistesgeschichte und im romantisch beginnenden Hölderlinischen, Jean Paulschen und Schillerschen 19. Jahrhundert noch als »Jüngling« beschwärmt und belächelt hatte.

»Und doch läßt sich die Gegenwart ihr ungeheures Recht nicht rauben«, so lautet ein wahrhaft ungeheurer, zentraler Satz des größten deutschen Ehe-Buches, also des tragischen Goetheschen Gesellschaftsromans »Die Wahlverwandtschaften« – wenn Eduard und Charlotte ihren geistigen Ehebruch begehen. Ebendieses Recht entwendeten, um der Heiterkeit willen, die Rühmann-Komödien der Gegenwart und der Wirklichkeit. Sie boten weniger Bedrohliches. Im Leidensfalle: greinende bis hochtönende, fistelnde Gekränktheit über die schlechte Welt, die einem guten Jungen derartiges antut. Wenn Rühmann, ich zitiere hoffentlich nicht allzu irrig nach dem Gedächtnis, wenn Rühmann einen Ausbruch bot, dann schimpfte er nicht wie jemand, der die Realität meistern will. Sei es in der »Feuerzangenbowle«, sei es als hinreißend komischer Dr. Watson, als Schuster Voigt in der Köpenickiade, ja sogar als Goggo bei Beckett (»Immer, wenn es etwas zu bezweifeln gibt, bist du dabei«, das klang schmollbeleidigt) oder auch als Geprellter in den »13 Stühlen«, wo ihm, dem Hungernden, der gleichfalls leer ausgegangene, mürrische Hans Moser doch noch was zu essen hinschiebt: da grantelt Rühmann nicht desillusioniert wie Moser, er dröhnt auch nicht wie ein schwerer Schreihals. Sondern? Sondern er hat den gepreßt hohen Ton eines aufgeregten Jungen, eines Kindes, das mütterliche Hilfe braucht.

Aber die »Mutter« stellt in diesen Komödien gewiß nicht den konkreten Bezugspunkt, deutliches Symbol einer Mutterbindung dar, was alle möglichen Interpretationen zuließe (wie sie bei Erich Kästner denkbar wären, dem immer noch unterschätzten genialen Schriftsteller). Die flotte oder bedrückte Jammerei scheint Ausdruck von etwas noch Allgemeinerem. Ausdruck der Sehnsucht nach einer Art Paradies.

Während die Menschen der schlimmen Realität wegen lauter

angedrehtem und nicht bewältigtem Erwachsen-sein-Müssen, wegen ständig geforderter Kampfbereitschaft und Funktionierfähigkeit natürlich kaum mehr Menschen sind, darf sich dieser blonde, schelmische, ein wenig durchtriebene, nur ganz oberflächlich sündhafte Komiker des 20. Jahrhunderts heimsehnen ins Paradies. Ins Paradies nicht nur der alten Gymnasialschule, der Junggesellen, der happy-end-bedingten Straflosigkeit – sondern auch ins elegantere, technische Paradies flotter, großstädtisch angehauchter Unschuld.

Über diesen schlendernden Deutschen haben Millionen gelacht, er hat sie getröstet, (vom Guten und Bösen) abgelenkt, in sein Kunstparadies gelockt. Und wenn die Rühmann-Bewunderer wußten, oder ahnten, daß da nicht über die volle und herb-reale Lebenswahrheit Komödie gespielt wurde, sondern bloß über einen winzigen Ausschnitt, in dem sehr eigene Gesetze herrschen, dann brauchten sie sich wahrscheinlich nicht zu genieren. Sondern sie sollten einem der großen Schauspieler des Jahrhunderts danken für den Trost, den er gab.

Was für eine Phantasmagorie des Überlebens in schwerer Zeit!

(1992)

Knut Hamsuns Zukunft

Unmittelbar nach dem Ersten Weltkrieg – im Jahr 1920 – wäre ein Text mit dem Titel »Knut Hamsuns Zukunft« eine bare Selbstverständlichkeit gewesen. Denn 1920 bekam Hamsun den Nobelpreis. Autoren, die sonst wirklich in nahezu nichts übereinstimmten, so verschiedene Temperamente wie Kurt Tucholsky und Thomas Mann – lobten, ja liebten ihn, und Selma Lagerlöf äußerte über Hamsuns berühmtesten Roman »Segen der Erde« pathetisch Folgendes: »Mitten in der Zeit da die Völker, nach neuem Glück hetzend, sich zu befreien suchen ... und alle Fesseln brechen, steht Dein Buch da mit seinem unabweisbaren Zeugnis, gerichtet an Reich und Arm, daß die schwere Mühsal, die hartnäckige Arbeit, das einzige ist, was seit ewigen Zeiten dem Menschen das Herz leicht gemacht hat und den Körper frisch, seinen Lebenslauf glücklich, seinen Namen geehrt und sein Gedächtnis gesegnet.«

Große Worte, wenn vielleicht auch im Hinblick auf die Charakterisierung des Hamsunschen Romans zu eindeutig, zu positiv aufbauwillig, allzu fern dem anarchischen Trotz und der ironischen Undurchschaubarkeit des Schriftstellers. Aber, wie dem auch sei: Damals, in den zwanziger Jahren, hielten viele Autoren Hamsun für den größten Erzähler der Gegenwart, für einen Dichter des Ranges Tolstoi, Fielding, Balzac.

Nach dem Zweiten Weltkrieg – Hamsun war 1945 86 Jahre alt – schien es mit der Zukunft Hamsuns ganz und gar aus zu sein. Er hatte sich – ein hochbetagter Mann, dessen Ruhm über und durch Deutschland in die Welt geströmt war – mit dem großgermanischen Gedanken des »Dritten Reiches« schwärmerisch identifiziert, hatte seinen norwegischen Landsleuten in Zeitungsartikeln abgeraten, sich gegen Hitler und Terboven zu erheben. Er stand ganz auf Seiten des Hitler-Reichs gegen das verhaßte England. Zwar hatte er unter der Hand manches für Landsleute, die von den Nazis in Bedrängnis gebracht wurden, zu unternehmen versucht, er hatte telegraphiert, hatte es gewagt, sich bei Hitler unverblümt zu beschweren, war unter den Aussagen des Diktators als über 80jähriger Mann in einen Weinkrampf ausgebrochen. Aber am Ende des Zweiten Weltkriegs galt er als Verräter. Norwegen, seit 1945 von der drückenden deutschen Besetzung befreit, wollte seinem größten Dichter heimzahlen, daß er auf seiten des Feindes gestanden war. Man hätte den alten Hamsun am liebsten als Idioten oder Senilen eingestuft, da er seinen betroffenen Landsleuten schon nicht den Gefallen tat, sich beflissen fertigmachen zu lassen, milde, einsichtig, reumütig und vor allem rasch zu sterben. Man machte dem beinahe 90jährigen einen schlimmen Prozeß, hoffte, ihn einer Geisteskrankheit bezichtigen zu können – so wie man es anderswo ja auch probierte, Ezra Pound, der schlimme Pro-Nazi-Reden gehalten hatte über Radio Rom, für verrückt zu erklären. Vae victis.

Die Leute warfen Hamsuns Bücher wütend über den Zaun in seinen Garten, er wurde verfemt. Der Taube, fast Blinde kritzelte auf irgendwelche Zettel die Alterschronik »Auf überwachsenen Pfaden«, ein beispielloses Buch, in dem hohes Alter, Hinfälligkeit und Verletztheit die Kraft aufbringen, sich selber in wunderbar rhythmische Worte zu fassen, sich ironisch und oft charmant zu objektivieren. »Was nutzt es übrigens, daß ich schreibe und schreibe«, fragte der 88jährige Hamsun brieflich seinen Sohn, »ich finde gewiß keinen Verleger. Spaßig, ein toter Mann zu sein, bevor man tot ist.«

Nun dürfen wir den Rache-Zorn der aufgebrachten Norweger wahrlich nicht unberechtigt nennen: denn Hamsun war zu stolz gewesen, sich klug zu verteidigen, Zeugen zu benennen, gar darauf hinzuweisen, was alles er immerhin einem Hitler zu sagen gewagt. Der damalige Dolmetscher informierte darüber erst viel später. Hamsun aber schwieg. Und ein Konjunktur-Demokrat wollte er schon gar nicht sein! Am 7. Mai 1945, einen Tag vor Kriegsende, war es bestimmt nahezu selbstmörderisch, noch für Hitler einzutreten. Wer da aberwitzigerweise tatsächlich immer noch Sympathie hegte für Hitler, den hätten zumindest Klugheit, Vorsicht und Angst davon abhalten sollen, dergleichen auszudrücken. In Deutschland erleben wir ja ziemlich regelmäßig, wie rasch und fabelhaft glatt sich die Leute von ihren Überzeugungen und Wertvorstellungen losmachen können, falls es nicht mehr opportun ist. Da war Hamsun grimmig anders. Am 7. Mai 1945 schrieb er in »Aftenposten« folgenden Nachruf auf Adolf Hitler: »Ich bin es nicht wert, von Adolf Hitler laut zu sprechen und sein Leben und sein Tun lädt auch nicht zu sentimentaler Rührung ein. Er war ein Krieger, ein Krieger für die Menschheit und ein Verkünder des Evangeliums vom Recht für alle Völker. Er war eine reformatorische Gestalt vom höchsten Rang, und sein historisches Schicksal war es, in einer Zeit beispielloser Rohheit wirken zu müssen, der er schließlich zum Opfer fiel.« Punkt. Himmelschreiend falscher und himmelschreiend unkluger konnte man sich damals unmöglich äußern. Wenn schon nicht bessere Einsicht, so hätte doch schlechtere Vorsicht Hamsun an solchen Bekenntnissen hindern sollen. Kein Wunder, daß danach Prozeß und Verfemung kamen – die bis heute weiterwirken. Am Ende des Prozesses, der ihn zum armen Mann machte, hielt Hamsun ein freies Plädoyer. Der 88jährige hörte ja nichts mehr und sah kaum etwas, konnte auch seine Notizen nicht recht erkennen. So brachte er vor, er hätte all sein Verteidigungsmaterial nicht erwähnt. Und nun wörtlich: »Es kann warten bis zu späteren, bis zu vielleicht besseren Zeiten und einem anderen Gericht als diesem. Morgen ist auch noch ein Tag.« Und jetzt sein ungebrochenes, zugleich verrücktes und visionäres Bekenntnis in verzweifelter Situation: »Ich habe die Zeit für mich, ich kann warten, lebend oder tot, das ist gleichgültig.« Ich würde hier nicht für den Dichter Knut Hamsun rückhaltlos das Wort ergreifen, wäre ich nicht der innigen Überzeugung, er habe mit diesem aberwitzigen Bekenntnis recht gehabt. Hamsuns Bedeutung ist nämlich längst nicht damit umschrieben, daß er ein Könner höchsten Ranges war, ein Meister des Artistischen, ein Dichter wunderbar gemischter Charaktere, ein Mann mit unvergleichlich fesselndem eigenen Ton und geradezu elementarer Kunstfertigkeit. Aus der Dienstbotenperspektive beispielsweise erzählt er im »Gedämpften Saitenspiel« die Geschichte einer Ehekrise, so daß man gesträubten Haares lächeln muß. Man irrt ganz schön, wenn man in ihm gleichsam immer nur den Verteidiger der heilen kraftvollen Natur gegen die schlimmen Folgen der Zivilisation erkennen möchte, wie es ja besten Willens Selma Lagerlöf im Hinblick auf »Segen der Erde« getan hat. Nein: Das Eigentümliche und Aufregende von Hamsuns Kunst liegt in ihrer Distanz. Er scheint ganz genau hinzuschauen, stellt Menschen und Welt prägnant, bissig, andeutend oder auch ausführend hin. Schreibt er also doch Bauern- oder auch Großstadt-Romane höchsten Ranges? Schwerlich. Die Sache liegt anders. Knut Hamsun scheint aus einer beinahe unermeßlichen mythischen Ferne die Menschen anzuschauen und zu durchschauen. Seine gleichsam vorzivilisatorische Distanz ist so riesig, daß der Unterschied zwischen Mitleid und Mitleidlosigkeit fast verschwindet. Hamsun hat, beim Entwerfen epischer Welten – darin wirklich Tolstoi oder Homer vergleichbar – etwas Gottähnliches. Dabei war der störrische Mann alles andere als ein kirchenfrommer Autor. Ein solcher Gott – ist eben nicht unbedingt *religiös*. Als der Pfarrer bei Hamsuns zweiter Eheschließung sanfte Schwierigkeiten machen wollte, trat Hamsun umstandslos aus der Staatskirche aus. Und als seine Frau, die unvergessene Jugendbuch-Autorin Marie Hamsun – die es bestimmt nicht leicht hatte mit dem alten, tauben, störrischen, neurotischen Ehemann – ins Krankenhaus mußte, schickte Hamsun dem behandelnden

Arzt folgendes Telegramm: »Krankenhaus todlangweilig. Bitte freundlichst andere erstklassige gemütliche Unterbringung ohne katholischen Blödsinn zu finden. Preis gleichgültig. Brief folgt.«

Wir wollen die Behauptung wagen und zu belegen versuchen, daß die communis opinio falsch ist, derzufolge Hamsuns Erzählweise spätromantisch sei, eigenbrötlerisch, irgendwo zwischen Nietzsches Übermenschentum und mythologischer Naturverfallenheit; daß also diese Erzählweise gewiß einst modern gewesen sei, mittlerweile aber ein wenig gestrig, grob gesagt, unmodern anmute. Was heißt eigentlich »modern«? Im Erzähltechnischen mag Hamsun einst Avantgarde gewesen und mittlerweile nicht mehr sein. Das aber ist nahezu gleichgültig gegenüber Hamsuns fast undurchdringlicher, ebenso verführerischer wie höhnischer zeitloser Objektivität.

Wie sah denn die Vorgeschichte des Romans »Mysterien« von 1892 aus, der einst wohl das meistgeliebte Buch Hamsuns war? »Mysterien« erschien zwei Jahre nach dem aufsehenerregenden Erstling »Hunger«, den Samuel Fischer gedruckt hatte. Den »Mysterien«-Roman wollte Fischer dann nicht mehr bringen – solche Irrtümer gehören zum Geschäft, denken wir an Gide und Proust. Fischer lehnte also die »Mysterien« ab. Und Albert Langen gründete 1893/94 einen Verlag eigens für diese Prosa. Später kam Hamsun zum List Verlag. Was die Vorgeschichte der »Mysterien« betrifft: Der junge, anarchisch kecke Hamsun hatte 1891 in Kristiana einen Vortrag über die zeitgenössische Literatur gehalten. Ibsen, längst weltberühmt, war anwesend, saß in der ersten Reihe, Platz eins. Der junge Hamsun ergriff die Gelegenheit, in gewaltigem Rundumschlag nicht nur die gesamte zeitgenössische Literatur zu verdonnern, sondern er sprach frei, heftig und ausführlich gegen Ibsen, der ihm gegenübersaß und keine Miene verzogen haben soll. Die temperamentvolle Rede provozierte natürlich ein enormes Echo und erzwang giftige Reaktionen. In einer Rezension des Vortrags hieß es: »Die Begeisterung über diese kritisch-psychologische Scharlatanerie war von Anfang bis zu Ende groß. Ein Kursus in Oberflächlichkeit, Unwissenheit und Frechheit ganze drei Stunden hindurch. Herr Hamsun hat die größten Dichter Europas in der gleichen Weise vernichtet, wie er vor einigen Jahren Amerika in Grund und Boden bohrte.«

Wie aber wird nun Herr Nagel beschrieben, jener 29jährige wunderlich-verzweifelte Held der »Mysterien«, der sich am Ende in folgender Weise das Leben nimmt: »Er erreicht die Landungsbrücken, läuft weiter bis zum äußersten Kai und springt mit einem Satz ins Meer. Ein paar Blasen steigen auf.« Wie wird dieser Nagel im ersten Absatz des Romans charakterisiert? »Ein Fremder taucht auf, ein gewisser Nagel, ein merkwürdiger und eigentümlicher Scharlatan...« Hamsun nimmt also die Bezeichnung »Scharlatan« sogleich auf... Und so ein frecher Kerl schrieb später den »Segen der Erde«...

Seit die wiederaufgefundenen frühen Erzählungen Hamsuns 1989 erstmals vorgelegt wurden, wissen wir, daß der ganz junge Hamsun wahrlich auch bereits ein genialisches Talent gewesen ist, daß er aber doch eine Spur naiver, unmittelbarer und mitleidsvoll-sozialkritischer schrieb als später. Man kann sogar vergleichen, wie bewußt Hamsun seine frühen Sachen für spätere Veröffentlichungen veränderte: Aus mitleidsvoller Anklage entsteht finster zwingend ein gebrochenerer, zynischerer, vieldeutig ironischerer Ton. Über seine Dichter-Kollegen befand Hamsun 1893, selber bereits 34 Jahre alt: »Nun steht also die Jugend da, stark und erwachsen... und saugt an der Flasche und wird milde und fett. Sehen Sie sich die Schriftsteller an, sie sind zwar ziemlich geschickt, allerdings, sie plagen und plagen sich; aber vom Geist erfaßt sind sie nicht. Lieber Gott, wie wenig verschwenderisch sind sie doch mit ihren Mitteln. Sie sind sparsam und trocken und klug.«

Das alles konnte man nun dem Knut Hamsun wirklich nicht und nie vorwerfen: Trocken und klug verhielt der sich ums Verrecken nicht! Im »Gedämpften Saitenspiel« begegnet sein Wanderer einem dicken jungen Menschen.

»An diesem Tag kam ich an einem Haus vorbei, auf dessen Schwelle ein junger Bursche saß und auf einer Mundharmonika blies. Er war gerade kein Spielmann, aber er war wohl ein fröhlicher Kerl, da er hier so saß und für sich spielte... Er nahm keine Notiz von mir, sondern wischte das Instrument ab, setzte es wieder an den Mund und spielte weiter. Das dauerte lange. Als er wieder einmal die Harmonika abwischte, benutzte ich die Gelegenheit und hustete. Bist du es, Ingeborg? fragte er. Ich glaubte, er spräche mit einem Frauenzimmer hinter sich im Haus, deshalb antwortete ich nicht. Du dort! sagte er. Verwirrt fragte ich: Ich? Kannst du mich nicht sehen? Darauf antwortete er nichts. Er machte einige tastende Bewegungen und wollte sich erheben, ich begriff, daß er blind war. Bleib sitzen, laß dich nicht erschrecken, sagte ich und setzte mich neben ihn.

Wir sprachen über allerlei, er war ungefähr 18 Jahre alt, blind seit seinem 14. Jahr, groß und stark... Gott sei Dank, er habe eine gute Gesundheit, sagte er. Aber die Sehkraft? meinte ich. Erinnere er sich wohl noch, wie die Welt aussähe? Oh ja, er habe noch viele nette Erinnerungen aus jener Zeit... Im großen ganzen sei er zufrieden und froh. Im Frühjahr... solle er operiert werden, dann würde er auf jeden Fall so viel sehen, daß er allein gehen könne...« Keine Frage: Bis zu diesem Moment hat Hamsun ein wenig unsere Sympathie gelenkt. Der junge Mann, vom Schicksal ungebrochen, voller Mut und Lebenswillen. Aber diese Sympathielenkung war ein Täuschungsversuch! Es geht nämlich im Namen menschlichen Stolzes, unaustilgbaren Anspruchs folgendermaßen weiter: »Seine Begabung war ganz gering, er sah aus, als nähme er sehr viel Nahrung zu sich, war dick und doch tierisch kräftig.« Aber selbst diese herb-ungerührte Bestandsaufnahme genügt nicht. Hamsuns Finale ist grausam und anarchisch aufrührerisch zugleich: »Es schien etwas Ungesundes, etwas Idiotisches über ihm zu sein, seine Ergebenheit in sein Schicksal war zu unverständlich.

Solche Hoffnungsfreudigkeit setzt einige Dummheit voraus, dachte ich, es bedarf eines gewissen Grades von Minderwertigkeit, um dauernd mit dem Leben zufrieden zu sein und sich noch dazu etwas Neues und Gutes zu erwarten.«

Was für ein finsterer Text über Blindheit! Schwer zu beantworten, ob das geschrieben ist im Namen eines unverstümmelten Lebens gegen den falschen Trost – oder ob es geschrieben ist im Namen pessimistischer Intelligenz gegen optimistische Dummheit.

Ungeheuer die objektivierende Kunst Hamsuns, Lebendiges so zu fixieren, daß man immer zugleich auf der Seite der Natur stehen möchte wie auf der Seite ihrer armen Geschöpfe und auf der Seite dieses anarchisch-stolz eine Welt erschaffenden, aber auch durchschauenden Geistes.

Wie vermochte Hamsun das Gebrabbel zweier alter Kapitäne beschreiben, gleichsam gerührt-ungerührt, ohne zu beschönigen und ohne zu diffamieren. »Sie sind so voller Einsamkeit und Alter, so welk, sie haben angefangen zu sterben! Kjorboe ist 75. Sie wußten nicht viel anderes zu sprechen als über gemeinsame Bekannte von der See her, alte Kapitäne... daß einer das Pech hatte, seinen Hund zu verlieren, den er so liebte, und daß ein anderer seinen letzten Schiffsanteil hatte verkaufen müssen, um durchzukommen...

Dann werden sie faul, und haben weder Sinn noch Verstand genug, um weiter zu reden. Wenn der Tag warm ist, nicken sie ein. Weil ich gerade daran denke, sagte Kjorboe, um zu verbergen, daß er geschlafen hat...«

Ist das ironisch, gehässig, verstohlen liebevoll? Nein – vielmehr alles das zusammen und etwas völlig anderes: Es ist die Melodie Hamsunschen Parlierens und Rhapsodierens.

Als er wirklich schon 90 war, fand er die Kraft, sich als Alten, als Lästigen und Zerfallenden selbst zu fixieren in der Altersbilanz »Auf überwachsenen Pfaden«. Ob er da für sich Partei nahm oder für das Leben, das weitergeht, oder gegen die Psychologie, die weder ihm noch dem Leben gewachsen war – es bleibt unergründbar und rührend zugleich. So schildert sich der Gefangene, von Verhör zur Verhör Geschleppte als lesewütigen Alten. Der findet zufällig ein Buch – will es langsam genießen, schafft aber nicht einmal die vernünftige Einteilung. Es ist ein Roman von Topsoe. »Aber ganz entgegen meinem Vorsatz, meine Lektüre zu rationieren, stürzte ich mich gierig auf Topsoes Buch und verschlinge es mit einem Haps. Topsoe, über den Brandes nicht schreiben wollte. Und nun sind sie beide tot.«

Wen schauderte es da nicht ein wenig. Topsoe, der vielleicht nicht berühmt oder seriös genug war, so daß der hochberühmte und erschreckend seriöse Georg Brandes – der führende skandinavische Literat und Nietzsche-Kommentator seiner Zeit – sich eben nicht zu Topsoe äußern mochte. Lauter nach wie vor in Literaten-Kreisen gepflegte Eitelkeiten ... Aber im Spiegel der Hamsunschen Prosa werden sie so nichtig. »Topsoe, über den Brandes nicht schreiben wollte. Und nun sind sie beide tot.«

Der alte Hamsun wird beobachtet, auf seinen Intelligenzzustand geprüft, isoliert. In Einsamkeit verstoßen. Aber ein junges Mädchen kommt, bewundert ihn, hilft ihm. Und er – trotz seiner Taubheit – versteht sie sogar irgendwie. »Sie läßt eine hörbare Stille zurück«, schreibt er, nachdem sie gegangen. Und dann folgt ein Resümee, ein großer Satz, halt ein Hamsun-Satz. »Nichts ist so wie der Hauch des lebendigen Lebens.«

Als ich mich in den Romanen Hamsuns festlas, kopfschüttelnd seine eigensinnigen Irrtümer und eigensinnigen Schöpfungen betrachtete, da sprang mich aus alledem auch jener *Hauch* an. Hamsun ist noch nicht erledigt, nicht »tot«. Um seine Bücher ist noch das, wovon ihn die nette junge Norwegerin schwärmen ließ: »Der Hauch des lebendigen Lebens.« Darum hatte er recht, als er – statt reuevoll die Augen zu senken – so unklug arrogant in seinem Prozeß-Plädoyer formulierte: »Ich habe die Zeit für mich, ich kann warten, lebend oder tot, das ist gleichgültig.«

Wer wüßte nicht, wieviel Zeit die Lektüre großer Romane kostet. Alle die Bücher, von denen »man« so tut, als habe »man« sie gelesen, lassen sich ja nicht in einer Stunde apperzipieren, wie eine Sonate oder eine Symphonie, nicht an einem Abend aufnehmen, wie eine Oper oder ein Schauspiel. »Die Brüder Karamasow«, »Krieg und Frieden«, »Wilhelm Meisters Lehr- und Wanderjahre«, Balzacs »Verlorene Illusionen«, Fieldings »Tom Jones«, Hamsuns Stadt-Segelfoß-Romane oder die »Landstreicher«. Alles das kostet, Buch für Buch, konzentrierte Lese-Wochen, wenn nicht -Monate. Wer bedauernd sagt, er habe dazu keine Zeit, dem glaube ich gern. Woher nehmen und nicht stehlen?

Nur: der wirkliche Leser stiehlt sich eben doch die Zeit – von der Nachtruhe, vom Ehepartner, von der Ferienerholung, vom Fernsehgeflimmer. Tut er's nicht – dann nimmt er teil an einer großen öffentlichen Mogel-Veranstaltung, am scheininformierten Bildungsgerede. Man sagt: *bekanntlich* – und meint: unbekannt. Was die so furchtbar rasch verfliegende Zeit betrifft, die man zum Lesen leider nicht hat, so findet sich dazu in Knut Hamsuns »Segen der Erde« eine beziehungsvolle Anmerkung. »Die Jahre vergehen rasch?« wird da gefragt. Und ungerührt geantwortet: »Ja, für den, der altert.« (1994)

Sein Ton wird nicht verhallen
Wilhelm Furtwängler

Wie weit liegt alles das zurück, was hier beschworen werden soll! Wiederholen kann niemand, kein Dirigent, kein Furtwängler-Fan die Gebärde und visionäre Wahrhaftigkeit der Furtwänglerschen Kunst. Gleichwohl möchte ich zunächst, bevor das Konkretere und Faktische folgt, doch wagen, mit armen Worten zu vergegenwärtigen, wie er – Wilhelm Furtwängler – in den Jahren, da ich ihn als blutjunger Mensch zwischen 1942 und 1954 erleben durfte, dirigiert hat.

Ein Jupiter mit kahlem Kopf, besessen von elementarem Ausdruckswillen. In sich versunken, wie jemand, der auf seine innere Stimme lauscht, die er nach außen drängen fühlt. Zur Gebärde, zum Ton, zur Gestalt drängte Furtwänglers erfahrungsgesättigte Liebe zur Musik, sein transzendentales Ich, seine Seele. Dem gab er sich hin, ohne vorlaut sein zu wollen. Scheinbar unentschieden, zögend, unschlüssig. Und doch ganz sicher. Er war nicht geschickt, aber gewaltig. So dirigierte er tiefsinniger, dramatischer, philosophischer als jeder andere. Das empfand auch seine ihm lebenslang ergebene Gemeinde, das empfanden große Musiker wie Casals oder Arrau, wie Hindemith oder Schönberg oder Menuhin. Und so verehren ihn auch zahlreiche Jüngere – wie Abbado, Barenboim, Brendel – als riesiges, herrliches Vorbild.

Furtwängler hatte keine vorsätzlichen, gar ideologischen »Auffassungen«, denen zufolge symphonische Musik immerfort gebetsmühlenlangsam zu nehmen sei, wie es gewisse »Gurus« wollen, oder rasendrasch, wie es die atemlosen

Anwälte der nach wie vor umstrittenen Metronom-Vorschriften befehlen. Es existieren aufregende Probenmitschnitte. Die zeugen keineswegs in erster Linie von entrücktem romantischem Subjektivismus, sondern von strenger, konkreter Professionalität. Bei einer Probe mit den Stockholmer Philharmonikern am 12. November 1948 – es geht um Beethovens dritte »Leonoren«-Ouvertüre – ruft er ins Orchester: »Nein, ist nicht im Tempo. Ganz genau, ohne, senza Rubato. Genau im Takt bleiben«, beschwört er die Flöte. »Kann noch stärker, brillanter«, überfordert er die armen Violinen dann bei der schweren Presto-Stretta des Ouvertüren-Schlusses. Einmal wird er wütend, weil er den äußersten Einsatz vermißt. Da schimpft er, wohl in der Annahme, man werde ihn in Stockholm nicht ganz verstehen. Er ahnte auch nichts vom Lauschangriff der schwedischen Tontechniker, die seine unmittelbaren Probenäußerungen auf Tonband fixierten. »Das ist unmöglich!« faucht er erregt. »Das«, nämlich die glühende Forte-Fortissimo-Riesensteigerung der Ouvertüre, »das ist kein Tutti, was man so markieren kann.«

Manchmal wagte er Pausen, daß einem der Herzschlag aussetzte: So spannend war es. Dabei begann er immer unmittelbar und ohne Drücker beim Gegebenen. Doch jedesmal, wenn man gerade denken wollte: »Soviel anders als die guten andern macht er's ja eigentlich auch nicht« – dann wurde, dann wuchs und wirkte die Musik unversehens doch auf gewaltige Weise neu, zu Herzen gehend, faszinierend. Dieses Überwältigtwerden wiederholt sich glücklicherweise auch beim Anhören der allermeisten Furtwängler-Platten.

Aber was machte er denn so anders? Das ist ein Geheimnis, hat zu tun mit Hingabe, Übereinstimmung, echtem Durchdrungensein, mit Gestaltempfindung und Potenz. Das kann niemand restlos enträtseln. Freilich mahnt der von Furtwängler oft verehrungsvoll zitierte Goethe in der »Natürlichen Tochter« mit dem großartig nüchternen Gebot: »Sprich vom Geheimnis nicht geheimnisvoll.« Daran möchte ich mich respektvoll halten bei der Beschwörung des Furtwängler-Effektes. Vom zitternden Riesen – er wirkte bemerkenswerterweise vor dem Orchester noch viel größer, als er in Wirklichkeit war – ist bereits die Rede gewesen. Toscanini, die beiden liebten sich nicht, nannte ihn hämisch: »Genialer Dilettant.« Letzteres zweifellos wegen Furtwänglers Schlagtechnik. Furtwängler gab nämlich keine stechend exakten Zeichen. Trotzdem gelangen bei ihm, etwa in Beethovens »Coriolan«-Ouvertüre oder in der »Egmont«-Ouvertüre, auch und gerade die Einsätze unvergeßlich. So gewaltig hat man diese Ouvertüren seither kaum je wieder gehört – einzig Leonard Bernstein und auch Carlos Kleiber scheinen manchmal eine ähnliche Aura herzustellen. Was nun Beethovens Konzertouvertüren, also eben »Coriolan« und »Egmont«, betrifft, so meint Theodor W. Adorno in seinem aus dem Nachlaß publizierten gewichtigen Beethoven-Buch, diese Ouvertüren seien eigentlich sehr simpel. Da erscheine reduktive Drastik auf Kosten der Vermittlungscharaktere. Und dann schreibt Adorno wörtlich: »Die ›Corioloan‹-, auch ›Egmont‹-Ouvertüre sind bei Beethoven wie Symphoniesätze für Kinder.« Wir ahnen sanft schockiert, was Adorno, der wahrlich ein passionierter Beethoven-Bewunderer gewesen ist, da meint. Nur das wahrhaft Einfache, Große, eben nicht fabelhaft interessant psychologisch Gebrochene: dieses vermeintlich Einfache und Erhabene interpretatorisch herzustellen, das ist am Allerschwersten!

Unter Furtwänglers Händen hatten die berühmten »Alles oder Nichts«-Anfänge der Beethovenschen Konzertouvertüren größte Gewalt. Doch wie verlief das? Die zitternden erhobenen Arme gingen langsam, wie in Trance, herunter. Beschwörende Signale eines Entrückten. Und dazu mußten die Philharmoniker dann »kommen«, »da-sein«, »einsetzen«. Sie liebten ihn. Doch noch so große Liebe macht gerade Orchestermusiker nicht unbedingt auch gutmütig. Ich habe viele befragt. »Wir setzten ein, wenn der Konzertmeister eine ausholende Bewegung machte.« Oder: »Wir setzten ein, wenn der

Doktor« – merkwürdigerweise ließ Furtwängler sich gern Doktor nennen, obwohl es weiß Gott mehr ist, ein Wilhelm Furtwängler zu sein, als bloß den »Doktor« gemacht zu haben – »Wir setzten ein, wenn der Doktor mit den Händen beim dritten Knopf der Frackweste angekommen war.« Na ja. Am plausibelsten scheint mir immer noch die Auskunft: »Wir setzten ein, wenn wir das Gefühl hatten, nicht mehr länger warten zu können.« Als ich einmal von Karajan erfahren wollte, was er für ein besonderes Charakteristikum des Furtwänglerschen Dirigierens halte, antwortete er nahezu überhaupt nicht maliziös: Die schöpferische Unentschiedenheit Furtwänglers habe ihm immer zu denken gegeben.

Hinter Furtwänglers Zögern steckte ein Schöpfungsmysterium. Sein mediales Warten, die Überwindung dieses Zögerns, seine lodernde Spannung: alles das ging ja in die Spannung, genauer: in die Innenspannung jener großen Beethovenschen, Brahmsschen, Schumannschen Texturen ein. Furtwängler selbst – als handele es sich dabei um eine Frage des Wollens und nicht um ein Müssen – hat im Interview geäußert: »Daß eine Präzision erreicht wird, wenn man hart und klar schlägt, ist ja sehr einfach.« Seine Orchestermusiker baten ihn bei einem besonders heiklen, leicht verwackelnden Beginn – so berichtet eine berühmte Anekdote, die selbst dann wahr wäre, wenn sie sich ein bißchen anders zugetragen hätte –, er möge doch besagten heiklen Einsatz ganz klar und deutlich herunterschlagen. Er tat es. Der Einsatz kam perfekt. Strahlend fragten sie ihn, wie es ihm denn gefallen habe. »Überhaupt nicht«, gab er zur Antwort, »ich fand es so scheußlich direkt.«

So war Furtwängler. Auf der einen Seite kompromißlos willensstark, schmerzlich-ekstatisch um das Äußerste bemüht. Und auf der anderen – ich deutete es schon an – seltsam unentschieden. Er entschied sich ungern, ja muß es förmlich gehaßt haben, sich zu entscheiden. Über den Skizzen zu seinem Klavierquintett steht oft ein »peut-être«, »vielleicht«. Furtwängler, der, falls er aus politischen Gründen nicht dirigieren durfte, sei's wegen des Krachs mit Goebbels, sei's wegen der verzögerten Entnazifizierung, sich fast erleichtert endlich dem Komponieren widmete, notierte seine Skizzen und Korrekturen über lange Zeiträume hin. Immer wieder Verbesserungen. Es ist seltsam, eigentlich merkwürdig und schwer deutbar: Die vermeintlichen Willensnaturen, die sogenannten »Titanen«, die sich zur Größe bekennen, die Musiker vom Schlage Beethovens und Furtwänglers: die zögern, streichen, feilen passioniert. Aber die privateren Künstler, die depressiven, die zur Flucht vor der Größe tendieren, wie ein Mozart oder ein Schubert: die komponieren wie nach Diktat, korrigieren und verbessern gewiß auch. Aber doch unvergleichlich weniger.

Wer sich auch nur ein wenig in Menschenherzen und Völkern umsieht, weiß, daß nie – zu keiner Zeit – Vergangenheit säuberlich »bewältigt« wurde. Selbst in den exakten Wissenschaften, so sagte Heisenberg lächelnd einmal, sterben Irrtümer günstigstenfalls mit ihren Trägern, also den eigentlich längst widerlegten Ordinarien, aus. Was das Leben, was den Verlauf der Zeit angeht, so müssen wir begreifen und akzeptieren, daß Vergangenes allmählich blasser wird, ob nun bewältigt oder nicht. Es wird weggedrängt vom Gegenwärtigen. An entscheidender Stelle der »Wahlverwandtschaften« heißt es lapidar: »Und doch läßt sich die Gegenwart ihr ungeheures Recht nicht rauben.«

So wäre es denn naheliegend und natürlich, daß auch Ruhm und Ruf des großen Wilhelm Furtwängler allmählich ein wenig verblaßten. Furtwängler ist ein Kind, eine späte Blüte hochgebildeten deutschen Bürgertums gewesen, ein privat und elitär erzogener Professorensohn. Es spricht für sein Genie – aber auch für die Offenheit der damaligen Kulturpolitiker –, daß Furtwängler, der kein »Geschickter«, kein »Blender«, wahrlich kein »Senkrechtstarter« gewesen ist, bereits mit 36 Jahren zum Chef der Berliner Philharmoniker und Nachfolger des verstorbenen Arthur Nikisch werden durfte. Das geschah nach kurzen und lehrreichen Korrepetitor- und Kapellmeisterpositionen in Breslau, da war er 19, in Zürich, da war er 21, in München, da war er 23, in Straßburg unter Hans Pfitzners strenger Hand, da war er 24. Zwischen dem 24. und 29. Lebensjahr faszinierte er Lübeck sowie zwischen dem 30. und 34. Lebensjahr Mannheim. Es spricht für die Sachkunde, Offenheit und Risikobereitschaft der damaligen Kulturpolitiker, daß Furtwängler dann mit 36 Jahren bei den Berliner Philharmonikern Chef werden konnte, gleichzeitig die Leitung der Leipziger Gewandhaus-Konzerte übernahm und 1922 auch bei den Wiener Philharmonikern immerhin das Gedenkkonzert zum 25. Todestag von Johannes Brahms dirigieren durfte. Seither, seit 1922, herrschte er also in Berlin, im eifersüchtigen Wien, das er so liebte, und auf den Festspielpodien des alten Europa.

In Amerika hatte er es, nach riesigem Anfangserfolg bei seinem New Yorker Debüt 1925 – Programm: Strauss' »Don Juan«, Haydns Cellokonzert D-Dur (Solist: Pablo Casals), nach der Pause Brahms' Erste – schwerer, woran gewiß nicht nur die Toscanini-Rivalität Schuld trug, sondern Furtwänglers tragisch-spekulatives Deutschtum.

Furtwängler war, wie Kleiber, Toscanini, Bruno Walter, ein Mann der ersten Jahrhunderthälfte – so dankbar wir auch gerade für die herrlichen Schallplattenaufnahmen oder Mitschnitte sein wollen, die Furtwängler in den vier Jahren zwischen 1950 und seinem Tode am 30. November 1954 noch dirigierte. Unüberholt und wohl auch unüberholbar gelangen während dieser schicksalhaften vier Jahre, über die Elisabeth Furtwängler so herzlich, so human, ohne jeden Witwen-Weihrauch berichtet hat, der »Tristan«, der »Fidelio«, die »Walküre«, Beethovens Vierte und die Neunte, die er zur Bayreuth-Eröffnung dirigierte (ich erlebte es mit, wie auch die aufregende Probe), und Schuberts »Große C-Dur«: lauter Interpretationen, denen vielleicht doch nur Furtwänglers frühere Darbietungen dieser Werke ernsthaft Konkurrenz machen können.

Es existieren nämlich frühere Furtwängler-Interpretationen von Beethovens Neunter aus dem Jahre 1942 und eine »Eroica« aus dem Berlin von 1944, deren Macht und herbe Erhabenheit alles in den Schatten stellt. Man spürt betroffen, was *damals* Musik bedeutete. Die Spielenden und die Zuhörenden wußten ja nicht, ob sie die Nacht überhaupt überleben würden. Städte brannten, Luftangriffe drohten. Musik war eine ungeheure und tröstende Gegenwelt. Man möge mich bitte nicht mißverstehen: Mir ist es bestimmt auch lieber, nach Konzerten zu überlegen, ob wir nun in den »Österreichischen Hof« oder in den »Goldenen Hirschen« gehen sollen, statt vor Luftangriffen oder Feuersbrünsten zu erbeben. Nur: in die Kunst, die Furtwängler zwischen 1942 und 1945 machte – es existiert wohl tatsächlich noch eine Brahms Erste vom Januar 1945 aus Berlin! –, in die Kunst ging der seelische Druck solcher gleichsam zur seelischen Offenbarung zwingenden Grenzsituationen auf Spielende und Lauschende ein. Man hört es den alten Aufnahmen erschüttert an. Der »Eroica«-Trauermarsch, wie Furtwängler ihn 1944 dirigerte, hat eine finstere Erhabenheit, eine Jüngstes-Gericht-Stimmung, die niemals mehr so erklang.

Furtwänglers Leben und Dirigieren endete am 30. November 1954. Seither haben sich Aufnahmetechniken und Orchesterqualitäten enorm gesteigert, verbessert, zumindest verändert. Wir sind auch längst dabei zu lernen, daß der Einsatz von Originalinstrumenten, daß ein modifizierter Historismus keine Sektierer-Marotte sein muß, wie man damals glaubte, sondern – dies lehren zumal treffliche englische Orchester und Dirigenten – auch ein wichtiges Mittel werktreuer Wahrheitsfindung sein kann. Gelang es nun dem ungeheuren Recht aller dieser selbstbewußten Gegenwarten, die »Idee« der Furtwänglerschen Kunst zu verdrängen, also die Größe seiner Interpretationen und seines klingenden Testaments zu relativieren?

Das Gegenteil ist der Fall. Paradoxerweise – und ich weiß, daß nicht nur ich so empfinde, der ich Furtwängler für den größten Interpreten halte, dem ich je begegnete, sei es auf

Schallplatten, sei es in leibhaftigen Konzerten – verblaßte Furtwänglers geistig-interpretatorische Gestalt, seine Gegenwärtigkeit, nicht nur nicht, sondern verdichtete, verdeutlichte, vergrößerte sich sogar! Heute weiß man nicht nur in Deutschland und Österreich, sondern auch in London, New York und Mailand ganz eindeutig und eindringlich, was für ein Gigant Furtwängler gewesen ist.

Trotz aller Polemiken, die nach 1945 vorgebracht wurden gegen jenen Furtwängler, der zwischen 1933 und 1945 in Deutschland geblieben war – übrigens auch auf den Rat Schönbergs – und dirigiert hatte in jenem von Politik überschatteten Deutschland, wohin freilich auch ein Thomas Beecham, ein Ansermet, ein Strawinsky noch 1938 zum Musizieren und Schallplattenproduzieren reisten, ohne daß es ihnen jemand verübelt hätte. Trotz bitterer Auseinandersetzungen, die sogar nach Furtwänglers Tod noch weitergingen, erkannte allmählich die ganze Welt Furtwängler als unvergleichlich wahrhaftigen Espressivo-Interpreten des symphonischen Testaments der großen traditionellen Musik. *Furtwänglers Ruhm wuchs wie ein Baum und überschattet nun das Jahrhundert.*

Beim Verehren kann man nicht rückhaltlos, aber auch nicht vorsichtig genug sein. Denjenigen, die Furtwängler noch erlebt haben, ist zumindest eines gemeinsam: Sie können nicht mehr ganz jung sein, so zwischen 50 und 95, wobei nach oben keine Grenzen gesetzt sind. Alte Menschen aber neigen gewiß dazu, Vergangenes zu verklären. Tun wir das nicht vielleicht auch, unbewußt, aus tiefempfundener Dankbarkeit? Nun, wenn man die mannigfachen Aktivitäten des gegenwärtigen Musikbetriebs mit dem Getue und Gedudel von 100 kleinen oder großen Klassik-Sendern vor Augen und Ohren hat, dann tritt die unverwischbare Evidenz unserer Furtwängler-Erfahrung gegenüber dieser ephemeren Geschäftigkeit immer strahlender und eindeutiger hervor.

Nur ein Beispiel: Trotz der gewiß exzellenten »Tristan und Isolde«-Interpretationen, die wir vom fanatisch hingebungsvollen Carlos Kleiber kennenlernten oder vom ekstatischen Leonard Bernstein oder vom souverän ästhetisierenden Karajan – den zu unterschätzen, weil er in seiner letzten Zeit leider zuviel fürs Fernsehen machte, eine törichte Mode ist –, also trotz Kleiber, Bernstein, Böhm, Karajan, dem großen Wagner-Zauberer Knappertsbusch und dem mit vehementer Präzision auftrumpfenden Georg Solti: Man höre den dritten »Tristan«-Akt, das fahle Vorspiel, Tristans Fluch auf die Liebe, die gewaltigen Variationen der »Klagenden Weise« – dann ist Furtwängler allein auf der Welt. Mit seiner Aufnahme von 1952 ist er nicht nur der erste, sondern doch fast der einzige.

Aber nicht nur subjektive Dankbarkeit, Liebe und Verehrung sind die Gründe unserer Hochschätzung. Es läßt sich, glaube und hoffe ich, auch objektiv belegen, inwiefern Furtwängler so einzig und einzigartig war. Dazu einige kurze Zitate aus Furtwänglers Briefen und Schriften.

Der 15jährige, in Bertel von Hildebrand verliebte Wilhelm Furtwängler schrieb dem »Bertele«, kurz bevor die beiden sich im Winter 1901 verlobten – 1907 erfolgte dann die Trennung, und Bertel von Hildebrand heiratete 1909 den Komponisten Walter Braunfels, sie starb 1963 in Überlingen –, seine Gedanken zum Finale von Beethovens Waldstein-Sonate. Außer Beethoven habe keiner, und nun wörtlich, »ich weiß nicht wie ich sagen soll, Fresco-Stücke gemacht. Zum Beispiel das Rondo von der großen C-Dur-Sonate opus 53. Da verschwindet alle feinere Arbeit und Ausarbeitung der Motive, alles richtet sich nur nach riesigen Gesichtspunkten, und das ganze Stück besteht eigentlich nur aus ungefähr acht riesigen Crescendos und Decrescendos. Außer ihm hat das keiner gewagt, höchstens Schubert, der diese Art in seiner C-Dur-Symphonie bis zur höchsten Steigerung brachte. Aber deshalb ist die C-Dur-Symphonie etwas zu einseitig. Beethoven hat eben den Mittelweg gefunden, er hat die denkbar feinste Ausarbeitung der Motive, verbunden mit der einfachsten und großartigsten Gliederung seiner Stücke.«

Furtwängler selber hätte später wahrscheinlich seine jugendliche Schubert-Kritik modifiziert. Doch was dieser Fünfzehnjährige am 11. April 1901 aus Tanneck an die hoffentlich nicht allzu überraschte Freundin schrieb, war genial hellsichtig insofern, als der Junge sich eben nicht vom Lehrbuchschema der Sonaten- oder Rondo-Form hatte paralysieren lassen, sondern unterhalb des Rondo-Gerüsts die »Verlaufs«-Form ahnte und auch benannte. Die sich steigernde Reihe von Crescendos und Decrescendos – so vermochte Furtwängler später das Finale von Beethovens siebter Symphonie zum Prozeß, zur Orgie zu steigern.

Eine der gründlichsten Interpretationsanalysen, die je verfaßt wurden, war Furtwänglers diskretionshalber damals nicht publizierter Aufsatz von 1930 über Toscanini in Deutschland: Wie man kein Buch genauer liest, als wenn es von jemandem geschrieben wurde, den man nicht leiden kann, so machte ihn eine durchaus auf Gegenseitigkeit beruhende Antipathie gegen Toscanini hellsichtig und hellhörig. Furtwänglers Kritik ist zwölf Druckseiten lang und ganz konkret. Was er bei Toscanini vermißte, war zweifellos ebenjenes Ideal, das er zu verwirklichen suchte. Da heißt es also 1930, Toscanini »zeigt seine Fremdheit und naive Ahnungslosigkeit gegenüber einer der Hauptforderungen der eigentlichen symphonischen Musik, der Forderung des organischen *Werdens*, des lebendig-organischen Herauswachsens jeder melodischen, rhythmischen, harmonischen Bildung aus dem *Vorhergehenden*. Was gerade bei dem ersten Satz der Eroica von neuem auffiel, waren die lärmenden, undifferenziert elastisch-energischen Tuttis, die ganz unvermittelt neben die meist mit leichter Verlegenheit und einem Anhauch von Sentimentalität gespielten kantablen Partien traten. Außer diesen beiden Gegensätzen aber war – nichts. Alles das, was den eigentlichen Inhalt der Beethovenschen Musik ausmacht, nämlich was organisch ist, wie es von einem zum andern kommt usw., existiert für Toscanini nicht. Es hat dies, wie wir später sehen werden, auch technische

Gründe... Wir erinnern uns dabei auch, daß die italienische Musik seit Scarlatti nur einen Komponisten absoluter musikalischer Form hervorgebracht hat, und daß das Unverständnis gegenüber Wesen und Sinn der Sonate – die in all ihren Hauptvertretern eine deutsche Schöpfung ist – geradezu ihr [der italienischen Musik] Charakteristikum bildet.«

Ein emphatischer, gleichsam verinnerlichter Glaube an Größe und Einzigartigkeit deutscher Kunst spricht aus diesen Sätzen. Vielleicht muß man von diesem Glauben durchdrungen sein, um so dirigieren zu können. Immerhin sagte der Schweizer Ernest Ansermet bei seinem Münchner Vortrag 1963: »Die deutsche Musik hat die Welt gelehrt, was Tiefe ist.«

Ein weiteres Furtwängler-Zitat, diesmal über Richard Strauss, der ja nun auch zu tun hatte mit der deutschen Musik, mit Mozart und Wagner. Doch der unerbittliche Furtwängler notierte 1940: »Strauss' Werke: Als Äußerung schwungvollen Entfesseltseins suchen sie ihresgleichen. Was aber entfesselt wird, ist nicht der Rede wert. Er bezahlt seinen Schwung mit seiner Banalität, respektive diese (die Banalität) macht jenen (den Schwung) erst möglich.«

Die letzte Furtwängler-Äußerung meiner Anthologie stammt aus einem Privatbrief, den Furtwängler im September 1926 aus St. Moritz geschrieben hat, wohl an Walter Riezler. Da heißt es bekenntnishaft: »Ich bin Deutscher, bin Christ, meinetwegen sind das alles Begrenzungen, aber das ist mein Schicksal. Und ich möchte es mit dem der ›Unbegrenzten‹ nicht vertauschen, denn es ist noch ein Schicksal, eine Aufgabe. Jenseits davon fängt das eigentliche Verhängnis aller modernen Kunst an, der Fluch der Überflüssigkeit. Um Kunst zu machen, muß man nicht das Talent, sondern das Schicksal dazu haben; alles übrige führt zu nichts und ist der Rede nicht wert. Dann noch besser Sport, oder Krieg, oder Politik usw.«

Für die Verachtung, mit der hier die Politik vorgeführt wird, die ziemlich übermütig neben Sport, ja sogar Krieg gestellt erscheint, weil alles das immer besser sei als überflüssige Kunst, hat Furtwängler später teuer bezahlen müssen. Er führte einen Zweifrontenkrieg. Als großer und skeptischer, an deutschen Zuständen leidender Patriot war er nun wirklich der einzige – er stellte es nach 1945 stolz und grimmig fest –, der innerhalb des deutschen Musiklebens öffentlich und mehrfach Stellung bezogen hat gegen den Nationalsozialismus, der sich natürlich Furtwänglers bedienen wollte und manchmal bediente. Er bewies wahrlich mehr Courage als diejenigen seiner Landsleute, die ihn nach 1945 im Bewußtsein sicherer Resonanz angriffen. Denn der tapfere Wilhelm Furtwängler verhielt sich nach 1945 manchmal fürchterlich unklug. Es war eine Tragödie, ja – von heute aus gesehen – ein wenig auch eine schreckliche Komödie mit Don Quixotesken Zügen.

Furtwängler fühlte sich nach 1945, mit subjektiven und objektiven besten Gründen, zu Unrecht attackiert. Er, der mutige Opponent gegen Goebbels' Kulturpolitik, sollte sich nun rechtfertigen – was man von den viel Gefügigeren nicht verlangte. Das machte ihn verbittert, und in der Verbitterung wieder auch schrecklich unklug. Er sagte 1945 Dinge, die er 1928 oder 1938 kaum geäußert hätte. Er redete von »entarteter« Musik, tadelte die Zwölfton-Technik mit biologischen Argumenten! Dabei hatte er am 18. Dezember 1928 immerhin Schönbergs Orchestervariationen uraufgeführt, hatte immer wieder während der zwanziger Jahre Schönbergsche und Hindemithsche Kompositionen als Erst- oder Uraufführung auf seine Berliner Programme gesetzt.

Nun aber, mit dem geschlagenen Deutschland leidend, verbittert wegen des Unrechts, das ihm geschah, sprach er von der »Systemzeit«, was bekanntlich ein Schimpfwort der Nazis gegen die Jahre des »Weimarer Systems« gewesen war.

Bei Furtwängler war es ein stolzer Hamsun-Trotz, unklug bis dorthinaus, aber auch irgendwie verständlich. Wer so wie er zwischen 1933 und 1945 »dagegen« gewesen war und gekämpft hatte, der sah sich nach 1945 unter lauter Opportunisten, die ihr Mäntelchen beflissen umhängten. Dazu war Furtwängler zu stolz, zu eigensinnig. Konjunktur-Demokrat wollte er nicht sein. Es scheint unübersehbar, daß Furtwängler nach 1945 manchmal tatsächlich verbittert konservativer reagierte als je zuvor. Wie gesagt: man *versteht* seine Haltung schon, aber sie war gigantisch ungeschickt, störrisch. So wie es halt auch unklug und störrisch gewesen war, daß er als 19jähriger beim Dirigierdebüt eine eigene Komposition (ein »Tedeum«) aufs Programm setzte und daneben den damals aberwitzig heiklen Koloß von Bruckners neunter Symphonie.

Und wenn Furtwängler dann in den fünfziger Jahren meinte, es wirke doch versöhnlich zu sagen: Ich, Furtwängler habe nichts gegen den wahrhaft ernsthaften und ehrlichen Toscanini. Aber, und dann kommt's: »Das einzige, was ich an Toscanini bedenklich finde – es hat nichts mit seiner Person zu tun – ist, daß in Amerika die Menschen denken, daß Beethoven so klingen soll.« Vernichtender läßt sich über einen Kollegen kaum urteilen: Ich habe nichts gegen ihn. Nur Beethoven kann er leider gar nicht...

Mittlerweile verhallte Gott sei Dank der Lärm all dieser Gefechte. Mittlerweile gibt es in der ganzen Welt Furtwängler-Gesellschaften, Furtwängler-Fanclubs. Mittlerweile schwört die musikalische Jugend auf ihn. Sein Ton blieb lebendig und beständig.

Wunderbar vermochte er Ausdruck herzustellen – etwa im Adagio von Beethovens Vierter –, indem er bei der Melodie auf Ausdruck verzichtete, nur die melodische Linie pur bot und die Expression in die Überleitungspartien fügte. »Dem im Vollbesitz seiner seelischen Kräfte stehenden Menschen«, erklärte er, »liegt Sentimentalität fern. Er hat daher auch keine Angst vor ihr und geht den Momenten wahren Ergriffen-Seins nicht aus dem Wege.« (1994)

»Es ist nicht jeder dumm, der will«
Rede auf Ludwig Börne

Eine sonntägliche Feierstunde in der Frankfurter Paulskirche, zu Ehren und im Namen des großen Publizisten Ludwig Börne: eine solche Veranstaltung trägt den Charakter festlichen Vergegenwärtigens. Aus gutem Grund. Denn Börne hat in Deutschland die Gattung, die Kunst des temperamentvollen theaterkritischen Journalismus wie des demokratisch aufklärerischen Räsonierens eigentlich erst heimisch gemacht, mit ansteckender Passion betrieben. Wer sich ein wenig in Börnes Rezensionen und »Kritischen Briefen« auskennt, weiß nur zu gut, daß Ludwig Börne ein Anrecht besitzt auf jenen Respekt, den man ihm hierzulande allmählich wieder zu zollen beginnt – nachdem er viel zu lange im Schatten Heines stand, nachdem nazistische Germanisten die Erinnerung an den getauften Juden voller Haß, aber vergebens, auszulöschen versuchten. Doch nicht bloß den Respekt der Nachwelt hat der unbestechliche Mensch, Schriftsteller und Kämpfer Ludwig Börne verdient, sondern ihre Liebe...

Was nun den Börne-Preis angeht, so sei der Börne-Stiftung und ihrem Vorsitzenden, Dr. Michael Gotthelf, herzlicher Dank dafür ausgesprochen, daß sie diese teure Ehrung im Namen Börnes institutionalisierten und finanzierten. Es ist wahrlich nicht selbstverständlich, einen Mann wie Börne zu feiern und sein Gedächtnis zu segnen, einen Autor, der, wie sagt man, doch fast »nur« Publizistisches, Essayistisches, Journalistisches produzierte.

Daß ich hier als Preisträger stehen darf, hängt – ich weiß es wohl – mit der Initiative und der offenbar unwiderstehlichen Überzeugungskraft meines Laudators Marcel Reich-Ranicki zusammen. Mein Dank ist herzlich und tief bewegt. Seit fast vierzig Jahren kennen wir uns, mögen wir uns, fallen wir einander öffentlich und privat ins Wort. Ich erinnere mich, wie Heinrich Böll Anfang der fünfziger Jahre, aus Warschau zurückgekehrt, mir von einem tollen deutsch-polnischen Literaten berichtete, ich erinnere mich, wie Reich-Ranicki dann zu Besuch nach Deutschland reiste und sich als leidenschaftlicher Wagnerianer gleich von mir nach Bayreuth bringen ließ, wo er den ersten »Parsifal«-Akt fürchterlich fand. Ich weiß aber auch noch, wie Reich-Ranicki, als er Ende der fünfziger Jahre endgültig, aber bettelarm in die Bundesrepublik kam, auf meine Veranlassung für die Hörspielabteilung des Hessischen Rundfunks – ich arbeitete dort als junger Dramaturg – Lektoratsgutachten über irgendwelche polnischen Stücke und Hörspiele verfaßte. Nicht etwa, weil damals irgendeine Wahrscheinlichkeit bestand, die Sachen zu senden. Wohl aber, damit der Flüchtling in den Genuß des schäbigen, nur eben für ihn doch lebenswichtigen Lektorenhonorars käme. Später war dergleichen, wir alle wissen es, dann nicht mehr nötig, Gott sei Dank. In der Gruppe 47, in Klagenfurt, in der »Zeit« und anderswo debattierten wir öffentlich hitzig über Literarisches und schwärmten wir privat für Musikalisches. Das ZDF hat schadenfroh einen Film produziert, in dem lauter von passionierter Rechthaberei erfüllte Debatten zwischen ihm und mir ziemlich gehässig zusammenmontiert worden sind. Das Lustigste an dem Film war aber doch der Titel. Er hieß »Kaiser und Reich«.

Damit nun aber das Affirmative nicht allzusehr überwiege, möchte ich im Folgenden etwas Doppeltes versuchen: Ich will einige charakteristische Stärken und Züge des Schriftstellers Ludwig Börne hervorheben, will aber auf Grund meiner eigenen Erfahrungen als Publizist auch zu bedenken geben, welche Risiken sich mit gewissen journalistischen Verfahrensweisen verbinden. Verlassen wir nun das Allgemeine, wenden wir uns dem Besonderen zu. Ich beginne mit einer traurigen Geschichte.

Eine schon ziemlich reife, aber weltberühmte Künstlerin hat auf einer Triumphreise einen ganz jungen Mann aufgegabelt. Sie liebt ihn, will ihren Ruhm und ihr Leben mit ihm teilen. Für den Gefährten ist es höchst schmeichelhaft, von einer solchen Zelebrität erwählt worden zu sein. Bislang hatte er immer nur von der Berühmten gehört, hatte er es sich kaum vorstellen können, auch nur von fern ihre Bekanntschaft zu machen. Und nun sogar Liebe!

Während der erfolgreichen Tournee entwickelt sich alles aufs beste. Dann aber bringt die Dichterin den jungen Freund nach Hause, in den Kreis ihrer Bekannten, ihrer eingeweihten Bewunderer, ihrer Untergebenen – und stellt ihn als neuen »Herrn« vor. Man solle sich ihm fügen. Dabei entstehen Mißhelligkeiten. Überdies merkt der junge Mann, wie exaltiert, wie »anstrengend« die Dame seines Herzens sein kann. In der ersten schmeichelhaften Verliebtheit hatte er sich nämlich kaum klargemacht, daß er in seiner neuen Heimat nichts anderes sein würde als ein protegierter, ausgehaltener, eher verachteter Fremder. Zudem stellt die hohe Frau beängstigend strenge Ansprüche an ihres Freundes Entschiedenheit. Der weiß gar nicht recht, wie ihm geschieht – nun soll er fortwährend Charakter an den Tag legen! Schon beim ersten kleinen Zwist reagiert der Gute opportunistisch beschwichtigend. »Du gehst?« dröhnt die geliebte Dichterin. Darauf antwortet er gottergeben: »Willst du? Ich bleibe!« Doch das ist der Dame natürlich nicht genug. Die Künstlerin bedeutet, er sei Herr, er könne machen, was er wolle. Kein Zufall, daß der junge Mann sich recht bald mit einem netten, harmlosen blutjungen Mädchen freier und wohler fühlt. Das aber erträgt die edle Dichterin nicht – und nimmt sich das Leben.

Ich habe hier nicht etwa ein psychologisches Drama von Gerhart Hauptmann oder Tennessee Williams nacherzählt, sondern, nur leicht pointierend, die »Sappho«-Tragödie des jungen Grillparzer, die bewußt in ganz weimarisch-klassizistischem Geist geschrieben und aufgebaut ist. Er habe da mit Goethes Kalbe gepflügt, bekannte Grillparzer später lächelnd.

Über dieses Drama schrieb Börne 1820 – er selbst war da 34 Jahre alt und der Franz Grillparzer erst 29 – eine sorgfältig analysierende Kritik. Sie endet mit dem prophetischen Bekenntnis: »Grillparzer ist ein Dichter.« So sehr Börne gewisse Eigenschaften Goethes auch bekämpfte – er war viel zu frei und fair, dem jungen Grillparzer die offene Goethe-Parteilichkeit zu verübeln. Bemerkenswerter noch als die Charakterstärke des mutig parteinehmenden Kritikers Börne wirkt seine wahrhaft erleuchtete Begründung. Über Sapphos bedauernswerten jungen Freund Phaon schrieb Börne: »Wie undankbar, wie verächtlich erscheint Phaon! Daß er Sappho, die er hoch verehrte, nicht zu lieben vermochte, das ist nicht sein Vergehen; er vermochte es nicht, weil er sie hoch verehrte ... In der Bildung eines solchen Phaon«, fährt Börne nun wunderbar einleuchtend fort, »hat der Dichter seine Meisterschaft gezeigt. Ein geringerer Autor als Grillparzer hätte den Geliebten mit allen Gaben des Geistes und Gemütes ausgestattet, um ihn der Anbetung einer solchen Liebenden würdig zu machen.« Aber gerade das, meint Börne, hätte die eigentliche Tragödie Sapphos verkleinert. »Denn«, so Börne, »wo anders könnte Sappho Nachsicht finden für ihre Verblendung als in der Größe dieser Verblendung?« Was Börne hier bietet, ist eine funkelnde Evidenz seiner wachen Subjektivität. Das kann man auf keiner Schule, aus keinem dramaturgischen Lehrbuch lernen. Ein Ich hat den Mut, seinem Gefühl zu glauben und den jungen Grillparzer, der gerade erst auf dem Weg war, Österreichs großer Dramatiker zu werden, mit zwingender Begründung als einen »Dichter« zu bezeichnen.

Börne fixiert mit jähem intellektuellem Zugriff Wahrheiten, die der Leser sogleich als vollkommen zutreffende Einsichten akzeptiert. Als Börne sich über irgendeine hochmütige Schweinerei eines französischen Politikers ärgerte, da durchschaute er den infamen Sachverhalt souverän. Jener Staatsmann spekulierte nämlich darauf, daß man ihn für etwas einfältig, schlicht, für dumm halte und infolgedessen seine Gemeinheiten gewissermaßen mit bloßer Geistesschlichtheit entschuldige. Dem fuhr Börne in die Parade. Er stellte nämlich brillant und überraschend fest: »Zu gewissen Handlungen reicht nicht hin, kein Herz, man muß auch keinen Kopf haben. Es ist nicht jeder dumm, der will. Gibt es eine Eigenschaft der menschlichen Natur, die man nicht erwerben kann, die angeboren sein muß, so ist es die Dummheit.«

Wie aber gewann der Schriftsteller Börne solche und tausend gleichermaßen erleuchtete, erhellende Einfälle? Nun – er wagte es, sein Ich einzubringen. Er äußerte sich mit Sorgfalt, Passion, Engagement. »Was ich geschrieben«, gestand er, »wurde mir von meinem Herzen vorgesagt, ich mußte ... Man würde lachen, wenn man wüßte, wie bewegt ich bin, wenn ich die Feder bewege.« Tolle Sätze, die ich dem großen Schriftsteller Börne viel eher und lieber glaube als die späteren Behauptungen des von der deutschen Unfreiheitsmisere Betroffenen, der in seinem letzten Opus, »Menzel, der Franzosenfresser«, ausrief: »Ich strebte nie nach dem Ruhme eines guten Schriftstellers, ich wollte nie für einen Schreibkünstler gelten. Meine Natur hat mir ein heiliges Amt aufgetragen, das ich verrichte, so gut ich kann.«

Am Ende, auch im Affekt gegen den elegant verhuschten poetischen Träumer Heinrich Heine, mag Börne subjektiv davon überzeugt gewesen sein, daß er die Schreibkunst nicht liebe. Dafür, und das ist objektiv wichtiger, liebte die Schreibkunst ihn. Aber er schmollte. Von seinen Theaterkritiken redete er gern wegwerfend. In der berühmten Vorrede zu den »Dramaturgischen Blättern« von 1829 gesteht er, daß die Gesetze der Kunst ihn überhaupt nicht bekümmert hätten, ja daß er sie als junger Theaterkritiker gar nicht kannte. Und er entschuldigt sich vorbehaltlos: »Wenn ich an meine ehemaligen Beurteilungen der Schauspieler mich erinnere, möchte ich

Asche auf mein Haupt streuen und meine Kleider zerreißen. Ich habe jenen guten Menschen sehr wehe getan. Die Beurteilungen bezogen sich alle auf die Bühne meines Wohnorts.« Also: auf Frankfurt am Main. »Ich war damals noch fremd in der Theaterwelt, sah, daß schlecht gespielt wurde und dachte, das wäre unserer Bühne eigentümlich. Das Repertoire fand ich erbärmlich, und ich wähnte, das sei allein bei uns so. Als ich aber andere Bühnen kennen gelernt, erfuhr ich, daß es nirgends besser sei, ja an vielen Orten noch schlechter als bei uns.«

Mit anderen Worten: ohne viele Vergleichsmöglichkeiten, nur dem eigenen Verstand, Gefühl und Geschmack folgend – hat da ein junger Mann für Qualität gekämpft. In ihm steckte, wie in jedem begabten Menschen, offenbar ein eingeborenes, nicht durch Erfahrung und Vergleich gewonnenes Bild davon, was künstlerisch, interpretatorisch gut oder eben schlecht sei! Davon ging er als junger Intellektueller aus, und zwar so, daß seine Urteile, auch wenn sie relativ zu streng waren, sich als kraftvolle, haltbare Einsichten erwiesen bis auf den heutigen Tag. Von der lebendigen Prägnanz, mit der sie formuliert sind, gar nicht zu reden. Mit staunenerregendem Tempo, mit Lichtgeschwindigkeit hat ein Jüngling, der eben noch die Demütigungen des Frankfurter Ghettos wie Schmutz, Gestank und Ketten durchmachen mußte, sein Ich, seine Subjektivität, seinen unbestechlichen Gerechtigkeitssinn entwickelt und eine Schreibform der beschwingten Aussage gewonnen – die ganz Deutschland bald entzückte. War schon das Tempo, mit dem der deutsche Geist des 18. Jahrhunderts fast aus dem Nichts plötzlich explodierte, wahrhaft ungeheuerlich: 1724 wurde Kant geboren, 1729 Lessing, 1749 Goethe, 1759 Schiller, 1770 Hölderlin, Hegel, Beethoven – so vollzog sich die Selbstfindung des jüdischen Geistes hierzulande womöglich noch rapider. Aus kümmerlichsten Umständen emporwachsend, schaffte es Moses Mendelssohn, zum Freund oder Briefpartner Kants, Herders, Lessings zu werden, und bereits sein Enkel Felix Mendelssohn führte in Berlin ein derart aristokratischdistinguiertes Haus, daß der junge Börne fast ein wenig spöttisch staunte und berichtete: »Bei Mendelssohn sieht es sehr fein aus, obzwar wir nur in den Alltagszimmern gewesen. Auch die Bewirtung hat einen Anstrich von Feinheit und einen altherkömmlichen Reichtum.«

Börne sagt und empfindet »ich«. Aber obschon er sein Ego nie ausstreicht, weder feige noch verklemmt uneitel, schreibt er nie egoman, sondern immer dialogisch. Er spricht zum Partner hin. Er schwafelt nicht und spintisiert nicht. Der zusammensaugende Blick eines Ich, welches sich ernst nimmt, aber nicht absolut setzt, das ist die Voraussetzung publizistischer Qualität. Man muß, Paul Valéry hat darüber gespöttelt, Zusammenhänge erkennen können. Auch die Kuh sieht die Sterne, aber sie entwickelt aus ihnen weder eine Astronomie, wie die Chaldäer, noch eine Moral, wie Kant, noch eine Ironie, wie Tonio Kröger. Der geborene Publizist jedoch traut sich, »ich« zu sagen und das zu fixieren, was sein zusammensaugender Blick aus Millionen Sternen als Sternbild erkennt.

Börne wählte dafür den geliebten Jean Paul als Beglaubigung. »Jean Paul munterte die blöden Herzen auf«, schrieb Börne. Und er fuhr fort: »Jean Paul wagte zuerst das jedem Deutschen so grausame Wort Ich auszusprechen, und wenn die Freiheit nicht darin besteht, daß man ohne Gesetze lebe, sondern daß jeder sein eigner Gesetzgeber sei, so war es Jean Paul, der für unsere Enkel die Freiheit ausgestreut.«

Hier möchte ich die Parenthese einfügen, daß mich selbst in Auseinandersetzungen oder Streitigkeiten, wie sie zu jeder öffentlichen Existenz gehören, kein Vorwurf weniger berührt als der, meine Äußerungen seien zu »subjektiv«. Falsch, konfus, unnachvollziehbar, verblasen, dumm, ungenau, verlogen, feige: das würde mich natürlich treffen. Aber zu subjektiv? Wir sind doch umgeben von einem Ozean an Meinungen, Informiertheiten, Banalitäten. Nahezu unvermeidlich redet man nach, was irgendwelche machtvollen Mehrheiten oder erlesenen Minderheiten an Parolen oder Feinsinnigkeiten lancierten.

Wenn einem da das Wunder widerfährt, daß einem an der Sache, am Problem, am Kunstwerk etwas ganz persönlich aufgeht, was man mit jäher Evidenz als innere Wahrheit erfährt; dann ist das eine Sternstunde, ein Hochgefühl! Vermag man diese Evidenz der Umwelt nicht zu vermitteln, dann bleibt sie möglicherweise einzelgängerisch, sektiererisch. Doch was man als solche Evidenz erfährt – darin liegt ja der Sinn und die Chance von Publizistik –, das müßte doch auch mit entsprechender Passion zu vermitteln, evident zu machen, wenn auch nicht naturwissenschaftlich exakt »beweisbar« sein. Irgendwann einmal – nur ein Beispiel – hörte ich auf, mich in Schuberts großer nachgelassener B-Dur-Sonate über den merkwürdigen ersten Schluß der Exposition zu wundern, den die meisten Pianisten, auch Alfred Brendel, auslassen, da der Kopfsatz ohnehin überaus lang ist. Die B-Dur-Sonate beginnt mit einem harmonisch herrlich getragenen, magisch ruhigen Schubert-Thema. Ein choralhaftes Lied. Dann, als Nachhall, ein tiefer Pianissimo-Triller im Baß. Man ahnt die Dimension der Ferne. Die Exposition des Kopfsatzes endet mit sieben ungeheuerlichen Fortissimo-Takten, also dem ersten Schluß. Darauf müßte, wenn man nicht gleich zur Durchführung übergeht, der Anfang wiederholt werden. Diese sieben Takte sind beispiellos chaotisch-wüst. Entsetzenssalven, aberwitzige Explosionen. Eine Hölle. Plötzlich ging mir auf: Wenn nach dieser Hölle das Thema wiederkehrt, läßt Schubert uns ahnen, welche Vorgeschichte sein himmlisches Lied-Thema hat. Welchem Entsetzen der zarte Traum entging und entsprang …

Beim publizistischen Tun, beim feuilletonistischen Agieren und Reagieren handelt es sich nicht nur um Dinge, die man mit Taktzahlen oder Zitaten belegen kann. Sondern um etwas kaum Definierbares, jedoch Entscheidendes: um den Ton des Autors. Um die Melodie seiner Gedankenführung, die Aura seines Stils. Wehe dem Schriftsteller, der seinen eigenen Ton nicht findet. Also das, was ihn charakterisiert, was ihn parodierbar macht, woran man ihn erkennt.

Doch wenn jemand seinen Ton gefunden und erarbeitet hat, was wohl ein genauso unbewußter Vorgang ist wie der Ton, den ein großer Geiger oder ein Pianist produziert, dann kann der Betreffende zum Gefangenen seines Tons werden. Bei Börne ist dieser Ton eine Mischung aus Charme, selbstbewußter Sicherheit, sanfter Koketterie und kecker Entschiedenheit. Was für eine hinreißende Selbstironie verbirgt sich beispielsweise in folgender Börnescher Mitteilung aus dem Emigrationsland Frankreich. Börne war vor den deutschen Zuständen geflohen. Er sollte bald vielbewundertes Symbol der Freiheitssehnsucht des Jungen Deutschland sein, Star des Hambacher Festes. Doch was war passiert, als Börne in Frankreich einreisen wollte? Das gallische Beförderungswesen erwies sich als fürchterlich schlampig. Ein Mietkutscher versuchte gar, den blöden Deutschen übers Ohr zu hauen. Tief verwirrt mußte Börne in irgendeinem Provinznest 24 Stunden auf die Kutsche, den nächsten Retourwagen warten. Bei den Welschen klappt eben nichts. Nun Börne: »Ich war an diesem Tage ganz gewiß der verdrießlichste Mensch in ganz Europa, und war schwach genug zu überlegen, was besser sei, Pressefreiheit ohne Retourwagen, wie in Frankreich, oder Retourwagen ohne Pressefreiheit, wie in Deutschland.« Spricht so ein Fanatiker? Nein, ein witziger Ironiker, der mit seiner Anfechtung spielt. »Ich war schwach genug«, was man ihm natürlich nicht abnimmt (und auch nicht abnehmen soll).

Charme, Koketterie, Selbstsicherheit, Keckheit und polemische Ironie gehören zum Faszinosum des Börneschen Tons. Kein Wunder, daß Gottfried Keller sagte, ihm sei eigentlich egal, wovon Börnes Briefe handeln, sie läsen sich immer so gut. Ja, der junge Börne war früher so weit gegangen, auch für das, was ihm persönlich fehlte an Worten und Wendungen, nicht etwa den eigenen Mangel, sondern die miserablen Frankfurter Theaterverhältnisse verantwortlich zu machen. Er dynamisierte beim Formulieren die Situation so, daß aufs Erheiterndste die Umwelt schuld ist. In einer Posse mit vielen Rollen für den Star hat ihm ein Fräulein Lindner über die Maßen gefallen. »Aber wie schön hat sie gespielt! Das ist ja über allen Ausdruck. Als Landfräulein – diese Selbstgefälligkeit, wie natürlich! Welch artiges Hand- und Fingerspiel mit dem Strickbeutel! Als Gouvernante – der Putz, die Brille, die ganze körperliche Haltung, die sehr gute Aussprache des Französischen. Als Kadett – jugendlicher Sprudelkopf, welch liebenswürdige Keckheit, rasch wie eine Wetterfahne ... Als Jüdin – die Ruhe, die Zuversicht, der ausgespreizte Finger.« Und nun die entzükkende anti-frankfurtische Pointe: »Wenn ich weiter nichts zu sagen weiß, so ist es die Schuld derjenigen, die mich die Ausdrücke des Lobes haben verlernen lassen.«

Das alles wirkt frisch, keck, vehement und haltbar. Allein: Wenn ein Schriftsteller imstande ist, seine Argumente zu ordnen, seine Kunstfertigkeit vorzuführen, seinen Ton und seine Passion, wie sagt man, »einzubringen«, dann funktioniert seine publizistische Meisterschaft nicht nur als eine Technik. Sondern sie suggeriert urteilssichere Souveränität.

Im siebten Band von Prousts »Auf der Suche nach der verlorenen Zeit«, also in der »Wiedergefundenen Zeit«, die sehr viele Proust-Leser gar nicht erst erreichen, heißt es: »Aber man liest die Zeitungen wie man liebt: mit verbundenen Augen. Man versucht den Dingen nicht auf den Grund zu gehen. Man hört die süßen Reden des Chefredakteurs mit an, wie man den Worten der Geliebten lauscht.«

Als Autor muß man diese Dimension ersehnen, aber auch einkalkulieren. Denn – und darin liegt eben doch auch etwas Prätentiöses, Anmaßendes – falls man überhaupt zu formulieren versteht, Argumente einleuchtend anzuordnen weiß, dann wirkt das Geschriebene unvermeidlich immer viel sicherer, ja entschiedener, als man es selber war. Wie oft habe ich beim Lesen, bei schwierigen Büchern oder beim Anschauen extrem werk*untreuer* Schauspielaufführungen schrecklich und hilflos geschwankt: Falle ich hier auf eine Mode, eine Mache herein, erliege ich einer schlau abgekarteten Manier? Oder ist nicht doch etwas dran? Dergleichen läßt sich oft kaum auseinanderhalten. Man schwankt verzagt. Nun aber tritt die rätselhafte Suggestivkraft professionellen Schreibens ein: Der Text, den man sich abzwingt, wenn man sein Handwerk einigermaßen beherrscht, scheint alle diese Unsicherheiten verschwinden zu lassen. Das alles ist dann irgendwie wegargumentiert, in Bereicherung verwandelt, in elegante Nebensätze abgeschoben.

Diskursiv Mitgeteiltes suggeriert jene Eindeutigkeit, die in der Seele des Autors und beim suchenden Parlando des Formulierens oft überhaupt nicht vorhanden war. Selbst wenn man schriebe: »Hier bin ich wirklich im Zweifel«, ob etwa der hochsensible Regisseur Michael Grüber den »Faust« auf die Geschichte der midlife crisis eines Naturwissenschaftlers reduzieren darf – dann würde ein solcher Satz keineswegs tatsächlich zweifelsvoll wirken oder gar verzweifelnd, sondern sich nolens volens verwandeln in die selbstbewußt skeptische Attitüde eines vornehm undogmatischen Kritikers ... Wie leicht schlägt publizistisches Selbstbewußtsein um in Selbstgefälligkeit! Einzig Selbstbeherrschung kann verhindern, daß unsereins nicht allzuoft solcher Selbstgefälligkeit erliegt.

Das geschieht fast immer, wenn man polemisiert, wenn man sich in Auseinandersetzungen begibt, wie sie ganz unvermeidlich sind, falls jemand kämpferische, edle Überzeugungen hegt und sie durchsetzen will gegen starken Feind oder schwachen Freund. Natürlich verfolgen wir alle vergnügt, wie zwei kluge Kampfhähne sich streiten. Gleichwohl möchte ich gestehen, daß dieser Spaß am Polemischen mir immer mehr vergeht. Wer hatte nicht begeistert die ironischen und überlegenen Angriffe Lessings gegen den biederen Hamburger Hauptpastor Johann Melchior Goeze gelesen? Aber dann wird man doch nachdenklich, wenn man in Peter Michelsens jüngst publiziertem Essay »Der Streit um die christlich Wahrheit: Lessing, mit den Augen Goezes gesehen« erkennt, wie beleidigend, ja wie unfair der brillante Lessing seinen schwerfälligen Gegner

Goeze blamiert hat, der keineswegs nur im Unrecht war ... So halte ich es auch für ein folgenreiches geistesgeschichtliches Unglück, daß jenes bittere deutsche Zerwürfnis, nämlich die Auseinandersetzung zwischen Börne und Heine, soviel mehr Beachtung findet als Börnes eigentliche Lebensleistung. Beim Kampf gegen Heine formulierte Börne manches, was sanft-tödlich und mehr noch, was unsanft-mörderisch wirkt. Wie soll man noch einer einzigen der zahlreichen Musikkritiken Heines trauen, nachdem man vom musikalisch sehr beschlagenen Börne erfuhr, daß Heine sozusagen von Tuten und Blasen keine Ahnung hatte. »Heine saß in Hillers Konzert neben mir«, berichtet Börne am 8. Dezember 1831 aus Paris. »Der ist so unwissend in Musik, daß er die vier Teile der großen Symphonie für ganz verschiedene Stücke hielt und ihnen die Nummern des Konzertzettels beilegte, wie sie da aufeinanderfolgen. So nahm er der 2ten Teil der Symphonie für das angekündigte Alt-Solo, den 3ten Teil für ein Violoncello-Solo und den 4ten für die Ouvertüre zum Faust! Da er sich sehr langweilte, war er sehr froh, daß alles so schnell ging, und ward wie vom Blitze gerührt, als er von mir erfuhr, daß erst Nr. 1 vorbei sei, wo er dachte, schon vier Nummern wären ausgestanden ...«

Tödlicheres kann man über einen Kollegen, der sich gern öffentlich über Musik äußert, eigentlich nicht vorbringen. Und wirkt Börnes Beschreibung von Heines Charakter nicht geradezu mörderisch? »Heine ist ein verlorener Mensch. Ich kenne keinen, der verächtlicher wäre ... Er hat den schlechten Judencharakter, ist ganz ohne Gemüt und liebt nichts und glaubt nichts. Seine Feigheit würde man keinem Weibe verzeihen ...« (13. November 1832)

Es ist bekannt, wie heftig Heine, nachdem Börne gestorben war, zurückgeschlagen hat in seiner »Börne-Denkschrift«. Beide Autoren gingen in diesem Kampf, der eine unvermeidliche, notwendige Auseinandersetzung war zwischen zwei jeweils idealtypischen politischen Haltungen, manchmal weit unter ihr humanes Niveau.

Entspringt dieses »Immer-wieder-Kollegen-und-Mitarbeiter-abstoßen-Müssen« – nicht womöglich einer fast tragischen Konsequenz kritisch-publizistischer Eigenständigkeit? Karl Kraus, Alfred Kerr und so manche anderen großen Kritiker – ihr Beispiel lehrt: Man hat und behält unter den Künstlern, unter Betroffenen, nicht allzu viele Freunde, wenn man Kritiken schreibt. Ja, in des Kritikers Brust scheint sogar ein ziemlich unwiderstehlicher Dämon zu lauern, der will, daß man auch die Gönner und Freunde nicht schone! Menzel, Heine, die von Börne nach Jahren der Jugendliebe später recht distanziert charakterisierte Henriette Hertz: ihnen allen stand Börne zeitweise persönlich nahe. Aber das machte ihn nicht blind. Falls er etwas zu kritisieren fand, ging er eher seinem Genius nach, als dem so verständlichen Wunsch, geliebt zu werden...

Ich möchte mit einem Bekenntnis schließen: In einer Zeit, da eine Überfülle von mannigfachen und leicht zugänglichen Nachschlagewerken, Dokumentationen, Kommentaren, Rezensionssammlungen, eine universale Uninformiertheit, zumindest Verwirrung, keineswegs verhinderte, vielleicht sogar beförderte, in einer solchen Zeit scheint mir wichtiger als alles gewiß nötige *Informieren* das passionierte *Interessieren*. Man muß die Menschen neugierig machen, ihnen das Gefühl vermitteln, sie wollten etwas wissen. Ich zumindest tue nichts lieber, als darzustellen, was Ehrfurcht verdient, was gediegenen Spaß macht und was, im Bereich des Geistes, der Literatur, der Musik uns armen Erdenbürgern zu helfen vermag, mit der Last des Daseins etwas besser zurechtzukommen. (1993)

»... diese ganze, halbwilde Unartikuliertheit ...« Selbstbewußtsein, Sprache und Belesenheit Ludwig van Beethovens

An Spuren fehlt es wahrhaftig nicht, die dieser große Künstler hinterlassen. Bereits zu Beethovens Lebzeiten war man sich über seine Bedeutung klar: »Beethoven, der größte jetzt lebende Instrumentalcomponist«, beginnt der sehr schöne und gerechte Beethoven-Artikel der bei Brockhaus erschienenen »Allgemeinen deutschen Real-Enzyclopädie für die gebildeten Stände«. Aus diesem Lexikon könnte ich lange Aussagen zitieren, die heute noch genauso richtig und wahrhaftig klingen, wie sie vor gut 150 Jahren zutrafen. Nur ein Beispiel: Über den Zeitgenossen Beethoven hören wir aus dem Konversationslexikon: »Gegenwärtig ist er fast ganz taub. Er lebt sehr einsam und zurückgezogen in dem Dorfe Mödlingen nahe bei Wien, und läßt nur von Zeit zu Zeit das Schlagen seiner Fittige im Schwunge seiner kühnen Phantasien hören. Er eröffnete der Tonkunst ein ganz neues Gebiet in der Instrumentalschilderung. Seine reichen Tongemälde, die er in seinen größten Werken, den Symphonien, aufgestellt hat, schildern mit ergreifender Macht und Tiefe das Leben eines freien Geistes in der Natur, der bald mit leichtem Humor und munterm Scherz ihren Spielen lauscht, bald mit der Inbrunst eines Geliebten sich in ihr Anschaun vertieft. In ihm vereinigt sich Haydn's Humor und Mozart's Schwermuth, im Charakteristischen zeigt er sich vornehmlich Cherubini geistesverwandt. Aber er hat, auf dem Wege seiner Vorgänger einherschreitend, neue kühnere Bahnen gebrochen und die Musik scheint durch ihn das Äußerste gewagt zu haben ... Außer seinen großen Symphonien und Ouvertüren ... seinen zahlreichen Klaviersonaten, Variationen und kleinen Stücken, in welchen sich der große Reichtum seiner musikalischen Phantasie zeigt, hat er auch für den Gesang, – doch minder glücklich geschrieben. Hierher gehört seine kolossale Oper ›Leonore‹ (in der Umarbeitung ›Fidelio‹ genannt), einige Missen, ein Oratorium und Gesänge zum Clavier, worunter die Composition von Matthison's Adelaide und einige Lieder Göthe's einzig sind. In seiner neuesten großen Symphonie aus D-Moll Nr. 9 hat er die Massen des Instrumentalorchesters mit der Macht der Singstimmen in dem Schlußsatze zu verbinden gesucht. Dieses und seine große Misse [also die Missa Solemnis] scheinen seine neuesten Werke zu sein, da hingegen viele gegenwärtig erscheinende schon aus früherer Zeit herrühren.«

Ich habe dieses lange, lebensvolle und wahrhaftige Zitat aus dem Brockhaus hier angeführt, nicht nur um zu demonstrieren, wie sachlich und ausdrucksvoll human, wie klar und doch poetisch zu Beginn des vorigen Jahrhunderts Lexika verfaßt wurden! (Fast möchte man sagen: wie Goethe-nah – und bezweifeln, ob die wissenschaftlichen Fortschritte unserer Lexikographie wirklich so glänzende Fortschritte seien.) Ich habe dieses Zitat nicht bloß zum Ruhme eines unbekannten Brockhaus-Mitarbeiters ausgegraben und hierhergerückt, sondern noch aus einem anderen Grund. Läßt nicht auch diese Schilderung, die, sagen wir, Begierde spüren, einen Ungewöhnlichen zugleich als staunenswert darzustellen und zu enträtseln? Gerade weil Beethovens Musik sowohl im damals spezifischen wie auch heute im allgemeinen Sinne durchaus und ungeheuerlich »charakteristisch« wirkt, glaubte und glaubt man sich ihrem leibhaftigen Autor immer besonders nah. Beethoven tritt, so sagte Arthur Rubinstein, manchmal wie hinter einer Wand hervor, hinter den Entwicklungen und Formverlaufsformen seiner Musik, und steht plötzlich da – so als hätte er nicht auch die Formverläufe selber komponiert. Aber dieses »er selber«, diese Dringlichkeit der Aussage, der

Klage, der Willensentscheidung läßt niemanden, der sich um Beethoven müht, zur Ruhe kommen. Man will es wissen. Was bedeutet das? Wie war und dachte er...

Wände überall, hinter denen er unversehens hervortritt. Die zahlreichen Porträts, dieser klare, fest, unausweichliche Blick seiner Augen, unablenkbar auf ein fernes Ziel gerichtet und doch stets auch an den Bildbetrachter appellierend! Da sind radikale, das heißt, bis zur Wurzel des Menschlichen und Seelischen reichende Ausbrüche von Verzweiflung, wie das Heiligenstädter Testament vom Oktober 1802. Aber als Beethoven es verfaßte, da arbeitete er nicht etwa am Trauermarsch der »Eroica«, sondern an der sprühend affirmativen Zweiten Symphonie in D-Dur, welche im Steigerungston der Haydnschen »Schöpfung« die größere Schöpfung preist. Und der 32jährige Beethoven schrieb sein Testament im Stile des Goetheschen »Werther«. Manchmal fließen Beethoven die Naturbegeisterung und Lebensverzweiflung des Goetheschen Helden sogar wörtlich in die Feder. Und wenn er in einem Brief ausführt, wie er seine Taubheit überspielt, die er gerade als Musiker natürlich nicht und niemandem zugeben mochte, wie er als genialische Zerstreutheit wirken ließ, was schlichte Gehörlosigkeit war – dann erinnert dieses halbseltsame Vorspielen falscher Tatsachen sogar ein wenig an Hamlets irreführendes Verhalten. Zitieren wir: »Ich habe schon oft mein Dasein verflucht; Plutarch hat mich zu der Resignation geführt. Ich will, wenn's anders möglich ist, meinem Schicksal trotzen, obschon es Augenblicke meines Lebens geben wird, da ich das unglücklichste Geschöpf Gottes sein werde. Ich bitte Dich, von diesem meinem Zustande niemandem... etwas zu sagen... nur als Geheimnis vertrau ich Dir's an...«

Plutarch, Hamlet, Werther, als 17jähriger Mitglied der vom Kurfürsten gegründeten »Bonner Lesegesellschaft«, dem Jugendfreund ein Don-Carlos-Zitat ins Stammbuch: bedeutete diesem großen Musiker die Literatur so viel, war sie ihm so lebenswichtig? Oder hätte doch Thomas Mann recht, der während seiner Arbeit am »Dr. Faustus« Faksimile-Reproduktionen Beethovenscher Briefe anschaute und indigniert notierte: »Ich sah sie lange an, diese hingewühlten und -gekratzten Züge, diese verzweifelte Orthographie, diese ganze halbwilde Unartikuliertheit – und konnte ›keine Liebe‹ dafür finden in meinem Herzen. Goethes Ablehnung des ›ungebändigten Menschen‹ war wieder einmal mitzufühlen, und wieder einmal legten Grübeleien über das Verhältnis von Musik und Geist, Musik und Gesittung, Musik und Humanität sich nahe. Hat das musikalische Genie überhaupt mit Humanität und ›verbesserter Gesellschaft‹ zu tun? Arbeitet sie ihr vielleicht geradezu entgegen? Aber Beethoven war ein Mann des Glaubens an revolutionäre Menschenliebe, und französische Literaten haben ihm mit Verachtung vorgeworfen, er führe als Musiker die Sprache eines radikalen Ministers ...«

So weit Thomas Mann. Wenn den sorgfältigen Lübecker Stilisten die allerdings sehr unbrave, wüste Handschrift des Briefverfassers gestört haben sollte, und wenn Thomas Mann hier vielleicht ein Gegensatz vorschwebt zwischen der unbeirrbaren Logik Beethovenscher Kompositionen einerseits und der Heftigkeit der Beethovenschen Brief-Eruptionen andererseits, dann hätte Thomas Mann sich, wie es vielen Hörern und Betrachtern geht, einfach täuschen lassen vom zwingend klaren Hör-Eindruck Beethovenscher Musik und vom edlen Bild der gedruckten Noten. Man muß sich nur einmal beispielsweise das Faksimile einer so wunderbar klassizistisch-abgeklärten Komposition wie der späten As-Dur-Klaviersonate Opus 110 vor Augen halten – es liegt ja in einer schönen Faksimileausgabe vor –, um zu erschrecken vor diesem Schlachtfeld, diesem blutigen Operationssaal. Beethoven war kein Kalligraph. Aber was besagt das über Beethovens Geistigkeit?

Es gibt mannigfache eindrucksvolle Belege für Beethovens lebendiges, engagiertes Interesse an der Literatur seiner Zeit ebenso wie an der Weltliteratur, ja sogar an der Philosophie. Beethoven hat Kant fleißig gelesen und sich einen berühmten

Satz aus der »Grundlegung der Metaphysik der Sitten« notiert. In einem Gespräch, das im März 1820 geführt wurde – wir besitzen ja einige jener Konversationshefte, deren sich der Ertaubte bediente und in denen freilich meist nur Beethovens Partner zu Worte kommt, während wir ihn aus seinem Schweigen und den Antworten der anderen zu erschließen haben, wie hinter einer Wand aus Schweigen –, in einem einzigen Gespräch, vom März 1820, tauchen immerhin die Namen Fichte, Schelling, Winckelmann auf. Der Gesprächspartner, der Beethoven die Platon-Übersetzungen Schleiermachers besorgen will, leiht sich dafür aus Beethovens kleiner Bibliothek Goethes »Farbenlehre« aus, die er ein wichtiges Werk nennt. Vorher war von Grillparzer und, wahrscheinlich abfällig, von Matthäus von Collin die Rede gewesen. Also dem Bruder jenes Heinrich Joseph von Collin, den Beethoven durch die »Coriolan«-Ouvertüre unsterblich gemacht hat. Bekanntlich war ja die »Coriolan«-Ouvertüre für ein Collinsches Trauerspiel komponiert und keineswegs für die Shakespearsche Tragödie – obwohl Beethoven zahlreiche Dramen Shakespeares besaß, übersetzt sowohl von Eschenburg wie auch von Schlegel. Beethoven, hören wir, habe sich in Shakespeares Werken ebenso gut ausgekannt wie in seinen eigenen Partituren. Die d-Moll-Sonate und die »Appassionata« brachte er selber einmal mit Shakespeares »Sturm« in Verbindung. Übrigens kann man den Konversationsheften, die in einer schönen, wohlkommentierten Leipziger Neuausgabe erschienen, auch gerührt entnehmen, daß der Junggeselle Beethoven manchmal vom Haushaltsgeld kleinere Summen abzweigte für die Anschaffung von Büchern.

Aber was besagt dies alles? Wie sind die zahlreichen, meist nicht sehr eingehenden Erwähnungen von Dichtern und Dichtungen zu situieren? Lassen Sie den Schluß zu, den Arnold Schering zog, daß Beethoven ein »Lebensphilosoph«, ein »Charakterkenner« gewesen sei, »der an Scharfblick für die Hintergründe alles Menschlichen ebenbürtig neben Shakespeare, Goethe und Schiller steht«? Oder haben wir, wie der Philosoph Paul Natorp meinte, es zu tun mit einem »höchst ungleich und regellos Gebildeten«, mit einem, wie Natorp fortfährt, »in vielem zeitlebens ungebildet Gebliebenen«? Mit einem Musikfachmann also, der zwar sein »Komponieren« gern »Dichten« nannte, der aber doch jenseits seiner eigenen und eigentlichen Kunst kaum mehr war als ein unsystematischer Autodidakt?

Bevor wir an die Beantwortung solcher Fragen gehen, wollen wir ein wenig zurücktreten und den Komplex aus größerer Entfernung betrachten. Denn es wäre ja grauenhaft pedantisch und unangemessen, einem Beethoven sozusagen Zensuren in Deutsch, Sprache und Zeichensetzung zu erteilen. Wer weiß, ob Beethoven heute Musik studieren dürfte? Tatsächlich sind manche Gebildeten imstande, es Beethoven zu verübeln, daß er in der Zeichensetzung sehr spontan war, also sehr zu wünschen übrigließ. Aber wo und warum hätte er, Kind einer ziemlich chaotischen Bonner Musikerfamilie, alsbald zum bedeutenden Virtuosen und zum berühmtesten Instrumentalkomponisten seiner Zeit erwachsend, nun ausgerechnet die Kommasetzung beherrschen lernen sollen? Über die Logik – wir werden es noch sehen – seiner Musik, seiner Musiksprachlichkeit, seiner Formulierungen, Briefe und Aufzeichnungen läßt die tatsächlich rüde äußere Form der Schriftstellerei dieses Musikers keinen vernünftigen Rückschluß zu.

Aber wir wollten ja einen Schritt zurücktreten von den Minimalfragen, ob Beethoven systematisch gelesen und Worte oder Satzzeichen brav akademisch gehandhabt hätte. Erblicken wir Beethoven in der großen Reihe der Musiker zwischen Schütz, Bach, Händel, Haydn und Mozart auf der einen, Schubert, Schumann, Wagner, Liszt auf der anderen Seite, dann ist klar, was sein Erscheinen, seine Gestalt bedeutete für die Geschichte der Musik: Beethoven war in emphatischem Sinne ein freier, gesetzgebender Künstler. Nicht nur ein Musiker, der es erfolgreicher als vor ihm Mozart wagte, auf dem »freien

Markt« zu Ruhm und Ehre zu kommen. Bei Beethoven schlug dieser Freiheits-Entschluß, nein: dieses Freiheits-Muß, um in ein Selbstbewußtsein, dem sich die Mitwelt und die verehrungsbereite Nachwelt beugte. Dem 22jährigen Beethoven, der noch nicht einmal sein Opus 1 veröffentlicht hatte, schrieb, man muß sich das vorstellen, Graf Waldstein ins Stammbuch: »Durch ununterbrochenen Fleiß erhalten Sie: Mozart's Geist aus Haydens Händen.« Beethoven machte dann diese ungemein kühne Prognose im Verlauf weniger Jahre wahr. Als 30jähriger konnte er bereits seinen Verlegern Bedingungen stellen. Als 45jähriger war er eine europäische Berühmtheit. Und obwohl Beethovens Popularität später ein wenig nachließ, stand sein Rang im Grunde immer außerhalb aller Diskussion bis auf den heutigen Tag.

Gewiß, Beethoven nahm die handwerklichen Probleme seiner Kunst so ernst wie nur irgendein Großer zwischen Bach und Brahms. Ihm kam es nicht aufs Formzertrümmern an, sondern immer nur höchstens auf die Formerweiterung. Zum Erweitern der Form gehört nämlich künstlerischer Mut, zum bloßen Zertrümmern genügt notfalls Unmut. Trotzdem war dieser Könner und Meister kein Handwerker, kein Zünftler mehr. Seine Gestalt, ja die Art, wie er mit Menschen, Aristokraten, Verlegern und Freunden umgeht: alles das drängt den Schluß auf, daß da einer nicht mehr nur Musikus und Spezialist sein wollte. Mit der Kunst, »dieser großen Göttin«, der er diente, wollte er bewegen und aufregen. Obwohl er ein miserabler Rechner war – die winzigsten Additions- und Subtraktionsaufgaben sollen ihm zeitlebens schreckliche Mühe bereitet haben, ihm, der beispielsweise die im Winzigen wie im Riesigen unvergleichlich intelligent durchrationalisierte Großform der Hammerklaviersonate ersann –, obwohl also das öde Rechnen ihm immer Mühe machte, konnte er ein höchst raffinierter, ja auch sogar bedenkenlos kühler Geschäftsmann sein. Er holte aus dem freien Markt heraus, was für ihn immer nur herauszuholen war; wobei es ihm nicht darauf ankam,

Widmungen zu versprechen und dann abzuändern, Symphonien in Aussicht zu stellen und dann kleinere Werke abzusenden.

Doch so geschickt er seinen Ruhm markt*gerecht* auszunutzen versuchte, nie schrieb er markt*konform*. Gut verkaufen – ohne käuflich zu sein; den Markt ausnutzen – ohne ihm im mindesten entgegenzukommen: Diese paradoxe Attitüde eines bürgerlichen Genies lebte Beethoven vor. Ob es sich dabei um naives Müssen oder um intelligentes Taktieren handelt, ist gleichgültig, ja im Falle Beethovens sogar fast deckungsgleich. Nur daß seine Handlungen und Worte alle von einem spezifischen Künstlerselbstbewußtsein künden, wie es vor ihm wohl doch kein Musiker zu haben und zu leben gewagt hat.

Dieser Künstler wußte, wer er war, was in ihm schlummerte, was er konnte. Er muß sich seiner selbst, seiner Identität vollkommen sicher gewesen sein. Nun ist aber doch die Sprache die Sphäre, in der ein Geistiges seine Identität gewinnt. Und Selbstbewußtsein, um es einmal hegelisch auszuführen – Hegel ist ja, wie Beethoven, im Jahre 1770 geboren –, diese Gewißheit seiner selbst, dieses Bewußtsein, das sich selbst nicht im Gegenstand verliert, im Wort Selbstbewußtsein klingt auch immer eine Nuance des Stolzes mit. In gewissem Sinn hat Selbstbewußtsein sogar mit Herrschaft zu tun in der Sphäre des Für-sich-Seins, in welcher das Subjekt von sich weiß, daß es der Realität entgegengesetzt ist.

Wie drückt sich nun Beethovens Selbstbewußtsein in der Sphäre der Sprache aus?

Ich zitiere aus einem Brief, den Beethoven 1809 an seinen Verlag Breitkopf & Härtel schrieb: »Es gibt keine Abhandlung, die sobald zu gelehrt für mich wäre; ohne auch im mindesten Anspruch auf eigentliche Gelehrsamkeit zu machen, habe ich mich doch bestrebt von Kindheit an, den Sinn des Besseren und Weisen jedes Zeitalters zu fassen. Schande für einen Künstler, der es nicht für Schuldigkeit hält, es hier wenigstens so weit zu bringen.« Zumindest ein hochherziges Bekenntnis.

In einem Brief an Therese von Malfatti wird Beethoven konkreter. Pantheismus und geistige Leidenschaft treten da zusammen. Er schreibt an die Freundin: »Wie glücklich sind Sie, daß Sie schon so früh auf's Land konnten! ... Kindlich freue ich mich darauf; wie froh bin ich, einmal in Gebüschen, Wäldern, unter Bäumen, Kräutern, Felsen wandeln zu können, kein Mensch kann das Land so lieben wie ich. Geben doch Wälder, Bäume, Felsen den Widerhall, den der Mensch braucht ... Haben Sie Goethes Wilhelm Meister gelesen, den von Schlegel übersetzten Shakespeare? Auf dem Lande hat man so viele Muße, es wird Ihnen vielleicht angenehm sein, wenn ich Ihnen diese Werke schicke ...«

Solche Sätze erwartet man gewiß nicht von Komponisten wie Bach, Händel, Mozart oder Haydn, deren, sagen wir einmal, »literarische Interessen« – unabhängig davon, ob sie nun genial anschauliche Briefschreiber wie Mozart waren – doch viel sachgebundener gewesen sein dürften, hauptsächlich auf geeignete Textvorlagen oder Libretti für Vokalkompositionen gerichtet. Gleichwohl schiene es mir unangemessen, aus Beethoven, der Worte und Bücher ernst nahm, gleich so etwas wie einen Schriftsteller-Komponisten zu machen! Wenn Nottebohm eine Beethoven-Notiz mitteilt, die der Komponist sich zur Zeit der Entstehung der »Egmont«-Musik aufschrieb, dann verleiht die gewaltige Autorität Beethovens einem solchen Satz fast unvermeidlich ein fast ungeheuerliches Gewicht: Wieder meinen wir das Genie hinter der Wand hervortreten zu sehen. Die Eintragung lautet: »Der Tod könnte ausgedrückt werden durch eine Pause.«

Was für ein Satz, denkt man! Aber denkt man es nicht doch nur, weil es ein Beethoven-Satz ist? Wir dürfen, wenn wir hier Beethovens Geistigkeit zu umreißen versuchen, nicht den Fehler machen, für den das Schlagwort des »hermeneutischen Zirkels« existiert: heraushören, was man ohnehin weiß. Daß Beethoven stolz war, belegen seine Briefe an Verleger und Gönner, daß er Bescheidenheit kannte gegenüber Größen, die er verehrte – Händel, Mozart, Cherubini, die Kunst –, ist ebenso offenkundig. Daß er witzig sein konnte, derb, aufbrausend; es ist aus seiner Vita, die so entsetzlich erfüllt war von Qualen und Krankheit, hinreichend bekannt. Doch wir suchen ja hier nach Beethovens geistiger Identität, wie sie in Sprache zu sich selber kommt. Und da drängt sich einstweilen der Schluß auf, daß in diesem musikalischen Genie durchaus heftige sprachliche Energien und Interessen wirkten, daß sie aber nicht unmittelbar zu Literatur wurden, wie es etwa der Fall war bei Robert Schumann, der zu den großen Schriftstellern unserer Nation gehört, einem Jean Paul ähnlich und vergleichbar. Wie es der Fall war etwa bei Wagner und Liszt, die beträchtliche Energien ihren dichterischen oder schriftstellerischen Arbeiten widmeten. Freilich: Liszts Bücher, Wagners immer so unsinnig unterschätzte Texte – als wären nicht etwa der »Tannhäuser«, der »Parsifal« oder auch die Schriften über das Dirigieren glänzende literarische Leistungen –, alles das ließe sich gewiß kaum denken ohne Beethoven, der den geistigen Anspruch des Musikers mit aller Macht fixierte und vorlebte. Aber Beethoven selber hatte keinen literarischen Ehrgeiz. Über Dichtung urteilte er, wenn man einer Schilderung von Friedrich Rochlitz glauben darf, wie ein hellhöriger Liebhaber. Seine Metaphern schlugen sogleich ins Musikalische um: treffend und aufrichtig zugleich. Folgendermaßen begründete Beethoven im Gespräch, warum er aus einem Klopstock-Bewunderer zu einem Goethe-Leser geworden sei: »Seit dem Carlsbader Sommer lese ich im Göthe alle Tage – wenn ich nämlich überhaupt lese. Er hat den Klopstock bei mir todtgemacht. Sie wundern sich? Nun lachen Sie? Aha, darüber, daß ich den Klopstock gelesen habe! Ich habe mich jahrelang mit ihm getragen; wenn ich spazieren ging, und sonst. Ei nun: verstanden hab' ich ihn freilich nicht überall. Er springt so herum; er fängt auch immer gar zu weit von oben herunter an; immer Maestoso! Des dur! Nicht? Aber er ist doch groß und hebt die Seele. Wo ich ihn nicht verstand, da rieth ich doch – so ungefähr. Wenn er nur nicht immer sterben wollte!... Nun: wenigstens klingt's immer gut u.s.w. Aber der Göthe: der lebt, und wir Alle sollen mitleben. Darum läßt er sich auch komponiren. Es läßt sich keiner so gut komponiren, wie er. Ich schreibe nur nicht gern Lieder...«

So interessiert war er. Aber auch nur eine einzige schöne allegorische Erzählung, wie wir sie etwa von Franz Schubert kennen – sie heißt »Mein Traum« –, existiert nicht aus Beethovens Hand. Beethoven neigt nicht dazu, über seine Werke zu reden oder gar zu schwafeln, verhältnismäßig selten äußert er sich über geistige Hintergründe – es ist, als scheue er sich, Dinge zu zerreden, die ihm heilig sind. Doch offenkundig rumoren seine Bildung, die immer noch nicht hinreichend entschlüsselte Anspielungsfülle gleichsam subkutan, also unter der Haut, unter Beethovens Noten! Beethovens Sprachfähigkeit, ja seine Sprachbereitschaft war nicht so deutlich von der Musik geschieden wie etwa bei Schumann, der eine glänzende Analyse der »Symphonie Phantastique« von Berlioz vorzulegen und im gleichen Augenblick reinste Klavier- oder Lied-Poesie hervorzubringen vermochte. Beethovens persönlich gemeinte Briefe schwingen sich manchmal auf zu einem verklärten, von Ausrufezeichen, Gedankenstrichen, überquellenden Bekundungen bebenden Tonfall: als ob ein As-Dur-Adagio in eine überströmende Coda mündete. Da wäre noch mancherlei herauszuhören, herauszulernen. Und wenn ich hier den skandalösen Sachverhalt erwähne, daß wir seit Jahrzehnten eine vernünftige, historisch-kritische Gesamtausgabe der Beethovenschen Schriften entbehren müssen, die dem Erkenntnisstandard unserer Gegenwart entspricht, daß groteskerweise die einzige moderne wissenschaftliche Ausgabe der Beethovenschen Briefe in englischer Sprache vorliegt – von Emily Anderson 1961 herausgegeben –, während wir uns mit 50 Jahre alten Büchern und Nachdrucken von Gesamtausgaben herumschlagen müssen, dann gereicht dieser unglaubhafte Umstand der deutschen Musikwissenschaft zur Schande und zur Blamage. Beethovens 200. Geburtstag im Jahr 1970, und sein 150. Todestag 1977 gingen vorbei, ohne daß die längst versprochene seriöse Ausgabe seiner Schriften erschien. Und dies in einer Zeit, da doch sonst beinahe alles – Würdiges und Unwürdiges – im Druck erscheint!

Zurück zu Beethoven. Wenn man den Versuch unternimmt, respektvoll zu bedenken und nachzufühlen, was dieser große Mann geschrieben, gedacht, gewußt und gewollt hat, dann dürfte die vermeintlich leichteste Voraussetzung für uns wahrscheinlich sogar die allerschwerste sein: Fleiß oder noch so viel Gelehrsamkeit können sie keineswegs ohne weiteres herstellen. Diese erste Voraussetzung, die der Betrachter in sich produzieren muß – Beethoven schuf sie kraft seiner Unmittelbarkeit –, lautet: Alle großen, auf uns manchmal abgenutzt, ja phrasenhaft wirkenden Begriffe wie Freiheit, Natur, Liebe, wie Trost, Wahrheit, Freundschaft: sie alle waren für Beethoven offenbar keine abgenutzten Gesprächsmarken. Er hat an sie geglaubt, hat für sie gelebt, gelitten, gedichtet. So etwas läßt sich leicht intellektuell einsehen, es ist aber ungemein schwer mit jener schlagenden Evidenz nachzufühlen, ohne die Beethovens Pathos nur mehr pathetisch wirkt. Wie genau hat dieser Komponist die Worte abgewogen, gegeneinander gesetzt, das Widersprüchliche und Übergreifend-Allgemeine mehrerer Begriffe fühlbar zu machen versucht. Das Lied »Resignation« zum Beispiel soll in folgender Weise dargeboten werden: »In gehender Bewegung. Mit Empfindung, jedoch entschlossen, wohl accentuiert und sprechend vorgetragen.« Kein Dramatiker könnte in einer Szenenanweisung prägnanter umreißen, was ihm vorschwebt. Der erste Satz der Klaviersonate Opus 90 soll vorgetragen werden »Mit Lebhaftigkeit und durchaus mit Empfindung und Ausdruck«. Beethoven hat eben als Wortsteller gehört, was im Begriff »Lebhaftigkeit« mitschwingt, und hat, als Komponist, die Obertöne des Temperamentvollen, Bedenkenlosen, Robusten, die sich mit dem Lebhaften verbinden könnten, zurückgenommen, indem er eben formuliert:

»[Zwar]... mit Lebhaftigkeit, [aber] durchaus mit Empfindung und Ausdruck.« Solche Nuancen, die nichts weniger sind als selbstverständlich, künden von Beethovens heiligem Ernst. Oder, der Komponist, dem Thomas Mann »halbwilde Unartikuliertheit« unterstellte, schrieb seinem Verleger 1811 einen grimmigen Brief – wegen falscher Wortwahl! Beethovens Klaviersonate Opus 81 a, eine sogenannte charakteristische Sonate, vertont den Abschied. Die Silben »Le-be-wohl« bilden das Motto, sie tönten am Anfang, realistisch-tonmalerisch und symbolisch-ausdrucksvoll zugleich. Lebe wohl. Der Verleger aber nannte die Sonate aus irgendwelchen Gründen »Les Adieux«-Sonate, und unter ebendiesem Titel kennen wir sie. Der halbwilde Unartikulierte hat sich folgendermaßen dagegen gewehrt: Am 9. Oktober 1811 schrieb er seinem Verleger: »Eben erhalte ich das Lebewohl; ich sehe, daß Sie doch auch andere Exemplare mit französischem Titel (herausgeben wollen). Warum denn? ›Lebe wohl‹ ist etwas ganz anderes als ›les adieux‹. Das erstere sagt man nur einem herzlich allein, das andere einer ganzen Versammlung, ganzen Städten.«

Genauer kann Sprache nicht beim Wort genommen werden, Sprache – vom Komponisten stets als Mittel zum Musikzweck verstanden, nie als poetischer Selbstzweck. Doch wenn man erst einmal nachgefühlt hat, wie rein, wie direkt Beethoven jedes Wort, jeden Ausdruck meint, dann mag man auch nicht mehr so schadenfroh über jene berüchtigten Naivitäten schmunzeln, die allen »mittelmäßigen Söhnen dieser Erde« tatsächlich nicht unterlaufen würden. So wird doch immer als Zeichen Beethovenscher Unzurechnungsfähigkeit belächelt, daß er sich innerhalb von 24 Stunden ganz unglaublich kraß selber widersprechen konnte. Berühmtes Beispiel: Beethoven fühlte sich von Hummel hintergangen. Er schrieb 1799 an Johann Nepomuk Hummel: »Komme er nicht mehr zu mir! Er ist ein falscher Hund und falsche Hunde hole der Schinder. Beethoven.«

Einen Tag später sah Beethoven ein, daß er unrecht, und unrecht getan, hatte. Darum schrieb er, 24 Stunden später, an den gleichen, sicherlich überraschten Hummel: »Herzens-Nazerl! Du bist ein ehrlicher Kerl und hattest recht, das sehe ich ein. Komm also diesen Nachmittag zu mir. Du findest auch den Schuppanzigh und wir beide wollen Dich rüffeln, knüffeln und schütteln, daß Du Deine Freude daran haben sollst.

Dich küßt Dein Beethoven, auch Mehlschöberl genannt.«

Große, eigentlich überflüssige Frage: Hat sich Beethoven hier dumm oder unzurechnungsfähig verhalten?

Gewiß nicht. Nur naiv. Nur rein fühlend. Er glaubte, der andere wolle ihm übel. Und sagte ihm das – sehr ehrlich, was eigentlich nicht üblich ist. Er sah ein, daß er sich geirrt hatte. Und gab das sogleich unumwunden, ja herzlich zu, ohne Umschweife und schlauen Rückzug. Was eigentlich auch nicht üblich ist... Darüber können Menschen, die weniger rein empfinden, vielleicht erschrecken. Aber solche Menschen sind dann meist auch keine Adagio-Komponisten.

Freilich, selbst auf große, geniale Naivität, auf absolute Direktheit darf man Beethoven nicht festlegen wollen. Der machte auch Witze über die Wiener, die Juden, sich selbst. Er nennt die »Unordnung« das einzig Geniemäßige an seiner Existenz, er meint über seine haarsträubenden häuslichen Verhältnisse: »... diese ganze Haushaltung ist noch ohne Haltung und sieht einem Allegro di Confusione ähnlich.« Und wenn er seinem Schüler Ries ein paar tiefsinnige Noten und Verbesserungen der Hammerklaviersonate nach London schickt, dann schließt er witzig: »Verzeihen Sie die Confusionen. Wenn Sie meine Lage kennten, würden Sie sich nicht darüber wundern, vielmehr über das, was ich hierbei noch leiste...« Und da hat er nicht übertrieben... Auf den Nenner genialer »Naivität« darf man Beethovens Geistigkeit also auch nicht ohne weiteres bringen. Ja, als er jung und erfolgreich war und sich vornehme elegante Anzüge schneidern ließ, da schrieb er seinen Aristokraten auch mal elegant im Lustspiel-Konversationston (klingt das »beethovensch«?):

> »Sie scheinen mir empfindlich gestern über mich zu sein, vielleicht weil ich etwas zu heftig behauptete, daß Sie Unrecht getan hatten. Ich lasse Ihrer Bonhomie ihren Wert, aber das sei dem Himmel geklagt, die Freundschaft hat schweres Gedeihen dabei. Ich bin deswegen nicht minder wie sonst
>
> Ihr Freund L. v. Beethoven.«

Dieser taube, vom selbstverständlichen und bildenden Dialog ziemlich abgeschlossene, zudem in seiner Jugend schlecht ausgebildete Beethoven, der nur eine kurze Zeit bei den Breunings, seinen Bonner Freunden, in einer herzlichen und humanistischen Atmosphäre mit Werther-Leidenschaft und Klopstock-Lektüre und Schiller-Bewunderung gelebt hatte – er wußte auch die Worte, nicht nur die Töne, sorgfältig zu setzen, wenn es ihm darauf ankam. Daran ist wohl kein Zweifel mehr möglich. Ein letztes, ein ziemlich bitteres Beispiel möge die grimmige Logik der Argumentationsfolge vorführen, zu der Beethoven nicht nur imstande war, wenn er Symphonien entwarf, sondern auch, wenn er einen Menschen, den er zwar brauchte, aber nicht für seinesgleichen erachtete, kühl und hart in seine Grenzen zurückverwies. Ich meine damit den stolzen, unnachsichtigen, gewiß verletzenden Brief des 54jährigen Beethoven an seinen Sekretär Anton Schindler. Es geht um eine »Academie«, also um ein von Schindler organisiertes, und zwar, wie Beethoven meint, miserabel organisiertes Konzert Beethovenscher Werke. Beethoven schreibt:

> »Ich beschuldige Sie nichts Schlechten bei der Academie, aber Unklugheit und eigenmächtiges Handeln hat manches verdorben; überhaupt aber habe ich eine gewisse Furcht vor Ihnen, daß mir einmal ein großes Unglück durch Sie bevorsteht. – Verstopfte Schleusen öffnen sich öfter plötzlich ... überhaupt würde ich eher Ihre Dienste,

die Sie mir erweisen, gern öfter mit einem kleinen Geschenke zu vergüten suchen, als mit dem Tische; denn ich gestehe es, es stört mich zu sehr in so vielem, sehn Sie kein heiteres Gesicht, so heißt es gleich ›heut war wieder übles Wetter‹. Denn bei Ihrer Gewöhnlichkeit, wie wäre es Ihnen möglich, das Ungewöhnliche nicht zu verkennen?!!! Kurzum ich liebe meine Freiheit zu sehr; es wird nicht fehlen, Sie manchmal einzuladen. – Für beständig ist es aber unmöglich, da meine ganze Ordnung hierdurch gestört wird. –

...Umsonst hätte ich nimmermehr diese mir erwiesene Gefälligkeit angenommen, und ich werde es auch nicht. Was Freundschaft betrifft, so ist dies eine schwierige Aufgabe mit Ihnen, mein Wohl möchte ich Ihnen auf keinen Fall anvertrauen, da es Ihnen an Überlegung fehlt und Sie eigenmächtig handeln und ich Sie selbst früher schon auf eine höchst nachteilige Weise für Sie kennenlernte, so wie andere auch; ich gestehe es, die Reinigkeit meines Charakters läßt es nicht zu, bloß Ihre Gefälligkeiten für mich durch Freundschaft zu vergelten, ob ich schon bereit bin, Ihnen gern zu dienen, was Ihr Wohl betrifft.

B.«

Wieder beeindruckt, nein, bestürzt uns die Reinheit, die Direktheit, die psychologische Logik und Rückhaltlosigkeit der Situationsschilderung und der Distanzierung, wie Beethoven sie hier hervorbringt. Sprache, Formulierfähigkeit, Bildung (er konnte seine literarischen Klassiker halb auswendig und entwickelte einem verdutzten Schauspieler bis ins einzelne die Dramaturgie des Shakespeareschen »Macbeth«) waren also in Beethoven potentiell da, machten ihn zum politisierenden, kritischen, meist heftig grantelnden Staatsbürger. Kurzum: zu einem freieren, anspruchsvolleren, selbstbewußteren und stolzeren Intellekt, als es alle großen deutschen Musiker vor ihm gewesen sein dürften. Doch wenn sich diese Kräfte nicht eigentlich poetisch-literarisch fixiert finden in Beethovens Schriften und Gesprächen, wenn wir sie zwar aus mannigfaltigen Zeugnissen eindeutig erschließen, aber nicht poetisch wohlformuliert nachlesen können: Wo schlug sich denn dies alles offenbar, da es doch vehement vorhanden war, nieder? Die Antwort auf diese Frage klingt überraschend, dürfte es aber nicht sein: natürlich in Beethovens Kompositionen! Innerhalb seiner Instrumentalmusik ging Beethoven oft genug an die Grenze des Musik-Sprachlichen. Er tat dies in der berühmten Rezitativ-Sonate Opus 31 Nr. 2. Er tat dies noch im späten a-Moll-Streichquartett Opus 132, wo das Finale durch ein geradezu opernhaftes Rezitativ der ersten Violine eingeleitet wird, er tat dies im Passionsrezitativ und Klagenden Gesang der Sonate Opus 110, in den versteckten Anspielungen anderer Sonaten – und er überschritt diese Grenze des indirekt sprachlichen Ausdrucks im Finale der Neunten Symphonie. Weil aber die Verlaufsform vieler großer Beethovenscher Kompositionen so immens erzählend und dramatisch wirkt seit dem frühen Largo, das den Seelenzustand eines Melancholikers darstellen soll, über »Eroica«, Fünfte Symphonie, »Pastorale« und die großen phantastischen Spätwerke – darum wird immer wieder der Versuch unternommen, kritisch verworfen und doch wieder unternommen, Beethovens Instrumentalmusik zu literarisieren. Ein großer, kenntnisreicher Musikwissenschaftler, Arnold Schering, hat allen Ernstes gewagt, Beethovens Sonaten, Symphonien und Quartette als geheime Vertonungen literarischer Programme zu deuten, die entweder von Homer, Euripides, Tasso, Shakespeare, Goethe oder Schiller herrühren! So aberwitzig, so unbeweisbar uns derartige Literarisierungen mittlerweile auch vorkommen: Schering war immerhin seit 1928 Ordinarius in Berlin, und so töricht war er denn doch nicht, völligen Absurditäten nachzujagen. Er vermochte immerhin zu belegen, daß Beethoven von den in Rede stehenden literarischen Vorbildern entweder sehr wohl Kenntnis gehabt hat – oder zumindest aus plausiblen Gründen hätte haben können. Scherings Versuch, exakte Beziehungen herzustellen zwischen Beethovens Lektüre und seinen Kompositionen, mußte scheitern, aber ohne die offenbaren Interessen Beethovens nicht nur an musikalischen, sondern auch an literarischen, geistigen, philosophischen Ideen und Vorgängen – wäre ein solcher Versuch überhaupt nicht möglich gewesen.

Wie aber äußerten sich Beethovens Selbstbewußtsein, seine Sprache und seine Belesenheit nicht nur in den Worten, die er sprach oder schrieb, sondern in der Dramaturgie und Verlaufsform seiner Instrumentalmusik? Das zu bedenken wäre ein neues, sehr aufregendes, bislang noch kaum geschriebenes Kapitel der Beethoven-Forschung und -Verehrung. Mir ging es nur darum, anzudeuten, welch eine gewaltige Geistigkeit, welche Sprachfähigkeit und Belesenheit hinter den Taten dieses Musikers zu erkennen und zu bewundern sind. (1977)

Ist Werktreue Faulheit?
Zur Interpretation Shakespeares

Interpretieren – das hat mit »Deuten« zu tun, auch mit »Verdeutlichen«, mit dem Übersetzen eines Zusammenhangs oder Wirkungszusammenhangs von einer Sphäre in die andere, von einem Formbezirk in den anderen. Natürlich kann man das Wort »interpretieren« auf jede Weise für jede Form des Erklärens benutzen. Es gibt selbstverständlich Gedichtinterpretationen. Oder einzelne Punkte des deutsch-polnischen Vertrages bedürfen der »Interpretation«. Oder man kann Tag für Tag in Münchner Boulevardzeitungen nachlesen, daß eine telefonisch leicht erreichbare Jungschauspielerin freundschaftlich und privat bereit sei, ihre eigenen Filme »zu interpretieren«.

Dies alles ist hier nicht gemeint. Sondern wir wollen das Wort »interpretieren« enger fassen. Interpret sei, wo es um Spielen, Reden und Schreiben geht, derjenige, der einem gegebenen Objekt in einem anderen Darstellungsmedium interpretierend antwortet. Interpret wäre demnach, wer einen dramatischen oder musikalischen Text vorführt. Wer den Vorschriften einer Beethoven-Sonate auf dem Flügel, beziehungsweise, als Regisseur oder Schauspieler, den Vorschriften eines Shakespeare-Textes auf der Bühne deutend antwortet. Auf die Umsetzung ins andere Darstellungsmedium kommt es bei unserer Definitionsabsicht aber entscheidend an. Wer also einen *in Worten* gegebenen großen oder gar heiligen Text *mit Worten* kommentiert oder deutet, wäre demnach in unserem Definitionssystem kein Interpret, sondern ein Exeget. Das Interpretieren meint in unserem Zusammenhang, daß einer Gegebenheit – einer Text-

oder Spielvorlage, einer Szenen- oder Tonfolge – in einem anderen Medium geantwortet werde. Interpret ist, so verstanden, eben nicht, wer gelehrt einen Gegenstand sozusagen aus sich, mit sich selber erklärt, sondern wer den Sprung ins andere Medium zu wagen hat. Vom Text ins Spiel – oder auch vom Gespielten wieder zurück ins Wort.

Interpret zweiten Grades, nämlich von Interpretationen, wäre dann aber auch der Theaterwissenschaftler oder Kritiker, der auf einen Bühnenvorgang oder auf eine Musikaufführung wertend oder vergleichend oder ordnend reagiert: denn dieser Interpretations-Interpret versucht ja wiederum, *verbalisierend*, in der Sphäre der Worte, nämlich in unserer notwendig und manchmal beängstigend karg auf Sinnzusammenhänge ausgerichteten Sprache, Kunstdarbietungen zu beantworten. Kunstdarbietungen enthalten mehr, auf alle Fälle anderes, als logische, diskursiv vorgetragene Gedankengänge. Der Interpret eines Shakespeareschen Textes – der Schauspieler, der Regisseur – hat es also – ebenso wie der Theaterwissenschaftler oder der Kritiker – mit einem spezifischen *Umsetzungsproblem* zu tun. Das ist keineswegs eine Unannehmlichkeit, die man möglichst umgehen muß, sozusagen eine undichte Stelle im System, eine Forderung. Nur: Zu diesem *Umsetzen* bedarf es, damit es Sinn habe und gelinge, des Talents. Gelingen ist nicht programmierbar, wie sich ja auch ein Kunstwerk selber nicht todsicher herstellen läßt. Da muß etwas entstehen, Formentfaltung und Inhalte müssen zum Gehalt transformiert werden. Selbst günstigste Voraussetzungen können keineswegs verhindern, daß trotz bester, fleißigster Absichten etwas schiefgeht.

Man bemerkt: Was hier mit Worten umkreist werden soll – und Gott sei Dank nicht dingfest gemacht werden kann –, ist das Lebendige. Genauer: Es geht um das Lebendig-Machen. Gespieltes, sogenannte »Interpretation«, antwortet auf die Spielvorschriften der Buchstaben oder Noten. Wenn jemand über Aufführungen schreibt, dann antworten Worte, Begriffe, empfindsame oder schönrednerische oder auch verbitterte kritische Bemerkungen ihrerseits auf die begriffslosen Wahrheiten oder auch Irrtümer einer gespielten Interpretation.

Aber dieses Lebendig-machen-Müssen, diese irrationale Qualität beim Interpretationsprozeß, ist nicht etwa ein Schönheitsfehler. Ein Risiko, welches mit Hilfe von fleißiger, methodischer, analytischer oder historisierender Arbeit möglichst geringgehalten werden sollte. Nein: Dieses Umformungsgeheimnis enthält nicht nur das Risiko, sondern auch den unaustilgbaren Reiz von spielender Kunst. Weil in dieser Sphäre etwas lebendig werden kann, lebendig werden soll – darum ist Enthusiasmus möglich! Begeisterung fürs Unkalkulierbare – was nicht mit dem bloß Unlogischen gleichgesetzt werden darf. Die neugewonnene Form, die neue Gestalt enthält nämlich auch ein begriffsloses Urteil darüber, welche Objekte, Tendenzen, Haltungen kunstvoll formbar und gestaltbar waren – oder welche sich einer vernünftigen Formung und Gestaltung widersetzten... Hier liegt beispielsweise ein Grund dafür, warum es eine nicht nur von faschistischen Spurenelementen durchzogene, sondern in ihrem innersten Wesen faschistische Kunst wohl doch nicht geben kann.

Diese vitalen Risiken des umformenden Interpretierens scheinen nun dazu zu führen, daß man für die Interpretierenden keine verbindlichen Vorschriften machen kann. Es gibt gewiß hübsche Formeln, die diese Verlegenheit kaschieren. »So nah wie möglich und so frei wie nötig«, sagt der Herr Lehrer, wenn es ums Dolmetschen, ums Übersetzen von einer Sprache in die andere geht. »Erlaubt ist, was gelingt«, ließe sich hinzufügen – und endlos könnte die Diskussion über Werktreue, Aktualisierung, Musealisierung, Verfremdung, Belebung usw. hier fortgesetzt werden. Albern, irrelevant wäre eine Fixierung dessen, was Interpretierende dabei »dürfen« und was sie gerade noch dürfen und was sie nicht mehr dürfen, bis wohin sie gehen und »bis wohin sie zu weit gehen« (Cocteau) dürfen. Das ist genauso schwachsinnig, wie es etwa die Zensurvorschriften der

Filmkontrollen noch aus den dreißiger Jahren darüber waren, wie viele Zentimeter Busen noch als züchtig zu betrachten wären und wo genau die Unzucht einsetze. Schopenhauer begann in heiklem ästhetischen Zusammenhang einen Satz mit den Worten: »Meinem Gefühl zufolge...« Und er fuhr fort: »Beweise finden hier nicht statt.«

Aber können wir wirklich nur mit mehr oder weniger plausiblen Gefühlen auf Interpretationen antworten? Oder damit, daß wir nah am Text – wie es so schön heißt – evident zu machen suchen, was uns selber nahe am Text schlagend evident geworden ist? Und was wir nun als allgemeineren Anspruch durchsetzen wollen? Da gilt es zu überlegen.

Ganz brutal gefragt: Gibt es nur den heiligen Text als solchen und mehr oder weniger strafbare subjektive Abweichungen? Wer so denkt, betreibt Text-Vergötzung. Der idealisiert ein System von Bezügen und Verweisen zur reinen Norm. Zur Idee. Und begeht damit paradoxerweise genau denselben Fehler wie die sich selbst auf Text-Kosten aufspielenden Überzeugungstäter, die gegebene Texte, alle szenischen und dramatischen und vielfältigen Konstellationen der Spielhandlung bloß für Äußerlichkeiten halten, für das zufällige, schlecht überlieferte, austauschbare Kleid über der eigentlichen Seele und Idee der Sache. So als ließe sich auseinanderklauben, was das Eigentliche sei und was die szenischen zeitbedingten Vorwände sind.

Die Exzentriker sind im Grunde Idealisten. Vielleicht glauben sie, konkret und modern und kritisch ihre Texte gegen den Strich zu lesen und zu inszenieren. Aber wenn sie Shakespeare aufführen, wenn sie dabei – unbewußt – zwischen Kern und Schale unterscheiden, dann machen sie sich offenbar zwar nicht der Text-Idolatrie schuldig, sondern – wiederum erstaunlich idealistisch – der Bedeutungs-Idolatrie. So als ob es ganz innen im Drama eine absolute Bedeutung gäbe, die gar nichts zu tun habe mit dem Zufälligen der äußeren Bestimmungen, der Szenenfolge, der ausgeführten Dialoge und Entfaltungen...

Ich habe hier den Begriff der umsetzenden, der belebenden Interpretation eingeführt, weil ich verhindern wollte, daß wir ins Gravitationsfeld naheliegender Antithesen geraten. Beim Theaterstück, beim Shakespeareschen Drama zumal, gibt es die Antithese zwischen »reinem Text« auf der einen Seite und hinzutretender »Interpretation« auf der anderen Seite nicht reinlich. Dieser allzu saubere Gegensatz ist nur eine Folge unsauberen Denkens. Gesetzt sogar, die Dramen wären nur Hörspiele, selbst dann enthielten die Sprechtexte keinerlei Hinweis auf Tonhöhe, Sprechtempo, Bedeutungsgewicht, Akzentuierung usw. Bereits beim Lesen in stiller Kammer »interpretiert« man, weil man irgendein Tempo, eine Bedeutung unterstellt. Das kommt vielleicht dem Studenten oder dem Regisseur »selbstverständlich« vor. Aber wer so argumentiert, verhält sich wie die Versuchsperson beim sogenannten Thematic Apperception Test, beim TAT, die auch im Brustton der Überzeugung behauptet, es sei doch ganz klar, was die Zeichnung meine, auf der ein junger Mann sich von seiner Mutter verabschiede, während eine andere Versuchsperson bei genau dem gleichen, bewußt neutral gehaltenen Testbild die Beziehung zwischen einem Herrn und einer Sklavin gestaltet finden wird.

Anders ausgedrückt: Der »reine«, uninterpretierte Bedeutungszusammenhang ist nicht nur schwer herstellbar, sondern undenkbar. Es gibt ihn nicht. Alle Kunstwerke, die sich umsetzen lassen, die lebendige Interpretation gestatten – wie eben eine Symphonie oder eine Shakespearesche Szenenfolge oder eine Bachsche Passion –, bedürfen auch dieser Interpretation. Vorher sind sie nicht etwa rein oder absolut existent – wie beispielsweise das Bild im Museum, das keinen Interpreten braucht, um vollständig zu sein. Nein, vor der Interpretation sind sie bloß halb. Nur eine Entwicklungsstufe, Formulierungsvorrat, poetische Schatzkammer. Stoff für Philologie. Aber noch nicht der »Macbeth«, der »Sturm«, der »Kaufmann von Venedig«. Damit dramatische Texte zu sich selber kommen, müssen Entscheidungen gefallen sein, an die man bei der Textanalyse vielleicht gar nicht denkt, zu denken braucht. Nämlich: Wie alt ist Lady Macbeth? 40 Jahre oder 22? Ist sie viel älter oder jünger als ihr Mann? Spricht sie schneller, bewußter, tiefer, bestimmter, gejagter als Macbeth? Oder genauso wie er? Ist sie seine Verdoppelung oder sein Gegentyp? Seine Hexe oder sein Alter ego? Ebendiese Umsetzungen der Interpretation kommen nicht etwa zur Sache hinzu – sondern sie machen die Sache aus. Eine Sache, die vorher nur was war? Entwurf? Oder hinreichende Andeutung?

Mag sein, daß Textkritik auch gleichsam vor der Gestaltung haltmachen kann, als ginge es um die Materialien eines Hörspiels, die man tonlos liest – es ist offenbar eine Fiktion, sich so etwas wie einen »Hamlet« *an sich* einzubilden. Es gibt nur den interpretierten, umgesetzten.

Aber während wir so folgern, rumort unterirdisch, mindestens so dringlich wie der Geist von Hamlets Vater, die Antithese. Nehmen wir an, ein Shakespeare-Stück sei uninterpretiert nicht möglich, ja denkunmöglich. Der Text selber muß doch mehr sein als nur Ausgangspunkt. Damit sinnvolle Interpretation möglich sei, muß es ein Drittes geben zwischen den beiden sattsam bekannten Extremen, daß große Texte entweder neutraler Vorwand sind für absolutes Regisseur-Temperament – oder Ausflucht für beflissenes Nicht-beteiligt-Sein jener Aufführenden, die beim Klassiker-Spielen glauben, sie dürften Ferien vom Ich machen...

Oder gibt es dieses Dritte doch nicht? Handelt es sich da um ein Phantom, um eine Qualität lebendigen Interpretierens, die – eben als Lebendiges – sich festrednerhafter oder logischer Definition entzieht?

Ohne Zweifel sind im Hinblick auf diese Probleme im Laufe der Jahrhunderte so manche Selbstverständlichkeiten verlorengegangen. Was ein Text so ungefähr will und was ein Regisseur, selbst wenn er eine intensive, politisch-ästhetische Privatphilosophie sein eigen nennen sollte, aus diesem Texte zu machen hat, dem er fair die Prioritäts-Chance einräumt – das mag vielleicht irgendwann einmal halbwegs sicher gewesen sein, Produkt einer vernünftigen Konvention, nämlich einer »Übereinkunft«. Aber heute ist das Wort »Konvention«, und erst recht das Adjektiv »konventionell«, ein Schimpfwort – und auch gestern kann die verbindliche Konvention radikal geirrt haben: etwa beim viktorianischen Aufführungsstil, den Peter Brook haßt, oder beim Gründgensschen Staatstheater-Shakespeare, der uns wahrscheinlich heute marmorn oder gipsig-brüchig hohl vorkäme.

Nehmen wir an, mittlerweile fehle diese Übereinkunft. Nehmen wir weiter an, es gäbe – wie Georg Hensel in der »Frankfurter Allgemeinen Zeitung« schrieb – gegenwärtig tatsächlich Schauspieler, Regisseure und Ensembles, die es für notwendig, ja für aufklärerisch halten, »ihre privaten Probleme und ihre Blickverengung dem Publikum einer ganzen Stadt aufzunötigen« – wie läßt sich dann der tradierte Text überhaupt noch emphatisch zum Bezugspunkt einer Aufführung, zum Inhalt und Titel eines Theaterabends machen? Wir wissen gut, daß Interpretation im Sinn unreglementierbaren Verlebendigens zum Text gehört. Und wir wissen, daß Fritz Kortner ein wenig recht gehabt hat mit seinem Bonmot: »Werktreue ist Faulheit.«

Wir haben nun die Frage, die sich im Titel versteckt, ausführlich entwickelt. Jetzt soll sie beantwortet werden. Die Antwort möchte ich zu illustrieren versuchen vor allem am »Kaufmann von Venedig« und an einigen Frauengestalten Shakespeares. Schließlich möchte ich eine Theorie doppel- oder mehrgleisigen und mehrsinnigen Shakespeare-Interpretierens skizzieren.

Fangen wir beim Verhältnis von Geist und Buchstaben an. Vornehme Tradition, zumal »klassische« Tradition war ganz selbstverständlich immer eine Tradition des wohlverstandenen, wohlgehüteten geistigen Gehalts. Eine Überlieferung des Gemeinten. Des Eigentlichen. Der Buchstabe, so fand man, stand so gut wie möglich philologisch abgesichert stets ja in den schönen Gesamtausgaben neuer Nachprüfung fähig. Aber der Geist, der Gehalt, das Kunstziel und Bedeutungsziel eines Werkes müsse beschworen, ernst genommen, vermittelt werden.

Und wie, wenn diese Haltung zu einer Fortschreibung wohltradierter Irrtümer oder Beschönigungen führt? Ob die Idee des Königtums in den Königsdramen nun eine hohe, anspornende Idee oder ein bloßer Vorwand sei für Grausamkeit, brutalegozentrische Zielstrebigkeit, imperialistisches Machtgelüst: Das beweist mir niemand, außer eben der Tradition, die es für Rechtens hält – und es kann durchaus auch zutreffen –, daß die Idee des Königtums eine positive Idee sei. So wie diese es für plausibel, für Rechtens hält, daß Prospero überlegen ist und streng gütig, Ophelia uneigennützig verliebt und nicht etwa karrieresüchtig bestrebt, an Hamlets Seite vor allem Königin von Dänemark zu werden. Solche Traditionen sedimentieren sich. Und dann ist ohne weiteres die effektvolle Gegenfrage möglich, die Wolfgang Böhm ja beim Faust bereits formulierte, als er 1931 seine Streitschrift »Faust, der Nicht-Faustische« publizierte, die sich ohne weiteres dahingehend ergänzen ließe, inwiefern eigentlich der Hamlet hamletisch sei ... Alle diese Verfestigungen halte ich für radikal kritikwürdig, kritikfähig. Jeder große Text muß zugleich gelesen und gegen den Strich gelesen werden können. Aber wer meint, er könne sich nun ohne weiteres aus dem jeweiligen Dramenleib herausschneiden, was ihm das Liebste oder Angemessenste dünkt, dem wäre hier mit Porzia zu antworten: »Wart noch ein wenig.« Denn: Zwar kann und darf in jeder irgendwie plausibel zu machenden oder sinnvollen Richtung verändert, erneuert, korrigiert werden, was man den »Geist« eines Werkes nennt, die mehr oder minder zeitbezogen tradierte, übermittelte Rolle. Ob Hamlet ein idealistischer Prinz, ein unsteter Melancholiker oder ein böser Egozentriker ist, der sich irreligiös verhält: Über den diesbezüglichen Geist des Stückes sind keine absoluten Aussagen zu machen. Das weiß man nicht; nicht mehr. Aber keineswegs der Interpretationsfreiheit unterworfen ist der Buchstabe, so weit er gesichert und halbwegs plausibel vorliegt. Jede Shakespearesche Szene, jedes Wort ist prinzipiell als zwingende Vorschrift aufzufassen – sonst fängt Willkür an, oder was man als verehrungsvolle, freche, beziehungsweise bedenkenlos beliebige Paraphrase bezeichnen könnte.

Rolf Hochhuth, der zeitgenössische Dramatiker, hat einmal gesagt, gegen alle möglichen absurden Veränderungen oder Verbesserungen oder Totalverkleidungen der Klassiker sei nichts einzuwenden, die hielten das schon aus. Aber die modernen Autoren müßten schon textgetreu aufgeführt werden, weil sie sonst um jede Chance kommen. Wir verstehen schon, was Hochhuth meint. Nur bin ich dafür, auch dem Klassiker eine Chance zu geben. Denn so sicherer Besitz sind nun wieder die Klassiker auch nicht, daß sie ohne weiteres aufs Spiel gesetzt werden dürften. Wo hat, zum Beispiel, in Deutschland während der letzten Jahrzehnte eine »Hamlet«-Aufführung stattgefunden, die man leidenschaftlich gern irgendwelchen Shakespeare-verunsicherten jungen Leuten empfohlen hätte: Schaut euch das an, dann wißt ihr, um was es im »Hamlet« geht...

In den fünfziger und frühen sechziger Jahren hatte das noch anders ausgesehen. 1960 etwa, als von den zornigen jungen Leuten viel die Rede war, erschien der Hamlet auf vielen Bühnen tatsächlich als Variante des angry young man, des zornigen jungen Mannes: heftig, finster und drohend. Nicht erst der Befehl des nächtlichen Geistes forderte einen schwächlichen, von allzuviel Wittenberger Studien intellektuell zugleich übersteigerten und gelähmten jungen Burschen auf seine mörderische, von Liebe, Vertrauen und Mutterbindung weg ins immer Gräßlichere führende Bahn, sondern da grollte von vornherein ein bärenhaft starker Kerl und lehrte seine Verwandten das Fürchten. Keine Jünglingsattrappe, mit Samt gepolstert, sondern ein Böser.

Franco Zeffirellis römische »Hamlet«-Inszenierung wiederum wäre ohne den damals allzu beliebten Begriff des Teenagers kaum möglich gewesen: ein bitterlich weinendes, zu junges Geschöpf, das seiner Aufgabe nicht gewachsen sein kann. Keineswegs forciert melancholisch, sondern gern gescheit; jemand, der das Requisiten-Pappschwert jener hassenswerten Schauspieler zerbricht, die Hekuba zwar beweinen, aber die Welt nicht ändern können. In den fünfziger Jahren wiederum führte Jean-Louis Barrault den Hamlet als spöttischen Intellektuellen vor, romanisch-melodramatisch, aber ohne den sonoren Hamlet-Ton, an den deutsches Staatstheater uns gewöhnt hatte. Barraults Hamlet war ein Ungläubiger, jemand, der zum Lachen und erst recht zum Verlachen neigte. »Schwachheit, dein Name ist Weib«, diesen Satz lud er nicht mit Grimm oder trauriger Enttäuschung auf. Das war für ihn nur eine Pointe, ein guter Witz.

Diese hier soeben beschriebenen »Hamlet«-Auffassungen bemühten sich gewiß, der tradierten Überlieferung, dem Geist des allzuviel kommentierten Werkes gegenüber unbefangen zu sein – aber doch den Buchstaben stehen zu lassen. Sich an ihn zu halten. Dabei kann natürlich auch langweiliges, totes oder stumpfsinnig repräsentatives Theater entstehen... Und es wird dann mit Sicherheit herauskommen, wenn ihrerseits verunsicherte oder gar mutlose Schauspieler den Text sozusagen bloß verdoppeln, unüberzeugt und darum unüberzeugend verdoppeln. Wenn sie also Shylock »abliefern« wie ein Requisit – als sei er auch ohne engagierte Subjektivität der Darsteller bereits fertig. So macht man ihn fertig.

Bei der Interpretation großer Texte darf also gegen den vermeintlichen Geist der Sache revoltiert werden, nicht aber gegen den Buchstaben. Ist nun diese Forderung darum unerfüllbar, weil von mancher Szene mehrere Fassungen, mehrere wörtlich verschiedene Überlieferungen vorliegen können? Das ist kein logischer Einwand, sondern ein sophistischer. Alle aus der Hand eines Autors kommenden Texte sind selbstverständlich als gleichermaßen original zu betrachten – auch die späteren Korrekturen. Beide Fassungen sind gleich authentisch. Regisseur und Dramaturg dürfen wählen, einrichten. Der originärste, allererste Text muß nicht der beste sein, übrigens. Denn, Jean Paul hat es bereits so formuliert, warum soll eine Korrektur nicht genau so, oder mehr, inspiriert gewesen sein wie der erste Einfall?

Doch spekulieren wir weiter: Man spielt doch Shakespeares Texte, weil man meint, daß sie wichtige und gewichtige Einsichten, beziehungsvolle und erhellende Szenenfolgen, konkrete und unerschöpfliche Erfahrungen oder Visionen vom Menschenmöglichen auch in unsere Zeit transportieren. Gesetzt nun, Shakespeares Intelligenz konkretisiere sich nicht in irgendeiner allgemeinen Wesensschau oder poetischen Thesenhaftigkeit, sondern durchaus in der Konstruktion und der peniblen Abfolge von lauter winzigen und bedeutungsvollen Einzelheiten. Wie ist das alles mit der Vieldeutigkeit großer Kunst in Einklang zu bringen?

Antwort: Gerade wegen dieser Vieldeutigkeit, diesem Signum fast aller bedeutenden Werke der traditionellen Kunst, ist das werktreue Beharren auf den vorgegebenen Einzelheiten wichtig.

Je bedeutender ein Text ist, desto mehr läßt sich aus ihm herausholen, in ihn hineinlesen. Aber das große Drama macht da eine Unterscheidung nötig: Es umschließt die *gebundene Vieldeutigkeit*, während dem konfusen, platt-widersprüchlichen Stück eher innewohnt, was man als *faule Vieldeutigkeit* bezeichnen könnte. Diese faule Vieldeutigkeit war beispielsweise im brillanten Marat/Sade-Stück von Peter Weiss anzutreffen, wo Irre mit interessanten Geisteskrankheiten die Rolle von Helden der Französischen Revolution darzustellen hatten, ohne daß zwischen der jeweiligen Krankheit und der jeweiligen Rolle mehr als eine Zufalls- oder Gegensatzbeziehung festzustellen gewesen wäre. Auch bei Jean Cocteau gibt es oft Symbole sozusagen ohne Bedeutung. Die gebundene Vieldeutigkeit Shakespeares hingegen fordert Versenkung ins einzelne. So steht beispielsweise keineswegs fest, daß Hamlets mörderischer Onkel, der König Claudius, wirklich nur grob und brutal sei, wie der eifersüchtige Hamlet sich und andere glauben machen will. Hamlets Vater nämlich, der es immerhin wissen müßte, charakterisiert den Bruder und Nachfolger als geistreichen, begabten Verführer! Wenn man nun fixieren möchte, wie sich dem Hamlet die Instanz Vater entgegenstellt, stößt man immerhin auf eine dreifache Brechung. Hamlet hat mit zwei Vätern zu tun. Da ist der lebende Stiefvater als verhaßtes Eifersuchtsobjekt als Nebenbuhler, kräftig, männlich, von der Mutter geliebt (wie Hamlet selber es wohl gern sein möchte). Da ist der tote Vater, der natürliche Vater, ein respektheischendes »Vorbild«: anscheinend nicht gerade naiv-kindlich von Hamlet geliebt. Dritte Brechung: Verdient die nächtliche Vatererscheinung, und sei sie noch so glaubhaft, so konkret, seien ihre Äußerungen noch so nachprüfbar, überhaupt Vertrauen? Der Geist könnte, so überlegt Hamlet, auch ein Spukbild gewesen sein. So sieht gebundene Vieldeutigkeit aus.

Hier argumentiert weder ein enthaltsamer, vorsichtig-diskursiver Philologe noch ein theatralischer Überzeugungstäter. Sondern wir bewegen uns in jenem etwas verdächtigen Bezirk, wo nicht vollständig naturwissenschaftlich exakt belegt, aber auch nicht engagiert darauflos spekuliert werden kann, wo die Plausibilität phantasiebeschwingter und phantasiegefährdeter Urteilskraft entscheidet. Adorno sagte: »Denken ist unwissenschaftlich.«

Die Debatte darüber, was zulässig sei oder was man als Verhunzung großer Gegenstände bezeichnen könne, ist leidenschaftlich geführt worden. Sie wird nicht aufhören, solange man sich überhaupt noch für Shakespeare interessiert. Erinnern wir uns an den »Kaufmann von Venedig«. Lassen wir uns nicht ablenken durch gewiß sinnvoll gliedernde Hinweise auf das »Schauspieler-Theater«, das »Regisseur-Theater«, das

»Literatur-Theater«. Jedes dieser Genres kann langweilig, interessant, notwendig oder unangemessen sein. Beharren wir auf der Frage: Ist ein Stück verantwortlich aufgeführt worden, wenn der letzte Akt absichtsvoll unverständlich bleiben mußte?

Weiter: In der von Shakespeare entworfenen halb realistischen, halb märchenhaften Konstellation ist Shylocks grimmiger Rache-Mordversuch noch erträglich, noch verstehbar, theater-spielbar. In Bochum fügte Peter Zadeks gräßlich überdrehte Aufführung dem Text verbindlich-verantwortliches, modernes juristisches Denken hinzu. »Was sag' ich! Blut ist flüssiges Fleisch«, hieß es einmal. Oder auf Bassanios Frage: »Willst du ihn langsam zu Tode martern?«, antwortete Shylock souverän: »Ich nehm's nur in Raten – ist Euch der Spott vergangen? Der alte Shylock hat seinen Spaß.« Doch auf einer Ebene, auf der solche Sätze möglich sind, wird sogleich das Spielstück unmöglich. Oder es wird zum unverbindlichen, theatralischen Zeitvertreib.

Nun provoziert gerade dieses Shakespearesche Mischverhältnis aus Spielerischem, Märchenhaftem und Bedeutungsvollem gewiß zum Akzentuieren und Umfunktionieren. Shakespeare-Aufführungen, alle Interpretationen, alle Deutungen und Erwägungen, die über bloße Statistik hinausgehen, nehmen tatsächlich Stellung zu dem geheimnisvollen Spannungsverhältnis zwischen dem Element des Spielens und dem Element des Charakter- bzw. Problementwickelns. Die Spielkomponente macht haltbar, verleiht Schutz, rundet und schirmt ab, sie distanziert. Die Problemkomponente beunruhigt, regt auf, demonstriert, verleiht Gewicht. Die beiden Komponenten lassen sich nicht säuberlich auseinanderlegen, was aber keineswegs den Schluß erlaubt, es gäbe sie nicht oder sie seien identisch. Der Gegensatz zwischen der Spieltendenz und der Problemtendenz, wo eine Komponente die andere zugleich relativiert und hält, läßt sich am »Kaufmann von Venedig« sinnfällig verdeutlichen. Ist es ein Stück über Antisemitismus – auch wenn dieses unwürdige Verhalten damals einen anderen oder keinen Namen gehabt haben sollte ...? Wird nicht der alte Jude vom feineren Juden namens Tubal fast sadistisch verhöhnt? Wütend beklagt Shylock den Verlust des Geldes und Verlust der Tochter. Nur die Christen, die Shylocks Tochter raubten, stahlen ihrerseits keineswegs bloß das Mädchen, sondern gleichfalls Geld. Antonio wiederum, dem Shylocks schärfster Haß zu gelten scheint, ist der relativ anständigste Christ. Aber seine Humanität ähnelt wiederum nur dem noblen, fairen Verhalten von Clubmitgliedern untereinander. Menschenfreundlichkeit als Klassenfrage ... Und die siegreichen Christen pressen dann ihrerseits Shylock zum Christentum, so wie man dem Jago halt auf der Folter das Reden und Beten beibringen wird. Ein sophistischer Trick besiegt Shylock. Das sind gewiß grandiose Problemstellungen. Sieht man aber am Gesamtkonzept des Stückes vorbei, als handele es sich nur um ein Drama über Antisemitismus, dann scheint Shakespeare plötzlich zu versagen. Wo? An der Stelle, wo das Problem unversehens der *Mathematik der Spielform* zu unterliegen scheint. Im fünften Akt spielen die Christen, nachdem sie Shylock in ihren Tugendkosmos hineingezwungen haben, auf den ersten Blick eine Mischung aus Verlobten-Komödie und Sommernachtstraum und Ring-Geplänkel. Heißt das, die Shylock-Tragödie ende platt? Oder heißt es nicht eher, Shakespeare habe sie vorsichtig unter seinen Theaterhimmel gebracht, wo sie noch Ewigkeiten ausharren kann, von keiner vollständigen Lösungsantwort gefesselt? Piscator fügte vorsichtshalber in Berlin erläuternde Inschriften, Ghetto-Erklärungen und Hinweise auf Venedigs Handelsusancen hinzu. Er wollte aus Shakespeares Drama ein Brechtisches Lehrstück machen ...

Beim »Kaufmann von Venedig« läßt sich der Gegensatz zwischen Spielerischem und Problematischem einigermaßen demonstrieren. Es ist aber bei Shakespeare nie ein »reiner« Gegensatz, ein klarer Übergang. Da, wo Shakespeare noch so unbefangenes Theater zu machen scheint – etwa bei der Halbtrottelei des Polonius, der voller Erfahrung ist, nur eben ohne Urteilskraft und dafür mit dem Tode büßen muß –, tritt unversehens Shakespeares abgründige Lebenserfahrung zutage. Da aber, wo man auf Problemlösungen und Antworten wartet, blicken einem schon längst die unergründlichen Maskenaugen des Spiels entgegen. Manchmal dringt das Thema der Spielvergegenwärtigung sogar ausdrücklich in den Ablauf. Kurz nach Cäsars Ermordung sagt Cassius, während die Verschwörer ihre Hände in Cäsars Blut tauchen: »In wie entfernter Zeit wird man dies Schauspiel wiederholen. In neuen Zungen und mit fremdem Pomp.« Also, zum Beispiel 1599 im Londoner Globe Theatre. Wenn ein paar Jahrhunderte später Giraudoux' Alkmene – in »Amphytrion 38« – wissen will, wie sie denn den Zeus unterhalten soll, antwortet Merkur lächelnd, daß es dem Göttervater nicht hauptsächlich auf das Gespräch ankomme und daß die Dichter kommender Jahrhunderte Alkmene alle Konversationssorgen abnehmen würden. Das ist ungemein elegant und kam, als rein verspielter Verfremdungstypus, bereits bei Shakespeare vor.

Zurück zum »Kaufmann von Venedig«: Im Drama finden sich ein paar Aussagen, die darauf hindeuten, daß Antonio den Bassanio innig und entsagungsvoll liebt. Antonio liebe die Welt nur um Bassanios willen – erläutert zum Beispiel Solanio. Antonio will den Opfertod sterben. Damit muß nun aber die Ring-Komödie in Zusammenhang gebracht werden. Der Ring ist ein Symbol liebevoller Zusammengehörigkeit. Bassanio liebte Antonio, wendet sich der Porzia zu. Sie gibt ihm den Ring. Tritt Heterosexualität an die Stelle von Homosexualität? Als Richter, als Mann verkleidet, läßt sich Porzia nun von Bassanio, nach der Gerichtsverhandlung, den Ring belohnungshalber geben. Und sie tadelt dann den unseligen Geliebten dafür, daß er den Ring einem Manne gegeben habe, scherzt aber, es werde wohl doch ein Weib gewesen sein...

Anders ausgedrückt: Falls der Ring als Zeichen sexueller Zuwendung verstanden werden kann, symbolisiert er zugleich sexuelle Mehrdeutigkeit und Zusammengehörigkeit. Es ist ein Beziehungsmuster unterhalb anderer Muster. Und das in Shakespeares Männertheater! Entscheidet man allzu rasch, was belangvoll sei und was nicht – dann übersieht man solche ausgeführten Kontrapunkte...

Hier stoßen wir auf Muster, auf kontrapunktische Beziehungsmuster, denen manche modernen Regisseure zumindest auf der Spur sind.

Denn fürs Theater gilt: Was nicht verboten ist, das ist erlaubt, und was bereichert, das ist sogar geboten! Nun, eine Bereicherung ist es, wenn zwei möglichst entgegengesetzte, in ihrem Wesen möglichst verschiedene Systeme auf der Bühne zueinander in spielerische oder distanzierte oder unmittelbare Beziehung gesetzt erscheinen. Auch, aber dies ist nur eine Nebenbemerkung, Originalität stellt sich ja am ehesten dann her, wenn es einem produktiven Kopf gelingt, ganz verschiedene Strukturen oder Muster miteinander so in Verbindung zu bringen, daß neue, überraschende, eben originelle Verbindungen zustande kommen. Nehmen wir also an, ein Regisseur beachte bei einer Aufführung des »Kaufmann von Venedig« das Buchstäbliche angemessen und er inszeniere die Tendenzen sinnvoll. Da wäre es dann keine Überfremdung und kein Sakrileg, wenn im vertrauten Muster, kontrastierend, das Unvertraute deutlich würde. Die Tragödie Antonio/Bassanio, die fast zum Opfertod geführt hätte. Der sozusagen Schuldige wird dafür mit den Ring-Qualen bestraft. Es käme nur darauf an, daß ein solches Zeichensystem sich vom mitgeteilten Zeichensystem der offenbaren dramatischen Handlung kontrastierend abhebt. Und darauf, daß es, zumindest in sich stimmig, etwas deutlich macht.

So gesehen, habe ich nie begriffen, warum für alle Puristen der vielgeschmähte »Hamlet im Frack« die allerschlimmste Entweihung darstellt. Wenn alle Protagonisten dieser Tragödie in moderner Gesellschaftskleidung auftreten, wenn der Regisseur es fertigbekommt, zu zeigen, daß es neben einem wörtlich verstandenen »Hamlet« auch den als Konversationsstück verstehbaren »Hamlet« gibt, dann wäre das gar kein so sinnloses Ergebnis. Heinz Hilpert verstand es in seinen besten Shakespeare-Komödieninszenierungen durchaus, zwischen sorgfältig nachgeformter Handlung und revuehaft, musicalhaft eingeführter, leicht ironisierter Schubert-Musik – ich erinnere mich einer Aufführung der »Komödie der Irrungen« –, eine nicht nur punktuelle, sondern ausgeführte Beziehung herzustellen.

Auch »Klamotte« muß präzis sein. Muß ein eigenes Zeichensystem bilden.

Am deutlichsten, extremsten und kühnsten versuchte der Regisseur Klaus-Michael Grüber, kontroverse Zeichensysteme einander erläutern zu lassen. Am weitesten ging er damit bisher, wenn ich recht sehe, freilich nicht bei Shakespeare, sondern bei Hölderlins »Empedokles«, wo er der ruhig, wenn leider auch nicht überzeugend gebotenen Empedokles-Flucht-Tragödie das Geschehen in einem von Flüchtlingen erfüllten Bahnhofswartesaal aufregend entgegensetzte. Während Grüber früher, bei einer Frankfurter Brecht-Inszenierung nur die völlige Umfunktionierung des Textes versuchte und dort ein sehr viel weniger interessantes Ergebnis zustande brachte.

Die Herstellung solcher kontrastierender Verweisungssysteme innerhalb einer Interpretation meint nicht die spezifische oder die Entwicklung provozierte Ausformung etwa Shakespearescher Frauencharaktere. In vergegenwärtigendem Übereifer neigen wohlmeinende Regisseure offenbar dazu, Shakespeares Heldinnen entweder grell munter, oder, im Falle des Gefühls, gleich wieder weihnachts-märchenhaft-herztausig sich verströmen zu lassen, was beides gleichermaßen peinlich sein kann. Aber ist die Porzia nicht beispielsweise auch ein weiches junges Ding, das vergnügt und unbedroht scherzt, dann plötzlich die schlimme, durch keinen Gnadenzuspruch erschütterbare Wirklichkeit kennenlernt, und ist Desdemona nicht auch eine sehr vornehme Venezianerin, die den Othello unwillentlich genau an jene Kreise Venedigs erinnert, die er haßt, und die ihren Mann durch nichts heftiger reizt als dadurch, daß sie junge Leute aus jener Jeunesse dorée Venedigs protegiert?

Aber indem es etwa dem Regisseur Alfred Kirchner gelang, in seiner Bremer »Was-ihr-wollt«-Inszenierung den Stromkreis des Begehrens und Verliebtseins als etwas sozusagen Absolutes, »Anonymes« darzustellen, fügte er dort durchaus Spezifisches hinzu. Liebe war da nicht unbedingt an Personalität und Geschlecht gebunden. Die Komödienfiguren dieser Aufführung hatten – und das gilt für Shakespeares Lustspiele genauso wie für Mozarts »Cosi« – alle etwas Insektenhaftes, Pan-Erotisches. Sie liebten nicht nur jemanden, sondern die Liebe schlechthin.

Was übrigens Shakespeare mit dem Haushofmeister Malvolio anstellt, das überschattet doch alle Entlarvungsversuche, die zwischen Molière, Sternheim und Brecht unternommen wurden. Malvolios Ehrgeiz, seine Eitelkeit, sein widerliches oder affiges Herrschen- und Demütigen-Wollen kommt heraus mit Hilfe eines Grundreizes. So wie die Frankfurter Soziologen für ihre Gruppendiskussionen einen Grundreiz ausstreuen, verfänglich harmlose Fragen – etwa: »Finden Sie nicht auch, daß manches Gute an Hitler war, was heute verschwiegen wird?«, worauf die Bestialität oder das Ressentiment sich meist ganz herrlich offenbaren –, so ist der Grundreiz für Malvolio ein gefälschter Brief. Daß er liebt, und sich geliebt glaubt, sollte ihn ja zunächst ein wenig sympathisch machen. Aber der stärkere Grundreiz, daß er auf die Vorschläge hereinfällt: sei stolz, hochnäsig, lächle dauernd, führe unentwegt politische Gespräche – das macht ihn zum Blamierten, zum Opfer und ein wenig zu dem, was die Tragödienhelden alle sind: zum Amokläufer!

Warum übrigens nimmt kein Regisseur Shakespeares Vorschlag auf, den Malvolio enervierend politisieren zu lassen? Immerhin: Malvolios Natur kommt heraus, aber das Experiment war ein böser, sympathie-heischender Grundreiz; und die Gehirnwäsche am Schluß ist fast unmenschlich. Malvolios ist das Schicksal des vital zu kurz Gekommenen, der sich rächen will.

Man sieht seinen engen Scharfsinn auf absurd falschen Wegen, und das ist natürlich absurd komisch. Er ist kein »Faschist« natürlich – aber er deutet an, auf welchem Boden das Verklemmte, Böse gedeiht. Wenn man nur über ihn lacht, hat man freilich nicht begriffen, was da alles mitspielt. Erstens geradezu Allgemein-Menschliches. Überall amüsiert sich das Publikum über den Streber, der hoch hinaus will. Der – selber verkümmert – endlich den Tag der Rache gekommen glaubt. Die Lachenden denken: »Shakespeare, ich danke dir, daß ich nicht bin wie dieser da!« (Darüber lacht Shakespeare.) Und er hält alles in der Schwebe. Lustspiel bedeutet, daß im Finale alle zusammenfinden. Malvolio läuft weg. Osmin läuft weg. Beckmesser läuft weg.

Malvolio ist aus dem Kosmos herausgefallen. Nur: Er soll zurückgeholt werden, weil man ihm übel mitgespielt habe. Diese Geste bedarf der »Interpretation«. Sie darf nicht gestrichen werden. Früher hat man sie als Herstellung der Komödienharmonie verstanden. Die Welt ist sinnvoll geordnet. Heiterkeit und Herzlichkeit überwinden in der Komödie Dissonanzen. Heute denkt man eher, die versöhnliche Geste des Herzogs stelle nur eine Scheinharmonie her – sei nicht von gleichem Bedeutungsgewicht wie Malvolios Zusammenbruch und sein Racheschwur. Der Komödienernst täusche.

Aber auch diese Interpretation gilt nur, wenn sie aus dem Buchstäblichen entwickelt werden kann. Sonst setzt man eine vage Zeitstimmung einer Shakespeareschen Konkretion entgegen.

Bei Veränderungen trägt selbstverständlich immer der Verändernde volle Beweislast gegen Shakespeare. Wer sich hingegen Shakespearescher Szenarien bedient, um aus ihnen irgend etwas herauszubrechen, was ihn im Augenblick gerade interessiert, der betreibt Kulturheuchelei. Denn er hat an

Shakespeares Prestige teil, ohne ihm im Ernst entsprechen zu wollen. Wer sich auf Shakespeares Autorität beruft, muß ihn auch zu Wort, zu Buchstaben kommen lassen, oder der muß die Bearbeitung als Bearbeitung deklarieren, welche den Namen Shakespeare nicht mehr rechtfertigt, wenn bloß die »Stoffe«, die Allgemeinheiten transportiert werden. (1976)

Kulturkritisches und Allgemeines

Glanz und Elend der Entertainer

Daß die großen Entertainer, die populären, vielgeliebten und vielbeneideten Medienstars, irgendwann einmal an eine Grenze kommen, daß sie auf – von ihnen als Kränkung, böse Überraschung, Verschwörung oder Frevel empfundenen – Widerstand stoßen, daß auch eigener Übermut oder feindselige Denunziation sie bis zum endgültigen öffentlichen »Aus« gefährden kann – muß alles dies wirklich so sein? Steckt dahinter gar eine Gesetzmäßigkeit, der selbst ein Herbert von Karajan, ein Werner Höfer, ein Justus Frantz nicht zu entgehen vermochten oder vermögen? Also die (fast tragödiennahe) Verknüpfung von Erfolg, Hochmut, Übermut, Abheben und Fall...?

Nennt man hierzulande jemanden »Entertainer«, dann mischen sich in dieser Tätigkeitsbeschreibung respektvolle Anerkennung eines Temperamentes mit sanfter Abwertung eines Charakters. Lobt man gar jemanden als »guten Entertainer«, dann klingt ein »aber...« unüberhörbar mit: Der gute Entertainer habe zwar nichts zu sagen, tue das aber durchaus amüsant. Demnach steht offenbar der Entertainer in direktem Gegensatz zu einem solide seine Arbeiten verrichtenden, seriös-stillen Fachmann. Das Problem läßt sich mit einigen edlen Kernsätzen folgendermaßen zusammenfassen. Dem braven »Mehr sein als scheinen« wird das »Hochmut kommt vor dem Fall« entgegengehalten, weil die »Bäume nicht in den Himmel wachsen« dürfen – wie es unsere Sprichwörter wissen und wollen, diese manchmal verdammt ressentimentgeladenen Mischungen aus Orakel und gesundem Menschenverstand.

In Wahrheit ist aber nicht der »Profi« eigentlicher Gegentyp des Entertainers, sondern – der Langweiler! Wer im Bezirk des Musischen oder Literarischen seine Sache mit Schwung betreibt, mit – bemerkenswerterweise lauter Fremdwörter – Charme, Charisma, Erotik, der hebt sich natürlich ab von den grauen Mäusen aller Sparten. Der kann etwas bewirken. Auf eine Fan-Gemeinde zählen und mit positiven, ja oft sogar kritiklos enthusiastischen Erwartungshaltungen vieler seiner Hörer, Leser, Geldgeber rechnen.

An alledem ist zunächst nichts Bedenkliches, gar Verwerfliches. Im Gegenteil: Das öffentliche geistige Leben scheint förmlich angewiesen zu sein auf solche mehr oder weniger selbstbewußte große einzelne, deren Tun nicht bloß korrekt ist, sondern interessant, deren Ausstrahlung nicht brav ist, sondern brillant, deren Kunstverständnis nicht bloß gediegen ist, sondern liebevoll, passioniert. Nur solchen Figuren gelingt es nämlich, die Spezialisten-Schallmauer zu durchbrechen, wirklich allenthalben bekannt, beredet, geschätzt zu werden, statt höchstens im engen Fachzirkel geachtet tätig zu sein. So schuf ein Karajan sich seinen Orchestersound, seine Salzburger Festspiele, sein weltweites Stammpublikum. Und so machte Justus Frantz aus Schleswig-Holstein ein Festspiel-Musterländle mit Bernstein, Celibidache und vielen, vielen Veranstaltungen jährlich.

Es wäre falsch zu unterstellen, Erfolge, die eine gewisse Zeit andauern, ja sich vergrößern und eine Art Eigenleben entwikkeln, könnten schlicht auf Hochstapelei beruhen, auf Beziehungskungelei (»Wen ich fördere, der soll mich auch engagieren«), auf Opportunismus. Ohne Qualität behauptet sich im öffentlichen Leben über die Jahre hin niemand.

So weit, so gut. Die eigentliche *Gefährdung* wächst aber mit dem zunächst wohlverdienten *Erfolg*. Dabei geht es, einigermaßen vertrackt, so zu: Wer das faszinierende Talent besitzt, Pultstar, Medienstar, Branchenstar zu werden, provoziert grundverschiedene Reaktionen. Sicherlich die *Mißgunst* derer, die sich auch für begabt halten, denen aber die vergnügte sinnliche Lebendigkeit des Entertainers abgeht. (Kein Wunder, daß Justus Frantz den unwiderlegbaren Satz formulierte: »Neid ist in Deutschland die Form der öffentlichen Anerkennung.«) Mit dem Neid kürzergekommener Kollegen und Kritiker kann ein erfolgreicher Entertainer leben. Etwas viel Schlimmeres tritt als Konsequenz populären öffentlichen Erfolgs hinzu. Nämlich die Rechtfertigung durchs selbstzufriedene Pochen aufs »Ausverkauft«. Was kümmert mich euer Gemecker, sagt der Entertainer auch zu freundschaftlichen Warnern: Mein Publikum kommt doch in hellen Scharen. Und die Umgebung, die »Entourage« (Stars wie Bernstein, Horowitz, Karajan waren ja umzingelt von Menschen, die von ihnen lebten und darum ihre Brotgeber vergötterten, vergötzten aus gutem, opportunistischem Grund), bestärkt die durchs »Ausverkauft«-Schild verwöhnten Kultfiguren in ihrer Selbstsicherheit.

Jetzt kann etwas Schlimmes passieren. Der Entertainer überschreitet eine Grenze, die alles entscheidend ist, gleichwohl unsichtbar wie der Äquator. Nämlich die Grenze zwischen *einerseits* menschenwürdiger, direkt verständlicher sachzugewandter Vermittlung von Werken, Gedanken und lebensbereichernden Qualitäten für diejenigen, die sonst nichts verstehen, die unberücksichtigt bleiben, weil sie dem Insider-Jargon weder folgen können noch wollen – und, *andererseits*, dem leichtsinnigen, erfolgsgewissen »Tingeln«. Also dem weniger vom Sachinteresse als von Geldgier und unhemmbarem Selbstverwirklichungsrausch des Entertainers motivierten Wahn: »Was kann mich hindern!« Daran scheiterten bereits Macbeth, Napoleon, Hitler. In der Kunst wird nicht so leicht gestorben. Doch dieser Wahn verbitterte Karajan und den Berliner Philharmonikern leider beträchtlich die letzten Jahre. (Er wollte halt unbedingt ins »nächste Medien-Jahrtausend«.)

Justus Frantz – gewiß kein Interpret Karajanschen Weltranges, wohl aber ein geläufiger Pianist, ein Organisator, Veranstalter, TV-Plauderer von enormer Beliebtheit – empfand zuletzt kaum mehr Sachwiderstand. Er dirigierte auch: die gefürchtete »Zauberflöte«, von Beethoven »alle Neune«, Orff. Keine böse Ahnung warnte ihn. Seriöse Musiker, egal ob Alban-Berg-Quartett oder die Petersburger Oper, waren mit von der Partie. Aus irgendwelchen Gründen »lohnte« es sich für die Beteiligten immer. Erst die unbefangeneren, ganz jungen Leute des Schleswig-Holstein-Festspielorchesters probten den Aufstand gegen einen Dirigenten, von dem sie lernen sollten, obwohl er selber das Dirigieren noch nicht so recht beherrschte.

Wann aber wandelt sich der menschenfreundlich *populäre* Entertainer in einen unaufhaltsam *populistisch* absahnenden Sektierer? Genau dann, wenn jene *Selbstbesessenheit*, die zu jeder Ausnahmekarriere gehört, alle *Sachbesessenheit* austilgt, ohne die im Kunstbezirk nichts Sinnvolles entsteht.

Jetzt will der Leser nur rasch noch wissen, wie man erkennt, ob jemand zu den Böcken oder Schafen gehört, ob er also noch ein populärer Entertainer oder schon ein populistischer Sektierer ist. Antwort: Gäbe es eindeutige, computerabrufbare Indizien dafür, dann brauchten wir überhaupt keine Kritiker, Rezensenten, Fachleute, Redakteure, Kunst-Professoren, »Kompetenten« mehr. Die alle streiten ja Tag für Tag, Buch für Buch um ebensolche Fragen. Ganz sicher ist Gott sei Dank nichts und niemand. (1994)

Müssen Künstler vor der »Kunst« kuschen?

Die unvergessene Theaterchefin und Regisseurin Trude Kolman war vor keiner Premiere unglücklicher als vor ihrer Münchner Erstaufführung von Anouilhs »Majestäten«. Sie hätte doch stolz darauf sein können, dies hübsche Napoleon-Stück auf der Bühne ihrer »Kleinen Freiheit« darbieten zu dürfen, es den großen Theatern weggeschnappt zu haben. Aber sie litt. Denn in den »Majestäten« macht sich Anouilh (in Gestalt von Ludwig XVIII.) lustig über den Moralismus von Emigranten, die in ihr Vaterland zurückkehren und sich über die Gemeinheiten oder Opportunismen der Daheimgebliebenen erregen. »Alle, die geblieben sind, haben mehr oder weniger Verrat geübt«, jammert der gekränkte Remigrant Blacas wahrlich nicht grundlos. Darauf der König: »Sie haben gelebt. Das ist noch nie sehr einfach gewesen. Und was die Zuhausegebliebenen auch getan haben mögen ... sie allein waren in dieser Zeit Frankreich ...«

Gefährliche Sätze, zugegeben. Schrecklich für Trude Kolman, die selber Emigrantin war und Anouilhs (vermeintlichen) Zynismus nicht ertrug.

Was sollte sie nun tun? Das (vielversprechende) Stückchen lieber doch nicht spielen – und auf lebenswichtige Einnahmen verzichten? Anouilhs Argumentation umdrehen oder den Bourbonenkönig wie einen irrenden Verrückten faseln lassen?

Sich im Programmheft von Anouilhs Tendenz distanzieren (à la: »Wir stellen zur Diskussion, sind aber vom Gegenteil überzeugt.«)? Den König während der Vorstellung aus der

Rolle treten und korrigierende Gedanken vortragen lassen zur Frage nach der Moral und danach, wo das »wahre« Frankreich (oder eben das »wahre« Deutschland) während der Diktatur gewesen sei – in Form eines Manifestes?

Alles das machte sie nicht. Sondern etwas Feiges, Schlaues, nicht Unstatthaftes, aber Anfechtbares. Die sonst so tapfere Prinzipalin strich die Sätze, die ihr nicht paßten ...

Das ist lange her. Vor nicht ganz so langer Zeit geschah in Mailand folgendes. Der große Pianist Maurizio Pollini, von der Wahrheit des italienischen Kommunismus durchdrungen und von der Unseligkeit bestimmter kapitalistischer Machenschaften überzeugt, spielte an einem Klavierabend nicht nur Klavier, sondern verlas auch ein flammendes politisches Bekenntnis. Doch, so wird berichtet, die Mailänder buhten dazwischen. Sie wollten im Konzert Musik – aber keine Rede.

Vor einiger Zeit hat am Münchner Residenztheater ein vorzüglicher Schauspieler zu erkennen geben wollen, daß er nicht nur neutraler Allzweckkünstler, sondern denkender Staatsbürger ist. Er hat während der Aufführung neben seiner Rolle ein politisches Statement vorgetragen, mit dem sich gewiß viele Besucher identifizierten. Es gab dagegen auch Proteste. Es gab Solidaritätsbekundungen für Josef Bierbichler.

Fragen wir also, indem wir die Diskussions-Argumente mischen: Darf und soll ein Schauspieler nur indirekt wirken? (»Bilde Künstler, rede nicht.«) Darf und soll er seine künstlerische Autorität dazu benutzen, auch ohne den Kunst-Umweg seine Überzeugungen zu verkünden? (Statt nur unterhaltender Hofnarr – ein denkender, warnender Staatsbürger sein.) Darf und soll er alle seine Mittel einsetzen, um dem zum Durchbruch zu verhelfen, was er für wahr hält? (Am mangelnden Einsatz der bürgerlichen, staatstragenden Schicht ist Weimar gescheitert.)

Verwerfen wir ganz rasch das für viele naheliegende, aber im Entscheidenden, im Einzelfall eben doch nicht zutreffende Argument: Schauspieler seien naiv, seien schwärmerisch, seien politisch ahnungslos, seien Spezialisten nur für Menschendarstellung, aber nicht kompetent für die Probleme des menschlich-politischen Miteinander. Darum sollten sie alles öffentliche Politisieren gefälligst unterlassen.

Wer so redet, kränkt einen Berufsstand, aus dem nicht nur ein mächtiger Politiker der westlichen Welt kam (Reagan), sondern dem auch ein unvergleichlich durchdringender Kenner und Analytiker königlich-staatlicher Aktionen angehört (Shakespeare), der erste Komödienautor Frankreichs (Molière), der brillante Verfasser einer »Kulturgeschichte der Neuzeit« (Egon Friedell). Schauspieler sind also keineswegs, wie man so sagt, grundsätzlich zu »dumm«, um etwas Allgemeines, etwas Politisches erkennen und propagieren zu können. Auch große Physiker oder Romanschriftsteller, die den Ruhm, der ihnen in ihrem Bereich zuwuchs, nun als (unausgesprochenes) Argument benutzen, um einer politischen Forderung Nachdruck zu verleihen, die nicht unbedingt mit ihrem unmittelbaren Arbeitsgebiet etwas zu tun zu haben braucht, verhalten sich prinzipiell keineswegs anders als politisch aktive Berufsschauspieler. In demokratischer Öffentlichkeit zählt das Gewicht eines Namens, zählt nicht nur das Gewicht eines Argumentes oder der Nachweis spezialisierter Sachkunde.

Kein lächelnder Zweifel sei also erlaubt: Auch Schauspieler (oder überhaupt Künstler) dürfen und sollen gegebenenfalls politisch parteiisch und aktiv werden. Zu klären bleibt allerdings: wann, wo, wie? Gilt nun die Antwort: immer, jederzeit und (falls die Not groß ist) unter jedem Vorwand? Oder existiert eine Grenze? Nämlich ein deutliches: nicht immer, keineswegs überall und unter falschem Vorwand!

Hier sei erinnert an einen Vertrag, der so selbstverständlich ist, daß Künstler und Publikum seiner schon gar nicht mehr gedenken, der aber die Voraussetzung bildet fürs ganze System, für die übergreifende, alle Sekten und Gruppen und Parteien und Glaubensrichtungen überspringende Chance von Theater, Spiel, Interpretation, Kunst. Diese Vertrauensvereinbarung lautet: Wenn ein Stück, ein Werk *gespielt* wird (Spiel ist eine ernste Sache, das Gegenteil von Spielerei), dann wird einerseits eine Wahrheitsprobe unternommen, andererseits auf dem Kunst-Spiel-Wege Realität dem Genuß zugeführt. Denn: »Alle Kunst verschönert [was nicht heißt beschönigt]. Sie verschönert schon, weil sie die Realität dem Genuß zuführen muß.« Wer das gesagt hat? Nicht Goethe, nicht Schiller. Sondern Brecht.

Im Drama wird also beispielsweise die Wahrheitsprobe darauf unternommen, ob Katholizität auch heute noch kunstfähig ist. (Der Nazismus war es, trotz vieler Bemühungen, nicht!) Auch Ungläubige, auch Marxisten oder Kommunisten lassen im Theater ein Stück Claudels auf sich wirken, die »Mittagswende« oder den »Seidenen Schuh«. Um auf dem Kunstwege zu erfahren, was Bach seinem Glauben an bestätigender Kunstqualität, Sophokles seinen Göttern, Schiller seinem humanen Traum abgewonnen hat – werden auch neugierige Besucher in den Musentempel pilgern, die nicht mehr in die Kirche gehen, denen der griechische Götterhimmel Hekuba ist und Schillers Idealität eine überholte Marotte. Bürger, Schüler, Gewohnheitschristen, Indifferente, Konservative wiederum, die kaum je einer SPD-Versammlung oder einer marxistisch-kommunistischen Parteiveranstaltung eine Chance gäben, lassen auf besagtem Spiel-Umweg über Linkes, Radikal-Gesellschaftskritisches oder Marxistisches mit sich (kunst-)handeln, es zumindest versuchsweise an sich herankommen. Theaterkunst stellt mithin ein durchschaubares Trojanisches Pferd dar: Man erkennt, was im Bauch des Pferdes sich verbirgt und bringt es dennoch nicht um. Aber nur, wenn besagtes Pferd schön, gut, plausibel, aufregend, ergreifend, diskussionswürdig, genußbietend, wahrhaftig, belehrend zu springen vermag, kann es vielleicht der Sache oder Konterbande dienen, die es in sich trägt.

Der Theaterbesucher vertraut bei alledem (unbewußt) dem Spiel-Versprechen.

Dieses Vertrauen schafft eine prinzipiell grenzenlose, quer durch Parteien und Interessen reichende Gemeinde der Interessenten. Sie alle erhoffen, daß die Präsentation des Neuen oder Vergegenwärtigung des Bekannten gelingt. Für diese Vergegenwärtigung sind die Interpreten im Hinblick auf das, was sie machen oder als Tendenz herausbringen wollen, fast vollkommen frei – nur an Noten oder Buchstaben, aber nicht an die angebliche Tendenzrichtung des sogenannten Geistes der Sache gebunden. Hamlet kann ebenso eine Art Christus sein, der an den Sünden einer Welt zugrunde geht, wie ein radikaler Revoluzzer, der in Wittenberg zuviel Marx gelesen hat und nun seine Gesellschaft das Fürchten lehrt. So groß ist die Spiel-Chance der Aktiven. Sie ist grundsätzlich da – natürlich auch momentaner oder späterer öffentlicher Reaktion ausgesetzt.

Was für eine – sei's affirmative, sei's subversive – Riesenchance von Kunst! Kein Wunder, daß Mächtige stets Angst davor hatten und haben, daß die Totalitären offen Zensur üben und die geldgebenden Demokraten es zumindest versteckt versuchen …

Schon das nur halb-»spielerische« Dokumentationsstück, jene aufklärerisch gemeinte Mixtur aus Erfindung und Fakt, war eine etwas unsaubere Ausnutzung dieser Kunst-Chance. Das Publikum kann aufs Auschwitz-Oratorium nicht reagieren wie auf ein Spiel über den sterbenden Lear oder den heiratenden Figaro: Interpretation und Kunstgenuß (im Sinne Brechts) sind da gebremst. Wer sich an Tatsachenverdrehungen stößt, den erinnern die Überzeugungstäter an Theaternotwendigkeiten – wer aber Theatralisches vermißt, muß sich daran erinnern lassen, daß Auschwitz wahrlich kein Theater gewesen sei. Doch diese ästhetisch-formale Unsauberkeit lag im Genre, war der Öffentlichkeit deutlich. Man wußte, was geboten (und eben nicht nur gespielt) wurde. Wer, vielleicht weil er sich bereits über die betreffenden Dokumente informiert hatte, nicht in Dokumentationsstücke wollte, wurde ja nicht dazu gezwungen oder unter falschen Kunstvorspiegelungen verlockt, den Oppenheimer-Prozeß noch einmal abzusitzen. Das Theater nahm sich da eine – in Ausnahmefällen statthafte – publizistische Freiheit.

Aus alledem folgt übers Wo, Wie und Wann: Selbstverständlich kann und darf der Schauspieler B., der Pianist P. eine politische Aktion, Versammlung, Demonstration, Diskussion veranstalten, wenn er sich dazu gedrängt fühlt. Er muß es klar ankündigen, nicht als Kunst-Spiel verbrämen. Er muß einen Raum finden, er hat dazu die Freiheit (wie jeder Staatsbürger). Und die Möglichkeit – falls er's finanzieren kann oder sich Helfer zu verschaffen weiß. Hält er sich an diese Regeln, kuscht er nicht vor der Kunst – sondern nimmt ihre Wahrheit ernst. Selbstverständlich – und das ist noch viel naheliegender, professioneller – kann der Pianist P. oder der Schauspieler B. sich auch eine politisch-propagandistische Komposition von Nono oder ein Südafrika-Drama von Fugard aufs Programm, auf den Spielplan setzen und ein solches Stück vorführen: Damit wäre ja die verfügbare Spielfreiheit genutzt! Daß Kunst heute nicht nur neutrales Amüsement zu sein braucht, ja daß sie nicht einmal unbedingt »ausgewogen« sein muß, daß sie »die Würde des Richters« von sich wirft und in den Stand der Klage zurücktritt – weiß man nicht erst seit Adorno.

Wenn aber Trude Kolman ihre »Majestäten«-Aufführung unterbrochen und eine Rede gehalten hätte – dann hätte sie nicht ihrem eleganten Publikum den Abend verdorben, sondern etwas viel Schlimmeres getan. Sie hätte, obwohl sie sich ja noch auf den gebotenen Text bezog, einen Vertrauensvertrag zerstört. Die Besucher eines Kriegsstückes vertrauen ja auch darauf, nicht beschossen zu werden: Sonst würden sie entweder wegbleiben oder sie kämen in kugelsicherer Rüstung – also gerade nicht »offen«. Wenn aber ein solcher »Ausbruch«, wie derjenige Bierbichlers, gar noch vorbereitet, vorher genehmigt, abgesegnet werden muß – also keine spontane Aufwallung darstellt wie ein hinzuimprovisierter Vers im Nestroy-Couplet –, dann ist ein solcher geplanter Kunstraum-Besetzungsakt schlechthin unstatthaft. Der vorsätzliche Bruch eines Versprechens und eines Vertrages, die subjektiv gutgemeinte, aber objektiv heillose Beendigung eines Vertrauensverhältnisses. Fürs Theater fast selbstmörderisch...

Was im Rundfunk und erst recht im Fernsehen schon längst kaum mehr geht – dafür bietet die deutsche Bühne immer noch gleichsam kunstvertragliche Freiräume. Wie unlauter, dumm und riskant, sie zu gefährden. (1986)

Falscher Ehrgeiz kann tödlich sein
Die Sinnkrise des deutschen Schauspieltheaters

I.

Ist es denn so schlimm, wenn ein Verliebter auf der Bühne seinen Trieb abreagiert, indem er in ein Zeitungspapier onaniert, dieses zusammenknüllt und ins Parkett wirft, wo die Leute erschreckt ausweichen?

Nein. (Nicht so schlimm. Nur ziemlich frech, widerlich, frivol.)

Soll man so was verbieten oder sich beim Intendanten beschweren?

Nein. (Der wird sagen, daß viele Besucher der Aufführung begeistert gefolgt seien, daß lautstarke Proteste und Diskussionen immerhin die Lebendigkeit seines Hauses bewiesen.)

Sind Zuschauer, die sich über dergleichen ärgern, altmodisch-konservativ, solche aber, die darüber begeistert lachen, aufgeschlossen modern? – Nein.

Erwartet oder vermißt man derartiges in einem Trauerspiel von Lessing? – Nein.

Ist es sehr komisch, wenn eine eher feine Dame des 18. Jahrhunderts statt die Bühne zu betreten, sich aus einer riesigen Kiste herausschneidet, begleitet von dem kommentierenden Satz: »Bauknecht weiß, was Frauen wünschen«?

Nein – das heißt ja. Denn vergnüglich wirkt es durchaus. Nur klingt darauf natürlich jede folgende, ernste oder hochsinnige Reflexion verdammt albern, irgendwie blamiert...

Erwartet oder vermißt man solche Geschirrspülmaschinen-Pfiffigkeiten in einem sentimentalen bürgerlichen Trauerspiel von 1755? – Nein.

II.

Es geht hier, beispielshaber, um Frank Castorfs »Miss Sara Sampson«. Die muntere, partiell lustig brillante Aufführung lohnte viele Jahre nach ihrer Premiere keine Auseinandersetzung und Aufregung mehr, wenn diese enthemmte Show nicht zur Kultaufführung avanciert wäre (Castorf-Kult, keineswegs Lessing-Kult).

Nun wäre es leicht, mit Suggestivfragen und im Gefühl sicherer Resonanz gewisse Forciertheiten eines offenbar erfolgreichen Typs modernen deutschen Regietheaters, wie es Frank Castorf und seine Brüder im Geiste produzieren, zu blamieren. Doch mit der Aufzählung mehr oder weniger mutwilliger Einzelheiten (deren Erfinder sich auf ihren jeweiligen Zusammenhang, auf die Freiheit zu unbefangener Verlebendigung und auf die Drastik eines schließlich nicht für alte Philologen stattfindenden Theaterereignisses berufen dürften) ist nichts zu erreichen. Ohnehin könnten kritisch-unternehmungslustige Regisseure aus der ehemaligen DDR schadenfroh darauf verweisen, daß Honeckers Kunstbürokraten ihnen – auf die Würde des großen nationalen Kulturerbes pochend – einst ungefähr alles das vorhielten, was ihnen später im Westen die »bürgerlichen« Kritiker ankreideten und die Abonnenten übelnahmen. Vollends lächerlich wirken »Verbote«, wie sie etwa die Zensur des klassischen Hollywood erlassen hatte (kein total blanker Busen; Prügel, falls nötig, nur auf Beinkleider). Derartiges provoziert ja förmlich Übertretungen...

Neben der zurückhaltend »dienenden« Interpretation (Motto: »Belebe die Werke, ohne ihnen Gewalt anzutun.«) existiert durchaus die »kritische« (»Ändere, womit Du nicht einverstanden, worüber Du hinaus bist.«). Überdies gibt es mannigfache Beispiele dafür, daß moderne Regisseure ein in sich geschlossenes neues System entwickeln und der mehr oder weniger »klassisch«-geschlossenen Textgestalt kontrastieren. »Hamlet«, transponiert in die Sphäre des Gesellschaftsstückes, also »Hamlet im Frack«. Oder: Die Soldaten eines Kriegsstükkes tragen allesamt Clownskostüme. Brutales wird dann artifiziell verfremdet, wie noch 1992 in Grübers »Totenhaus«. Geschieht das konsequent, kann es erhellend sein. Ruth Berghaus ersann »bildhafte Leitmotivik«. Die Anzahl der Filzhüte als Symbol für kriminelles Einverstanden-Sein. Bei dieser Regie-Haltung hängen Glück oder Unglück davon ab, inwiefern bei der intelligenten Konfrontierung zweier radikal verschiedener Muster etwas Überraschendes, Erhellendes (oder etwas nur Ablenkendes, Aufgemotztes) zutage tritt über die Figuren und ihre Verstrickungen. (Wer definieren wollte, was »Originalität« sei, käme nicht herum um die Analyse derart produktiver Spannungen zwischen verschiedenen *patterns*.)

Erwogen werden muß bei alledem unvermeidlich, ob Gewicht und Rang und Kunstqualität des Hinzutretenden dem Gewicht dessen entsprechen, was man opferte. So ist die dramatische Erzählung, also die »narrative« Handlungsabfolge von Szenen bei Shakespeare, Racine, Goethe, Grillparzer sorgfältig kalkuliert. Ein Inszenator, der im Vertrauen auf den Bücherschrank oder die Bildung seines Publikums im »Macbeth«, in der »Iphigenie«, im »Tasso«, in der »Jüdin von Toledo« (Langhoff tat es in der sehr schönen Salzburger Aufführung keineswegs) die Fabel auseinanderbricht, eigene Texte hinzufügt, muß die Ansicht hegen, seine eigenen Improvisationen oder Song-Äquivalente seien besser, vermöchten das Stück unmittelbarer zu verwirklichen. Oder er hat sich gar nicht die Zeit genommen, gar nicht erst soviel Scharfsinn und Scharfgefühl mobilisiert, um zu begreifen, welches Bedeutungsgewicht, welchen ästhetischen und wahrhaftigen Rang alles das besitzt, was er kühn umfunktioniert. So entstehen Sinnkrisen.

III.

Existierte hierzulande noch eine weitverbreitete, lebendige, respektierte Tradition oder auch Konvention der Darbietung von Dramen des Welttheaters zwischen Aischylos und Zuckmayer, dann wären Variationen, Anti-Unternehmungen, geistvolle oder höhnische oder verzweifelte oder verfremdend aufbrechende Abweichungen von der Diktatur des Textes, des »Geistes«, des sogenannten »Stiles« nicht nur zulässig, sondern nötig! (Die Comédie Française erzwang sich irgendwann einen Alfred Jarry, einen Artaud.) Doch ebendiese – negativ formuliert – Tradition des klassischen Dienstleistungs-Stadttheaters scheint fürchterlich ausgehöhlt zu sein. Der Begriff »Werktreue« klingt für die allermeisten Überzeugungstäter fast lächerlich. Die Forderung nach kultivierter Sprechkunst bei Versdramen wagt kaum noch jemand zu erheben; auch vermögen nur noch wenige (meist ältere) Mimen sie zu erfüllen.

Was im Bereich der Musik durchaus noch funktioniert, das scheint im Schauspieltheater Ausnahme zu sein. Wenn ein ordentliches Symphonieorchester und sein Chef Beethoven, Bruckner oder Mahler aufs Programm setzen, dann darf man erwarten, daß die Ausführenden versuchen werden, sich getreulich an den Notentext zu halten und ihn spannungsvoll wiederzugeben.

Im Schauspiel wird das immer seltener unternommen und vollbracht. Innerhalb eines bestürzend kurzen Zeitraums vollzog sich auf den deutschen Sprechbühnen eine Entwicklung, die möglicherweise im Kunstbereich nicht weniger Versteppung zeitigen wird als alle die Untaten, die wir binnen weniger Jahrzehnte ökologisch (beim besinnungslosen Wiederaufbau der Städte, bei der hoffentlich nicht irreparablen Zerstörung natürlicher Ressourcen) begingen.

Mit einem Mangel oder gar einem Überfluß an Talenten hat das nichts zu tun. Der Umstand, daß heutzutage der Besuch einer Schauspiel-Klassikeraufführung ein bißchen zum Glücksspiel entartet, hat zahlreiche Ursachen. Hauptsächlich wohl die, daß deutsches Schauspieltheater seit den sechziger Jahren freimütig, ehrgeizig und wohlsubventioniert weit über seine Verhältnisse gelebt hat, wie im Rausch dessen, was es selbstherrlich vermag. Einfachheit, Demut, Ehrlichkeit, diskursive Strenge erweisen sich demgegenüber als lederne, schulmeisterliche Qualitäten, die schwer zu beschwören, herzustellen und vor Langweiligkeit zu bewahren sind.

IV.

So enorm verschieden sie auch waren, die großen und »repräsentativen« Regisseure des deutschen Sprechtheaters zwischen 1925 und der Jahrhundertmitte: Von heute aus gesehen muß man sie alle, wirklich *alle* – Heinz Hilpert, Gustaf Gründgens, Jürgen Fehling, Kurt Horwitz, Fritz Kortner, Bertolt Brecht – als entschieden werktreue, dem Gesetz der dramatischen Sache gehorsame Spielleiter bezeichnen. »Einfälle sind die Läuse des Regisseurs«, befand der oft pedantisch genaue Heinz Hilpert (ließ aber gleichwohl bei Shakespeare-Komödien Schubert-Musik machen, die mit Elisabethanischem nichts zu tun hat). Bertolt Brecht, der »glatte« Inszenierungen ebenso verachtete wie »Einschüchterung durch Klassizität«, befand im Hinblick darauf, wie Molière zu spielen sei, ganz konkret: »Man darf ihn nicht verdrehen, verfälschen, schlau ausdeuten, man darf nicht spätere Gesichtspunkte über die seinen stellen... Denn die Werke der Tradition haben ihre jeweilige eigene Differenziertheit, ihre Skala von Schönheiten und Wahrheiten, die es zu entdecken gilt...«

Trotzdem scheute sich Brecht nicht, notfalls gelassen »über die Leichen der Philologen hinwegzusteigen« und Shakespeares »Coriolan« oder Sophokles' »Antigone« umzufunktionieren.

V.

Diskussionen über »Werktreue« tendieren meist zu rechthaberischem Aneinander-vorbei-Reden. Als abstrakte Forderung kann es sie nicht geben. Als Leitidee, in welcher begrenzten Vieldeutigkeit ein Kunstwerk organisiert und verstehbar ist, sehr wohl. Wer also einem Drama entreißen will, was es selber nicht ausspricht, was es vielleicht bedeutet, verschweigt, symbolisiert, als Problem für uns enthält und so weiter – der muß (so scheint es mir, aber genau das ist der strittige Punkt!) beim entfaltenden Hinzufügen streng die Richtung der Linienverlängerung, der gebotenen Perspektiven mitzudenken, mitzufühlen versuchen. Ein Drama, das man als solches für ein wenig langweilig oder altmodisch hält, auseinanderbrechen und die rücksichtslos gewonnenen Trümmer zu freien Assoziationsanlässen heraufstilisieren: Diese Einstellung kann zum Absurdismus führen. Darüber freuen sich nur Zuschauer, die mit dem glücklicherweise verwursteten oder parteiisch politisierten Text ihrerseits auch nichts anzufangen vermögen. Oder die dieses Textes seit ihrer Schulzeit bis zum Erbrechen überdrüssig sind. Daraus kann resultieren: Der Klassiker wird neutralisiert zum gleichgültigen Anlaß. Für Virtuosität. Für Wutanfälle. Für Kulissenverschiebungen. Für die Bekundung der eigenen Malaise. Dann ertönt im »Tasso« die Internationale, und Karl Moor gründet die NSDAP. Auch wer im einzelnen solche Lösungen für erhellend ansehen mag, dürfte ein auf solche Forciertheiten angewiesenes Schauspieltheater dann schwerlich noch schätzen. Absurdismus erzeugt Katzenjammer.

Andererseits hängt neugieriges Weiterdenken durchaus mit der Kunstsache zusammen. Jedes bedeutende Werk weist über sich hinaus, erzwingt allgemeinere Reflexionen. Das hat seine Ursprünge bereits in theologischer Exegetik: Die Opferung Isaaks nahm Christi Opfer »typologisch« voraus. Doch wer in Wotan eigentlich Krupp, in den Nibelungen eigentlich die Reiter-SS, in Deutschland den Hamlet entdeckt, der muß Umkehrschlüsse einkalkulieren!

Das politisierende oder ästhetisch modernisierende Verändern oder Aufbrechen älterer, bildungs- und traditionsbelasteter Dramen hat einen ganz handgreiflichen Vorzug: Die Stücke verlieren ihre unleugbare »Ferne«. Sie verlassen das Bücherregal. Sie gewinnen Brisanz. Man kann sie unmittelbar diskutieren, kann sie benutzen, auch wenn man zwar nicht sie selber verstanden hat, wohl aber das, was der kluge Herr Regisseur mit ihnen zum Ausdruck bringen wollte.

Je spannender Schauspieltheater gerät, wenn leidenschaftliche Künstler entschlossen interpretieren, aktualisieren, umfunktionieren – um so ferner, überflüssiger und langweiliger erscheinen die Stücke dann unvermeidlicherweise, wenn sie nurmehr klassisch/klassizistisch geboten, brav »vom Blatt gespielt« werden. Zumal bei unseren Schauspielern während der Umfunktionierungsphase die Fähigkeit zu geduldiger Aneignung auch nicht gerade wuchs – und manche schwungvollen Regisseure überdies viel feuriger, persönlicher, aufregender mit jungen Künstlern zu arbeiten wissen als ihre zurückhaltenderen Kollegen.

Glücklicherweise verlaufen derartige Entwicklungen nie ganz eindeutig. Als Ende der sechziger, während der siebziger und noch achtziger Jahre die Tendenz zum politisierenden, rücksichtslos umfunktionierenden Theater heftig dominierte, stand Rudolf Noelte – bestimmt kein Linker, bestimmt kein Umfunktionierer, kein De-Kompositeur – auf der Höhe seines Ruhms. Bewunderten wir Beckett. Fing Luc Bondys Karriere, eine Traumtänzer-Karriere, an. Kam allmählich Robert Wilson. Versuchten Dieter Dorn und Hans Lietzau unter schwierigen Begleitumständen die Schweikart-Kortner-Tradition fortzusetzen. Mühten sich Wolfgang Engel, Thomas Langhoff, der immer »klassischer« inszenierende Peter Stein und Claus Peymann im Wiener Burgtheater wahrlich um Kunst, nämlich um Athenische, Londoner und Weimarer Klassik.

VI.

Bei alledem steht, so muß man befürchten, mehr auf dem Spiel als nur das übliche Krisengerede. Denn bei dem Unbehagen, bei der Auseinandersetzung darüber, wie den Herausforderungen großer klassischer Texte zu begegnen sei, geht es um mehr. Um Verluste. Gewisse Kunstarten, gewisse Fertigkeiten sterben aus. Wenn gegenwärtig, beispielsweise, die Chorlieder der griechischen Tragödie nicht mehr sinnvoll, nicht mehr, ohne daß die Bühne zum Seminar entartet, geboten werden können, dann ist das ein Verlust, mit dem wir leben müssen (und können). Wenn die großen Blankverse (unserer Shakespeare-Übersetzungen, Lessings, Goethe, Schillers) von den Darstellern nicht mehr als Verse gesprochen werden können, ohne daß es künstlich, läppisch, doof-pathetisch klingt, dann wäre ein solcher Verlust schon eine kleine Katastrophe. Eine Kunst-Katastrophe.

Auseinandersetzungen über diese Themen werden seit Jahrzehnten geführt, und zwar nicht ohne tiefe Verbitterung, ohne Häme. Aus dem rechten, konservativen Lager hieß es während der siebziger und achtziger Jahre, die »Linken« gönnten der großen bürgerlichen Kunst die Schönheit nicht, machten bewußt das bourgeoise Schauspiel kaputt. Und voller Tücke unterstellte man, die unternehmungslustigen Regisseure brächen nur deshalb die von den Klassikern gewonnenen Formen auf, weil es sehr viel leichter sei umzufunktionieren, als streng und seelenvoll den Autor darzubieten.

Dem deutschen Schauspiel wie dem deutschen Schauspielpublikum wäre sehr geholfen, wenn unsere Regisseure das Ziel inständiger Werktreue nicht aus den Augen verlören. Der falsche Ehrgeiz, große Texte der Tradition um jeden Preis zu aktualisieren und den »König Lear« genauso auf die Seele des neudeutschen Terrorismus hin zu inszenieren, wie es mit dem »Rotkäppchen« und dem »Tasso« auch möglich wäre, kann tödlich sein. Wenn die Regisseure hingegen so bescheiden wie Peter Stein oder der mittlerweile über allen Zweifel erhabene Peter Brook verfahren, dann droht ihnen zwar unter Umständen eine streng die Achsel zuckende Kritik, aber während der gelungenen Momente solcher Aufführungen blitzt im Publikum doch eine Ahnung davon auf, wie reich großes Schauspiel sein könnte. (1994)

Was, welcher Konsens, hält uns geistig noch zusammen? Zum 50. Geburtstag der »Süddeutschen Zeitung«

Es ist nicht selbstverständlich, daß eine Zeitung, deren Titel doch geographische Begrenzung anzudeuten scheint – wir sind ja nicht eine Zeitung *aus* München, sondern eine *Süddeutsche* –, es ist wirklich nicht selbstverständlich, daß eine solche Zeitung ihren 50. Geburtstag als Auflagenspitzenreiter unter allen großen, überregionalen deutschen Tageszeitungen begeht.

Und es ist auch nicht selbstverständlich, daß ein so heikles Objekt der Begierden, Eitelkeiten, Serviceleistungen, Informationen, Impressionen, Flops und auch gelegentlicher Glanzstücke, wie eine große erfolgreiche Tageszeitung, in den immerhin 50 Jahren ihres Bestehens von nur vier Chefredakteuren geleitet wurde! Da kommt denn doch auf jeden im Durchschnitt mehr als ein Jahrzehnt. Über eine solche Kontinuität dürfen wir uns freuen.

Nun kann man den »Chef«, wer wüßte es nicht, schlicht definieren als einen Mann ..., der andere braucht. Trotzdem prägen Temperament, Courage, Spürsinn, Neugier, Bildungsniveau, Menschenkenntnis, Personalentscheidungen, Vorlieben und Abneigungen eines über die Jahre hin amtierenden Chefredakteurs zweifellos den Geist und die Problematik des Produkts, das während seiner Ära hergestellt wird. Vielleicht darf man das Redaktionsteam einer Tageszeitung mit einem großen Orchester vergleichen. In beiden Fällen handelt es sich nicht um momentane, geschichtslose Gruppierungen von Leuten, die rasch mal eine Symphonie oder ein Leseprodukt herausbringen wollen – sondern gewachsene Orchester und gewachsene Redaktionen sind, bei aller oft beängstigenden Fluktuation, etwas Lebendiges. In ihnen hat sich Geschichte objektiviert, Überlieferung, Tradition. Die älteren Kollegen geben durch ihr Verhalten, ihr Reagieren, etwas an die Jüngeren weiter. Und zwar keineswegs immer absichtsvoll, anweisend, sondern das geschieht auch durch Osmose. In der Regel wird die neue jüngere Kollegin, der neue jüngere Kollege doch gegen die Ansichten und Tendenzen seines älteren Kollegen keck an-schreiben – wobei es dann oft genug trotzdem so wirkt, als ob er ihn eigentlich *ab*-schreibe. Gleichwohl entsteht im jahre- oder jahrzehntelangen Miteinander dann eben doch, wie gesagt, mehr durch Osmose als auf dem Wege direkter Anweisungen, ein spezifischer Stil, Geist, Ton. Den Berliner Philharmonikern hört man an, daß der genial vernünftige, kühl rationale Hans von Bülow ihr erster großer Chefdirigent war. Seine Intellektualität ging genauso ins Orchester ein wie seines Nachfolgers Arthur Nikisch improvisatorisch spontanes Genie. Wilhelm Furtwängler als dritter großer Chefdirigent verband dann sorgfältiges rationales Ausfeilen mit geradezu mystischer Beseelung zu einer berühmten Synthese, und sein Nachfolger Karajan fügte dem Klang des Ensembles noch Sensualismus und vehemente Brillanz hinzu. Ich habe einmal miterlebt, in Luzern, wie Karajan verärgert die Konzertmeister und Stimmführer während der Pause in seine Garderobe befahl und sie anschnauzte, sie sollten gefälligst direkt auf Schlag einsetzen und nicht immer einen gemeinsamen Hauch zu spät kommen. Die Stimmführer sicherten es dem aufgebrachten Dirigenten zu, ohne ein Achselzucken ganz zu verbergen. Aber bei der Schluß-Symphonie kam das Tutti dann doch wieder um jene Spannungssekunde *nach* dem Schlag, welche bei den Berliner Philharmonikern üblich war seit Furtwängler – obwohl damals bemerkenswerterweise viele Jüngere mitspielten, die nie unter Furtwängler dabeigewesen waren. Mit alledem hat es heute ein Claudio Abbado zu tun.

Bei der Redaktion unserer »Süddeutschen Zeitung« und

ihren Chefredakteuren liegen die Dinge wegen der jeweils so ausführlichen Prägezeit nicht viel anders. Und weil ich unter allen vier bisherigen Chefredakteuren der »Süddeutschen Zeitung« in der Redaktion gearbeitet habe, scheinen, als Gedächtnisstütze für die Älteren und knappe Information für die Jüngeren, einige Erinnerungsworte statthaft.

Werner Friedmann, der erste und die SZ gleichsam von Anfang an wahrhaft prägende große Chefredakteur, ist ein starker Chef gewesen. Wer schlecht vorbereitet in die Konferenz ging, wer etwas Dummes, Angreifbares, Blamables oder irgendwie Fehlerhaftes ins Blatt gehoben hatte, der durfte sich vor Werner Friedmanns Zorn, zumindest vor seinem Spott, ganz hübsch fürchten.

Freilich stand hinter Friedmanns Courage auch eine Konstellation wie später nie mehr: Er ist nämlich Eigentümer und Chefredakteur *in einer Person* gewesen, während nach ihm die Machtsphäre der Herausgeber und die Entscheidungssphäre der Redaktion peinlich, ja juristisch genau voneinander getrennt waren und sind. Immerhin: Auch ein Werner Friedmann hat die Redaktion keineswegs als Diktator, sondern als Primus inter pares geführt. Ich erinnere mich gut, wie er einmal – als für die Weihnachtsausgabe ein stimmungsvolles Titelseitenfoto ausgesucht wurde – passioniert um ein rührendes Bild kämpfte: herzige bayrische Bauernbuben, an den Strängen einer großen Kirchenglocke ziehend, deren weihnachtliches Läuten man förmlich zu hören glaubte. Aber die für dergleichen vielleicht etwas zu protestantisch-intellektuelle Redaktion ließ sich nicht überzeugen. Wir schlugen ein majestätisches anderes Bild vor: ein Foto, wo in zartem Dunst die Formen des Kölner Doms ungeheuer sich erhoben. Friedmann wurde überstimmt, gab ärgerlich nach. Es geschah dies in jenem Winter bitteren Angedenkens, da während der Weihnachtsfeiertage der Kölner Dom mit nazistischen Parolen beschmiert, befleckt wurde. Und wie reagierte Friedmann in der ersten nachweihnachtlichen Konferenz, als er wahrlich hätte zürnen können? Nun, er klopfte mit seinem Ringfinger ruheheischend auf den Tisch und beschämte uns mit dem Kommentar: »Tja, meine Herren, mit dem Kölner Dom lagen wir richtig...«

Hermann Proebst, Friedmanns Nachfolger, imponierte weniger mit Autorität als mit Sensibilität. »Chef« im strikt die Richtlinien bestimmenden Sinne wollte und konnte er kaum sein. Er beeindruckte mit seiner differenzierten, ungewöhnlich reichen Bildung auf enorm vielen Gebieten: Sowohl die berühmten Werke und Dokumente wie auch die »Apokryphen«, also die entlegenen Texte, waren ihm staunenswert geläufig. Unter Falschem, Banalem, Substanzlosem vermochte er bis zu äußerster Verzweiflung leiden. »Was sind für die Seite Drei tausend Jahre?« jammerte er, wenn ein zählebiger Druckfehler wieder mal unkorrigiert aus einem »romanischen« Bauwerk ein »romantisches« gemacht hatte. Dergleichen kränkte ihn unermeßlich – und viele SZ-Autoren gaben damals schon deshalb ihr Bestes, um Hermann Proebst möglichst solchen Kummer zu ersparen.

Nach Hermann Proebsts Tod, der den 65jährigen in der Arbeit traf, während er die Feder führte, mitten in einem Wort – für ihn vielleicht ein glückliches Ende, für uns Unvorbereitete ein entsetzlicher, jäh erschreckender Schlag –, führte Hans Heigert die Zeitung in wiederum neuer Weise. Pauschal formuliert: Ein Brain-Trust trat an die Stelle des einzelnen. Hans Heigert, Hugo Deiring, Immanuel Birnbaum, Hans Schuster, Franz Thoma und Hans Ulrich Kempski teilten sich gleichsam, unter Heigerts diskussionsbereitem Vorsitz, die Geschäfte. Ein Kollegialsystem also, das viele Chancen und Offenheiten gewährte, zumal Heigert fair, uneitel und freundschaftlich arbeitete. Wie jede Machtregelung hat auch diese ihre Vor- und Nachteile. Unangenehme, schmerzliche, wenn vielleicht auch notwendige Entscheidungen kommen nicht so leicht zustande.

Vierzehn Jahre später, 1984, vertrauten die Herausgeber dann wieder einer einzigen Chefredakteurs-Bezugsperson die

Geschäfte an. Dieter Schröder führte sie aktiv und durchaus auch konfliktbereit. Unter seiner Ägide vergrößerte sich die SZ bemerkenswert. Zahlreiche Änderungen, Erweiterungen, Beilagenschöpfungen wurden gewagt. Schröder setzte sich auch dafür ein, daß so verschiedene Temperamente wie Jürgen Busche, Josef Joffe, Heribert Prantl und Johannes Wilms in die Redaktion kamen – und natürlich ließen sich noch weit mehr Namen und Veränderungen anführen. Doch mir geht es jetzt ja nicht um Vollständigkeit, sondern darum, die Bandbreite, die Kontrastfülle von Schröders Aktivität darzutun ... Von selbst versteht sich eine solche Offenheit, auch schwierige und widerspruchsbereite Kollegen zu engagieren, gewiß nicht.

Aber am allerwenigsten selbstverständlich dürfen wir heute empfinden und feiern, daß trotz unvermeidbarer Enttäuschungen oder Fehlkalkulationen der unvergleichliche SZ-Ton alles in allem erhalten blieb. Er prägt ja nicht nur, falls es glückt, das Streiflicht, die vielgeneidete Seite Drei, die lakonischen Überschriften so mancher Kommentare, die heitere Bestimmtheit unseres unpathetischen München- und Bayernteils, die aggressive und pfiffige Brillanz der Sportberichterstattung zumal dann, wenn die Löwen verloren haben und Bayern München im Felde keineswegs unbesiegt blieb, sondern dieser wachintelligente, aber unfeierliche Ton prägt im Idealfall das ganze Blatt. Die einzelnen Ressorts, so verschieden sie sich wahrlich ausnehmen, sind durch diese Verwandtschaft des SZ-Tones, des publizistischen Empfindens, des heiter-skeptischen Reagierens einander eben doch weit ähnlicher als entsprechende Sparten unserer verehrten Konkurrenz in Frankfurt oder Hamburg.

Aber wie ist er eigentlich beschaffen, dieser Ton, der spezifische Geist der SZ? Was könnte ihn als Problem bedrohen? Warum rückte ein journalistisches, zum Lesen bestimmtes, allgemeines Massenmedium wie die »Süddeutsche Zeitung«, warum rückte eine solche Zeitung, weil sie ihrer Natur und Bestimmung nach mit gebundener Sprache sowie einsehbarer

Vernunft zu tun hat, im Zeitalter flimmernder Bilder und computergeeigneter Ja/Nein-Entscheidungen auf die Seite der beharrenden, erhaltenden Kräfte – ganz unabhängig von ihrer etwaigen politischen Einstellung? Und dies, obwohl der Tagesjournalismus noch im 19. und frühen 20. Jahrhundert zumindest von unserer damals hochachtbaren, konservativ-patriotischen Bildungsschicht betrachtet wurde als etwas doch ziemlich Verächtliches, wie sagte man: »Ephemeres«, also Raschverderbliches, wenn auch manchmal Nötiges und günstigstenfalls Unterhaltendes?

Fangen wir mit einer skeptischen Erwägung an. Als ich bereits vor 25 Jahren die Ehre hatte, zum damaligen 25. Geburtstag der SZ die Festrede zu halten – es kann zumindest als Zeichen von Kontinuität hingenommen werden, daß ich es heute wieder tun darf –, da schien uns allen der nimmermüde Aufschwung, die glückliche Konstellation, die Gunst der Stunde verläßlich gegeben. 1995 aber drohen Grenzen nicht nur des Wachstums. Oft drängt sich auch der Eindruck auf, in unserem öffentlichen, politischen und publizistischen Leben seien Fähigkeit und Lust zur gründlichen Besinnung, zur produktiven Nachdenklichkeit, zur geistigen, das Allgemeinwohl hütenden Leidenschaft nicht mehr wirklich selbstverständliche Imperative öffentlichen Handelns, sondern, günstigstenfalls, nur mehr Privatsache. Solche geistige Leidenschaft wirkt auf manche flotten Macher, fürchte ich, manchmal regelrecht kauzig, altbacken, sektiererisch. Sollte aber die temperamentvolle intellektuelle Passion nachlassen – dann wäre das für eine große Tageszeitung nicht ungefährlich. Ich habe einleitend so manches an der SZ gerühmt, was nicht selbstverständlich sei: die errungene Spitzenposition, die Kontinuität während ihrer ersten 50 Jahre, ihr nach wie vor durchgehaltener »Ton«. Keineswegs selbstverständlich ist aber auch, daß alles ohne weiteres immer so erfolgreich weitergehen muß und wird, wie es sich uns heute darzubieten scheint. Falls die bohrende geistige Leidenschaft nachläßt oder unbequem werden sollte, die so viele erfüllte, denen diese Zeitung ihren Rang verdankt – ich nenne stellvertretend nur die Namen der einstigen politischen Redakteure Immanuel Birnbaum, Maxim Fackler, Hans Schuster, W. E. Süskind –, dann könnte die »Süddeutsche Zeitung« ihr Eigentliches einbüßen. Das heißt, es träte nur mehr Gefälliges an die Stelle des Originellen – und wir würden, aus welchen Motiven auch immer, zum bunten Warenhaus für allerbanalste Bedürfnisse, statt unsere schwer erkämpfte Individualität zu bewahren. Ein solcher Niedergang vollzieht sich keineswegs schnell. Große Dampfer halten viel aus. Aber wenn sie zu sinken beginnen, sind sie kaum mehr zu retten. Es gibt mannigfache Beispiele dafür, wie treffliche, einst überregional hochgeachtete Blätter allmählich zu belanglosen Regionalblättchen wurden.

Zeitungen, Zeitungsleute, Journalisten sind ihrer Natur nach keineswegs betont »festliche« Lebewesen. Man merkt es, wenn die großen Festtage des Kirchenjahres heranrücken: Kitschig, verlegen, falsch-frömmelig wirkt es oft, wie in sonst ganz vernünftigen Blättern plötzlich ein innig-sinniges Salbadern laut wird. Auch der hohe Ton, das affirmative gläubige Pathos bedarf nämlich der Übung, der Überzeugung, der Pflege, funktioniert nicht auf Termin-Knopfdruck. Gute Journalisten aber sind in aller Regel keine Lobredner, sondern oft genug nur allzu skeptisch-sachliche Köpfe, dem mürrischen Zynismus (der, wie bei Ärzten oder Musikern, auch etwas vom Schutz-Zynismus hat) näher als billiger Schwärmerei.

Das hat zwei Gründe. Weil die Macht meinungsbildender Presse anscheinend vor allem im Verschweigen, Nichtnennen oder Unterdrücken liegt, findet sich jeder öffentlich arbeitende Journalist immerfort den Bitten, Bedrängungen, liebevollen oder tückischen Nötigungen ausgesetzt, er möge doch berichten, hervorheben, festhalten. Die PR-Abteilungen aller jener privaten oder öffentlichen Einrichtungen, die ums gute Leben oder auch nur ums Überleben kämpfen, treiben notgedrungen enormen Aufwand. Sie wollen ihre Sache, ihr Lob nur zu gern

»im Wochenblättchen lesen«. Da ist es fixiert, zitierbar, flimmert nicht bloß so vorbei. Zeitungsleute empfinden sich immerfort um ihre Aufmerksamkeit, ihr Hinsehen, Hinhören, Loben umworben von Leuten, die ihnen zugleich schmeicheln und mißtrauen. Das macht Journalisten skeptisch. Sie möchten nicht reinfallen, übertölpelt werden. Konsequenz: Gute, erfahrene Journalisten wirken oft schmallippig-skeptisch, »abgebrüht«. *Mir kann keiner was vormachen.* Vorsicht, mit der Tendenz zum Zynismus, sozusagen als journalistische Berufskrankheit. Oft erkennt man einen ironisch-bitteren Zug um die Lippen so mancher Leute aus der schreibenden Zunft: Nichts wirkt ja auch so intelligent und weltläufig wie die stets lauernde Bereitschaft, zu durchschauen, niedriger zu hängen. Und für die Öffentlichkeit, falls es sich nicht um Betroffene handelt, ist ein intelligent-aggressiver Journalismus begreiflicherweise viel interessanter als ein immer nur positiv-gläubiger. Wie unendlich langweilig lesen sich die positiv-staatstragenden Zeitungen aller Diktaturen.

Dies das eine. Zum andern hat die Mischung aus Unterwertigkeits- und Überwertigkeitskomplex, wie man sie bei vielen Zeitungsleuten beobachten kann, auch offenkundige historische Gründe. Zwar wurden und werden einzelne Publizisten, typischerweise besonders auch dann, wenn sie viele Bücher publiziert haben, in der deutschen Gesellschaft des 19. und 20. Jahrhunderts gewiß hoch respektiert. Doch die »Zeitung« als solche war für die deutsche Bildungsschicht, zumal für demokratiescheue, patriotisch-konservative Staatsbürger, etwas eher Unfeines. Niemals sollte man in Tageszeitungen vorkommen – ausgenommen vielleicht die Todesanzeige –, hörte ich als Junge noch die Großvätergeneration sagen...

Ein paar Zitate – Goethe, Hegel, Nietzsche, Thomas Mann – können diese Haltung illustrieren. Der 68jährige Goethe schrieb Silvester 1817 an seinen Freund Zelter: »Bey dem Narrenlärm unserer Tageblätter, geht es mir wie einem der in der Mühle einschlafen lernt: ich höre und weiß nichts davon.«

Hegel nannte die tägliche Zeitungslektüre zum Frühstückskaffee das »Morgengebet der Atheisten«. Dem Friedrich Nietzsche haben alle deutschen Schriftsteller des 20. Jahrhunderts, zumal die ehrgeizigen Publizisten, Enormes zu danken. Er wußte unsere Sprache wie eine Waffe, blitzend und scharf, zu führen und zu schmeidigen. Für Nietzsche genügte, was die Tagespresse betrifft, in »Also sprach Zarathustra« ein kurzer Satz, ein boshafter Sprung von einem Denkbild ins überraschend andere. Dieser Satz steht im Kapitel »Vom neuen Götzen«. Er lautet: »... sie erbrechen ihre Galle und nennen es Zeitung.« Wie eng das alles mit der antidemokratischen Tradition eines elitären, sehr deutschen Weltgefühls zusammenzuhängen scheint, lehrt eine Thomas Mannsche Tagebucheintragung vom 26. Oktober 1918. Thomas Mann war da immerhin 43 Jahre alt. Er notierte: »Die feindliche Presse, grauenerregend.« Und fügt hinzu: »... die losgelassene Bestie der Demokratie.« Gewiß, zwanzig Jahre später hat der Dichter schwungvoll »Vom kommenden Sieg der Demokratie« geschwärmt. Doch Journalisten, zumal Buchkritikern, mißtraute er sein Leben lang. Und bereits als 20jähriger Anfänger warnte er seinen Jugendfreund Otto Grautoff altklug und brillant vor dem Journalismus. Zum Journalistenberuf gehörten, so schrieb Thomas Mann 1895, »Geschmeidigkeit, praktische Umsichtigkeit, Geriebenheit, gewandte Unverschämtheit ... lauter Eigenschaften«, fährt Thomas Mann hochmütig und ein wenig antisemitisch fort, »die die Juden bekanntlich so tauglich für die Presse machen, und die Du nicht besitzt«.

Kein unmäßig reizvolles Berufsbild. Was die »Macht der Presse« betrifft, so ließ sich Otto von Bismarck davon wenig imponieren. Er verstehe gar nicht, äußerte er einmal, warum man solche Angst vor den Zeitungen habe. Er kenne ein paar Redakteure persönlich: alles ganz arme Hunde. Na ja, in der aristokratischen Perspektive des Fürsten Otto von Bismarck nahmen sich Journalisten und Redakteure gewiß nicht allzu großartig aus. Und Paul Valérys Warnung vor besagten armen

Hunden kannte Bismarck ja nicht. Die lautet, auf journalistische Kritiker gemünzt: »Der schmutzigste Kläffer kann tödlich beißen. Er braucht nur die Tollwut zu haben.«

Sinn dieser Anthologie boshafter Zitate war es nicht, einen ganzen Berufsstand billiger Schadenfreude preiszugeben. Im Gegenteil. Auch wer noch so hämische antijournalistische Meinungen hegt, sollte nicht übersehen, wie beträchtlich sich der Stellenwert großer, seriöser Publizistik verändert hat im riesigen Multi-Media-Markt unserer Tage. Mittlerweile haben Zeitungen, die man »hoch geachtet« nennt oder »für gewöhnlich gut informiert«, gerade im Vergleich mit dem Fernsehangebot, wo die Reize immer kürzer und knalliger zu werden scheinen, einen bewahrenden, bildungskonservativen Charakter. Zeitgenossen, die Leitartikel lesen und verstehen wollen, denen etwas an argumentierenden, in sich logischen, kritisch-ästhetischen Auseinandersetzungen liegt, solche Zeitgenossen kann man getrost als *moderne Bildungsbürger* bezeichnen, auch wenn sie sich anders kleiden und benehmen, als es die Bildungsbürger des 19. Jahrhunderts taten. Ja, um überhaupt noch wahrgenommen und gewählt zu werden in der umfänglichen Konkurrenz des Informations- und Unterhaltungsmarktes, müssen Tageszeitungen, die schließlich mit dem Tag und der Zeit zu tun haben, innovationsbereit sein. Sonst erstarren sie und sterben. Freilich lassen sich Erneuerungs- und Modernisierungsforderungen abstrakt leicht stellen. Die Schwierigkeiten zeigen sich immer dann, wenn es um den konkreten Eingriff und um Güterabwägungen geht.

Nun ist die SZ seit ihrem Bestehen mit Schwierigkeiten immer anständig fertig geworden. Zu ihrem 10. Geburtstag schrieb Werner Friedmann in einem Leitartikel: »Diese Zeitung ist nicht in Freiheit geboren, als ihre ersten Druckplatten am 6. Oktober 1945 aus dem eingeschmolzenen Originalsatz von Hitlers ›Mein Kampf‹ gegossen wurden.« Seltsames Recycling! Und es ging auch schwierig weiter. Wegen eines Leitartikels, in dem denkbar vorsichtig und unter Anerkennung der deutschen Schuld an dem entsetzlichen Krieg und seinen entsetzlichen Folgen immerhin angedeutet wurde, die grausamen Vertreibungen deutscher Flüchtlinge aus der Tschechoslowakei seien zwar historisch begründet und verständlich, aber doch auch bedauerlich für die Sache und das Ansehen der Alliierten, wurde der SZ in einem strengen Brief, den sie am 25. Juni 1946 abdrucken mußte, bedeutet, sie hätte laut Kontrollanweisung keine Artikel bringen dürfen, »die eine Respektlosigkeit gegenüber den Besatzungsmächten oder Mitgliedern der Vereinten Nationen darstellen«. Der Artikel »Sie ernten den Haß« sei ein Verstoß gegen diese Anweisung. Darum wurde die SZ strafweise »für eine Zeitdauer von 30 Tagen auf 4 Seiten pro Ausgabe« beschränkt. Und: »Weitere Verstöße gegen bestehende Anweisungen werden das Verbot der ›Süddeutschen Zeitung‹ oder den Entzug der Lizenz zur Folge haben.« Klare Verhältnisse im Juni 1946. Aber die SZ – beflügelt vom echten demokratischen Pathos der Nachkriegszeit – fing sich und fand sich. Zwar war die Begierde der Leser guten Willens damals riesig – aber der SZ-Start fand nicht nur wegen der Militärregierung unter heiklen Umständen statt, sondern auch wegen der Intelligenz der Besatzungsmacht. Die USA waren nämlich so weitsichtig, als »Amerikanische Zeitung für die Deutsche Bevölkerung« die »Neue Zeitung« zu gründen und alles in allem sehr tolerant, vernünftig redigieren zu lassen. Das Feuilleton dieser »Neuen Zeitung«, in dem wir Deutschen endlich wieder mit den großen Schriftstellern der westlichen Welt konfrontiert wurden, die wir so lange hatten entbehren müssen, leitete sprühend intelligent und mit konkurrenzlosen Ressourcen damals Erich Kästner. »Fabian wird positiv«, schrieb Alfred Andersch witzig darüber. Gegen eine solche Konkurrenz mußte sich die SZ durchsetzen. Wahrlich nicht »antiamerikanisch« – wohl aber doch dazu gezwungen, eine eigene Position und Identität, eine Mischung aus demokratischer Passion, sanfter Ironie, münchnerisch bodenständiger Querköpfigkeit, antiprovinzieller Souveränität und Weltoffenheit zu entwickeln, die – wenn sie gelang oder gelingt – den »Geist« der SZ enthält. Es gab Leser, die wurden »süchtig« nach diesem Ton: Auch heute noch lesen sie als Allererstes unser 72-Zeilen-Allerheiligstes: das *Streiflicht*.

Besitzt eine Zeitung in vielen ihrer Ressorts ihren eigenen »Ton«, oft eine Mischung aus scheinnaiv vorgetragener, sanft maliziöser Überlegenheit und Kompetenz, dann hat sie es gar nicht mehr allzu schwer, ihre Mitarbeiter zu finden. Dann drängen die entsprechenden Köpfe zu ihr hin. Und zwar gewiß nicht bloß ins Feuilleton, sondern wahrlich auch in die handfesteren Ressorts wie Wirtschaft, Lokales, Sport, Bayern... Geist und Ton der SZ ergeben sich, als Aura, aus der journalistischen Bemühung einzelner. Man sollte das nicht verwechseln mit dem Jargon von Magazinen. Etwa mit dem »Spiegel«-Stil, der wahrlich auch süchtig machen kann. Nur: Die Sprache des »Spiegel« ist ein anonymes Produkt, ist das Ergebnis einer Regel, von der es wenige Ausnahmen gibt. Die Sprache der »Süddeutschen Zeitung« indessen wird von lauter Ausnahmen, von lauter je verschiedenen einzelnen erzeugt, woraus sich dann die SZ-Regel ergibt. Vorsichtiger gesagt: im Gelingens-Fall ergeben kann.

Zeitungsmacher ärgern sich über Schludrigkeiten, Unaufrichtigkeiten, versteckte Parteilichkeiten, wie sie halt passieren, wenn viele Menschen etwas herstellen. Da werden dann berühmte Leute irrtümlich für tot erklärt, die sich mit Recht protestierend am Telefon melden. Und der Druckfehlerteufel hat offenbar seine Freude daran, alles zotig zu entstellen. Wenn es am Schluß einer Rezension, infolge Hör- oder Druck- oder Kürzelfehlers, heißt: »Es war ein schöner Erfolg für den blinden Aasgeier«, dann muß der Leser schon verdammt scharfsinnig sein, um zu erschließen, daß da eigentlich stehen sollte: »Es war ein schöner Erfolg für den blonden Allgäuer.« Ich finde übrigens »blinder Aasgeier« besser. Immerhin eine imponierende Vision.

Bedenklicher als solche Irrtümer scheint mir gerade am sogenannten seriösen Journalismus etwas anderes zu sein. Publizistisches Können kann zur unbeabsichtigten Täuschung der Leser führen. Wenn jemand gut zu schreiben vermag – und das ja durchaus wünschenswert –, dann gibt es eine Dimension solchen Schreiben-Könnens, die alle Zweifel, die der Autor gehegt hat, alle Unsicherheiten, die er empfand, alle Widersprüche, die in ihm rumorten, gleichsam verschwinden läßt. Wie oft ist man als Autor seiner Sache – etwa eines komplizierten modernen Romans – keineswegs sicher. Bei einer Inszenierung, einem avancierten zeitgenössischen Werk läßt sich manchmal nur sehr mühsam entscheiden, ob man es mit geschickter »Mache« zu tun hat oder mit einem »Muß«, mit Genie-Simulantentum oder mit etwas tiefsinnig Neuem. Man schwankt. Doch wenn ein Autor sein Schreibhandwerk einigermaßen beherrscht, dann scheint sein rationalisierender Text die Unsicherheiten irgendwie wegzuargumentieren, in Bereicherung zu verwandeln, in elegante Nebensätze abzuschieben. Das Ganze liest sich dann viel eindeutiger, als es sich im Hirnkasten des Schreibenden verhielt. Das hat mit Mogeln oder mit »Tonfallschwindel« nichts zu tun. Viel zu selten geben Schreiber zu, wie unsicher, verlegen, irritiert und überfordert sie eigentlich sind – indem sie immer nur von dem reden, was sie kapiert haben, als wäre es alles.

Eine Tageszeitung muß versuchen, ihre Leser nicht nur zu informieren, in wichtige Sachdiskussionen hineinzuziehen, sondern sie bei und mit alledem auch fesseln, unterhalten, belustigen. Nicht alle Leser mit allem. Aber doch die Interessenten guten Willens mit gutgesetzten Worten. Selbstverständlich darf »Vermittlung« auch popularisieren. Also in menschenwürdiger Form, so einfach und engagiert wie möglich, denjenigen etwas verdeutlichen, die dem Insider-Jargon weder folgen wollen noch können. Gerade dazu sind Journalisten doch da. Aber wie leicht wird die Grenze überschritten, die zwischen menschenfreundlicher Vermittlung und jenem substanzlosen munterwitzigen Geplapper liegt, das der routinierte Entertainer im zynischen Vertrauen auf die Ahnungslosigkeit seiner Kunden für hinreichend hält. Doch auch die harmloseste Glosse darf nicht nur läppisch sein, so groß des Endverbrauchers Menschenrecht auf gelegentliche Harmlosigkeiten und nette Abwechslung sein mag. Denn *die Welt hat*, so lautet meine Lieblingsmaxime, *vielleicht nur durch die Extreme Wert – aber bestimmt nur durch das Mittlere Bestand.*

Muß man das alles überhaupt so ernst nehmen? Jeder von uns, der sich einmal über einen Zeitungsartikel ärgerte, hat doch schon mal gedacht, daß bestimmt nichts Überflüssigeres und Blöderes existiert als eine Zeitung von gestern – und daß man eigentlich die Heringe beleidigt, wenn man sie in eine Zeitung wickelt. Wir haben ja noch Rossinis Ouvertüre zu »La Gazetta« im Ohr, einer Oper, die lustig damit beginnt, daß die Bühnenfiguren sich sämtlich auf eine Zeitung stürzen. Die Ouvertüre schwankte entzückend zwischen beklommenem Stocken und wirbelnd munter-übertrieben aufgeregtem Plappern – so wie halt die Zeitungen damals waren. Übrigens benutzte Rossini dieses »La Gazetta«-Vorspiel später als Ouvertüre zur »Cenerentola«. Auch in Richard Strauss' »Till Eulenspiegel« wird die gelehrte Zunft der Schreibenden verspottet: Till wirft den trockenen Schleichern ein paar verrückte Thesen hin, sie geraten darüber in wildes Gezänk – er aber macht sich, seinen frechen Gassenhauer pfeifend, aus dem Staube. Da er aber auch die Religion verhöhnt, indem er einen verlogen schnulzigen B-Dur-Choral anstimmt und schalkhaft glossiert, kommt er vor des Gerichtes Posaunen. Er endet am Galgen, man hört ihn die Treppe heraufklettern, dann eine kurze Röchel-Fermate. Es ist aus. Betörend verklärt ein Nachspiel, ein visionärer Epilog, Tills Unsterbliches.

Was hält eigentlich seit 1945, erst recht seit der Wiedervereinigung, unsere Nation geistig zusammen? Was ist ihr Konsens? Diese Frage stellte sich nicht allzu dringlich, solange der wirtschaftliche Erfolg den Deutschen Ruhe, Selbstbewußtsein und ein sachliches GmbH-Zusammengehörigkeitsgefühl suggerierte. Patriotismus war selten geworden. Der von Dolf Sternberger erhoffte »Verfassungspatriotismus« stellte sich nicht ein. Aber wenn nun die Wirtschaftsblüte immer weniger Deutschen ihr Leben verschönt, wenn die Probleme der Beschäftigungslosigkeit, wenn die unaufhaltsame, für den Standort Deutschland heikle Globalisierung des Arbeitsmarktes, die Angst vor einer wachsenden Zahl von zur Untätigkeit verdammten Frührentnern den konsensstiftenden relativen Wohlstand beschädigen, was eint dann die Deutschen noch verbindlich? Sie spüren, worauf ich hinauswill: Es ist die deutsche Sprache. Die aber kommt in den elektronischen Medien unvermeidlich nur als zweite Dimension vor. Und ein Volk von Bücherkäufern sind die Deutschen genausowenig wie alle anderen Nationen. Doch das Zeitunglesen ist noch üblich. Lenkt dieser Umstand nicht eine riesige Verantwortung, aber auch eine große Chance auf alle die Menschen, die davon und dafür leben, der lesenden Nation eine ehrgeizige Tageszeitung in anständigem Deutsch zu bieten? Hoffentlich auch in zunehmendem Maße den Lesern in den »neuen« Ländern, die einstweilen immer noch relativ wenig »überregionale Neugier« entwickeln. Denn andere Solidaritäten und Konsens-Verbindlichkeiten, diesseits oder jenseits unserer gemeinsamen Sprache, lassen sich nicht ohne weiteres herbeizaubern. Wünschen wir der »Süddeutschen Zeitung« auch für die nächsten 50 Jahre Erfindungsreichtum, Erneuerungsbereitschaft, vor allem aber, daß in ihren Seiten unsere Sprache heiter-vernünftig, mit Scharfsinn und Scharfgefühl geboten, gepflegt werde. Dazu sind nicht nur gute Willensbekundungen nötig, gute Vorsätze, sondern auch Glück und Segen.

Denn – und so geht es ja überall im Leben – alles Mißlingen hat stets seine Gründe. Aber alles Gelingen sein Geheimnis. Wünschen wir dieses Gelingens-Geheimnis, herzlich gratulierend, der »Süddeutschen Zeitung«. (1995)

Geschichte geschieht manchmal unauffällig
Über die kulturelle Entwicklung in Deutschland seit 1945

Im Bereich der schöpferischen, nachschöpferischen interpretatorischen Kulturbemühung finden verwirrende Phasenverschiebungen statt. Einer meint es *aufklärerisch* und benutzt dazu gedankenlos einen *faschistischen* Jargon, ein anderer agitiert – keineswegs mehr demokratisch gesonnen – mit rationalsoziologisierendem Vokabular, welches doch eigentlich das demokratische Forum voraussetzt, das er gerade sprengen will. So etwas geschieht in der Kultur. Doch bevor ich dieses Verwirrspiel erläutere, lege ich zunächst einmal meine Zahlen und Zäsuren auf den Tisch. Unterscheiden lassen sich zumindest im Kulturbezirk folgende Phasen:

Erste Phase: 1945 bis 1948. Kriegsende bis Währungsreform.

Zweite Phase: 1948 bis 1956. Schwungvoll restaurative Konsolidierung bis zur enorm bewußtseinsverändernden Installierung neuer kulturindustrieller Techniken wie Fernsehen und Langspielplatte, die sich beide im Jahre 1956 durchgesetzt hatten.

Dritte Phase: 1956 bis 1968. Die durch das einstige, gemeinsame Diktaturerlebnis bewirkte Solidarität der Kulturellen läßt offensichtlich nach, Extreme schaukeln sich hoch, Triumphe der wiedererstandenen Kultur wirken weder auf den Staat noch auf die, die diese Triumphe feiern, integritätsfördernd affirmativ, sondern sie bestärken merkwürdigerweise das kritische Selbstbewußtsein einerseits und die couragierte Unzufriedenheit mit dem Zustand der öffentlichen Angelegenheiten andererseits. Die Kulturrevolution der außerparlamentarischen Opposition beschädigte – das gehört auch zu dieser Phase – paradoxerweise sowohl natürlich das unangefochtene Selbstbewußtsein neutraler Kulturkonsumenten als auch den unangefochtenen ideologiekritischen Optimismus ebendieser Bewußtseinsveränderer.

Vierte Phase: 1968 bis etwa 1978. In diesem Jahrzehnt geschah die unauffällige Dynamisierung einer »Tendenzwende«, die nicht etwa infolge einer harmlosen Diskussionsveranstaltung der Bayerischen Akademie der Schönen Künste von 1974 zustande gekommen war, sondern die sich viel verbindlicher abzeichnete im Schaffen und Neudenken so verschiedener Künstler wie etwa Peter Stein, Peter Handke, Ingeborg Bachmann, Botho Strauß und Martin Walser.

Fünfte Phase a) und b): Mitte 1978 bis Mitte der achtziger Jahre. Indem man den Forderungen des Materials, den Konsequenzen des Weltgeistdenkens der Frankfurter Schule sowie den Sackgassen einer sterilen Insidermodernität teils unbefangen heiter, teils zynisch, teils keck-dezisionistisch aus dem Wege gehen wollte, kam es im Bereich der Architektur – und überhaupt der Künste – zur sehr schwer fixierbaren Phase der sogenannten Postmodernität. Das war ein Angriff auf eine gewisse Frankfurter Kulturphilosophie, deren Schatten über jedes Feuilleton gefallen waren – von den Künstlern selber zu schweigen. Also es kam die Phase der Postmodernität.

Gegenwärtig begegnen wir nun allenthalben Reaktionen auf diesen Kampfbegriff. (Denn Postmodernität war selbstverständlich kein zeitlich neutral ordnender Begriff, sondern ein Kampfbegriff.) Diese Reaktionen haben es sehr schwer. Sie wirken teils ohnmächtig, teils bewußt irrational, teils belanglos privatistisch, weil sie es ohne klares Bewußtsein mit einem unverbindlichen und schwer falsifizierbaren Gegenstand aufnehmen.

Das wären also meine fünf Phasen. Zunächst: Was heißt eigentlich Phasenverschiebung? Formkategorien sind im Bereich der Künste dauerhafter als inhaltliche Tendenzen. Ich möchte dafür ein paar fernliegend scheinende Beispiele anführen. So muß etwa der unbefangene Betrachter jener vorzüglichen, oft ironischen, brillanten Filme, die während der Nazi-Zeit gemacht wurden, über deren Qualität doch staunen. Und man muß sich verdutzt fragen, wie ein Goebbels oder eine Reichsfilmkammer dergleichen überhaupt haben schaffen können. Antwort: Bewirken konnte Goebbels natürlich nur, daß die Filme scheinbar oder anscheinend unpolitisch daherkamen – ohne Hitlergruß und dergleichen. Aber ihre Qualität hing nicht damit zusammen, sondern mit einer wichtigen *Phasenverschiebung*. Das große Berliner Schauspieltheater der zwanziger Jahre wirkte hinein in Filme der dreißiger und vierziger Jahre. In diesem Zusammenhang gibt es verrückte Analogien. Zum Beispiel die suggestiven Massenaufmarsch-Rituale der Nürnberger Reichsparteitage waren offenkundig inspiriert von den berühmten opulenten Inszenierungen Max Reinhardts aus dessen großer Berliner Zeit. Aber während sie stattfanden, mußte Max Reinhardt bereits nach Hollywood emigrieren.

Andererseits ist auf solche Phasenverschiebungen wiederum kein Verlaß. 1942/43 drehte man in Deutschland einen Film über den Untergang der Titanic. Plutokratisch-angloamerikanisches Gewinnstreben sollte gegeißelt werden. Doch als der Film – dessen Hauptszenen übrigens zu den expressivsten der modernen Filmgeschichte gehören – fertig war, mochte Goebbels ihn gleichwohl nicht aufführen, sondern trieb den Regisseur Herbert Selpin in den Selbstmord. Warum? Nun, die Lage der auf dem sinkenden Schiff rettungslos ihrem Untergang Entgegenharrenden war plötzlich zum überwältigenden Symbol geworden für Deutschlands verzweifelte Situation nach Stalingrad.

Nach 1945 begegnen wir solchen Phasenverschiebungen seltsamerweise vielfach wieder. Damit will ich nicht für den Kunstbezirk die Stunde Null leugnen oder als Einschnitt relativieren – im Gegenteil. Die Nachkriegszeit von 1945 bis 1948 (also Sie erinnern sich: meine erste Phase), das war für meine Generation wirklich etwas vollkommen Neues, Überwältigendes – das waren unsere zwanziger Jahre. Denn für die intellektuell oder musisch Bewußteren brach nicht erst 1945 eine Welt zusammen. Das Jahr 1945 – da haben wir viel Falsches gehört in den letzten Jahren, auch bei den Feiern dieses Jahres, da wird aus viel unguten Motiven gelogen – war ja nicht mehr der Schicksalsmoment des Zusammenbruchs (den hatte man zwei, drei Jahre vorher in vielen bangen Nächten durchexerziert und sich imaginiert), sondern 1945 war der Augenblick der Rettung für alle, die damals irgendwie neu anzufangen noch den Impuls hatten. Es gab also durchaus etwas wie eine Stunde Null.

Auch die Literaturgruppe 47 meinte Neuanfang ohne Schatten der Vergangenheit, ja sogar ohne Mitarbeit und Mithilfe jener berühmten Emigranten und Remigranten, die sich nun schmerzlich gekränkt ausgeschlossen fühlten, weshalb sie die derben Selbstfindungsprozesse jüngerer deutscher Literaten mit Antisemitismus, Lausbubenhaftigkeit und Fremdenhaß verwechselten. Freilich, unserer Phasenverschiebung entkamen auch die Demokraten nicht. Alfred Andersch, der tapfere Exkommunist und Deserteur – der mich übrigens als blutjungen Mann entdeckt, angestellt und meinen ersten Tausendmarkschein hat verdienen lassen, was man nicht vergißt –, war ein merkwürdig pedantischer Linker. Er schrieb in der Zeitschrift »Der Ruf«: »Die Jugend Europas wird den Kampf gegen alle Feinde der Freiheit fanatisch führen.« Das war eigentlich ein Nazi-Satz, nur eben aufrichtig demokratisch gemeint, wenn auch im nachhallenden Tonfall faschistischer Rhetorik. Ich könnte von Wolfgang Borchert oder Hans Werner Richter, die damals über jeden Zweifel hinaus gläubige Demokraten gewesen sind, Analoges zitieren. Auch die Sprache mußte also neu hergestellt werden. Und wenn Sie beispielsweise heute Wolfgangs Staudtes berühmten Nachkriegsfilm – »Die Mörder sind unter uns« hieß er – wiedersehen, dann würden Sie staunend einem heroisch aufgedonnerten, von

Flammen umlohten, durchaus faschistoiden Schicksalsschinken zwischen kulturindustrieller »Götterdämmerung« und »Kolberg« begegnen. Aber alles höchst aufklärerisch demokratisch gemeint. So überlappt sich das.

In der zweiten Phase zwischen 1948 und 1955 mußte sich die Kultur der Konkurrenzgesellschaft erwehren. Aber Konkurrenz waren ausnahmsweise nicht die Kollegen, sondern Konkurrenz war die Tatsache, daß nach 1945 jeder für das Geld, mit dem er sich vorher die »Frankfurter Hefte« oder Tickets für ein Strawinsky-Konzert oder Karten für eine Klee-Ausstellung gekauft hatte, sich nun auch eine Flasche Cognac oder ein Oberhemd leisten konnte. Und da überlegten die Leute begreiflicherweise, wieviel sie für die Kultur noch übrig hatten. So begann eine folgenschwere und meiner Ansicht nach in ihrer unseligen Negativität unterschätzte Entwicklung: nämlich das immer krasser gewordene Sterben aller Kulturzeitschriften, die sehr bald überhaupt nicht mehr existieren werden.

Daran trug nun aber auch jene Zäsur Schuld, die ich in meiner Gliederung ungefähr Mitte der fünfziger Jahre ansetzte. Damals setzte sich das Fernsehen durch, das die Sprech-, Lese- und Lebensgewohnheiten zunächst noch ganz unauffällig revolutionierte. Heute reden Germanistikstudenten im steril dialektfreien, vermeintlich schicken Jargon von Fernsehsprechern und -moderatoren (und merken es nicht einmal). Und eine eingeschliffene Kultur des Lesens und Argumentierens scheint zumindest bedroht. Die Erfindung der Langspielplatte hinwiederum veränderte vollkommen die deutsche – und nicht nur die deutsche – Konzertkultur. Große Werke, die einst nur in Ausnahmefällen auf Schellackplatten (diese achtundsiebziger Platten, die sich rasch drehen) aufgenommen werden konnten, standen nun massenweise zur Verfügung: der gesamte Bruckner, Mahler, Wagner, zweihundert Kantaten Bachs, alles! Die Platte wurde zur universalen und damit auch abschreckenden Information, wurde aber auch zur universalen Forderung: Bis ins letzte Dorf wußte man (was vorher nur eine

Klavierlehrerin bestimmt hatte), wie ein Rubinstein spielt, was die Weltelite kann. Also das Gespenst der Schallplatte stand neben jedem Künstler auf dem Podium und tut es heute noch. So prägen Medien das öffentliche Bewußtsein – Musik auf Knopfdruck.

Das Fernsehen bewirkte weiterhin einen Umschlag von qualitativ argumentierender in quantitativ nachzählbare Kritik: Einschaltquoten als (natürlich begriffslose) Argumente. Man muß das so verstehen: Vor zwölfhundert *Premierenbesuchern*, also eintausendzweihundert Menschen in Zürich, Berlin oder München, entscheidet sich das öffentliche Schicksal eines dramatischen Werkes von Frisch, Dürrenmatt, Peter Weiss oder Grass. Das gleiche Stück – im Fernsehen ausgestrahlt – sehen zwar viele Millionen, aber sie reagieren dabei keineswegs als Öffentlichkeit oder gar als kompakte Öffentlichkeit. Die halbkonzentrierten Fernsehmillionen sind ja eigentlich immer nur ein, zwei Privatpersonen, die während der Darbietung gelegentlich auch einmal telefonieren, ein Bier trinken, dann wieder ein bißchen hinschauen, dann auf den Knopf drücken. Das heißt, es handelt sich um eine Öffentlichkeit von anderthalb schwach konzentrierten Personen: die aber natürlich zehnmillionenmal. Das ist aber eine Öffentlichkeit, deren kritisches Urteil sehr viel weniger gilt, zählt und ausrichtet als das, was neunhundert im Theater anwesende Menschen als Reaktion von sich geben. Auf diese Weise begreifen wir wieder, was die Athenische Kategorie der *Anwesenheit* auf der Agora bedeutet und was sie im Fernsehen nicht mehr bedeutet. Freilich ließ sich das nicht gleich durchschauen. Ein so kluger Mann wie Hans Magnus Enzensberger schwärmte noch im »Kursbuch 20« von einer Medientheorie des aktiven Sehens, von den Chancen der Verbraucher und Sender: Das könnte gekoppelt und rückgekoppelt werden, ein Miteinander ergeben usw. Ende der achtziger Jahre widerrief Enzensberger sich höhnisch: Fernsehen habe mit Aktivität und Bewußtsein nichts zu tun, als wäre es eine Beruhigungsdroge schalte man es an, um abzuschalten.

Die Jahre zwischen 1956 und 1968 (meine dritte Phase) stehen in Verruf, zumal bei Leuten mit viel künstlerischem Geschmack. Sie kennen die Argumente: Nierentische, Adenauer-Starrheit, Kalter Krieg, spießige Sexualmoral, Restauration, deutscher Dünkel gegenüber zumindest den kleinen Nachbarn im Osten, selbstbewußtes Gewinnstreben, kleinbürgerliche Großmannssucht – ich weiß, ich weiß. Aber ich nehme die verunglimpften fünfziger Jahre doch auch in Schutz. Denn gegen den ungeliebten Staat – von Literaten ungeliebten Staat – entstand damals eine Literatur von Rang, derer sich eben dieser Staat zumindest im Ausland rühmen konnte. Fast alle großen Schriftsteller, Philosophen und Publizisten unserer Gegenwart begannen mit ihrem öffentlichen Wirken in den fünfziger Jahren. Sie hatten damals diese Freiheit, und sie nutzten sie. Die Meinungsmacher oder bunten Vögel zwischen Augstein und Walser, Joseph Beuys und Günter Grass, Habermas und Joachim Fest, alle – ich exkludier' mich nicht –, wir haben in den fünfziger Jahren angefangen, auf die wir jetzt herabblicken. In dieser Zeit, als Brecht und Benn in ihren beiden Berlins starben, kam mit Böll, Grass und Uwe Johnson unsere epische Literatur, kam dank Günter Eich und Ingeborg Bachmann die deutschsprachige Lyrik zu Geltung und Weltgeltung. Und als 1966 das ästhetisch anfechtbare Stück »Die Plebejer proben den Aufstand« von Günter Grass im Berliner Schillertheater Premiere hatte, da war auch endlich wieder ein Zeitstück da, statt nur rückwärts gewandten Rechthabens gegen die schuldige Vätergeneration.

Mit dem absurden Theater hatten die deutschen Autoren, aus Gründen, denen ich hier nicht nachgehen kann, nichts zu tun. Sie schufen dafür das publizistische Dokumentartheater, das seltsamerweise von einem Prosabuch des Alexander Kluge – »Lebensläufe« von 1962 – vorweggenommen worden ist. Aber die ästhetische Unsauberkeit des Dokumentarstücks, wie Kipphardt, Peter Weiss, Hochhuth und andere es schufen, hatte doch nur eine kleine Zukunft. Nach den Auschwitz-

Dialogen der »Ermittlung« von Peter Weiss spottete Friedrich Torberg grimmig: »Sechs Millionen suchen einen Autor!« Um so mehr revolutionierte das Marat/Sade-Drama von Peter Weiss, das ja auch heute noch aufgeführt wird. Es kam klirrend hinaus über provinziell deutsche Wehleidigkeit bloßer Schuldzuweisungs-Dramaturgie,wurde Welttheater. Das amerikanische Magazin »Time« ernannte in den sechziger Jahren in einer Titelstory Günter Grass zum führenden Romancier der Erde, und die »New York Times Book Review« befand, die realistische amerikanische Dramatik sehe alt und wie ausgelöscht aus gegenüber Peter Weiss und seinem Marat/Sade.

Über solche Differenzierungen – nächste Zäsur – war dann die Apo-Revolution hinaus. Kein Wunder, daß sich damals gerade die mittlere, die 45er Generation von Günter Grass und Habermas, dieser Revolte zumindest partiell versagte. Sprach nicht Habermas vom Linksfaschismus? Warf nicht Grass Adorno vor, er überlasse feige seinem entfesselten Schüler Krahl das Feld? Bald hatte sich alles geändert. Ich erinnere mich noch, wie ich in einem Fernsehinterview einem entfesselten Linken gegenüber war und ihm wenigstens klarzumachen versuchte, daß doch bestimmte Dinge der Vergangenheit wie Schubert und Kleist vielleicht ernst genommen werden sollten, und er mir antwortete im Hinblick auf den »Prinzen von Homburg«: »Was kümmert mich der Tod dieses Krautjunkers.« Ein Argument, dem ich damals nichts entgegensetzen konnte, denn ich wußte ja nicht, daß es so rasch gehen würde, daß ein paar Jahre später die beiden führenden Bühnen in West-Berlin mit eben diesem sterbenden Krautjunker (bzw. er stirbt ja glücklicherweise keineswegs, aber das wußte unser linker Zeitzeuge nicht) ihr Theater neu eröffnen würden. Wie gesagt, so rasch ging es, daß da dann plötzlich doch alles das wieder im Zuge einer Tendenzwende, die nicht ein Akademie-Ergebnis war, sich verändert hat.

Für den Schluß meiner Übersicht habe ich mir – den Zwang zum Happy-End durchschauend, ihn aber doch verteidigend –

nun doch noch etwas Positives aufbewahrt: nämlich den Umstand, daß beispielsweise weit mehr Menschen in Museen, Theater und Konzerte eilen als beispielsweise in Sportveranstaltungen. Und weiterhin die Behauptung, daß im Bereich der Interpretation – und zwar der musikalischen Interpretation – in Deutschland nach wie vor Verbindliches sich abspielt, weil es in der Bundesrepublik eine große Öffentlichkeit für dergleichen gibt, weil hier viele Künstler aus aller Welt Arbeit und Brot finden und davon gern Gebrauch machen. Kein Land dieser Erde nimmt mehr künstlerische Gäste in seinen Orchestern und Opernensembles auf als wir, keines beschäftigt sich intensiver mit Musik, was man ächzend den Tageszeitungen entnehmen kann, wenn da kilometerlange Kritiken über Klavierabende stehen. Weiter: Über alle Zäsuren hinweg hat es seit 1945 eine wahrhaft produktive Neuentdeckung Schuberts gegeben – ich erwähne nur die Namen Dietrich Fischer-Dieskau und Alfred Brendel –, hat es eine wohlerworbene neue Berührung und Bereicherung unseres Beethoven-, Bach-, Robert Schumann- und Richard-Wagner-Bildes gegeben. Ich glaube, da ist die Bundesrepublik schlicht führend in der Welt. Nur wird das niemandem so recht bewußt, weil Kultur hier Ländersache bleibt und wir eben keinen Bundeskulturminister namens André Malraux haben, der stolz die diesbezügliche Bereitwilligkeit und Offenheit seines Vaterlandes verlautbart. Was das Schauspieltheater betrifft, so ist ein verbindlicher Stil, Schiller, Goethe oder Shakespeare darzustellen, gegenwärtig hierzulande nicht gefunden worden. Es fehlt am Grundkonsens, was Interpretation überhaupt sei und was sie dürfe. Doch solange dieses Fehlen überhaupt noch als Manko, als Diskussionsgegenstand empfunden wird, solange sich die Öffentlichkeit nicht schlicht abwendet, scheint mir die Situation nur kritisch, aber nicht verzweifelt. Wahrscheinlich müssen wir froh sein, wenn unsere zeitgeschichtlichen Bilanzversuche auf kein schlimmeres, deprimierenderes Ergebnis hinauslaufen. (1990)

Quellenverzeichnis

Die einzelnen Beiträge wurden vom Autor für diese Ausgabe geringfügig überarbeitet.

Von deutschem Humor. Zuerst in: *Süddeutsche Zeitung* vom 21. 9. 1986.

Am Lachen erkennt man... Zuerst in: *Süddeutsche Zeitung* vom 15. 1. 1992.

Trauerarbeit – eine scheußliche Phrase. Zuerst in: *Süddeutsche Zeitung* vom 28. 3. 1995.

Die »Stills«. Zuerst in: *Süddeutsche Zeitung* vom 8. 11. 1994.

»Rassist!« Zuerst in: *Süddeutsche Zeitung* vom 4./5. 6. 1994.

Goethe-Schwachsinn. Zuerst in: *Süddeutsche Zeitung* vom 20. 1. 1995.

»Lächelnd beiseite legen!« – Thomas Manns Tagebücher. Zuerst in: *Neue Rundschau,* Heft 1 (1996).

Die Kunst der Sarah Kirsch. Zuerst veröffentlicht als Vorwort zu Sarah Kirsch: »Ich, Crusoe«. Stuttgart 1995.

Text-Tollhaus für Bachmann-Süchtige. Zuerst in: *Süddeutsche Zeitung* vom 13. 12. 1995.

Ghostwriter für Ingeborg? Zuerst in: *Süddeutsche Zeitung* vom 12. 12. 1995.

»Taub und blind sind die Franzosen geworden...« Zuerst veröffentlicht als Vorwort zu Jean Cocteau: »Vollendete Vergangenheit. Tagebücher 1931–1952«. München 1989.

Klüger war wohl niemand. Zuerst in: *Süddeutsche Zeitung* vom 31. 8. 1991.

Selbst Paul Valéry war ihr nicht gewachsen. Zuerst in: *Süddeutsche Zeitung* vom 18. 11. 1995.

Ein Macho, der trösten konnte. Zuerst in: *Süddeutsche Zeitung* vom 16. 5. 1984 (u. d. T. »Ernest Hemingways Wiederkehr«).

Von Kunst erzeugte Gefühle »leisten« nichts. Zuerst in: *Süddeutsche Zeitung* vom 9. 9. 1986 (u. d. T. »War Tolstoi da zynisch?«).

»Halli und Hallo«. Zuerst in: *Süddeutsche Zeitung* vom 3. 3. 1987 (u. d. T. »Überraschende Folgen eines Flirts«).

»So was tut man nicht«. Zuerst in: *Merkur* Nr. 373, Heft 6 (1979) (u. d. T. »Hedda Gablers wahre Herkunft«).

»Der Geheimagent«. Zuerst in: *Süddeutsche Zeitung* vom 26./27. 9. 1987 (u. d. T. »Winnie Verlocs nervöser Jähzorn«).

Idealisierung und Zeitkritik. Zuerst in: *Süddeutsche Zeitung* vom 30./31. 5. 1981 (u. d. T. »Vernünftiges Traumbild vom alten Preußen«).

»Wir betteln um das Herz des Menschen nicht«. Zuerst in: *Süddeutsche Zeitung* vom 27./28. 12. 1986 (u. d. T. »Hyperion und die Agitatoren«).

Ein grimmiger Repräsentant. – Laudatio zur Verleihung des Großen Literaturpreises der Bayerischen Akademie der Schönen Künste 1994 an Günter Grass am 5. 5. 1994.

Herzbewegende Seelenarbeit. – Laudatio zur Verleihung des Großen Literaturpreises der Bayerischen Akademie der Schönen Künste 1990 an Martin Walser am 1. 5. 1990.

»Kurzum – der Mensch hat nichts zu lachen«. – Festrede zum 100. Geburtstag von Eugen Roth in der Bayerischen Akademie der Schönen Künste am 24. 1. 1995.

Der schlendernde Deutsche. Zuerst in: *Süddeutsche Zeitung* vom 6. 3. 1982 (u. d. T. »Heinz Rühmann oder Der schlendernde Deutsche«).

Knut Hamsuns Zukunft. – Festrede anläßlich einer Veranstaltung des List-Verlages in den Münchner Kammerspielen am 14. 4. 1994.

Sein Ton wird nicht verhallen. – Gedenkrede im Salzburger Großen Festspielhaus am 15. 9. 1994 (u. d. T. »Was sind denn 40 Jahre? Im November 1954 starb Wilhelm Furtwängler«).

»Es ist nicht jeder dumm, der will«. – Dankrede beim Empfang des Ludwig-Börne-Preises in der Frankfurter Paulskirche am 31. 10. 1993.

»... diese ganze, halbwilde Unartikuliertheit ...« – Rede zur Eröffnung einer Beethoven-Ausstellung in der Bayerischen Staatsbibliothek am 22. 9. 1977.

Ist Werktreue Faulheit? – Festrede bei einer Tagung der westdeutschen Shakespearegesellschaft am 1. 5. 1976 (u. d. T. »Geist und Buchstabe beim Shakespeare-Interpretieren«).

Glanz und Elend der Entertainer. Zuerst in: *Süddeutsche Zeitung* vom 10./11. 12. 1994.

Müssen Künstler vor der »Kunst« kuschen? Zuerst in: *Süddeutsche Zeitung* vom 13. 1. 1986.

Falscher Ehrgeiz kann tödlich sein. Zuerst in: *Süddeutsche Zeitung* vom 29. 12. 1994.

Was, welcher Konsens, hält uns geistig noch zusammen? Zuerst in: *Süddeutsche Zeitung* vom 7./8. 10. 1995 (u. d. T. »Das Redaktionsteam einer Tageszeitung ist mit einem großen Orchester zu vergleichen«).

Geschichte geschieht manchmal unauffällig. Zuerst in: »Zäsuren nach 1945. Essays zur Periodisierung der deutschen Nachkriegsgeschichte«, herausgegeben von Martin Broszat. München 1990 (u. d. T. »Phasenverschiebungen und Einschnitte in der kulturellen Entwicklung«).

Personenregister